马伯庸　著

上海文艺出版社
Shanghai Literature & Art Publishing House

博集天卷
CS-BOOKY

图书在版编目（CIP）数据

大医．日出篇：全两册 / 马伯庸著．-- 上海：上
海文艺出版社，2022
ISBN 978-7-5321-8571-9

Ⅰ．①大… Ⅱ．①马… Ⅲ．①长篇小说－中国－当代
Ⅳ．① I247.5

中国版本图书馆 CIP 数据核字（2022）第 209621 号

发 行 人：毕　胜
责任编辑：江　晔
监　　制：邢越超
出 品 人：周行文　陶　翠
特约策划：李齐章　王　维
特约编辑：万江寒　张春萌
营销支持：霍　静
版式设计：李　洁
封面设计：主语设计
内文制作：百朗文化

书　　名：大医．日出篇：全两册
作　　者：马伯庸
出　　版：上海世纪出版集团 上海文艺出版社
地　　址：上海市闵行区号景路 159 弄 A 座 2 楼 201101
发　　行：上海文艺出版社发行中心
　　　　　上海市闵行区号景路 159 弄 A 座 2 楼 206 室 201101 www.ewen.co
印　　刷：三河市中晟雅豪印务有限公司
开　　本：700mm×980mm 1/16
印　　张：29.25
插　　页：4
字　　数：532,000
印　　次：2022 年 12 月第 1 版 2022 年 12 月第 1 次印刷
Ｉ Ｓ Ｂ Ｎ：978-7-5321-8571-9 / I.6751
定　　价：108.00 元（全两册）
告 读 者：如发现本书有质量问题请与印刷厂质量科联系 T:010-59096394
团购电话：010-59320018

第八章
一九三二年一月

"哗啦"一声，一车黄澄澄的五倍子像瀑布一样，全数从卡车后厢被倾倒出来，在地板上堆成一座小山。

　　十几个工人迅速围过来，各执木铲，把它们铲进一台冲击式粉碎机中去。这台粉碎机是最新的德国货，内部有六个旋转锤体，和周围的固定齿圈共同形成一张贪婪而凶残的大嘴，把五倍子嚼得细碎。

　　接下来，这些细渣会先被清洗一番，除去虫尸、粪便等杂质，然后投入酒精桶内浸提。随后经过澄清、分离、蒸发、浓缩等一系列工序，最终转化成一种淡棕色粉末。

　　整个生产线就以这样一种方式运转着。不断有原料被送入粉碎机，也不断有成品粉末从干燥机里喷出，每一个零件都在满负荷运转，噪声与混着酸味的蒸气充斥整个车间。在这一片有秩序的忙碌中，一只大手探入末端的收容槽，抓起一把湿漉漉的粉末，声音铿锵：

　　"以我们五洲固本皂药厂的现有设备，三班轮换，可以保证每天产出两百公斤的单宁酸粉。颜院长，你看够不够？"

　　讲话的是五洲药房总经理项松茂，他今年已经五十二岁，白净光滑的脸上不见岁月磨蚀的痕迹，依然挂着招牌式的盈盈笑意，唯有额头隐隐新增了横三纹。

　　站在他旁边的，是国立中央大学医学院、红会总医院的双料院长颜福庆。两个人此时并肩而立，望着隆隆开动的生产线，眉宇间都有化不开的忧虑。

　　"两百公斤啊……"

颜福庆也抓起一把单宁酸粉，细细一搓。这些粉末的颗粒大小不甚均匀，而且颜色偏暗，显然没用亚硫酸氢钠做还原剂来漂白。

不过这也是无奈之举，为了保证产量，项松茂简化了很多工艺步骤。事实上，这个皂药厂能在短短一天之内，把生产肥皂的设备改成单宁酸生产线，已是一个奇迹。颜福庆不能奢求更多。

单宁酸的用途十分广泛，但眼下颜福庆只关心其中一种功效：它是很好的收敛剂，且对伤口有抑菌作用，可以减少感染，尤其适用于创伤、烧伤，以及表面性出血。

只有一种场合会大量用到它，那就是热兵器战场的治伤急救。

"这个产量够不够？"颜福庆回头问曹主任。曹主任拿着一个小本子，低头算了算，脸色为难，道："现在勉强够了，可是接下来恐怕战事规模扩大……就蛮难呢。"

固本皂药厂每天两百公斤的产量，居然尚不敷用。周围的工人们不由得窃窃私语，这前线……到底打得有多惨啊？

今天是民国二十一年（一九三二年）的一月二十九日。一天之前的深夜十一点半，日本海军陆战队突然向闸北各处发起进攻，驻守上海的国民革命军第十九路军当即奋起反击。两军激战了足足一日，日军动用了铁甲车、飞机等先进武器，战况极为激烈。

上海自开埠以来，还从未遭受过如此规模的战事。正在筹办年货的市民们惊骇万分，一时间阖城大乱。战火波及甚广，就连商务印书馆总厂和东方图书馆，亦在日军的轰炸中焚毁殆尽，焚书形成的浓烟竟日不减。

红会对战争局势早有预判，提前组建了数支战地救护队。但战事一启，颜福庆便发现不对劲了。这场战争的惨烈程度，远远超过军阀混战。短短一天，便有几百名伤员从前线被送下来，抛留在战场的死者数量只会更多，凭红会自己的力量只是杯水车薪。

颜福庆一方面向上海医界寻求人力支援，另一方面以救护委员会主任委员的身份，联络各处药厂，协调紧急生产战场急救药物，以应对接下来的巨大消耗。

而项松茂作为近年来声名鹊起的本土制药巨头，自然当仁不让。他催促大丰、开成、新亚等工厂不计成本，开足马力生产药物，就连旗下生产肥皂的工厂也主动关停，转而生产单宁酸。

项松茂听曹主任为难，立刻道："我再想想办法，动员一下工人。只要原料供应得足，争取提高到三百公斤。"

"项总经理，我代表上海医护人员和前线将士们感谢你，这可是帮了大忙啦！"颜福庆握住项松茂的手，用力晃了晃。项松茂却毫无得色，反而颇为沮丧："大敌当前，上海有累卵之危，我们能做的却只有这一点，实在是不甘心哪。"

颜福庆宽慰他道："项总经理放心，现在整个上海医界都动员起来了。不光是华界的医院，就连租界医院里，也有许多医生偷偷跑出来，志愿加入伤兵医院。王培元、张竹君、牛惠霖牛惠生兄弟，他们都来啦……"

"啊，这可真是盛况空前。"

这些名字项松茂都很熟悉。有的是退休很久的红会老将，有的是女界先锋，有的是业内精英。他们大概都觉察到，这次战争非比寻常，必须全力以赴。

"日本人虽然凶残，可我军这一次抵抗的意志亦很坚定，各界积极响应，绝不会重蹈奉天的覆辙！"颜福庆用力挥动手臂，大声喊道。

就在去年的九月十八日，日本关东军悍然在东北发起侵攻，因为东北军奉行上峰"不抵抗政策"，以致转瞬之间，东三省沦为敌土。故而颜福庆刻意强调了一句，以宽其心。

颜福庆又道："刻下我已与十九路军那边商量妥了，紧邻着前线设置了二十余处流动医院。所以我想跟项总经理商量一下，药品不要再周转分发了，能不能直接送到各处医院去？能节约出一点时间，就能多救一条性命啊。"

这个流动医院，是二次革命期间沈敦和摸索出来的战场救伤体制。颜福庆又把它进一步改良，让药品和医院同时流动，可以进一步提高效率。

曹主任一听颜院长这话，不由得"啊"了一声。这种点对点的输送方式固然效率高，但操作起来复杂得多，他是负责具体调配的，一想到里面的工作量，便无比头痛。

他正要为难地劝说一句，不料项松茂一拍胸脯："这个绝无问题，我安排不当班的工人，开厂子里的车去送。"

颜福庆对曹渡笑道："曹主任不妨预测一下，这场仗得打多久，我们也要早做准备。"曹主任胖脸颤颤，一脸无奈："院长您不要取笑，我哪里知道这些国家大事。"

周围的人都笑起来，谁都知道曹主任"铁口直断"，气氛稍微轻松了些。曹主任赶紧拿出流动医院的分布图，跟项松茂商量起具体的运输计划来。

这时一个职工从外面匆匆跑进来，对项松茂耳语几句，项松茂肩膀一震，连忙向颜福庆一拱手：

"颜院长，工厂内一应事宜我让副总经理与曹主任对接，您尽管吩咐便是。我刚得到消息，五洲药房在老靶子路的第二支店，十一个店员今日突然失踪，我得去亲自看看。"

颜福庆脸色一凛。这条老靶子路位于虹口，虽说属于公共租界，但毗邻闸北，正是两军交战的边缘地带。他急忙出言劝道："项总经理，千金之子，坐不垂堂。那边战事频仍，还是不要轻涉险地比较好。"

旁边药厂的几位工头也纷纷劝阻，甚至有人表示愿意替他去查看。项松茂却只是笑了笑，态度坚定："我身为五洲药房总经理，对厂内员工有管理责任。如今同事身陷险境，焉有不管的道理？"他一边说着，一边拿起旁边的外套。

颜福庆知道劝不住他，只好说："这样好了，我让一个人陪你去。他战地经验丰富，又有红会身份，肯定能帮上忙。"他微微一侧头："方医生。"

"我在这里。"方三响从人群中站出来。

他今年已是四十多岁，唇下一片硬邦邦的胡须，整个人沉稳如一块磐石。

项松茂与方三响来往不多，不过两人都与姚英子相熟。之前红会医疗官司的事，还是拜项松茂的提点，才发现了洛恩斯牌祛热药剂的猫腻。有了这一层关系，两人也不多做寒暄，当即跨上两辆悬着"五洲药房"铁牌的自行车，匆匆上路。

颜福庆望着他们离开，眼神中的忧色不减。他们这一次是深入日本人的地盘，很多事情难以用常理揣度。但此时他要做的事情太多，无暇伤春悲秋，只得转身默默登上汽车，前往下一个地点。

项松茂曾有个创举。病人在医院开得处方之后，无须亲自到药房买药，只消一个电话，伙计便骑着自行车把药品送至家里，取走处方笺与药费，十分便当。因此五洲药房各处都常备着几辆送药自行车。

方三响和项松茂骑的便是这种，两个人穿过弄堂，横跨街道，不一会儿便通过苏州河上的垃圾桥，来到闸北地界。

因为美国介入调停，双方今天暂时达成了停火协议，各自都在紧锣密鼓地调兵运补，此时闸北一带的街面看起来还算平静，但路上几无行人，安静得异乎寻常。但无论是倒在路正中的灯杆、满布弹孔的店铺门墙，还是远处若隐若现的军旗，无不警示着过往市民，战争阴云远未散去。

项松茂看到前面路边歪倒着一个烟摊，那烟摊背面还有白漆刷的"姚记"二字，只是褪色斑驳。他侧头问了一句："姚小姐最近可好？"

方三响在后头紧跟着："她一直在吴淞那边做事，那边有炮台，比市区还安全些。"项松茂宽慰地点点头："唉，她这几年在吴淞做的事情，着实令人钦佩啊。我看去年的统计数字，新生儿死亡率居然下降了足足一半，可见是下了大功夫的。"

"她经常念叨，得感谢五洲药房定期捐赠药棉、甘油、消毒液和牛痘苗等物资，否则也难以维持。"

"我们只是捐了点药，哪像她，真的把家产都捐光了。"项松茂说到这里，抬头望向湛蓝的天空，露出一丝感怀。

"我每次在报纸上看到她，就想起在汉口时的事。那时她还是个小姑娘，却已经敢去闯北洋军的军营，我当时就知道，这是个了不起的奇女子。一转眼，已经二十一年过去，她先是办讲习所、济良所，然后捐家产、赴吴淞，在那种偏僻地方一待就是四年，一步一桩功德，不愧是我们宁波小娘①。"

"她也常说起来，那时您发愿说要研发中国自己的药品，不再受制于洋人。这些年做下来，五洲药房的成绩有目共睹，我们总医院每次采购到物美价廉的国产药品，曹主任可不知多高兴呢。"

项松茂哈哈一笑，旋即摇起头来："个人的些许进步，却抵不过大势所趋。中国的药厂，还是只有那么几个，还是只能生产一些低端药物，更不要说研发新药了。最近这几年，进口药品的比例较之清末有所下降，可销售额高出数倍。比如可以预防花柳病的度白落生药膏，只有德国柏林药厂可以生产，到岸价一支就要五块大洋，全上海的长三②都来买，这得多少钱？"

"这个总要慢慢来的。"

项松茂叹道："人家是集团作战，大学有研发力量，银行家有金融扶持，政府有奖励政策，企业之间也会组成各种卡特尔，一门心思往国际市场推。而我们呢？我跟政府提过好几次计划，想要振兴国药，人家当官的说什么？海外那么多好药都吃不过来，何必自找麻烦？嘿嘿。"

一说起国事，项松茂便有满腹的牢骚要发。

"我原来一直认为，实业不仅可以致富，还可以救国，所以这些年来，孜孜不倦地在制药方面下功夫，结果热脸去贴冷屁股。结果现在好了，中日一开战，各种物资都进不来，倘若咱们自己的药厂再多个三倍，何至于现在用药如此窘迫？"

"项总经理，那你为什么还能继续做下去？"方三响忽然发问。

项松茂微微扬起下巴："方医生一定知道，我们厂研发过一种药剂，叫作人造自

---

① 小娘：吴语方言，意为小姑娘、女孩子。

② 长三：旧时上海的高级妓女。

来血。”

“啊，我记得它曾得了美国世界博览会的银奖。”方三响对它很了解，那是一种治疗贫血的营养补剂，乃是五洲药房的拳头产品。

“不，我得意的不在于得了国际大奖。”项松茂道，“而是我有一次去长沙出差，看到在坡子街尽头一户穷苦的篾匠家里，一个半大的孩子正坐在门口，捧着一瓶人造自来血在喝。我一见是自家产品，便好奇地过去问，才知道这孩子天生贫血得厉害，可国外的补血药太贵了，一瓶在长沙的落地价格要四元三角，根本不是一个篾匠能负担的。幸亏他们发现五洲药房出品了人造自来血，小瓶只要一元两角，家里勉强负担得起，这孩子才能熬过来。”

方三响闻之微微动容。他儿子方钟英今年已经四岁，所以他能体会到长沙那孩子的父母的心情。

“我那一次，忽然发现我办药厂真正的意义所在了。中国太大了，也太穷了。我的药自然不如国外的好，但胜在本土生产，价格低廉，可以让最苦最穷的老百姓也吃得起药。同样是卖，比起一款只有富人们消费得起的高级药，我宁可生产十款几元几角的廉价药。不去关心最贫苦的老百姓，算什么大医？你说我做事的动力是什么，就是病者有其药。”

方三响没有回应，而是陷入沉思。一种一直萦绕在心中的模糊的想法，似乎被这一席话触动，快要凝结成形。

他们边走边聊，通过一处被十九路军封锁的路口。那些士兵都很年轻，嘴边挂着淡淡的绒毛，见有人来了，便持枪喝令停下。项松茂带着笑容下了自行车，手里拿出几包烟来。

这些士兵经过二十九日一天激战，浑身都被硝烟笼罩，疲惫不堪，一见有香烟提神，无不大喜。项松茂要拿出打火机，士兵们却摆摆手表示不用。路边斜躺着一架仍在燃烧的马车残骸，他们笑嘻嘻地蹲下身子，拿烟卷凑过去，就着残火点燃。

项松茂问他们目前还缺什么伤药，一个小兵说，不缺药品，最缺的还是重武器。日本人的火力太猛了，又是飞机又是铁甲车，凭几条步枪根本挡不住。

“有了重武器，根本不需要药品；没有重武器，也用不着药品了。”有人说了句残酷的俏皮话，惹得大家一阵哄笑。只有项松茂和方三响没笑。

“那日本人等一下又打过来，你们怎么办？”项松茂问。

“听长官命令，坚守到底。”小兵叼着烟，稚气十足，却杀气十足，“都欺负到咱们家门口了，横竖不能让小日本舒服了。”

从封锁线离开，方三响问项松茂："听口气，您认识他们？"项松茂道："这十九路军刚调来上海，之前他们一直在江西剿匪。我去江西采办原料时，曾经遇到过这支军队。"

"江西？剿匪？"方三响一怔。这两个词凑在一起，可是不寻常。江西闹的是赤匪，这几年报纸上一直在说政府围剿，可似乎从来没什么成果。之前农跃鳞就是投奔了那边，可惜后来断了联系，也不知他什么情况。

"你不知道。我在江西看到这些小兵，个个眼神都很麻木，很漠然，感觉像是在执行一项与自己无关的任务，应付差事罢了，个别的还会勒索过往客商。可现在同样一拨人，精气神完全不一样。"

"因为打的敌人不一样？"方三响敏锐地觉察出，说道。

"正是如此。十九路军是国内头一等的精锐，你瞧，他们剿匪与抗倭的精神状态截然不同。为什么？因为打日本人，他们知道打的是谁，为谁而战。"项松茂说到这里，右手按住礼帽，难得抱怨道，"政府天天说什么'攘外必先安内'，这个账都算不明白。日本人都骑到脖子上来了，还左一口'绥靖'右一句'亲善'，到头来，还得让颜院长和我们这些人组织自救。"

两人正说着，忽然看到数辆悬挂红十字标志的救护车从远处虹江路开过来。车队看到方三响佩戴的袖标，主动停下来，一个穿着黑袍、挂着十字架的法国人从车上走下来，这人身材颀长，可惜只有一条左臂，冲方三响用力挥动着。

方三响认出他是饶家驹，是一个法国神父。早年间饶家驹在徐汇公学任教，带着学生去佘山放烟火，结果不慎被炸伤，被紧急送到红会总医院。当时实施急救的，就是方三响。虽然饶家驹的右臂最终没保住，但两人因此结识，还加入了红会。

近日闸北开战，造成许多难民流离失所。饶家驹自告奋勇，趁两军停战之时，带着几辆救护车冲入闸北，让受困难民往安全区撤。

方三响朝车队后头望了一眼，这几辆救护车里，塞满了衣衫褴褛的老弱妇孺。有半大的孩子趴在车窗边，有一脸愁容的女子闭目不知所措，也有满脸皱纹的老者，手还紧紧抓着包裹。他们原本的生活贫困，但至少安定，不过朝夕之间，骤成难民，很多人还是一脸懵懂。

饶家驹问方三响去哪里，方三响说去吴淞路那边去救一批平民。饶家驹看看左右，用熟练的汉语提醒道："你要小心，日本人不是太讲规矩。"方三响心中一沉，饶家驹这么说，必然是经历了什么。

可惜两边都赶时间，不容细聊。饶家驹临行前叮嘱了一句，如果遇到什么危险，尽量往苏州河那边去，他的车队会在这条线上持续收容难民。他的法国身份，多少能起到一点庇护作用。

望着车队远去，项松茂叹道："饶神父真是个好人。可我们在上海，居然还要靠一个法国人才能得到庇护，这实在是太荒唐了。"方三响眼神闪动，不由得又想起了老青山下那一句撕心裂肺的疑问。

"魏伯诗德先生，这么多年，我还是找不到答案。"他心中的一个稚嫩声音，懊恼地沉吟道。

两人很快来到了老靶子路。这条路早年是租界商团武装组织训练的靶场，因而得名。后来靶场搬迁，这里建起了一座工部局警察医院，但名字沿袭下来。五洲药房的第二支店，正好距老靶子路与吴淞路的交叉口不远。

他们走到店前，看到整个药店门洞大开，里面空无一人，柜台上的药品俱在，柜台上的进销账簿摊开着，连旁边的墨水瓶都来不及盖住。可见当时事情发生得极为匆忙。

项松茂俯身从地上捡起一页月历。这是他和一位叫孙雪泥的画家联名推出的《抗日月历》，上面题了八个字"煮豆燃萁，内争可耻"，正是项松茂亲手书写。

"所有抗日相关的东西，都没有了。"项松茂道。这页月历上还印着一个军靴脚印。

自"九一八"之后，项松茂代表五洲药房与其他五家药房曾发布声明，抵制日货，并定制了小旗、标语、月历、海报等物料，在自家商店内陈设。眼下这些东西都消失了，到底是谁干的，不言而喻。

方三响警惕地走出药店大门，环顾四周，注意到附近砖墙上有三四个弹孔。他正要蹲下查验，却听到旁边"扑通"一声，似乎有什么人。他飞身过去，正好撞到一个扛着卦幡的算命先生。

说来讽刺，上海的医院和药房附近，总会有一两个卦摊。人们依靠科学尚不踏实，总要求助于神灵来做验证，才放心去治疗。

方三响揪住那个算命先生，问他这里发生的事。这个算命先生比较蹩脚，没算出自己今天不宜出门，被这个铁塔大汉唬得瑟缩成一团，半天才讲明白。

原来在前一日，虹口有一个日本的居留民团耀武扬威地从老靶子路经过，突然从药店方向传来几声枪响，打死了两个人，民团吓得一哄而散。开枪的是谁，算命先生并不知道，也许是爱国义士，也许是失散的十九路军士兵。过了一阵，开来一支日本正规军，不由分说冲进药店，把十一个店员全都拖走了。

"日本人大概觉得，这个药店里反日气氛这么浓，一定在包庇枪手吧。"算命先生哆哆嗦嗦。

"他们被抓去哪里了你知道吗？"项松茂从药店里走出来，一脸焦急。

算命先生眼珠骨碌骨碌转了几圈，职业习惯使然，他觉得这是个要钱的好当口。可方三响眼睛一瞪："那些店员是因为抗日被抓，这种钱你也要赚吗？"算命先生瑟缩着双肩，两撇鼠须哆哆嗦嗦："不敢，不敢。我不是要钱，我是真不知道。不过……"

"不过什么？"

"给军队带路的是个和尚，头戴着圆而深的斗笠，斜披着袈裟，好像不是中国僧人呢。"算命先生对细节观察得颇仔细。

"那是三度笠，典型的日本僧斗笠……难道是西本愿寺？"

项松茂最先反应过来。他告诉方三响，就在第二支店几百米之外的乍浦路上，有一座日本西本愿寺在上海开设的别院。这座别院是去年才建成的，满铁、正金、邮船、三井等大企业的社长经常驻足，是日本人在虹口经常集会的场所。

西本愿寺与军方关系十分密切，每次战争都会派遣随军僧人，为战死者举办慰灵法事，甚至直接参与战争。这次中日在上海开战，这十一个店员，很可能就暂时被扣押在这座别院之内。

两人放过算命先生，当即沿着老靶子路朝着北四川路方向赶去，没走多远，便看到了那座别院。其实根本不用刻意去找，和周围低矮的中式房屋相比，它的大白造型实在是太醒目了。

一靠近，首先映入眼帘的是一道华丽的东山墙。墙体纯白，下半截是一排排棋格布局的圆菊凸雕，上半截的拱券则是由禽鸟浮雕和十六片双层排列的莲瓣组成一个半圆，拱卫着中央一扇大窗，一只石雕雄狮高踞其上，连接到院内气势恢宏的马蹄形大厅。

"日本人可真下血本啊……"方三响来虹口的次数也不少，还从来没注意过，里面还藏着这么一座建筑。

"日本人侵略中国的，绝不只有武力，宗教亦是渗透手段之一。"项松茂低声道。

此时别院的大门半敞开着，进进出出的既有戴着斗笠的僧侣，也有军人。这里距离中日交火的北四川路极近，理所当然地成为一处军事据点。而在别院的门口除日本军旗之外，还悬挂着一面红十字旗。

这是日本赤十字旗，日本赤十字社也跟随日军来到上海。方三响走到门口亮出红十字袖标，申明找这里的负责人。哨兵一见，果然没有为难，把他们两个带了进去。

颜福庆让方三响跟着项松茂，用意即在于此。一个中国商人，在中日交战之际去找日军交涉，风险实在太大，有红会中立人员陪同会相对安全一些。

别院的布局，与西本愿寺本山毫无二致，别说御影堂、阿弥陀堂这样的建筑，就连两棵大银杏树也在同样的位置。这里的赤十字社负责人叫酒井，和方三响算是旧识，当初关东大地震时，酒井因为懂一点汉语，担任过与中国红会对接的联络员。

有了这么一层关系，酒井态度便大不相同。方三响问他是否知道五洲药房的店员下落，酒井看看四下无人，小声告诉他，最近军方以维持治安的名义，抓了一批闹事的中国人，都关在别院东南角的仓库里，至于有没有五洲药房的人就不知道了。

他带着项松茂和方三响走到仓库前，项松茂隔着透气栅栏望了一眼，立刻认出了支店副经理的身影。他快步上前，呼喊对方的名字。那些店员正惶恐，见到总经理突然出现在外面，无不惊喜，一起朝窗口拥来，纷纷伸手呼救。同样关在里面的其他中国人不明就里，也朝这边拥来。

附近的卫兵被惊动，跑过来一边呵斥一边用枪托狠砸。一个店员缩手不及，一下被砸断了指骨，惨呼一声倒退回去。

睹此惨状，项松茂腮帮子一颤，眼泪登时就要掉下来。方三响连忙请求酒井打开仓库，施以急救。酒井为难地表示，赤十字社只负责这些囚犯的日常照料，要打开仓库，要军方准可才行。

他把项松茂和方三响重新带回银杏树下，一个微胖的日本军官正站在树下，圆脸眯眼，看上去很和善。他手扶武士刀，正在和一个僧人聊天。

酒井介绍说这是竹田厚司上尉，隶属于海军陆战队，负责这一带的治安工作。不待竹田发话，方三响强硬地抢先道："其他的你们可以慢慢谈，但刚刚里面有人受了伤，希望贵军能给予方便，让我进去急救。"

竹田厚司端详这个胆大妄为的医生片刻，忽然哈哈一笑："上一次方医生以治病为名，进入习志野战俘营，可是搞出了不小的动静啊。难道这一次想故技重施？"

方三响不由得一脸警惕，难道竟有这么巧的事，他当年也在战俘营？竹田厚司轻轻拍了一下巴掌，笑眯眯道："别担心，我们并不认识。但你在习志野的事迹，在军队内部是被反复检讨过好多次的，没想到今天能见到本人，真是幸会。"

"那是我因关东大地震南去救援时的事了。"方三响特意强调了一句。竹田道："我的亲人也有在关东大地震中去世的，这份人情总要记住。我相信方医生你这次……应该不会搞出什么花样了吧？"

方三响哼了一声，算是勉强做了保证。他冲项松茂点点头，跟着酒井快步走回仓库前面。卫兵将他搜了一遍身，打开了大门。

整个仓库并不算大，里面关着二三十人，男女老少都有，看装束都是平民。他们簇拥成几个小群，挤在乱七八糟的杂物之间，无不惶惶不安。日本人只在角落里放了一个马桶，不分男女，也没遮帘，隐隐的腥臭味弥漫在空气里。

五洲药房的店员们统一穿着浅蓝色号坎，十分好辨认。方三响迅速找到他们，简单讲了一下外面的情况。那些店员听说总经理是专门为他们而来，无不欢欣雀跃。"项总经理肯定有办法的。"一个店员信心十足地说。

方三响注意到，这些人的腰杆挺直了几分，双眼放光，可见有多信任这位上司。他也不多说什么，径直找到那位受伤的店员。这个倒霉鬼的左手中指指骨生生被枪托砸断，第一个指节耷拉下来，方三响从急救挎包里取出工具和药物，为他处理伤口。

与此同时，在银杏树下，一场艰难的交涉正在进行。

竹田直言不讳地告诉项松茂，那十一个店员涉嫌勾结反日分子袭击侨民，是必须被严肃处理的。

"他们只是无辜的平民，我可以保证他们与枪击事件没有关系。"项松茂说。

竹田双眼没有任何波澜："但是我们在店里搜出了大量反日宣传材料、旗帜和所谓的义勇军名册，他们是否参与了反日运动？"

"自从'九一八'之后，全上海都参与了反日运动，每一个市民都是反日分子！这些东西，在任何一家中国店铺里都可以找到。"项松茂讥讽道。竹田笑眯眯的，不为所动："所以项先生是承认这十一人确有反日倾向对吗？"

"他们只是做了身为一个中国人该做的事！你们自己清楚地想一想，日本和中国同文同种，不好好想些睦邻友好的方法，倒以军队占领我国土，屠杀我民众，反过来问我们为什么反日，这是什么道理？"

项松茂这几年的所见所闻实在让他郁闷，如鲠在喉，不得不发，他一个"好好先生"，也终于按捺不住怒火了。

竹田被这一通训斥说得有些恼火，正要开口叱骂，项松茂又抢先道："本药房的第二支店位于老靶子路，属于公共租界。你们公然掳走市民，是在践踏工部局的中立原则！"

"虹口的日本侨民众多，我们有义务在日租界内保证国民的安全。所采取的措施，都是正当而且必要的。"竹田铁青着脸。

其实上海本来没有什么日租界，只因为日本在虹口地区苦心经营多年，以吴淞路、狄思威路为核心兴建了大量学校、商铺、医院、寺庙、俱乐部乃至军营，街区完全东洋化。名义上，这里仍是公共租界的一部分，但工部局的管辖权早被日军侵夺，实际上与日租界无异。

项松茂知道竹田是在胡搅蛮缠，可又能如何呢？双方实力差距太大，任你讲出什么道理，对方摆出一副无赖相，你偏偏奈何不了。这简直就是中日之战的缩影，国民政府抗议之声不绝于耳，却阻不住日本人分毫。

"如果我来代替他们呢？"项松茂突然道。

"什么？"

"那十一个店员只是普通市民，于贵军全无用处。而我是上海租界华人纳税会理事和上海市商会会董，落在贵军手里，难道不比他们更有价值？"

项松茂作为商人，最擅长的就是各种利益的算计，他决定用这种方式去战斗。这一下子，竹田感觉自己被逼到了死角。一个身价巨万的总经理，换十一个月薪十几大洋的普通店员，这根本不划算，他是疯了吗？

项松茂觉察到了竹田细微的变化，又逼问了一句："堂堂大日本帝国军人，难道连这样的决断力都没有吗？"

他双眼灼灼，那光亮逼得竹田下意识转开了一刹那的视线，随即竹田心中涌起一阵羞恼。这个可恶的中国商人明明已经穷途末路，只能苦苦哀求，为什么自己那一瞬间会害怕？可这有什么好怕的？

为了摆脱这种挫败感，竹田猛地一挥武士刀，把旁边银杏树的树枝斩下来一截。"浑蛋！我做事不用你来教！"切口齐整的树枝落在了项松茂的脚边。周围的西本愿寺僧人纷纷驻足，露出心疼的神情。

唯有项松茂面不改色，坚毅的表情里隐隐带着讥讽。他知道竹田一定会答应，也不得不答应。

那边厢方三响给伤员处理好伤口，抬头朝栅栏外望了一眼，远处树下两人的会谈似乎不是太顺利。

方三响暗暗叹息了一声。早在习志野战俘营事件中他便深有体会，日本人骨子里崇尚强权，项松茂这样的谦谦君子，很难应付。可他也帮不上什么忙，只好把精力放在眼前。

方三响站起身来，问是否还有其他人身体不适，众人面面相觑，一个老太太瞥了眼马桶挂帘，伸手指了指。

他眉头一皱，迈步朝那边走过去。只见在帘子旁边的杂物之间，正斜躺着一个女子。这女子听到脚步声，抬起头来，射来两道憔悴而狡黠的目光。

"翠香？"方三响大吃一惊，她怎么会在这里？又怎么穿成这样？

粉红色条纹的衬衫，头戴船形水手帽，衬衫胸口处还别着一个球拍形状的胸针，这是回力球场的女仆欧啊。

上海号称有三大赌，赌狗赌马赌人。其中的"赌人"，指的是位于亚尔培路霞飞路上的回力球场。回力球速度快，不确定性高，胜负往往只在瞬间，极为刺激，是近一年兴起的博彩玩法。为了招徕赌客，球场专门雇一批年轻姑娘，身穿制服，游走于看台之间，提供各种小吃及博彩券。

虽然英子放弃了姚家家产，但也不至于让翠香去做女仆欧补贴家用吧？方三响带着疑惑走过去，翠香低声叫了一声方叔叔，似乎很是虚弱。

方三响这才发现，她的右脚踝肿得厉害，简直像个发面馒头。邢翠香得过小儿麻痹症，虽经过矫正，可走路始终一瘸一拐，眼下这状况，显然是在剧烈奔跑中扭伤了。方三响伸手触摸了一下肿处，瘀血积得很厉害，显然已经伤了很久。

刚受伤时，应该立即冰敷，现在超过一天，得改热敷才好。方三响手边没有热水，只好设法把她的右脚抬高，以瘀血处为中心向外轻轻揉擦。

"你怎么跑到这里来了？到底发生了什么？"方三响边揉边问。翠香还有心思开玩笑："哎呀呀，方叔叔你一口气问了这么多问题，我都不知先答哪个啦。"方三响手劲不由得大了点，翠香疼得直吸气，只好压低声音乖乖答道："我最近跟着史蒂文森做私家包探，正在追查一个人。"

"等一下，你不是在保育讲习所吗？"

"哎呀呀，还不是因为大小姐把家产都捐了，我业余做包探还能补贴一下家用。"

方三响哼了一声。这个小丫头天生性格活泼，胆大妄为，多半是耐不住讲习所的枯燥，只是没想到，她会跟史蒂文森混到一块去做包探。翠香道："方叔叔你知道三友实业社的事吧？"

"知道。"

三友实业社是一个本地毛巾厂，工厂就在杨树浦。前不久，有几个日本僧人跑去工厂化缘，结果与反日情绪严重的工人们起了冲突，被打死一人。虹口的日侨青年同志会纠集人手，放火焚烧工厂，还砍死了一个赶来组织救火的华捕。随后事件逐渐升级，日本军方公然介入，这才演变成了中日开战的局面。

"我们查到，这几个日本僧人是被人指使的，而且袭击他们的并非工厂工人，而是另有凶手。"翠香神神秘秘地说道。

方三响正在按摩的手为之一顿。另有凶手？

翠香道："当时参与的一共有两个日莲宗僧人和三个信徒。其中一个叫藤村国吉的信徒最喜欢赌回力球，我便化装成仆欧，在球场上设法从他嘴里套话。谁知这人起了色心，居然要跟我轧姘头，我顺水推舟跟他回去。没想到刚一到家，屋里有人开了枪。藤村被当场打死，我往外逃去，杀手穷追不舍。我脚崴了逃不远，恰好一队日军的巡逻兵路过，我抄起砖头砸了带头的军官，气得那军官当场把我抓住，反而让杀手不敢靠近了。然后呢，我就被他们以袭击军队的罪名带回这里关押咯。"

翠香的脸颊上还带着淡淡的掌印，真实情况肯定比她这一番轻描淡写的描述更凶险。方三响听得心惊肉跳，翠香胆子也忒大了点。但更让他震骇的，是翠香透露出的信息。

"藤村的家里放着一封信，我离开时顺手揣进怀里了。"邢翠香指了指自己的口袋，"里面提到一个人名，叫作川岛芳子。"

这个名字方三响略有耳闻，好像原先是个满清格格，后来入籍日本，最近频频混迹于上海上流社会，还有人称其为东方的"玛塔·哈莉"——世界大战期间一个法德双料美艳女间谍，可见那女人的背景。

这封信是川岛芳子写给藤村国吉的，要求他们五个人前往三友实业社去做"事先约定的工作"。旁边还有藤村的批注，愤愤不平地痛骂川岛芳子，说她在工人队伍里安排了杀手却不提前知会，以致一位无辜同伴意外死亡。

可见整个袭击日僧事件，分明是川岛芳子精心策划的阴谋。当初"九一八"事变爆发的起因，也是关东军先炸毁南满铁路，扔下几具尸体，伪称是中国军队先发起袭击，然后才开始发动偷袭——典型的日式做法。

方三响的心脏不由自主地剧烈跳动起来。如果这封信公布，将会对局势产生极大的影响，日本人绝不会容许这件事发生。以川岛芳子的心狠手辣，把参与者全数灭口再正常不过。

看来于公于私，都得尽快把翠香弄出去才行，她身上的干系实在太大。

方三响盯着她，蓦然想到一件重要的事情："是谁委托你们查这件事的？"

她和史蒂文森只是私家包探，不可能无缘无故来查一个政治事件。有资格关心这件事的委托者，必有很深的背景。翠香摇摇头，说要讲江湖道义，为雇主保密。方三响知道这丫头脾气犟，也不逼问，先把信揣好，然后拍拍她的肩膀，说他来想办法。

翠香摇摇头，把信纸交给他："方叔叔你把这封信带出去就行了，颜院长肯定知道怎么处理。我就算了，一个瘸子怎么逃？"她又幽幽道："大小姐和孙叔叔如今都在哪儿呢？"

方三响道："英子在吴淞，孙希大概是在哪家伤兵医院吧，一打起仗来，他从来都是最忙的。"翠香撇撇嘴："哼，他向来花头最多，也不知是真忙还是假忙。"方三响瞥了她一眼，似乎想起什么，可他只是动动嘴唇，终究没问出来。

方三响离开仓库，忽然听到一阵发动机轰鸣，紧接着一辆漆黑的福特轿车大咧咧开进院子，门口卫兵拦都不拦，可见来者身份不低。

不待车子停稳，一个人已从后排推门出来。这人一身黑色长风衣加黑礼帽，脖子上搭着一条纯白长围巾，虽是男装，可黑发如瀑，眉眼间透着女子特有的清秀与锐利。

女子一下车，整个别院的气氛为之一变。好多士兵纷纷停下手里的活，屏气凝神。就连西本愿寺的和尚们都不易察觉地抬起三度笠下的脑袋，朝这边偷偷望来。而方三响注意到，她也戴着一个红十字袖标。

方三响赶忙问旁边的酒井这是谁，酒井双眼睁得大大的，一脸仰慕道："这是川岛小姐呀，她怎么跑到别院这里来啦？"

"啊？"

方三响立刻意识到不妙。川岛芳子居然跑来西本愿寺别院了？不用问，这次肯定是冲着翠香来的，或者更准确地说，是冲着那封信来的。

藤村国吉的信，此时就在自己身上。如果他现在要走，没人会来阻拦，但翠香肯定完蛋了。方三响站在原地，陷入两难的境地。他忍不住想，如果孙希在就好了，那家伙总能想出些好主意。

此时川岛芳子已走到银杏树下，与竹田上尉交谈着什么，项松茂则退到旁边廊下，安静地等候着。方三响的大脑飞速运转，必须在这极短的时间内，想出一个两全其美的办法。

他无意中一摸自己的急救挎包，突然想起一位故人，计上心头。

这主意并不算好，但总比束手无策强。方三响无暇细思，快步走到项松茂身旁，低声道："项总经理，现在有一件关乎战争的大事，至为紧急，我希望你能设法拖住竹田和那个女人至少十分钟。"

出于信任，项松茂没有问缘由，毫不犹豫地答应下来。他双手捂住脸迅速摩挲了一下，似在驱走适才的颓丧。等到手掌放下，他又露出那张在大上海无人不知的温文面孔。

方三响更不多言，急忙转身回到仓库，借口遗漏了病人还未诊治，让卫兵开门。仓库里的囚犯们好奇地看着这位医生从挎包里取出一个小瓶，小瓶里装着暗褐色的粉末。方三响打开瓶子，催促每个人倒一口在嘴里。

出于对方三响的信任，那十一位五洲药房店员率先服下，于是其他人也纷纷倒了一小口。最后方三响走到翠香身旁，把剩下的粉末都倒给她吃。吃完之后，他隔着栅栏望了望，项松茂似乎在跟川岛芳子比画着什么，竹田在旁边一脸无奈，不时抬腕看看时间。

过了约莫五分钟，仓库里的众人开始觉得不对劲了。有些人觉得嘴里发干，不由自主地去抓咽喉；有些人的脸变得又干又热，泛起一片潮红，甚至瞳孔都开始微微扩大。又过了一分钟，几乎所有人都觉得身体发热，体温飙升。

方三响一直在密切观察这些细节，一见差不多了，对他们说："开始咳嗽！用力咳！"然后拿出一个棉口罩戴上冲到门口，对酒井着急道："我发现这里的囚犯得了肺鼠疫！"

酒井一听这三个字，吓得差点瘫坐在地上。肺鼠疫？这可不得了。

他作为赤十字社的医生，深知这玩意儿的可怕。这个病，是一个叫伍连德的中国医师在一九一〇年东北闹鼠疫时首次发现的。不同于通过鼠蚤叮咬传播的腺鼠疫，肺鼠疫可以通过飞沫在人类之间传播，一旦扩散开来，极为危险。

如果仓库里突然冒出个肺鼠疫，那整个西本愿寺别院都要完蛋了。一想到这个后果，酒井额头就冷汗狂冒，他颤声对方三响说："你确定吗？"方三响厉声道："他们所有人都突然出现了高热症状，还有咳嗽、胸痛等症状，这是典型的鼠疫！"

酒井越过他的肩膀，朝仓库内看去，只见每个人都面色潮红，而且不住地咳嗽。最靠近自己的那一个犯人，明显瞳孔都放大了，这是任何演技都做不到的。而方三响郑重其事戴上口罩的举动，更增添了几分说服力。

"可是，他们之前还好好的呀！"酒井迷惑不解。

"以闸北的卫生状况，每年都会暴发好几场疫病。"方三响顿了顿，语气坚定，"一九一〇年上海就曾闹过鼠疫，当时我正是第一发现人，请相信我的判断。"

酒井在中国待过几年，也知道中国的公共卫生很糟糕。被方三响这么一说，他登时又多信了几分。他出于习惯，想进仓库做进一步确认，却被方三响拦住。

"肺鼠疫太容易传染了，你不要进去！这里都是中国人，由我来处理就好。酒井先生最好去联系竹田上尉，把他们全部运送到别处隔离起来，不要给军方造成麻烦。"

"可这时候……"

"我可以把他们送到华界去，相信军方也是乐见的。"

酒井双目猛地睁大，听出了这话里的暗示，连忙转身去请示。望着他忙不迭地跑开的背影，方三响紧绷的情绪稍微松弛了一点。

他刚才给那些囚犯喂的药粉，叫作山莨菪粉。这是一种类似阿托品的镇痛药物，主要用于治疗肠胃痉挛、内脏绞痛，解除平滑肌痉挛，是时疫医生必备的随身药品。

现在国外的技术，已经可以提纯出山莨菪碱，但价格实在太贵。红会资金有限，医生日常外出，一般只会携带粗磨过的山莨菪粉。这种未经精制的药粉不纯，副作用还颇大，服用后会感觉咽喉灼热，面泛潮红，瞳孔放大等，它还会封闭汗腺，导致体温上升——这对身体并无大害，医生们也就将就着用。

刚才方三响想起刘福彪吞服麻黄假装患烂喉痧的事，想到山莨菪粉的特性，便给所有囚犯每人喂了超过一匙的量。他熟知鼠疫的种种症状，故意强调了发热的原因，再加上种种遮掩与误导，居然一下子唬住了酒井。

战事当头，突然冒出这么多鼠疫病人，日本人肯定不敢容留。如果能把鼠疫病人赶到中国军队的控制区，给对方制造麻烦，日本军方应该也乐见其成。

如此一来，翠香也好，十一位五洲药房店员也罢，便可以被日本人亲自送去华界，逃出生天。方三响仔细盘算了一番，鼠疫传染性那么强，没人敢冒着生命危险靠近，只要没有专业医生，这个计划便全无破绽。

只见酒井跑到竹田那边说了几句，看得出，那边的人都很震惊，一齐朝这边看来。方三响紧抿起嘴唇，能不能瞒过，就看这一回了。

竹田似乎要过来看看，却被酒井拽住，耳语了几句。竹田气呼呼地把武士刀收回鞘里，朝旁边挥动手臂。过不多时，一个军医匆匆抱来十几个口罩，这应该是别院所有的存量。竹田、川岛芳子和酒井立刻戴起来。

一看他们这如临大敌的样子，方三响便知道这事成了。酒井很快又跑回来，说："就按方医生你说的办。"

方三响返回仓库，没有多做说明，只让所有人撕下衣角，捂住口鼻，又请两个店员把翠香搀扶起来，准备离开。大家不知道这位医生怎么如此神通广大，无不喜出望外。

这支队伍从仓库里鱼贯而出，朝别院外头走去。别院里的其他人都站得远远的，唯恐被波及。只有项松茂走过来，抓住方三响的手。

"方医生，这些人就拜托你啦。"他说。

"怎么？您不跟我们一起走？"

项松茂依旧笑容满面："我和竹田刚刚谈妥，我会留下来。"方三响肩头一震，他这才明白，为什么竹田那么痛快就放人了，原来不光是担心鼠疫，是有人做出牺牲啊。

"这……这怎么可以……颜院长出发前，叮嘱我要护你安全。"

项松茂笑道："我做了几十年买卖，十一人与一人，孰轻孰重，我还是算得清的。你放心好了，凭我的身份，他们不敢轻动。"

这道数学题很简单，也很沉重。方三响盯着这位总经理，一时讲不出话来。可眼下不是耽搁的时候，他只能用力握了握对方的手，快步回到队伍里。

他们正准备离开别院，哪知酒井战战兢兢跑过来，说等一等，川岛小姐想要过来看看。方三响眉头一皱，他最怕节外生枝，这可不是什么好兆头。他沉声道："鼠疫凶险，川岛芳子身份特殊，不怕染上恶疾吗？"

对这些人他从不愿用敬称，向来直呼其名。酒井一听，哈哈大笑："方医生你认错人了吧？她怎么会是川岛阁下，是川岛小姐啊。"

方三响眉头一皱，自己似乎忽略了一个很重要的细节。酒井一脸迷醉道："这位川岛真理子小姐，是川岛芳子阁下的养女，她可是我们赤十字社的高岭之花呢。"

说话间，川岛真理子已经走到队伍近前。她戴着口罩，看不清她的表情，唯有一对眼睑线条分明的眼睛，像探照灯似的扫射过来。方三响什么也做不了，只得静待在旁边。

如今是一月份，所有人都穿得很厚实，唯独脖子会露出来。川岛真理子观察了一阵，忽然发问："为什么他们的颈部淋巴结没有发肿？"

她的汉语字正腔圆，只是没有任何起伏。方三响一听，脊梁骨一阵发凉。鼠疫最典型的特征是淋巴结肿大，这个是无法模仿出来的。所以方三响刚才一直拼命误导，不许酒井靠近。没想到，这个川岛真理子一下子就戳到了关键之处。

"鼠疫的症状，腹股沟或腋下的淋巴结肿大的情形更多一些。"方三响只能勉强回答，暗自指望她就是随口问问，不会较真。

可这个希望立刻便破灭了。川岛真理子一指其中一个店员："把裤子脱掉，我看看。"店员战战兢兢，把裤子褪下来，在湿寒的空气中瑟瑟发抖。

"你，也脱。"

真理子的语气冷得如同一块冰。

另外一个店员也脱下裤子，方三响懊丧地闭上了眼睛。

川岛真理子扫视了一眼两个人的下体，那里干干净净，并无任何淋巴结肿大。她面无表情，这个拙劣的把戏连嘲笑的价值都没有。倒是竹田有些气愤："方医生，你真是恶习不改，中国人果然不能信任。"

她转过身去，对竹田道："请竹田上尉给我准备一个关押犯人的房间。"

竹田一怔，都关到仓库里不好吗？干吗要分开？川岛真理子扫视了一圈，抬起纤纤手指，朝人群里一点："方三响、邢翠香，这两个人要单独关押，我要问话，其他的你自行处置就好。"

她的声音陡然提高了几度，同时转动脖子，似乎刻意说给谁听。

竹田知道，川岛真理子虽然名义上是赤十字社的医生，其实是特高课的人，这次中日开战背后有这个机构的影子，她要审问必有缘由，于是喝令卫兵们过来安排。

这些人被迅速分成了三队。方三响与翠香一队，十一名店员一队，其他人一队。

"等一下，为什么这十一个人要单独分队？"川岛真理子问。竹田把五洲药房的事简略讲了一下，说项总经理情愿以身作保，换回那十一位店员的释放。

川岛一对冷目转向了项松茂，双手抱臂，食指有节奏地敲击着，过了一阵方道："项总经理是吧？贵厂出品的固本肥皂，我在上海是很喜欢用的。"

"如果川岛小姐喜欢，我可以让人送几箱过来。"

"记得项总经理刚推出这个牌子的时候，英国人的祥茂洋行想要收购打压，疯狂倾销祥茂牌肥皂，最后反被固本挤出了市场。这一场商战，可着实让白种人领教了我们黄种人的力量呢。"

那确实是项松茂生平最得意的战役之一，只是被这个日本姑娘归类为白种人、黄种人之战，说不出地古怪。

"可惜啊，我听说您旗下的几家工厂最近转而生产各种战场急救药品，暂时不会有固本肥皂供货了。"

项松茂眉头微蹙，想不到日本人的情报工作如此有效率。他脸色僵硬地回答："是的。"川岛真理子头稍微歪了一下，淡淡道："这些药品应该都是直送前线，供应给中国军队吧？您身为总经理，想必很清楚投放计划。"

项松茂心里咯噔一声，差点没沉住气。如果日本人掌握了药品的直送计划，就相当于掌握了中国军队的布防图，这对接下来的大战的意义不言而喻。这个女人太敏锐了吧？简直是魔女。

"对不起，这是商业机密，我不能说。"项松茂坚决回绝。

川岛真理子没有生气，她平静地转头对竹田道："这个人，还有那十一个店员，也请一并移交给我。"项松茂大惊，急忙叫道："竹田上尉，我们明明已经达成协议了。让我留下，让其他人离开。"

竹田一摊手："我是个海军军官，没办法对川岛小姐发号施令。"

特高课归属内务省管，属于政治警察体系，与军方是两个系统。那女人显然是打算拿那十一个人去胁迫项松茂交出直送计划，恶人便由她去做好了。

于是竹田发出命令，让卫兵把囚犯重新分配一下。方三响向翠香递过去一个眼神，手臂肌肉微微绷紧。翠香冰雪聪明，立刻觉察他想要挟持真理子，强行带走大家。她心中大急，低声道："想想小钟英。"一听这名字，方三响的动作陡然停住了，到底还是放弃了这个冒险行为。

于是整个队伍被分成了两部分，方三响、翠香、项松茂和那十一个店员被归为一队。全程没人呼喊或挣扎，因为没有人知道哪一边的命运会更悲惨。

川岛真理子又道："有没有偏一点的房间？先把他们关起来。我派人去调一辆囚车过来，应该一个小时就到。"

"押去江湾吗？"竹田看到川岛点了点头，忍不住笑起来，"到了那里，他们会怀念我的仁慈。"

竹田问了一圈别院僧侣，决定把方三响等人暂时关押在侧边的藏经阁。至于其他人，则又被推回到仓库里。

西本愿寺别院的藏经阁并不算大，只是一间紧邻山墙的砖混结构日式平屋，屋内放着几个桧木书架，架子上搁着若干本经书，看质地年头颇长，多是从日本带过来的。

这些囚犯被关进来时，天色已晚。方三响隔着栅栏，看向远处的落日。只见那一轮冬日早早便坠下地平线，边缘血红，仿佛被黏稠的血浸泡了太久。暗夜之下，虹口高高低低的建筑只剩下方正的轮廓，有如一块块墓碑，浸泡在阴冷潮湿的空气中。

"方叔叔你还是演技太差。你不应该强调什么疑似症状，你一强调，人家就会去分析，一分析，不就露馅了？你应该一口咬定，咬死是鼠疫，也许就能唬住那个女人了。"

翠香蜷曲起受伤的那条腿，轻声抱怨。方三响无奈道："我没有你或孙希的机智，能想到这个法子已是极限了。唉，孙希在就好了。"

"孙叔叔啊，他一见到女人，尤其是美女就要捣糨糊，还是不要指望的好。"

她环顾四周，厌恶地耸了耸鼻子："哎呀呀，我一看到这些佛经就头疼，日本人这是打算念经烦死我吗？哼，逼急了我一把火把它们都烧掉。"项松茂安顿好店员，从书架另外一侧走过来，见到书上盖着厚厚的尘土，忍不住感慨道："这寺里来来往往的日本贵人们，不知是否在佛经里读出了几分慈悲为怀，呵呵。"

方三响把项松茂拽到角落里，讲了藤村信件的事。项松茂这才明白事件的全貌，这个川岛真理子看来是打算一箭双雕，既要销毁藤村信件，也要问出药品直送计划。

"方医生你放心，我就算丢掉性命，也绝不会透露半分。"

方三响对项松茂的人品自然十分信任。他疑惑地看向大门处："但是……她怎么没动静？"按说他们已成了瓮中之鳖，川岛真理子应该立即审问才是。可这眼看都天黑了，大门却始终紧闭，不知她去干吗了。

这时翠香忧心忡忡道："其实我有件事，一直很在意。"

"什么？"

"方叔叔你之前认识那个叫川岛真理子的女人吗？"

"从来没见过。"

翠香眼神闪烁："那就怪了。那个女人抓我们的时候，可是一口喊出了你和我的全名。"

竹田之前认识方三响，知道方三响全名不奇怪，但那女人连翠香的名字都能喊对，这便十分诡异了。方三响道："难道说……她早就知道我们的存在，可她在图谋些什么？"

两人正嘀咕着，在藏经阁外侧的长廊尽头，忽然响起了咯吱咯吱的声音。这里铺的是鹂鸣地板，故意被设计成这样，任何人踏上去都不能消除声音。他们赶紧闭上嘴，屏气凝神。

把守藏经阁的卫兵们转头警惕地望去，见到一个戴着三度笠的僧人弓着腰缓缓走来，手里提着一个装满稀粥的木桶。一见是给囚犯们送饭的，卫兵们精神松弛下来。僧人先冲他们鞠了一躬，正要推门进去，却不防在走廊尽头的黑暗中，传来一个女子的声音。

"请等一下。"

川岛真理子的身影，像是从黑暗中浮现一样，咯吱咯吱地缓步走到近前。僧人似乎有些惶恐，她用随身携带的一根手杖探入粥桶，搅了一搅，碰触到了一个硬东西。真理子面无表情地把戴有薄布手套的右手伸进去，从滚烫的粥里取出一把锥子。

卫兵们又惊又怒，要把这和尚按住。川岛真理子却示意他们退开，到廊下去，尽量站远一点，只留下她和那个僧人。

"摘下斗笠。"等卫兵离开之后，她命令道。

僧人摘下三度笠，露出一个光头。不过这光头的头皮深浅不一，很多地方的发楂根本没刮干净，看上去颇为滑稽。川岛真理子"扑哧"一声，捂着嘴笑了起来。

如果酒井在旁边的话，估计会惊讶地叫起来。对任何人都冷若冰霜的高岭之花，居然笑了，而且还笑得像个小女生。

"真没想到，你会把头发都刮光，连我都差点没认出你来。"她说。

僧人有些迷惑，这口气似乎很熟悉。但她的下一句话，却正好击中了他："孙君，真是好久不见啦。"

僧人一瞬间有些慌乱，不明白怎么会被人看破了真身。川岛真理子双手合十，像是感谢神明一样："我扣押了方三响和翠香，还没想好怎么利用他们来见到你，结果你居然自己找上门来了。"

面对这个古怪女人的古怪言论，孙希又是恼火，又是气愤。

自从开战以来，他本来一直在前线的伤兵医院忙活，史蒂文森突然找到他，说翠香陷身在西本愿寺别院之中。以此时的局势，别说警察，就算是军队也帮不上忙。孙希联系不上方三响和姚英子，急得六神无主。所幸此时两军停战，医院暂时不忙了，他一咬牙，便冒险潜入虹口来救人。

孙希一进虹口，恰好见到一具被流弹打死的日本僧人的尸体，遂把他的斗笠、衣袍都扒下来，换到自己身上，然后捡了一块炮弹皮，硬是刮掉了满头的头发，大摇大摆地混进西本愿寺别院。

自从关东大地震后，他一直在自学日语，如今已经讲得十分流利。别院之内人多，竟被他一路蒙混进去。只可惜竹田布防严密，外松内紧。孙希一直没找到机会救人。

孙希万万没想到，方三响、项松茂他们很快也来了；更没想到的是，他还没来得及跟他们取得联系，却撞见了一个莫名其妙的女人。

她言语之间，似乎跟自己很熟。孙希实在迷惑："你……你究竟是谁？"

川岛真理子把领口扯开一个扣子，露出一截白皙的脖子，可惜上头多了一道触目惊心的疤痕，像一条缠住脖子的蛇。孙希一看到这疤痕，惊讶地张开嘴，伸手猛点："你是……你是……"

"我是胡桃呀，那个被你和虎爷爷救了一命的胡桃。"真理子的声音变得温柔起来。

九年前的记忆，在孙希脑海里一下苏醒。一九二三年在东京，他救过一个被劈开了气管的小姑娘，盐谷铁钢确实提过一句她的名字，但孙希很快就把这事忘了。

没想到她居然都这么大了，而且还……变成了这种身份。

真理子向前走了几步，先是凝视孙希良久，然后开口道：

"我从来没在清醒时见过你，可我至今都记得半昏迷时的那种感觉，从来没有人那么温柔地对待过我，也从来没人那么用心地关心过我。"

"那是作为医生的责任。"孙希的腮帮子隐隐发酸。

"我是个妓女的孩子，母亲生完我就死了。我从记事时起，就一直寄人篱下，饱受欺凌，东躲西藏。除虎爷爷之外，从来没有人给过我哪怕一点点关心。我一度认为，自己存在于这世间，也许是多余的。只有你，在我将要坠入三途川时，把我救回了人间。我醒来以后，就下定了决心，一定要来中国找到你，报答你的关心。"

川岛真理子站在走廊里，两眼放光，继续讲起她的事情来。

那次侥幸生还后，她便一直跟着盐谷铁钢学医。后来一次偶然的机会，她遇到了川岛芳子。当时川岛芳子正打算培养一位心腹，遂把她收为养女，改名为川岛真理子，接受各种专业培训，跟随其走南闯北。

这一次上海事变，川岛芳子在幕后出力甚多，真理子自然也跟她来到上海，为她办事。

"这是我第一次来上海，但我对你的事情，已经了解得很多呢。你的样子、你的工作、你的朋友、你遭遇的官司、你爱去的番菜馆和裁缝店，我都知道！我还知道，你一直单身，拒绝了所有的追求者。"

川岛真理子双眼跃动着炽烈的神采。她说得天真烂漫，就像是一位陷入苦恋的思春少女，可讲出来的事情，却让孙希毛骨悚然。

这些年来，自己竟然一直在被人默默监视着，这感觉太可怕了。她知道自己在干什么吗？绑架暗恋对象的亲朋好友？哪一派的鸳鸯蝴蝶小说也没这种情节吧？

孙希当了这么多年医生，一看胡桃这种精神状态，就知道应该是"吊桥症"的一种表现，而且是相当极端的那种。

所谓"吊桥症"，是说一个人走在晃悠的吊桥上，心跳容易过速，如果对面有其他人，人们往往会把紧张感误当成对对方的好感。在医生与病人的关系中，这样的情况颇为常见。处于极度痛苦中的病人，很容易把医生的治疗当成爱意的表达，产生特殊的情感。

别的不说，姚英子当年遭遇车祸被颜福庆所救，直接影响到了她后来的职业选择，就是一个例证。当然，英子那种程度比较轻，而且影响积极。但眼前这个胡桃姑娘，大概从小生长在极度缺乏关爱的环境下，孙希的一次无心施救对她产生的影响太大，让她近乎走火入魔。

"我从大正十一年（一九二二年）开始等你，今年是昭和七年（一九三二年），等了足足十年。我终于见到你了。这是命定的重逢！"川岛真理子想要凑近一点，孙希却冷着脸，向后退开半步，背靠廊柱："川岛小姐，你把我的朋友关在这里，然后说要报答我的恩情？你对中文表达有什么误解？"

"我知道，我知道，孙君是个温柔的人呢。"川岛真理子抬起头，带着一丝羞涩，"别担心，我会把你的朋友们都放掉的——当然啦，除了邢翠香。"

"啊？为什么？"

"我这次来别院，本来就是要抓她回去，这是川岛阁下交给我的任务。"

川岛真理子的气质，在一瞬间又切换回了那个冰冷的特高课警官。孙希皱眉道："她一个小姑娘，怎么会被你们盯上？"

"她手里拿着一样东西，如果落入中国人手里，对皇军的计划会有妨碍。"川岛真理子说完，挽起孙希的胳膊，语气转而温柔起来，"孙君是为了她，才潜入西本愿寺别院的吗？"

"我为了谁而来，与你无关。"孙希恼火地扯松领口，"她是我朋友的晚辈，我当然不能见死不救啊！"

"能够让孙医生你不顾安危舍身相救，我很羡慕她呢……"讲到这里，川岛真理子的语气陡然变得锐利，"但很可惜，她是我们大日本帝国的敌人，必须予以排除。"

孙希心里一阵阵地涌起寒意，这个疯姑娘似乎完全没意识到，自己讲的事情何等残酷，说得就像小孩子抢糖果一样平淡。

川岛真理子见他没吭声："孙君，我向你透一个底。帝国海军的加贺号和凤翔号航空母舰，已经进入了外海。一旦再次开战，孱弱的中国军队将会被彻底击溃，这场战争很快就会结束的——未来的上海，将会是日本的天下。"

"然后呢？"

"孙君救过我的命，我一定会尽力帮助你。如果你肯做我……嗯，做日本政府的朋友，我可以推荐你去东京帝大深造，也可以帮你开一个私人诊所，如果你想在卫生处谋一个高位也没问题。无论怎样，总比待在一个小医院更有前途。"

孙希表情彻底冷了下来，缓缓吐出一个数字："二十一。"

"嗯？"川岛真理子一怔。

"这是二十九日一天激战中，我在前线伤兵医院所做的手术台数。其中至少有三分之一的手术，我只是在尽人事，他们的伤太重了，根本救不回来。如果你说的是真的，那么接下来的战争中，这样的人只会更多。"

"这也是没办法的事情呀。如果他们不抵抗的话，明明就可以和平解决的。"川岛真理子说。

孙希抬起双手，十根修长的指头弯曲又伸直："我的双手沾满了他们的鲜血。现在你要我带着这些死伤者的印记，投靠凶手？你当我黐线①啊？"

川岛真理子勉强笑了笑："我记得孙君你从来对政治没兴趣的。"

"看来你对我的了解，还是不够深。"孙希冷冷道，"我确实对政治没兴趣。但这是生死存亡的问题。你们是要来杀死我们的侵略者，难道还指望我是盲的？"

川岛真理子露出难以理解的表情："这次开战，日本也是迫不得已。黄种人要团结起来，一起抵挡欧美白种人的侵略。这场战争不是为了灭亡中国，只是为了尽快促成中日合体，实现大东亚联合。小不忍则乱大谋，这些都是必要的牺牲。"

这套说辞，孙希之前听盐谷铁钢说过，当时还颇为心有戚戚。可换作如今的背景，这一番言论便显得极为荒诞。孙希气得笑道："盐谷先生早在关东大地震时，就看透了这套说辞的虚伪，这不过是自欺欺人罢了。"

"他年老糊涂，已经跟不上时代了。"

"你追求异性的手法和你的政治观点，应该是同一个老师教的吧？都是这么一厢情愿。"

听到如此刻薄的评价，川岛真理子的五官微微有些扭曲。她转头看向藏经阁大门，尖酸道："你果然是为了邢翠香，才搬出这么多理由拒绝我的邀请吧？"

孙希一阵苦笑，这个女人完全钻进牛角尖里去了。不过他心中突然一动，如果让她这么误解下去，其实倒也是破局之道，于是摊开双手道："咳咳，你猜得没错，其实我和翠香两情相悦，在一起很多年了。"

"你不是说她是你朋友的晚辈吗？"

"其实也没差那么多，十几岁而已。年龄不是问题。"

川岛真理子强抑着怒意："你过去的事情，我可以不追究。孙君，你要考虑一下自己的未来啊！"

"等你们日本人退出上海，再来说这个不迟！"

川岛真理子见孙希态度坚决，轻叹一声："你当年救过我，我是一定要报答的。这样好了，等一下我要把他们全部移交到江湾司令部，你可以跟着一起上路，陪她走完最后一段路程。"

她一抬手，把卫兵叫回来打开藏经阁大门。孙希别无选择，只得一咬牙走了进去，木门随后在身后关闭。

———————

① 黐线：粤语方言，意为神经兮兮、言行举止不正常。

藏经阁里一片黑暗，孙希借着从阁窗透进的微不足道的光亮，先看到邢翠香，然后是方三响和项松茂，三个人表情都很怪异。直到外面再次传来川岛真理子的声音，孙希才知道为什么。

"囚车快到了，五分钟后我们出发。"

孙希的面颊一下变得滚烫，原来这里的墙壁太薄了，刚才两个人的对话，藏经阁里面的人听得一清二楚。

邢翠香双手抱臂，面上冷若冰霜："两情相悦？年龄不是问题？孙叔叔，我先前都不知道你是这样的想法呢。"孙希赶紧解释："我那是为了救你们，跟她虚与委蛇！"

邢翠香却不依不饶："从前你就喜欢编派大小姐，还撺掇冯老头子上门提亲；现在又编派到我头上了。这要是传到大小姐耳朵里，她还不扒我的皮？"

孙希一拍胸脯："等我们脱险了，我去跟英子澄清。"邢翠香又一撇嘴："哼，你这么急着澄清，是压根不想和一个瘸子孤儿扯上关系，对吗？"孙希一时语塞，这……这话说得两头堵，怎么回答啊？邢翠香望了眼他狗啃似的秃瓢，"扑哧"一声笑起来，有些心疼地伸手去摸："疼不疼啊？刮得头皮都出血了。"

孙希道："事起仓促，我急着救人嘛，一时间也只能想到这个法子。"邢翠香眼睛眨了眨："你来之前，知道方叔叔、项总经理他们也来别院了吗？"孙希摇摇头："我在医院里忙得昏天黑地，哪知道他们在做什么？"

邢翠香"哦"了一声，声音变得柔和："总算你还有良心，没有跟着那个日本女人走，不然大小姐非气死不可。"

旁边项松茂感叹："这个日本女人也太疯狂了，明明之前都没见过孙医生，居然说出那样的话来。不知道的，还以为他们有十几年孽缘呢。"

翠香道："这你们就不懂了。正因为没见过面，那个女人才会在一次次的想象中，把孙叔叔的形象不断美化。她痴缠的不是孙叔叔本人，是她心目中那尊完美的偶像。"她转头过去，又对孙希提醒道："她口口声声说要和你在一起，到头来还是以特高课的任务为先。你可不要被美色迷惑，仔细被那母螳螂生吞了。"

"我什么时候被她的美色迷惑了啊！"孙希连声叫屈。翠香这夹枪带棒的本事，是越发精湛了。

方三响及时制止了他们两个："你们不要在这里扯这些了，快想想，接下来怎么办？"

他们眼看就要被转移去江湾的日军司令部。对日本人来说，翠香的藤村信件和项松茂的直送计划，都是志在必得。他们一旦被抓进去，恐怕会凶多吉少。本来外面还有个孙希可以策应，现在倒好，连他也被抓进来了。

这时孙希微微一笑："你们是不是忽略了一件事？"

"什么？"

"谁说他是一个人潜入别院的？"翠香在旁边抢先点破了孙希的关子。

十分钟之后，一辆囚车载着十五名囚犯缓缓驶出了西本愿寺别院。战争期间灯光管制，连路灯都熄灭了，这辆车只能打开两个车前灯，沿着漆黑如墓道般的马路向江湾开去。川岛真理子坐在副驾驶位上，不时回头去看观察孔。只见孙希坐在邢翠香的身旁，互不理睬，两个人的姿势很是怪异。

最后一程了，两个人有这样的情绪也不奇怪。好在孙医生很快就可以迎来新生，想到这里，川岛真理子的唇角便微微翘起，沉浸在即将到来的幸福中。

囚车很快开到一个叫邢家桥的地方。这里有一条不算太宽的河渠，渠上有一座清代留下来的青石小桥，横亘东西。从虹口去江湾，这里是必经之地。

此前这一带曾爆发过激战，遍地瓦砾，还来不及清理。囚车不得不放慢速度，司机时不时要探出头来，借手电筒观察路面每一处凸起状况，避免轮胎被扎。囚车就这么慢慢开过石桥，眼看要开过河渠时，远处黑洞洞的建筑里突然闪过一点火光。

随之而来的，是一声清脆的枪响。司机当即扑倒在方向盘上，气息全无。川岛真理子反应极快。在听到枪声的同时，她条件反射地伏下身体，推门跳下车去，在地上打了几个滚，已拔出了手枪。这一连串动作行云流水，完全没有给枪手留出机会。

又是一声枪响，囚车的右侧后轮胎立刻瘪了下去，车厢在石桥上向右歪去。押送的两名士兵打开后车厢，惊慌地跳下来，东张西望。在这样一片深沉的夜色中，开着车灯的囚车是绝好的射击目标。川岛还没来得及发声示警，黑暗中又是两声枪响，两名士兵一头栽倒在地。

"中国军队渗透到这里了？"川岛真理子躲到一处桥墩旁蹲下，脑海里闪过一个念头，但很快就否定了。日军的阵地极为密集，不可能有成建制的军队毫无动静地穿过来。

川岛真理子小心地探出头来，又是一枪打过来，把石礅上沿打出一个豁口。这次她听出来了，这是李－恩菲尔德，是英国人爱用的步枪，而中国十九路军的制式步枪是汉阳造毛瑟枪。

看来伏击的人，多半是活跃于虹口的所谓"反日义士"，他们特别爱用这种从租界工部局流出来的枪械，俗称"英七七"。那些家伙对虹口地理极为熟悉，神出鬼没，不停地打冷枪骚扰日军和侨民——之前五洲药房外的枪击案就是一例。

这次的伏击地点显然是精心挑选的，邢家桥与附近所有的日军驻屯点距离都差不多，任何一处日军赶来救援都得花点时间。

川岛真理子心念电转。在这种情况下，与其一个人与对方原地纠缠，不如先行撤退，赶去最近的驻屯点通知军队。她不担心这十五个人会先一步逃走，虹口毕竟是日军控制区，这么多人不可能藏得住。

主意既定，她朝囚车那边又开了一枪以迷惑对方，然后毫不犹豫地朝西北方向的狄思威路跑去。那里有一个日军预备队营地，只要几分钟就能跑到。

她离开没多久，一个满头白发的酒糟鼻洋人出现在囚车后门，端着英七七嚷道："天国近了，快来迎接你们的救世主吧！"

"老头子，你怎么那么多废话。"翠香在车厢里笑骂了一句。

来救他们的人，居然是史蒂文森。方三响诧异地看向孙希："这就是你说的救兵？"孙希低声道："连你都想不到，日本人自然更不会知道了。"

原来翠香陷身之后，史蒂文森立刻跑去医院通知孙希。两人决定一个化装成和尚，混入别院，另外一个则留在外面策应撤退。川岛真理子为了诱捕孙希，故意放出风声，在别院多留了一个小时，反而给了孙希一个通知史蒂文森的机会。

史蒂文森在上海这么多年，早混成了一个老油子。他得到情报后，立刻判断出，囚车返回江湾必走邢家桥。于是他带着一杆英七七，埋伏在左近，准备劫车。

没想到这把枪歪打正着，让川岛真理子产生了误会。

项松茂和十一位店员鱼贯从囚车上跳下来。他们本来都绝望了，没想到突然冒出一个意外转折，无不惊喜莫名。当发现解救者还是个洋人时，项松茂大为意外。他对方三响道："这是你们的朋友？"

"不算是。"方三响不知该怎么回答才好。项松茂热情伸手道："史蒂文森先生，您甘冒奇险，拔刀相助，真是国际义士。"他刚说完，一股浓重的酒气扑面而来。史蒂文森打了个酒嗝，拍着胸脯道："我在上海生活了几十年，也是上海人，最见不得狗东西把家里搞得一团糟。这是应该的。"

方三响转向翠香："他怎么突然变得这么讲义气了？"翠香伸出手，拇指和食指捻了一下："哎呀呀，有钱能使洋鬼子推磨嘛。"方三响这才想起来，她和史蒂文森受雇于一个神秘雇主，想来金主给的经费足够丰厚，他自然尽心竭力。

这时史蒂文森数了数人头，皱眉道："孙希，你之前只说几个人，怎么现在却有十五个？"奇怪的是，孙希并没有回答他。

反倒是项松茂开口道："如果你觉得为难，我可以额外再给你一笔义士赞助费。"

史蒂文森牛眼一亮，然后懊恼地抓抓乱发："不是这个问题！日本人在几分钟内就会赶到。十五个人聚在一起走，目标太大，绝对走不脱的。"

"老头子，你劫囚车的时候，没想过撤退的路线吗？"翠香问。

"孙希就给我一个小时的准备时间，哪里来得及计划那么周详？"史蒂文森眼睛一瞪，"而今之计，只能沿着河渠南北分头离开！"

邢家桥桥下的这条河渠，叫作俞泾浦，当地人都叫作大塘。整条河渠在虹口蜿蜒盘转，大体呈西北—东南的流势，南边接到苏州河附近的入江口；北边则是从西泗塘、蕰藻浜入黄浦江，四通八达。

在场的人都在上海生活了很久，不用史蒂文森细说，便听出他的用意。说是分头走，其实摆明了是一路做诱饵，吸引日本人的追兵，给另外一路制造逃跑机会。这听起来残酷，却是损失最小的一个办法。

方三响没多做犹豫，自作主张道："项总经理，你们往南，那边有饶神父的车队接应。我们往北去。"

从这里向南到苏州河，距离只有两公里不到，过了外白渡桥就是中立租界。饶家驹的救护车队，正沿着苏州河活动，只要遇到他们，便可以逃出生天。至于向北去蕰藻浜，那里是吴淞与闸北的边界，两军陈列了重兵对峙，危险性大增。

项松茂急道："这不成，你们岂不是太危险了？"方三响道："不要谦让了。我受颜院长之托，要护您安全，这是我的职责。我们有红会身份，人数也少，其实比你们要更安全。"

他没问过其他人意见，但他知道其他人一定赞同这个选择。

项松茂知道这只是托词，刚才日本人抓方三响可没犹豫，何况还有一个腿脚不便的邢翠香。可方三响又道："再说您冒着风险跑来，不就是为了把他们带回去，跟家人团聚吗？"

这一句话，让项松茂登时说不出话来。他回过头去，那十一个店员站在身后，谁也没开口要求怎么做，可眼神里那种对生的渴望，委实藏不住。这里的每一个店员，都是项松茂亲自面试招进来的，每个人的家庭情况他都很清楚。

如果他们出了事，堕入绝境的岂止这十一个人？项松茂沉沉地叹了口气，不再坚持。

方三响又从怀里掏出藤村信件，交给项松茂："等您逃出去之后，把这个转交给颜院长，他知道该怎么处理。"项松茂知道这不是感慨之时，他郑重地叠好信纸，伸出手去，重重地与方三响握了握："方医生，保重！"

项松茂带着那些店员，沿俞泾浦的河道向南边离开。

翠香靠在一旁，忽然发现孙希一直没怎么吭声，这不太像他的作风。她转过头去，想要再讽刺一句，却见到孙希斜靠在车厢后头，捂着肚子，脸色不太对。有殷红的鲜血从指缝缓缓流出来。

刚才川岛真理子那试探性的一枪，竟鬼使神差地击中了刚下车的孙希。

"啊！你刚才中弹了，怎么不早说！"翠香又气又急，想要上前搀扶，可腿脚不听使唤。孙希勉强笑道："我如果说了，项总经理他们就不肯走了。"

方三响和史蒂文森见状，也无不色变。方三响急忙俯身去检查，他在战场上救治过无数伤员，早已身经百战，可此刻双手剧烈地抖动着，明显乱了方寸。

好消息是，孙希的枪伤是贯通伤，子弹从后臀进入，穿过整个右髂窝，没留在体内，应该没波及重要脏器；坏消息是，如果不及时止血送医，一样会死。

史蒂文森端着步枪站在旁边，一脸紧张地催促说必须走了，日本人眼看就要来。方三响厉声大吼："闭嘴！我没法专心包扎！"

他身上的急救包留在了别院，只能撕开棉衣来止血，怎么按都按不住。孙希宽慰道："哎，老方，你别慌啊。这位置，说不定正好帮我把盲肠给割了。"

这个拙劣的玩笑，并没有缓和方三响的情绪，几缕血丝以肉眼可见的速度在他眼球上弥漫。这时翠香在一旁突然开口道："你们带孙叔叔快走吧，我留下来。"

史蒂文森和方三响动作都是一顿。翠香道："我的脚踝受伤了，一个瘸子，怎么跑都是累赘。那女人只是为了抓我，只要我留下来，他们应该不会继续追你们了。"

"不要胡说！"方三响哑着嗓子喊道。

翠香却一脸认真："你们只有两个人，扛着一个瘸子一个伤员，根本没法走嘛。哼，我留下来，一定要当面告诉那女人，是她误伤了孙叔叔，让她直接愧疚死算了。"

她在黑暗中斜倚着囚车，口气轻松，可眼睛盈盈转动："你们见到大小姐，记得劝她别难过。我早在蚌埠集的时候就该死了，这些年来都是赚的，知足了。"

"别傻了丫头，英子若知道我们把你扔下，还不捶死我……哎，轻点，疼。"孙希疼得龇牙咧嘴。

翠香一瘸一拐地走到孙希跟前，从极近的距离凝望着，语气难得温柔起来："孙叔叔，你可要记得告诉大小姐。一直以来，我不想和她争，以后也争不了了，但我希望她能明白我的心思。"

饶是孙希身负重伤，听到这句也是一怔。一种隐藏日久的微妙情绪，似乎被这一枪击碎了坚壳。不等他说什么，翠香飞快地抱了他一下，转过身去，泪水滚滚而下。

旁边史蒂文森忽然一咬牙，一把拉开驾驶室门，把司机的尸体拽下去："笨蛋，我们不用跑！可以坐车！"

"可是轮胎……"方三响看向右后方，囚车的轮胎刚刚被史蒂文森打瘪。

"能走多远走多远！就是硬开！"史蒂文森吼道，然后一猫腰钻进驾驶室。

方三响转头对翠香吼道："快上车，你来照顾他！"翠香原本已下定决心原地等死，被方三响这么一吼，赶紧过来，帮着他一起把孙希抬上囚车。

如果可以死在一起，也蛮好。她心想。

过不多时，川岛真理子和一大队气势汹汹的日军赶到了邢家桥。他们在原地只看到了三具尸体，但囚车不见了。

"我们在路上找到轮胎摩擦的痕迹，应该是向北而去了。"负责搜索的军官向川岛真理子报告。

真理子眯起眼睛盘算了一阵，眉毛一挑："我们向南追。"

"为什么？"军官一愣。

"他们有十五个人，乘坐囚车离开是最合理的选择对吧？"真理子问。军官点头，她微微一笑："不要按照敌人的想法行事，这是特高课第一堂课的内容。"

于是大队士兵在军官的催促下，迅速调整队形，向南追击而去。军官犹豫地看了真理子一眼："那么向北那辆囚车还管不管？"

"那辆车上，只会有一个毫无价值的司机。打个电话通知边境拦阻一下就行了。"

真理子漫不经心地回答。她从川岛阁下那里熟知中国人的禀性，"要活命"是他们永恒的哲学，遇到这种情况，他们一定是先为自己考虑。

日军主力向南追击的同时，这辆囚车一路向北开去。过不多久，车厢里的孙希因为持续失血，已陷入休克状态。翠香在旁边脸色苍白地按着伤口，一遍遍地低语着什么。

方三响回头看了一眼观察孔，对史蒂文森说："找个最近的医院停下来。"史蒂文森惊叫："你疯了？我们立刻就会暴露的！"

"我知道，但他的伤势必须立刻接受手术，否则死定了。"

史蒂文森见方三响眼神坚定，知道他的决心不可动摇，他骂了一句"你们这群疯子，我可不要陪你们一起死"，一转方向盘，把囚车开到附近一家挂着日本国旗的诊所门前。

囚车直接顶着门口停下来。史蒂文森跑下车，帮着方三响把昏迷的孙希抬进诊所，然后头也不回地走掉了。方三响让翠香剪开衣服，准备手术，然后自己跑上二楼，把正在睡梦中的日本医生夫妇从床上揪下来。

医生一看方三响气势汹汹，不敢怠慢，又见到孙希的伤势确实可怕，当即准备手术。方三响生怕他做什么手脚，自告奋勇在旁边做助手。

翠香呆坐在割症室的门口，就这么盯着紧闭的大门，心里一遍又一遍地复盘。如果自己在藤村家机灵一点，就不用孙叔叔来救；如果自己在别院早点暴露，就不会连累他一起被抓；如果自己脚踝没受伤，下囚车的速度再快一点，子弹就会错过孙叔叔……任何一个环节有一点点变化，孙希都不会受伤。

在这一次次复盘中，懊悔像一把把石锁套在她脖子上，让她朝着水底沉去。"笨蛋，笨蛋，干吗要跑来救我啊……"她不住地呢喃，双手的指甲抠得虎口一片血肉模糊。

一直快到凌晨天色擦亮，日本医生和方三响才推开割症室的大门，满头大汗地走出来。翠香满脸憔悴地抬起头来，方三响小声道："暂时脱离危险了。"

他看了一眼翠香虎口的伤口，拿来一瓶酒精给她消毒。刺痛的感觉，让翠香的精神重新与现实发生连接。她知道，因为这一次停留，来抓自己的军队随时可能出现，这就是拯救孙希的代价，不过她一点都不后悔。

"我知道你的心思，天晴很早就看出来了，可她不让我说。"方三响坐到翠香的身旁。

"林姐姐是对的，方叔叔你的嘴太笨了。"翠香疲惫地笑了笑，"可我更笨。孙叔叔明明是喜欢大小姐的，我只想每天嘲笑他几句罢了，可是……"

"英子不会介意的。"

"可我介意。我不能背叛大小姐，不能抢她的东西。"

方三响呵呵一笑，把沾满汗水的手术帽摘下来："记得二次革命那年，那时我和孙希都很喜欢英子。我说我把英子让给你吧，你猜孙希说什么？他说老方你这话不对，她又不是随意分配的物品，你给我我给你的。不是咱俩讨论谁娶英子，而是她喜欢咱俩中的谁。"

"假惺惺。"翠香低声咕哝了一句，可还是忍不住笑起来。

"所以说啊，感情这种事，谁都不是谁的所有物，谁也不欠谁什么。孙希那家伙看着精明，其实是个笨蛋，老是跟着外界，随波逐流，自己从来不会主动争取什么，像条死鱼。你不伸手去捞，他就一辈子漂在水里——嗯？英子？"

方三响的声音变大了一点。翠香眨眨眼睛，花了几秒钟才明白，他不是在讲大小姐的事情，而是在向大小姐打招呼。翠香急忙抬头，发现在诊所门口站着一个极熟悉的身影。那张端庄美丽的面孔，似乎从未被岁月侵蚀。

"大小姐？"

翠香要站起来，却脚下一软，差点瘫坐在地上，姚英子三步并作两步过来，把她搀住。翠香再也绷不住，扑在她怀里大哭起来。

姚英子一边镇定地抚慰着翠香，一边问方三响情况，得知孙希暂告脱险，这才松了一口气。方三响很奇怪，开战之前，她一直坚守在吴淞示范区，大家都很有默契地没有惊动她，她怎么会恰好出现在这里？

"史蒂文森给我打电话了，我赶过来接你们离开。"姚英子回答。

方三响"嗯"了一声，趴在她怀里的翠香却猝然皱了皱眉。大小姐说得轻松，可似乎避过了最关键的地方。她怎么有本事闯进日占区，接走一个特高课指名要抓的犯人？

翠香松开手臂，后退一步，仔细观察，发现大小姐那白瓷般的脸上似乎多了几道褶皱，连绵起伏，牵出几缕阴影，显得心事重重。

她对姚英子太熟悉了，总觉得大小姐忧心的不只是孙希，肯定还有什么事情。翠香原本想对姚英子坦承心意，可看她这副样子，一时不忍开口。

"等孙叔叔痊愈再说不迟。"她心想。

"翠香也可以离开？"方三响问。姚英子默默地点了一下头。这下连方三响都觉出不对劲了。翠香做的事情，关系到日本开战的大阴谋，姚英子哪里来这么大的能耐，这种事都可以摆平？

他还没来得及开口，翠香率先反应过来："糟糕，是项总经理那边出事了？"

让日本人放弃追查翠香，只有一种可能，就是他们拿回了藤村信件。而藤村信件是交给了项松茂，让他们带回去。如此说来……

姚英子疲惫地轻轻点头，眉眼间涌起哀伤。一阵冰凉的绝望，缓缓弥漫到方三响和翠香全身。怪不得他们逃离得如此顺利，原来川岛真理子没吃诱饵，反而去追项总经理一行。

以那个女人的手段，结果可想而知。

这时另一个人走进诊所，头戴礼帽，手持直杖，身上披着一件破旧的浅蓝色和服，礼帽下的耳朵却只有一只。他摘下礼帽，满面笑容地对姚英子说："姚小姐，军方我已经沟通妥了。等孙医生病情稳定，你们随时可以走。"

"你是……那子夏！"

方三响双目圆睁，这张可恶的脸尽管苍老了不少，但他绝不会忘记。那子夏抬抬礼帽，权当打招呼，那贼兮兮的笑容，让方三响脑海里浮现出一个可怕的猜想。姚英子一见他表情不对，连忙出言解释："三响，你不要乱想，不是你想的那样。"

"那他为什么要帮你？"

方三响不自觉对姚英子用起了质问的口气。那子夏不光觊觎过她的美色，还是孙希的杀师仇人啊，怎么可以跟仇人谈生意？姚英子还没回答，那子夏已笑眯眯地开口道："你别误会啊，我和姚小姐没有私交。不过是日本人看在归崟基金会的分上，卖姚小姐一个面子罢了。"

"归崟基金会？"方三响越发糊涂了，转头看向姚英子，却见到她脸上的悔意。他勃然大怒，揪住那子夏的衣领喝道："我管你什么基金会！你接近英子的目的到底是什么？十九路军的情报吗？"

那子夏哈哈大笑起来，他轻轻把方三响推开，伸出一根指头，挑衅似的晃了晃："方医生，你只盯着区区上海一隅，格局可就太小了。如果看不清真正的大势，未来可是要吃大亏的。"

"看清什么大势？看清你们这些中国人为日本人卖命？"

那子夏看了一眼姚英子，并不接方三响的话，转过身朝外走去："两个月内，必见分晓。各位擎好儿①便是。"

眼见快走出诊所大门，他忽又回头咧嘴笑道："姚小姐，当年在东京我的预言没错吧？中日十年内必有一战。接下来，这个趋势只会越来越快，诸位良禽若是还没有择木而栖，可是要抓紧喽。"

说完，那子夏踱着步子，悠闲地走出诊所。门外天光已是大亮，太阳把他的身体拖出一条长长的黑影子。诊所内的方三响、姚英子和邢翠香，如同三尊雕像站在原地，相顾无言。

一九三二年三月四日。

一个小报童在红会总医院的走廊里跑着，喊着："号外，号外，昨日国联决议中日上海停战，两军收兵归营，进入停战谈判，和平有望！"

无论是医护人员，还是病房里的病人，都纷纷探出头来，急于买一份报纸。

在过去的两个月内，送来总医院的伤兵似乎无穷无尽，哈佛楼内永远充斥着呻

---

① 擎好儿：北京方言，意为等着瞧好儿、等着听好消息。

吟声和血腥味，每个医护人员都疲于奔命，更有一种绝望心情，不知何日方是尽头。所以当停战的消息传来时，且不论谁胜谁负，大家第一反应都是松了一口气。

在一片如释重负的议论声中，方三响抱着一个小娃娃，同林天晴并肩走进二楼的一间病房。孙希正躺在床上，听到两人进来，大为欣喜："哎呀，小钟英来了，叔叔教你的英文单词有没有背下来？"

小钟英立刻把脸别到另一侧去。林天晴笑道："你可真是严师，再这么吓唬他，他可不敢来了。"

"学英文一定得从童蒙开始，我跟他差不多大的时候，已经自己试着看报纸了。"孙希苦口婆心道。

"我像他这么大的时候，已经会在林子里下套抓野兔了。这个兔崽子现在还吃手指呢，被他妈惯得不成样子。"方三响伸手逗弄一下儿子，宠溺之情溢于言表。

孙希哈哈一笑："哎，别这么说大侄子。他是兔崽子，你是啥？"

"对了，那个川岛真理子，后来有没有再纠缠你？"方三响问。

孙希努努嘴，指了一下门口，那里有一个垃圾筐，里面塞着一束日本赤十字社送来的鲜花，上头还贴着张纸，上写"胡桃"二字。方三响默默地走过去，拿起旁边的尿壶朝花上兜头浇去，然后把整个垃圾筐搬去病房外面。

他扔完东西，一抬头，看到另外两个访客也来到了病房门口。

姚英子手里抱着一兜水果，翠香胳膊上挎着一个篮子。方三响与姚英子两人四目相对，有些尴尬，只好一言不发地把她们让进来。

翠香进屋先看了一眼孙希，然后从篮子里拿出几盒肥皂，脸色沉重地递给众人。

方三响接过去一看，脸色不由得凝重起来。这是五洲药房出的固本牌肥皂，不过肥皂的包装和原来不太一样，盒子侧面印有项松茂的一副自勉对联："平居宜寡欲养身，临大节则达生委命；治家须量入为出，徇大义当芥视千金。"

项松茂和那十一位店员自从去了江湾日本海军陆战队司令部之后，再无任何消息传出，至今两月有余。从日军的动向来判断，项松茂从未泄露过药品的直送计划。坊间猜测，多半他是因此没能逃过日本人的毒手。

于是五洲药房的全体董事与职工近日集体做出决议，在固本肥皂盒上加印项松茂的自勉联，以示抗议。方三响握着肥皂，把对联看了一遍又一遍，脑海里浮现出项松茂临别前的微笑，胸中郁闷难以化解。

他深深吸了一口气，看向姚英子："英子，你到底跟那子夏做了什么交易？"

屋子里的气氛变得沉重起来。过去两个月，两个人都忙于支援前线战事，并无闲暇坐下来深谈，项松茂失踪那一夜的种种谜团，尚未得到廓清。或者说，姚英子一直在努力地回避这件事。

如今，终于到了避无可避的时候了。

姚英子坐在椅子上，沉默不语。过去两个月来，她眼角与额头的皱纹明显增多。

孙希看着心疼，勉强笑道："你无论做了什么，都是为了我和老方的性命，有什么不好说？"这一句话讲出来，似乎触到了姚英子的委屈之处，她忽然低声啜泣起来，气得翠香一边扶住大小姐，一边瞪向孙希："川岛真理子那一枪，是打到你舌头上了吗？这么会讲话！"

方三响眉头紧皱，双手抱臂盯着英子。只有方钟英见阿姨哭了，连忙伸出小手，把自己的一条手帕递给姚英子。这个动作，缓解了每一个人的尴尬，姚英子接过手帕，摸了摸小钟英的头。

林天晴抱起孩子，冲翠香点了点头："翠香，你陪我出去转转。"翠香会意，和她一起离开病房，只留下他们三个人。

姚英子看看孙希，又看看方三响，沙哑着嗓子讲起在东京的那次交易。两人听完之后，震惊得久久说不出话来。他们原本以为，姚英子带载仁亲王的合影去习志野战俘营，是适逢其会，原来这背后还有这么多心思。

"所以那个归銮基金会，只是让你捐了点钱？签了个名？"方三响问。

姚英子点点头。

方三响疑惑道："这倒也不是什么大事嘛。又不是参加张勋复辟。"孙希也开口问道："那子夏不是说，日本人是看在这个归銮基金会的面子上，才放过我们几个的吗？一个满清遗老遗少的民间团体，何至于有这么大的面子？"

姚英子艰难开口道："原来我和你们一样，觉得这团体不过是个给逊位皇帝养老的罢了，为了救人，签了也没什么大碍。可我实在是太无知了，只恨没听农先生的话，多了解一些时政，不然早就该从那子夏的自述里听出问题。"

"什么问题？"两人异口同声。

"他在东京告诉我，他是在奉天参与刺杀张作霖时，认识了载仁亲王。我后来才了解到，那子夏参与的那次刺杀，属于满蒙独立运动的一部分。那是日本人川岛浪速策动的大阴谋，企图把东三省和蒙古从中国分裂出去，独立建国。"

方三响和孙希都在上海，对于关外的事情了解不多，听姚英子这么一说，才感觉到一张巨大的幕布徐徐掀起一角，露出隐隐的狰狞本相。

"那子夏口口声声说是自己是闲云野鹤，其实从来没有放弃搞事情。满蒙独立运动失败之后，他又参与这个归銮基金会。"姚英子的手指抠在虎口上，满是悔意，"去年十一月，你们还记不记得有过一条新闻，说隐居天津的溥仪暗中逃去了奉天？"

方三响摇摇头，孙希点了点头。

"这个事件，就是这个归銮基金会策划的。当时我虽惊讶，却也没怎么意外。倘若我对时政有更多了解，当时便该觉察有问题。一个热衷于满蒙独立的宗社党余孽，怎么可能单纯让溥仪回东北隐居就够了？但直到今日，我才知道他们的图谋有多大……"

姚英子从口袋里取出一张报纸。这是今年三月一日的《奉天日报》，两人凑过去一看头条，脸色霎时大变。

上面讲，清国逊位皇帝溥仪在长春宣布满洲国成立，改年号为"大同"。

"这算什么意思？好好的东北地区，成了独立国家了？"孙希捏着报纸，惊讶无比。方三响冷笑道："独立个屁，还不是日本人的傀儡。"

"没错，满洲国独立的背后是归銮基金会，但这个基金会也是傀儡，真正的幕后黑手是日本人。"姚英子望向窗外，忧心忡忡，"这一次日本在上海处心积虑挑起战争，其实是声东击西，为的是把所有人的注意力都转移到南边，好掩护满洲国的成立。"

"死伤十几万人，竟然就是为了转移视线吗？"

方三响忽然想起那子夏临走前说的所谓"大局"，原来竟是如此之大的一个局。怪不得川岛芳子要亲自来上海策动，原来还是为了她养父川岛浪速念兹在兹的满蒙独立。

这也就解释了为什么日本人会放过方三响、翠香和孙希，因为姚英子也是归銮基金会的成员，是他们的"自己人"，为了大局，这些无关紧要的小虾米可以暂且放过。

"等一下……"孙希突然变得面色惨白，他抖着报纸，"你们看看这满洲国的政府成员，国务总理郑孝胥、参议府参议罗振玉，这都是归銮基金会的成员啊。"

溥仪登基，归銮基金会功劳不小，自然要以官位酬谢这些从龙之臣。无法授予官位的，也会大加宣传，以示感谢。

姚永庚生前是烟草大亨、沪上闻人；吴淞卫生示范区这几年声名鹊起，姚英子也是远近闻名的慈善家。满洲国那些人断然不会放过这个机会，肯定会登报揄扬，以此来炫耀自家"深孚民意，各界赞同"。

这种事一旦宣扬开来，姚英子的名声可就全毁了，解释都没法解释。两个人现在才明白，英子这些日子来内心承受煎熬，是何等痛苦。她对羽毛是何等爱惜，可一次是为了救方三响，一次是为了救孙希和翠香，到底还是选择沾染污秽。

方三响原本还想要叱责英子太不当心，此时怒意全化为浓浓的担忧。孙希更是心疼无比，挣扎着想从床上起来，想要去安慰。

姚英子默默从椅子上站起来，扯开手边的盒子，拿出一块固本牌肥皂，走到洗手池前。她拧开水龙头，用力地冲洗起来，洗得十分用力，仿佛要把指头上沾染的污秽彻底洗干净才甘心。

两个人看向她的背影，除了心疼，心中不约而同地浮现一种极强烈的不安。

那子夏临走前说大势所趋，良禽择木而栖，难道说，接下来还有更可怕的事情发生？

第九章
一九三八年七月

熟悉的地方，熟悉的味道，熟悉的声音。

汉口邮政总局的大厅里，此刻正弥漫着血腥味、硝烟味与消毒水的呛鼻味道，呻吟声和哭喊声此起彼伏。这一切，恍如二十七年之前同一个地方同一种惨状的重演。

不，两者之间还是有很多不同之处，姚英子心想。

邮政总局的大厅，比武昌起义时要宽敞那么十几平方米；如今的消毒药水主要成分是甲醛，比石炭酸的味道稍微好闻那么一点点；当年红十字会救治的是革命军和清军伤员，而现在则是清一色的国军伤兵；而忙碌于其中的姚英子本人，也不再是二十岁的青春少女，而是四十七岁的伤兵医院主任。

她一边喘息着，一边抬起胳膊，试图擦去额头油腻的汗水。可脏兮兮的袖子一抹，反而在额头上抹出一条混着烟垢与鲜血的黑红色污渍。

"姚主任！又来了一车！"

一个小护士拖着哭腔跑过来。她顶着两个黑眼圈，脸色青白，显然是疲惫过度。姚英子赶紧伸手搀住她，说宋佳人你坐下来休息一下，然后一撩乱发，快步走到邮政总局大门。

一辆彭斯大卡车刚刚在大门口停稳。司机打开后车厢的挡板，里面是一大堆穿着灰色制服的人体，他们横七竖八地堆叠着、倚靠着，大部分都奄奄一息，少部分已没了声息。不知从谁身上流出来的污血，顺着地板缝隙丝丝缕缕地向下淌去，在卡车下的土地上形成一汪又一汪小血池。

中日两军最近在武汉外围展开殊死拼斗，运送伤兵的卡车每天要来十几趟，往往一车运到时，车厢里的人死生各半。几个护工爬上卡车，一个一个去探鼻息，有气的送上担架，没气的直接扔在旁边，一会儿会有收尸队过来拉走。他们对死尸见得实在太多，就像是分拣物品一样，潦草而麻木。

姚英子与司机简单地交接了一下，也赶紧过去帮忙甄别。她注意到车厢里很多尸体都是脸色铁青，口鼻出血，不由得失声叫道："这是毒瓦斯啊！"

毒瓦斯是《日内瓦公约》明令禁止使用的武器。之前的淞沪会战，日本人就曾丧心病狂地动用过这种武器，现在竟然又公然用了一次。

姚英子一具具尸体检查过去，很多死者的嘴唇边缘都散发着淡淡的腥臊味。他们没有防毒面具，只能用浸泡了人尿的棉布捂住口鼻。可日本人用的是氰酸瓦斯，这种简陋的防护毫无用处。从扭曲的五官可以看出，这些战士死得多么痛苦和不甘心。

姚英子强忍着愤懑，仔细甄别着。忽然她注意到，尸堆下面有一只苍白的手微微动了一下。她急忙蹲下，注意到那只手的小拇指轻轻弯了一下，急忙喊旁边的护工过来抬开尸体。

那些护工很不情愿，其中一人说："多半是尸体抽搐啦，何必费那个事？"姚英子眼睛一瞪："死人再怎么抽搐，指关节也不会主动弯曲。"

姚主任做事严谨细致，任何疏漏都逃不过她的眼睛。她这么一坚持，护工们也只好过来帮忙，费劲地重新抬开几具尸体，露出下面一个小兵。

这小兵不过十六七岁，唇边连绒毛都没长出来，一脸铁青，双目紧闭，只有右手的指头有意无意地抓挠着，似乎十分痛苦。姚英子见他嘴唇嚅动，急忙把耳朵凑过去，听到他微弱近乎不可闻的呢喃："妈妈，妈妈。"

一个人在最绝望、最痛苦的时候，往往会下意识地呼喊母亲。姚英子心中一痛，急忙招呼护工过来，把他抬上担架。护工道："姚主任，他中了毒气，就算抬回去也治不了。"

姚英子也知道氰酸瓦斯无药可救，但这个小兵既然能熬到现在，说明求生欲望强烈，为什么不帮他一下呢？姚英子坚定地一挥手："把他送去特护区。"

护工们乖乖地抬起他离开。等到甄别完整整一车的伤兵之后，姚英子快步走回邮政大厅里，来到位于墙角的特护区。眼下所有的护士都忙得脚不沾地，她走到小兵床边，先把军装胸口的身份牌抄下来，登记在案，然后用棉签拨开他的眼皮，用清水清洗，因为氰酸瓦斯最先伤到的其实是人的眼角膜。

伤兵医院这边能做的只有这些，剩下的只能看他自己的命了。

宋佳人给她端来一盘冷馒头加咸菜。姚英子吃了一口，觉得胃有些疼，便放下了。宋佳人说："后面刚送来一小罐牛奶，要不我给您端过来？养养胃。"姚英子愣了一下，点头说好。一会儿工夫，宋佳人拿来个牛奶罐，还刻意用身子遮住，生怕被人看见。

谁知姚英子根本没沾唇，反而把牛奶倒进一个杯子里，又掺进一点小苏打粉末。宋佳人急得叫道："哎呀，您这样怎么喝呀？"姚英子拿起一块棉布，蘸了蘸混合后的液体，给小兵擦起身体来："你记住，牛奶和小苏打是弱碱性，混合之后，可以有效缓解皮肤灼伤。"

宋佳人见姚英子把宝贵的牛奶拿来做这样的事，心疼得直跺脚。姚英子看了她一眼："有这个时间，你赶紧去看看其他伤员。"

望着宋佳人跑开的瘦弱身影，姚英子心疼地叹了口气。这些女孩子正是大好年华，应该是在黄浦江边畅游，在二马路的百货商场里闲逛，在大光明大戏院里看好莱坞电影，可如今被抛在如此残酷的环境里。

可谁又不是如此呢？

现在全面抗战已经进入第二个年头，沿海一带已悉数沦陷。在颜福庆的带领下，上海华界医院随国民政府迁到了武汉。到了民国二十七年（一九三八年）的六月，日本人的大军在武汉附近云集，三镇局势风云变幻，后方医院的压力也陡然大了起来。

这个叫宋佳人的女孩子，是宋雅的女儿。之前宋雅听从姚英子的建议，果断跟丈夫离了婚，抱着女儿去了讲习所，还让女儿跟了自己的姓，叫宋佳人。宋雅几年前因为肺痨去世了，姚英子心疼故友，就安排宋佳人进了上海医学院的护士学校，就在红会总医院——现在已改名叫红会第一医院——旁边。这次内迁，她还没毕业，就跟着姚英子投入这一处伤兵医院的繁重工作中。

而姚英子自己，也同样承受着折磨。这并非单纯来自工作，更是来自周围同事异样的目光。

没人公开在她面前提起，但每个人的眼神都带着一丝好奇与鄙夷。大家都听说了，姚英子曾经公开支持过满洲国的建立，甚至还捐过钱，溥仪登基时的公告白纸黑字写得清楚。

之前这件事还只是在小范围议论，等到去年中日全面开战，整个医界全都知道了，争议四起。有目之汉奸者，有视之投敌者，甚至还有人态度激烈，要求医生工会将姚英子除名。

面对这些质疑，姚英子只得默默地主动申请去最累最苦的地方，拼了命地工作，让自己顾不上去想这些烦心事。这是必须付出的代价，她早已有心理准备。

为小兵处理完之后，姚英子站起身来，突然一下感觉到有些眩晕。她扶住旁边的输液架子，闭目休息了好一会儿才缓过来。大概是低血糖吧？毕竟不是年轻人了，如此高强度的工作实在让她吃不消。

她正要坐下来稍事休息，这时宋佳人又跑过来："姚主任，颜署长找你去一趟。"姚英子忍不住笑道："咱们医院的人，叫他老院长就可以，不必这么生分。"

国民政府搬迁到武汉之后，把卫生部降格为卫生署。颜福庆临危受命，担任了卫生署长，在武汉坐镇指挥，可以说是目前整个医界的掌门人。

即使许多年过去了，姚英子一听这个名字，依旧会觉得闻到一股碘酊味道。这味道让她心安了不少，她用清水稍稍洗了下脸，把头发梳整齐，又叮嘱了宋佳人几句，这才走出门去。

武汉今日碧空如洗，万里无云，只是这近乎透明的蔚蓝中，透着令人不安的气息。因为这样的天气，意味着日军的飞机随时会俯冲下来，在城区内投下炸弹。在汉口密如蛛网的宽窄巷子之间，人流如江潮一样涌动着。有拖家带口逃难的汉口居民，有退下来的伤兵，有行色匆匆的政府文员，也有一脸麻木推着独轮车的民夫。

姚英子在这一片杂乱中赶到了卫生署临时驻地。只见颜福庆穿着白衬衫和藏蓝色背带裤，正在两张拼起的八仙桌前用放大镜看着三镇地图，旁边堆满了表格与文书，不远处一台老破电风扇有气无力地转动着。

"颜院长。"姚英子喊了一声。

颜福庆从文山里抬起头，一看是她，立刻搁下放大镜。他已是快六十的人了，眼神却和年轻时一样清澈透亮。越是这种艰苦忙碌的环境，似乎越让他精力旺盛。

"真抱歉，这么忙还把你叫过来。"颜福庆站在原地，没有坐下，因为屋子里仅有的一个沙发上堆满了卷宗。姚英子道："我再忙，也没有您忙啊。"

颜福庆点点头。他此刻确实是整个武汉最忙碌的人之一，身为卫生署署长，他要考虑的可不只是武汉战场几十万人的医疗保障，还有各个医院南迁与西迁的庞杂计划。人员、药品、设备、运输、地方协调……如果此刻切开他的大脑，里面流淌的恐怕全是各种数字。

"长话短说。眼下有一件紧急任务，我想交给姚医生你。"

卫生署在战时有权下指令到任何一家医院，姚英子不由自主地挺直了腰杆。颜福庆看向她道："伯达尼孤儿院之前迁到了汉阳，这你是知道的。"

姚英子点点头。伯达尼孤儿院原本是在江湾，专门收留两次淞沪会战中失去双亲的战争遗孤，创始人之一正是颜福庆的夫人曹秀英。抗战爆发之后，伯达尼孤儿院在红会的协助下，带着所有的孩子从上海一路迁至武汉，驻扎在汉阳，由红会专人看护。

"昨天一枚炮弹落在难童营附近，负责人和两名保育员为了保护孩子，同时殉职。"

颜福庆的语调极为沉重，姚英子面色"唰"一下变得煞白，但她并没有悲声痛哭。在战乱之中，这样的事情实在太多了，多到让人感觉生命的重量极为轻飘，倏忽而去，全无半点征兆，更无半点铺垫。过了半晌，她才颤声道："我明白了，我立刻去汉阳一趟，把孩子们先照看起来。"

"不，我需要你把孩子们带走。"颜福庆严肃地盯着她，"日军的攻势越来越猛，三镇城区岌岌可危。今晨军方通知卫生署，要开始组织非战斗人员有序撤离。这个难童营，必须尽快转移到大后方去。"

姚英子眉头微皱："要撤离去哪里？"

"重庆附近有一座歌乐山，那里有一处清末建起的保育院，已经废弃了，稍做修整即可使用。我已经先期拨了一笔款子到那边，以做重建之用。"

姚英子走到地图前，还得靠颜福庆指点，才在一大堆图标与地名中锁定那两个极小的字。颜福庆拿起一把尺子，从武汉顺着长江一路量到重庆，换算了一下比例，结果让姚英子倒吸一口凉气。

仅仅水路就有一千多公里路程，而且还是逆水而行，要穿越险峻的三峡地带。即便是和平年代，带着这群平均年龄只有七岁的一百多个小孩子走完这段路，也是个极大的挑战，遑论如今兵荒马乱。

"你的专业是妇幼，又有战场经验，是最适合这个任务的人选。"

颜福庆强调了一句，可姚英子瞬间读懂了他眼神里的无奈。

看来她身上的"汉奸"争议，压力已经传到了颜福庆这一层。让她护送这些孤儿去重庆，既是对她的一种保护，也是对其他人有所交代。只是颜福庆心思细腻，不愿说破，只是反复强调她符合条件。

"我明白的，谢谢颜院长关怀。"她淡淡道，心中一阵温暖。

"你先别谢我。"颜福庆拦住她的话，"我也不瞒着姚医生你。我可以拨给你的物资，只有两百斤大米、五条小黄鱼，以及一条平底驳船。"他讲完这句话，脸上居然浮现几丝愧色。

平底驳船，意味着没有客用船舱，只能待在甲板上风吹日晒；两百斤大米，只够一百个孩子吃上七天，领队之人得想办法在沿途自行筹措；至于五条小黄鱼，得用来购买必要的药品、粮食和日用品，恐怕几天就花光了。

"我知道这个要求太过苛刻，不近人情，可这件事，总要有人去做。"

姚英子能明白颜福庆的难处。他要面对的可不只是难童营这一百多张嘴，到处都在要钱、要人、要设备。颜院长能把难处开诚布公地讲在前面，已是极有良心。

"我很想多批给你一些物资，可物资处和运输处那些人实在是……遇到高官亲故，一批条子就是几十个家眷几百件行李；遇到公家的事，就是各种推诿、各种官腔。虽然他们平时一贯如此，可战时能不能收敛一些？"

颜福庆似是抱怨，又似是替姚英子打抱不平。她轻轻笑起来，难得见温润如玉的颜院长发牢骚，旋即郑重点头道："这件事，我一定尽心而为。"她不会拒绝颜院长的任何请托，也不忍拒绝。

颜福庆听她答应，不由得欣慰道："国难当头，医者为先。我们每个人都得尽心而为才行。"

他这句话说得极为沉痛，又极为坚毅。姚英子知道，颜院长在抗战爆发之后，便让自己的长子颜我清从美国归来参战，次子颜士清如今就在红会负责伤兵救济；她曾见过的那个小姑娘颜雅清，如今成了飞行员，在美国搞飞行抗战募捐。

她不由得想起孙思邈的《大医精诚》篇："凡大医治病……先发大慈恻隐之心，誓愿普救含灵之苦。"颜院长如此毁家纾难，岂不正是孙思邈所描述的苍生大医吗？

"姚医生，你还有什么别的要求吗？"

颜福庆的问题，把她从回忆中拽回来，她连忙整理思路道："我希望能再拨给一批除虱粉、安替比林和龙胆紫。"

护送孤儿去重庆这一路上，卫生条件会极差，需要早做准备。安替比林可以解热镇痛，龙胆紫可以外用，治疗癣、疥、黄水疮等幼儿常见的疾病。姚英子提的这三样药品，都有针对性。

颜福庆当即写了张条子给她，又笑道："不愧是姚医生，其实我这次派你去，还有一个目的。"

"嗯？"

"等你们到了重庆安顿下来，我会再拨一笔款子。你可以试着在那里再造一个吴淞示范区出来。"

一提这名字，姚英子眼眶登时湿润了。吴淞示范区自成立之后，成绩斐然，区域内死亡率和发病率都直线下降。可惜在一九三二年那场上海大战之后，日本人占领了吴淞全境，卫生示范区被迫停止，她一直引以为憾。

　　颜福庆道："姚医生你不必难过。吴淞示范区虽然没了，但它至少证明，我们这条路走对了。建立起公共卫生体系，比培养几个良医更重要，这才是中国最需要的。即使遇到战争，这件事也要做下去——不，更准确地说，正因为国难当头，才更要坚定不移地做下去。"

　　"上海有这个基础，四川……"

　　"上海也罢，四川也罢，不都是在中国吗？只要人还在，就没什么不可以的。你看，你在吴淞接触过那么多贫儿、孤儿，所以一张嘴就能点出他们在旅途中最需要的药品。这样的宝贵经验，不会因为国土沦丧而消失。"

　　"可只有我一个人的话，实在是难以维持。"姚英子还有些迟疑。

　　颜福庆兴致勃勃道："当然不是只有你一个人。事实上，全国各所医科学校和医院，都在积极内迁，上海医学院已经到昆明了，马上还要搬去重庆。我打算在重庆集合各家力量，建起一座综合性的医事中心，一边为抗战提供保障，一边培养新人。你不会是孤军奋战。"

　　听到这一席话，姚英子心里又是欣慰，又是酸楚。

　　要知道，颜福庆的毕生梦想，就是在上海创建一家"医事中心"，为此前后奔走了八年，终于在枫林桥沈家浜建起一座综合性医院，命名为中山医院。这是一座前所未有的大医院，为此红会第一医院还调去了一大批医生充实其中，姚英子当时也申请调去中山医院的妇产科。

　　可惜医院落成后仅仅半年，她还未顾上去履职，中日战争便爆发。上海各大医院集体西迁，把偌大一座崭新建筑留给了日本人。

　　若说心痛，没有人比颜福庆更心痛。但颜院长居然还能保持着热情，摩拳擦掌从头再来。反观自己这点委屈，又算得了什么？

　　颜福庆从她的眼神里，感受到了心思的起落："你要记住，在战争中，我们失去了很多，但失去的，只会让我们更坚强。"姚英子双眼放出光芒，"嗯"了一声："我在歌乐山等着您。"

　　两人郑重地握了一下手，这是战争时期心照不宣的礼仪，因为没人知道下一次见面是什么时候，也没人知道有没有下一次。

颜福庆转身又开始埋首在文牍之中，姚英子走出卫生署，心中沉甸甸的，却又怀着一丝雀跃。她仰起头来，只见碧蓝的天幕之上，一轮烈日正肆无忌惮地抛射着光焰，似要吞噬掉整个人间。

"他们两个，也在看着同一个太阳吧？"

每到这个时候，她就会加倍思念起方三响和孙希。

三个人已经一年多没见过了，这还是他们加入红会总医院以后的头一遭。方三响去了红会救护总队，辗转于各处战场，林天晴母子倒是留在了武汉；孙希因为受过枪伤，行动不便，在第一医院留守，翠香说要照顾他，也留了下来。

战争离乱，大家天南海北，各在一方，连保持联系都无比艰难。姚英子只能在心中默默地祝福他们平安，然后把注意力放回到自己的任务上来。

说是尽快撤离，可她却足足耽搁了三天。原因说来可笑，姚英子只用了半天，便交接完了伤兵医院的所有事务，可前往物资处领取药品与粮食时，却被负责发放的科员索要回扣，被姚英子狠狠告到上级。上级不痛不痒地批评了两句，依旧指派那科员来发放。科员怀恨在心，便故意卡了两天才拨给她。

就耽搁这两天工夫，外围时局变得更加危险，日军飞机天天飞临武汉上空，汉口最大的龙王庙码头，此时挤满了逃难的人群。他们拖儿带女，扶老携幼，汇成了一锅即将煮沸的滚粥，朝着江边大小船只漫溢而去。

在这锅纷纷攘攘的人粥之中，有一条细小的蓝龙在奋力游动着。这条蓝龙由一百多个小孩子组成，他们大的有七八岁，小的只有三四岁，统一穿着蓝布小衣，胸口绣着名字。每个人的腰上都拴着一截细麻绳，细麻绳连接着一条更粗的绳子，绳子的尾部被姚英子紧抓在手里。

姚英子手里的人手太少了，只有用这种笨办法，才能让孩子们保持基本的队形，不致被人群冲散。

年纪大一点的孩子挎着包袱，一手握住绳索，一手抓紧身旁小孩子的手。小孩子们津津有味地咀嚼着一小块麦芽糖，这可以确保他们不哭不闹。

"让一让，让一让。让孩子们先走！"姚英子一手牵着绳子，一手还抱着一个两岁的小姑娘，喊得满头大汗。人群在前方聚拢又散开，纷纷投来诧异的目光。在这个节骨眼上，扔孩子还扔不过来，谁会带着一百多个累赘上路？

姚英子的身边，只有宋佳人一个成年人帮忙，这是她特意从伤兵医院调过来的。她们两个人分别在队伍的尾部和中段，一边随时检查绳子有无断裂，一边随时扶起摔倒的孩子，避免拖伤，忙得汗流浃背。

花了好长时间，这条小蓝龙才算穿过人群，抵达江边码头。一条木壳的驳船正停在水面上，微微晃动着，一条搭板与码头相连。

码头上的人忽然发现，这些孩子居然有一条船可以乘坐，立刻瞪大了眼睛。许多人都生出别样的心思，指不定自己也能蹭上去。于是人群开始不怀好意地朝这边拥来，姚英子和宋佳人试图拦住他们，生怕孩子们被挤下水，可她们两个女子哪里抵挡得住，眼看人群就要冲上船。

就在这时，半空"啪"的一声枪响，所有人浑身一哆嗦，霎时停了下来。只见在一堆货物的高处，站着一个脸色苍白的小兵，手里的步枪指着天空，枪口袅袅冒烟。

姚英子认出他来了，正是三天前那个中了毒瓦斯的小兵。他因为吸入的毒气量少，奇迹般地恢复了神志。医院伤兵太多，他便拖着没完全康复的身体，被安排在码头维持秩序。

小兵居高临下地扫视人群一圈，恶狠狠地吼道："娘个脚的！这是送娃娃的慈善船，谁他妈的想混理①，俺就毙了谁！"

他嗓音有点嘶哑，显然是毒瓦斯的后遗症。这一口山东口音，让姚英子没来由地想起了去世多年的陶管家。那些人一见大头兵要动真格的，都赶紧退了回去。姚英子和宋佳人赶紧把孩子们一一送上船。

小兵见周围的人都退开了，便跳下货堆，走到搭板前。还没等姚英子反应过来，小兵扔下枪，咕咚一声跪下，磕了个头。这让姚英子吓了一跳，赶紧把他搀扶起来。

小兵瓮声瓮气地说："谢谢姚妈妈救命之恩，把俺从死人堆里刨出来。"说完他背对驳船，横拿步枪，摆出一副守关的姿态。看来在驳船离开之前，他决心死守这里了。

也不知哪个孩子听见这个称呼，也学着喊出来。这一下子倒好，一大堆孩子不分大小，都嚷嚷起来，一时间船上船下，满是稚嫩童音喊着"姚妈妈"，弄得姚英子尴尬不已，又不好训斥。那小兵咧开嘴，露出两排雪白的牙齿，似乎很是得意。

很快孩子们都完成了登船，这一百多个小脑袋聚成一团，攒动如同蜂群一般。船头冒出一个穿着藏蓝长褂的半大男孩子，这男孩梳着分头，文质彬彬的。他居高临下地清点好人数，然后一本正经地对姚英子汇报道："五十男，五十二女，共计一百零二人，一个不少。"

---

① 混理：山东方言，意为哭闹或无理取闹。

姚英子摸摸他的头："方钟英，你现在是这条船上年龄最大的孩子。我现在任命你为总队长，你要管好他们。"

方钟英今年虚岁十一，继承了父亲的方脸浓眉，性子却和妈妈一样细腻温柔，甚至还有点多愁善感。他听到自己成了总队长，登时有些愁眉苦脸，这种孩子王有什么好当的？还不如多看一会儿书。

可干妈一直盯着他，方钟英只好无精打采地答应下来。他的眼神来回在码头边缘扫视，突然似乎被刺了一下，赶紧转过头去。在那边，一个身穿护士服的高挑女子站在原地，手里抱着一个浅蓝色的包袱，引颈望向这条船。

姚英子一见，急忙下船拉住她的手："天晴，你来啦？"林天晴把包袱往她怀里轻轻一推："这都是钟英喜欢的书，你帮他带上吧。"姚英子这才发现，方钟英没有跑过来，反而靠去另外一侧船舷，扭过头去。

林天晴笑道："这个犟孩子，大概还生我的气呢，怪我不跟他一起走。"

"是呀，为什么你不跟我们走呢？"

姚英子接到任务之后，第一时间就想到了林天晴母子。如果他们能和她一起上路，她既多了个帮手，也可以避开武汉接下来的战乱。谁知道林天晴拒绝了这个邀请，只让她把方钟英带上。

"你有你的职责，我也有我的职责。医院里现在全是伤兵，我作为护士长，怎么能擅离职守？老方知道了，肯定要训我的。"林天晴看向远处汉口城区某个方向，目光闪动，"更何况，我兄长就埋在这里，我不能弃他而去。"

她的哥哥林天白，就埋在汉口球场路。那里当初是六个掩埋起义烈士的坟冢，还引发了好大一场混乱。如今原址修起了辛亥首义烈士公墓，当地人俗称为"六大堆"。

姚英子知道这对兄妹的感情，只好抱了抱她，叮嘱说："你自己当心。"林天晴道："钟英这孩子有些内向，平时只喜欢看书，这样下去要变成书呆子的。你可要好好管教一下他。"她又絮絮叨叨了很多琐事，关于儿子的嘱咐仿佛永远都讲不完。

驳船发出响亮的汽笛声，差不多要启程了。姚英子注意到林天晴又朝船上望了一眼，眼神微微透出失望。她大为恼火，跳上船去到对面船舷，按住小男孩瘦弱的肩膀："钟英，船马上就开了，快去跟你妈妈道别啊！"

她手上用力一扳，小男孩被迫转过脸来，他早已泪流满面。姚英子登时心软下来，掏出手帕给他擦擦眼睛，语重心长道："钟英，你知道你这个名字的来历吗？"

"知道，我爹跟我讲过很多次。"

"你这个名字，代表的是责任，是做人的本分。你妈不是不要你，是她要尽自己的本分和责任。你爹也是，我也是，每个人都是如此，国家才有救。你已经十一岁了，不要再任性了，去跟你妈妈道别，不要让她担心！"

"我是怕……我是怕以后再也见不到她了。"小钟英瘪起嘴来，拖着哭腔。姚英子心中一颤，这孩子果然比同龄人敏感。她面上不露声色，一拍孩子的后脑勺："说什么傻话，她很快也会撤走的，我们只是先走一步罢了。快去！"

两人说话间，驳船已缓缓驶离了岸边。方钟英从甲板跑到船尾，趴在船舷上对着码头拼命挥手，大声喊着："妈妈！妈妈！"

听到儿子的喊声，林天晴也踮起脚来，朝着驳船拼命挥动手臂。母子隔着越来越宽的江面，互相遥望，拼命呼喊。方钟英的声音很快变得杳不可闻，他的小脑袋瓜化为驳船上的一个黑点，又过了一会儿，连驳船本身也变成了江面上的一个小黑点。

可林天晴仍在原地怅立，仿佛怎么看也看不够，任凭江风吹起长发，吹干她面颊上的两道泪痕……

这条驳船并非孤船西上，它离开龙王庙码头之后，便加入一支庞大的江轮船队之中，一起朝着长江上游开去。姚英子万万没想到的是，驳船甫一入列，便出现了一个大麻烦。

正常来说，驳船本身并没有动力，全靠另外一艘火轮拖曳。政府为了应对战时运力不足，为驳船加装了一套推进螺旋桨和柴油发动机，让它们可以在长江自行移动。但这种改装简单粗糙，能走就行，所以一开起来，船体便左右晃荡得厉害。

倘若只是运货倒还好，这条船的甲板上是一百多个小孩子。船体一晃，再加上浓重的废油味道，孩子们无不晕头转向，纷纷呕吐，号啕声响彻江面。只苦了姚英子几个大人，又是清洗呕吐物，又是抚慰，忙得连晕船都顾不上。

幸亏宋佳人心细，随身带了四盒清凉油，她们忙不迭地一个个给孩子们涂太阳穴。这时姚英子才真切地体会到，数量一上百，很多思维都需要改变。她原本觉得清凉油挺耐用的，指甲一次抠一点点出来，一盒能用上一个月。但眼下一百多个孩子抹一圈，四盒清凉油瞬间就空了。她没奈何，只能帮孩子掐住内关穴，可人的手一共只有两只，再多便顾不过来了。

姚英子事先做了充足的准备，却没想到第一个下马威居然是晕船。

除了颠簸，暴晒也是个意料之外的麻烦。时值盛夏，武汉附近的天气太过晴朗，烈日没遮没掩。这条驳船是平底货船，没有遮蔽，孩子们无不汗流浃背，小脸通红，很快几个小的便有了中暑征兆。

驳船水手看孩子们可怜，在船底翻出几条盖木料的苫布。姚英子和宋佳人用棍子支起来，勉强搭成几个带着糟木头味的帐篷，让孩子们趴在下面。

好不容易折腾到日落，船上才顾得上开火。她在上海时很少自己动手做饭，现在却不得不亲自在船尾煮起粥来。船体颠簸，她必须随时盯着，防止灶台翻倒，为此烫伤了好几次。她没办法，颜院长批的两百斤大米，一百多张嘴根本吃不了几天，一粒都不能浪费。

好在方钟英已从感伤中恢复过来。他把孩子们召集在一块，绘声绘色地讲起了故事，三国、西游、聊斋，还有国外的一些童话。这都是方钟英平素看的书，熟极而流。对这些战争孤儿来说，这些故事简直太精彩了，他们个个都听得目不转睛。

姚英子蹲坐在灶台前，一边盯着火候，一边回头看去。只见满天星斗之下的大江水面，一个少年坐在驳船高处侃侃而谈，稚嫩的声音在甲板上回荡。一群孩子瞪大了眼睛，津津有味地托腮听着，每个人的双眸里都有星星在闪动。

姚英子内心最柔软的一块，突然被触动了。她发觉被人叫"姚妈妈"的感觉，也挺好。

"哎呀，姚主任，粥都煳了！"宋佳人在旁边突然尖叫了一声。

姚英子吓得赶紧把注意力收回来，一看锅边，只是泛起几个气泡而已。再一看，原来是宋佳人累得在旁边打起瞌睡，刚才大概是梦见什么了。姚英子心疼地摸了摸宋佳人的头发，没有叫醒她。

这才是第一天，所有人就累得够呛，接下来的日子，还不知如何呢。姚英子苦笑着撩起额发，用手背把脸上的灰擦了擦，反而涌起一股倔强。她年轻时飙过车，见过水灾，拦过难民，经历过战场，跟这些经历相比，眼下的事不算什么。

想到当年自己站在黄浦江边，望着远去的轮船发誓要当医生，姚英子便涌起一阵庆幸。幸亏遇到了颜院长，决心走上从医这条路，才有机会领略到这么多风景，否则自己将又是一个懵懂无知的富家名媛，在上海过着无知无觉的奢靡日子，直到大厦将倾。

炊烟从灶台飘摇而上，直至半空，化为几缕轻霭，在月光映照下变幻成各种剪影。姚英子怔怔地看着，认出了在战壕间奔走的方三响，认出了在割症室开刀的孙希，还有沈敦和、峨利生、张竹君、项松茂……这些人只有轮廓，可她一眼便能认出来，每认出一个，心中便多了几分温暖、几分安定。

"哎呀，姚主任，粥都煳了！"宋佳人又喊道。

姚英子回过神来，定睛一看，这次真煳了……

船队沿着长江一路向西，首先路过的是嘉鱼县，它在武汉三镇的西南方向，当年三国赤壁大战就在这一段江岸。方钟英借景发挥，在船上给小孩子们讲起了借东风的故事。

姚英子趁着船队停泊补给，在当地买了好多橘子。吃完剩下的橘子皮放在鼻下，用力一挤，汁液喷在鼻孔里，也能缓解晕船。

船队在嘉鱼停泊半日之后，拔锚继续上路，前往下一站岳阳。可出发刚刚一天过去，天空中忽然飞来一架日军的飞机。这架飞机飞得很低，机身那个膏药一样的太阳标志清晰可见，它慢悠悠地围着船队盘旋了几圈，这才离开。

船队的人可吓坏了。日本空军和中国空军在武汉上空，光是大规模空战就爆发了二一八、四二九和五三一前后三次，小规模战斗无数。即使是平民，也摸出规律来了。刚才那是侦察机，过一会儿就会招来更为凶狠的轰炸机。

这么大一支船队，又是在无遮无掩的江面上，等敌人的轰炸机来了，简直就是活靶子。而中国空军在之前的恶斗中筋疲力尽，已是无力援护。

这支船队由十几条民船组成，其中不乏达官贵人亲眷，各揣心思。有的船只想要退回武汉，回到中国军队的防空网内；有的船只想抢先急行，向西能跑多远就跑多远；还有一些船试图躲到江边的汉港暂避锋芒。这一下子，队形立刻散乱开来。

这一散开不要紧，江面登时失去了秩序。要知道，船只不像汽车可以随时变向，它的吨位大，惯性强，改变航向需要预留足够的空间和时间。这十几条大船相距很近，缺少统一的调度，一时间江面上的航迹变得乱七八糟，如同藤葛一样纠缠在一起。

姚英子他们在驳船上还没搞清楚什么状况，眼看着一条大江轮在前头改变了方向，似乎要快速掉头。可惜转向空间不够，硕大的船身朝着驳船挤压过来。好在驳船的船长及时倒退避让，这才勉强避开。

可他们光顾着前头，却忽略了后头有一条货轮正急着向左偏航，试图超越整支船队先行向西。只听到"咣当"一声，驳船的船尾与货轮船头重重撞在一起。因为惯性，两个硕大的金属身躯持续碰撞着，挤压着，发出瘆人的摩擦声。

这次碰撞让驳船甲板发生了严重的倾斜，苫布下的孩子们吓得乱成一团，哭声和尖叫声此起彼伏，还有力气小的没抓住苫布，朝着一侧船舷滑去。姚英子、宋佳人跑过去，拼命将身体压在苫布两侧，挡住孩子们。这时方钟英抱着桅杆大喊："不好了，粮食！粮食！"

姚英子侧头一看，顿时大惊。他们的口粮都堆放在船尾部的凹槽里，还没顾上拿绳子固定好。随着整条船发生倾斜，这些粮食口袋纷纷翻倒。

姚英子眼前一黑，这可是一百多人这几天的口粮。可眼下她根本顾不上这些，护住孩子们才是最重要的。她只能眼睁睁看着一个个口袋滚下甲板，"扑通、扑通"掉落到江水里去。

三条船纠缠了半天，才勉强远离彼此，分散在江面喘息。等到驳船勉强恢复了平衡，众人还没松一口气，天空中传来低沉的隆隆声，五个黑影恶狠狠地俯冲下来。

日本人的轰炸机来了！

这些飞行员接到的任务，是尽量消灭中国人从武汉撤离的力量，这么大一支船队，而且还没有军舰护航，简直就是砧板上的一块肥肉。

飞行员迅速调整角度，按下了投弹按钮。机腹下的一个固定抓架陡然松开，一枚航空炸弹滑翔而下，乘着强风发出尖锐的呼啸声，朝着一艘客轮飞去。

姚英子趴在甲板上，看到那艘客轮上的乘客发狂地四处奔跑，有人跳下水去，有人抱住头瑟瑟发抖，可无论他们做什么，也无法改变即将到来的命运。

一道震耳欲聋的炸裂声响起，汹涌的气浪拍击到甲板上。姚英子看到，那艘客轮变成了一个巨大的火炬，赤色烈焰向四面八方绽放开来，不时有冒着火的影子惨号着跳入江中。偏生这条船还没有沉，载着这个场景在江心不住打转，把命运展现给每一条邻船。

姚英子、宋佳人压住苫布两侧，腾不开手，吓得面色惨白。只见方钟英三步并作两步跑进驾驶舱，催促船长赶紧开船逃开。

船长也知道事情紧急，想要提升速度，没想到船尾先是发出几声隆隆的怪声，然后冒出浓浓的黑烟。之前那一下猛烈撞击，怕是把发动机给撞坏了。

这一下子，驳船失去了前进的动力，只能无助地在大江上漂流。

不过即使动力仍在，也没任何意义。比起飞机的速度，江面上所有的船只都慢得像是固定靶子。日军轰炸机肆无忌惮地在天空盘旋着，炸弹一枚又一枚砸下来，船只一条接一条地陷入火海。日军飞行员杀得兴起，甚至在航空炸弹用光之后，还操控飞机俯冲盘旋，拿机载机枪扫射。

一排密集的子弹扫过驳船驾驶舱，玻璃破碎，船长和其他两名水手应声倒地。唯有方钟英个头比较矮，堪堪躲过一劫。他小脸吓得煞白，双手抱头窝在轮舵下方，哭着喊爸爸妈妈。

不幸中的万幸是，这条驳船因为早早冒起了黑烟，遮蔽了飞行员的视线，反倒避开了日军的重点关照。日军飞机盯着其他更大的目标肆虐了很久，直到弹药耗尽，才纷纷飞走。

此刻江面上一片狼藉，整支船队几乎全部沉没。唯有这一条失去动力的驳船在水流推动下，默默地穿过惨烈如地狱般的火海，穿过无数漂浮的残骸。

方钟英惶恐地抬起头，发现驳船前进的方向似乎不太对。他虽不懂操船，可这几日的船上生活多少让他意识到，若任由它以这个速度继续前进，一定会狠狠撞到江岸。

就像他刚才讲的故事一样，这里乃是赤壁古战场。江岸是一片连绵起伏的红色岩崖，石角狰狞。倘若这么撞上去，必然是船毁人亡。

可驳船已失去了动力，不可能凭自身力量避免这场灾难。方钟英本想向甲板上的大人求救，可他看到她们正死死压住苫布三个角，苫布下方哭声震天。方钟英回过头紧咬嘴唇，努力回想着船长之前的操作，用两条瘦弱的胳膊抓住舵柄，拼命朝左边打去。

只见驳船冲势不减，船头却朝江中偏离了几分。这一个微小的偏离，让它与江岸之间的角度减小了一些，不是迎头相撞，而是用船身侧贴过去。

只听得一声让人牙根酸倒的剐擦声，这一条驳船的右侧船身紧紧贴住赤红岩壁，狠狠地剐蹭起来。一时间石片飞溅，船体凹陷，震得甲板上的人几乎站立不住。

所幸过不多时，瘆人的剐擦声消失了，整条驳船到底停了下来。不过它的下腹被硬生生蹭出一个大洞，江水咕噜咕噜地往里灌去。

惊魂未定的姚英子顾不得夸奖方钟英，急忙招呼所有人从船上撤离。她一脚踏在岩岸上，一脚踩在船舷上，把孩子一个个抱过去，让那边宋佳人接住。方钟英组织起几个年纪大点的孩子，一起往岸上跳。

突然一个六岁的小姑娘一脚踩空，"扑通"一声掉入水下。众人大惊，可她落水的位置恰好位于江水灌船的漩涡里，恐怕是直接被卷入船底，捞无可捞。姚英子有心去救，可手里还有别的孩子要传接。就这么一犹豫的当口，漩涡里已经看不到人了。

姚英子记得这个小姑娘叫阿苗，父母是在淞沪会战中被炸死的两名护工。她爱吃甜的，却从来不主动伸手，大部分时间都安静地摆弄手里的布娃娃，那是她带去孤儿院唯一的玩具。这样一个乖巧孩子，突然之间就消失了，如同她的父母一样。

宋佳人放声大哭起来，可手里一刻不敢停歇。大人们流着泪，终于把剩下的孩子都转移到了岸边。她们两个累得瘫倒在地，动弹不得。而那一条驳船在数分钟之后，沉入水底，再无任何痕迹。

姚英子蹲坐在一块凸起的岩石上，望着吞噬了小姑娘的江水，心头一片绝望。船没了，补给也没了，人也没了一个，他们这一行人才刚离开武汉不久，便被命运狠狠地打落。

过了一阵，江面上开始有东西漂下来，这是刚才船队的一部分残骸。宋佳人红肿着眼睛，跑到岸边捞出来半箱被水浸透了的饼干糊，用手刮出来，抹在饥肠辘辘的孩子们嘴里，一人只能抹一口。宋佳人还给姚英子拿来一些，却被婉拒，姚英子现在什么都吃不下。

小孩子毕竟还小，一舔到饼干糊，立刻就不哭了。望着那些意犹未尽的小脏脸，姚英子缓缓站起身来。这些孩子的性命，就在自己手里，现在可不是颓丧的时候。

姚英子强行按下悲恸与绝望，起身环顾四周。他们此时是在长江北岸，周围除了高低起伏的岩崖，还有一片片苍翠的竹林。她让宋佳人带着孩子们在竹林里找一处地方，尽快生火烤干身体，自己则带上方钟英，去外面寻求援助。

方钟英的方向感和记性都不错，他说在日军空袭之前，船队曾经过一片极狭长的江心洲。船长说那里叫新淤洲，位于江北的洪湖与江南的嘉鱼之间，两边的农民多年为这个洲的归属大打出手。由此推断，他们弃船登岸的位置，应该就在洪湖所属的沔阳县境内。

这一大一小一路探寻，很快在一片芦苇荡的尽头看到一个鱼塘。鱼塘旁是一条泥巴小路，两人精神大为振奋，有路即意味着有人家，有人家就好办了。

可是他们走了一阵，村子见到两三个，可全都空无一人。没办法，这里距离武汉很近，村民们大概早嗅到了危险的味道，齐齐逃难去了。方钟英正要往前走，却猛地被姚英子抱住，捂住眼睛。

"钟英，不要看，朝前走。"

就在两人的前方村口，是一个井台。井口呈圆形，周围用一圈青石板垫高。六七个小孩子围靠在井口，互相依靠着一动不动，脸上斑点密布，已死去多时。

姚英子之前跟着红会在安徽和江西几次救灾，也曾看到过类似的情景。很多父母逃难时，实在无法携带所有子女，只好把不会走路的孩子抛在井边，任由他们自生自灭。大灾之时，如此做法并不罕见。

姚英子捂住方钟英的眼睛，缓缓走过井口。这时方钟英轻轻把她的手放下来："干妈，我想看看。"

"钟英，你最好不要看，太惨了。"

"可这样的惨事，不会因为我不去看，它就不存在了。"方钟英一本正经地回答，活像个大人。姚英子被这句话说愣了，只好松开手。

方钟英鼓起勇气，目光在这些不幸的小尸体上依次扫过，呼吸变得急促起来，但他没有畏怯避开。犹豫片刻，他鼓起勇气走到井边，把他们一个个抱起来，放在旁边的草垫子上。没有铁锹，也没有挖坑的时间，方钟英只好在附近摘了几束凤尾蕨，轻轻盖住尸身。

"古人有云，读万卷书，行万里路。我爸说我待在屋子里的时间太久，只会读死书。我现在出来才明白，什么叫作千村万落如寒食，不见人烟空见花。"

这是韩偓的诗句，相当冷门，很少有孩子开蒙背这样的诗，这应该是林天晴刻意教的。姚英子摸了摸方钟英的小脑袋瓜，说："我们走吧。"

他们离开那个村子，又走了十来里路，终于找到了一处兵站，这才得知自己是在洪湖与长江之间一个叫颜咀的小镇子。

姚英子拿出颜福庆亲手开的路条和红十字会会员证，请求支援。兵站的军官却粗暴地拒绝了，沉着脸说前线战事紧张，兵站不可能为一些平民小孩分出精力。无论姚英子如何恳求，军官就是置之不理。

就在姚英子一筹莫展之际，一辆运兵的卡车从后方开去武汉，停在这个兵站略做补给。那个带队的士官跳下车，正嚷嚷着找水喝，看到姚英子，眼前一亮，急忙过去打招呼。

原来这人之前也在邮政总局的伤兵医院待过，认出是姚主任。姚英子向他说出困境，士官一拍巴掌，二话不说招呼同队的士兵下车。

有了这队士兵去江岸相助，姚英子总算把孩子们一个不少地接到了兵站。士官在前线还有战斗任务，很快离开。而那位兵站军官依旧是一副死人脸，不肯给予方便。

姚英子没奈何，便让这一群孩子在兵站附近的小土坡上坐下。方钟英想起《三国》里的某个情节，暗中挑唆，过不多时一群孩子突然扯起嗓子大哭起来。小孩子别的不擅长，号啕是行家里手，这下子哭声此起彼伏，宛如交响乐一般，穿透力还极强。最后吵得兵站军官烦不胜烦，一脸沮丧地分拨出少许糙米，才算是塞住他们的嘴。

到了晚间，互相簇拥着入睡的孩子们忽然又被吵起来。一辆装满了行李的卡车从武汉方向开到兵站，催促加油的喇叭声一声接一声。

兵站军官打着哈欠出来。从对面车上下来一个人，自称是武汉政府的一名参事。

参事趾高气扬地要求尽快补充汽油，兵站军官面无表情地回答，所有离开武汉的车辆行人，都要检查行李。参事大怒，声称里面都是政府机密文件，享有免检权。两人就这么顶起来了。

在一旁休息的姚英子听见争吵，想走过去跟参事商量一下，能不能捎走几个年纪小的孩子。可她走近车子，隔着窗玻璃无意中发现包裹露出了一角，上头挂着几行英文标签。她出于职业习惯，细细辨认了一下，发现写的是"磺胺吡啶"与"盐化阿特雷乃林"。

前者是抗菌特效药，后者可以用于强心与抑制内出血，都是战场必备药物。

姚英子双眼一眯。这两种药品中国本土无法生产，只能从英国进口，价格昂贵。武汉的各家伤兵医院都当宝贝似的，轻易舍不得用。这位参事居然带了足足一车药品离开武汉，毫无疑问，是打算偷运到后方去渔利！

姚英子当即找到兵站军官，说出发现。参事一见事情要败露，赶紧从怀里掏出一根金条，试图贿赂。不料兵站军官勃然大怒，一脚把参事踹倒在地，解下皮带狠狠地抽。

姚英子不想看到这么暴力的场景，转身走回土坡上，去安抚那些孩子重新入睡。她弯下腰，正一个个检查，忽然听到身后传来脚步声。她回头一看，发现兵站军官背着手走过来，旁边的随从手里还拎着几张大饼和肉脯。

兵站军官示意他们把食物放在地上，对姚英子道："我有个好兄弟，前一阵在武汉负伤，因为缺乏药物，最后死在医院里。原来这些药不是没有，是被这些狗娘养的给贪了。如果没有他们，说不定我兄弟就不会死。"

他的表情依旧那么死板，可姚英子能感受到他话中的愤懑与不甘。兵站军官又叹息了一声："如果当时我兄弟能被送去邮政总局的伤兵医院，碰到你这么负责任的医生，也许还有一条活路。"

姚英子摇头道："你错了，我在前线医院认识的每一位医护人员，都会尽心竭力地抢救战士，绝不会轻易放弃任何一条生命。我的一位好朋友，甚至放弃了跟她儿子返回后方的机会，毅然留在前线。"

她伸出手，拍了拍方钟英的脑袋，后者兀自沉睡，只是嘴唇吧嗒了两下，不知是梦见了美食还是梦见了母亲。兵站军官盯着这一百多个攒聚的小脑袋瓜，默默地转身离开。

到了次日清晨，兵站军官再次找到姚英子，一脸恼怒地告诉她，他早上接到上峰打来的电话，要求把参事放掉，药品收缴后送回武汉，这件事就当没发生过。

这种事实在太常见了，姚英子都没有力气去愤怒。不过很快兵站军官告诉她一个好消息，他动用自己的权力，好歹把那辆运药的卡车扣了下来，派去宜昌转运物资。去程是空的，车上运什么他就管不着了。

姚英子大喜过望，连连称谢。一群孩子也在方钟英的暗示之下，扑过去抱住兵站军官的大腿，奶声奶气地喊着"谢谢叔叔"。兵站军官浑身僵硬地站在原地，脸色大窘，动都不敢动一下。

有了这么一项意外收获，姚英子一行人总算坐上卡车，改从陆路继续向西进发。这一路向西去，只有一条简易的硬化公路，路况很差。这些小孩子先在江上受到了巨大惊吓，然后又在车里颠簸了数天，当车子接近监利时，一场疫病猝然发作。

先是年纪小的孩子开始呕吐，体温上升，然后许多大孩子也相继出现类似的症状。他们的咽喉肿痛得厉害，身体浮起密密麻麻的罂粟粒一样的红疹子，看起来格外吓人。

"我怀疑……是烂喉痧。"宋佳人给孩子们做完体检之后，得出了结论。

姚英子一听是这个病，脑袋嗡的一声。烂喉痧又叫猩红热，是一种常见于儿童的疫病，江浙一带每年都会暴发，传染起来非常厉害。

伯达尼孤儿院迁到汉阳之后，卫生条件比上海差很多。估计这些孩子接触了带有病菌的食物或玩具，让它们潜伏在体内。这段时间舟车劳顿，让孩子们的抵抗力下降，导致烂喉痧一下子暴发。

在这种状况下，绝不可能再继续前行了。司机有任务不能停留，姚英子只好带领所有人就近下车，来到附近一个叫网市镇的小地方。由于猩红热会传染，姚英子不敢进镇子，就在郊外找到一间废弃的私塾，把病发的孩子们安顿下来。

这间私塾已经被拆得空空荡荡，屋徒四壁。姚英子只好带着方钟英，在附近捡来一堆木板、石头，搭成一张张小床，留给体质最差的孩子。其他人则席地而卧，身下只铺上一层湿漉漉的发臭稻草。

这些孩子的颌下淋巴结都肿得厉害，苦不堪言，除了啼哭，就只能一遍又一遍地喊着"姚妈妈""姚妈妈"。姚英子跪在地上，一边用灭虱药清理稻草，一边回应着孩子们的呼唤，一天忙下来，嗓子比膝盖疼得还要厉害。

但姚英子丝毫不敢休息，颜院长把这些孩子托付给她，万一有什么闪失，岂不是辜负他的信任？她还背负着"汉奸"的争议，更不能有任何疏失。但最重要的不是这些，而是孩子们本身的安全。那个失足落水的小女孩，让姚英子痛彻心扉，至今仍未缓解，她不允许再失去更多。

好不容易把孩子们都安顿好，姚英子觉得整个人困累至极。她正打算小寐一阵，耳边忽又传来嗡嗡的声音，整个人一个激灵——这里临近江边，蚊子奇多，会咬得小孩子们睡不安稳，万一惹来疟疾就更麻烦了。她只好用井水洗了把脸，强撑着在私塾里走来走去，用蒲扇驱赶蚊虫。

到了后半夜，她迷迷糊糊地听到，窗外传来隐约的哭声。姚英子皱皱眉头，走过门去，见到宋佳人蹲靠在窗下，正嘤嘤地哭着，脚边的野草足有一尺高。

姚英子恍惚看到初到蚌埠时的宋雅，于是坐到她旁边，柔声宽慰道："佳人，你辛苦了，是不是后悔跟我出来啦？"

"我不是后悔，我是心里有些难受……"宋佳人擦擦眼泪，把头靠在主任肩上，嗫嚅道，"这样的日子，什么时候才是个头啊？"

姚英子筋疲力尽地闭上眼睛，脊背靠住墙壁："对中国大部分人，这样的日子才是常态啊。还记得二十八年之前，我和你娘都还是总医院的学员，还没现在的你大呢。红会组织去淮北救灾，那是我们第一次外出，所有人抵达蚌埠时，都被眼前的景象给吓坏了。"

"比现在还惨？"宋佳人好奇地问。

姚英子笑起来："跟那些灾民的生活状况比，这里简直就是天堂。你娘直接吓得连吐带哭，差点逃回上海去。"她顿了顿，似乎在缅怀过去的时光，"可那也是我第一次知道，上海只是个特例，中国绝大部分老百姓，都在过这样的日子，这才是真正的中国。我们可以害怕，可以胆怯，却不可以不去理解，不去同情，不去努力改变这一切。"

"所以您才会去办保育讲习所、办卫生示范区对吗？"

"等到了我的年纪，你就会明白了。既然走上学医这条路，便天生会生出这种责任感，峨利生教授、沈敦和会长，还有颜院长，他们都是这样主张的，也是这样做的。现在轮到我们了，以后也会轮到你们。"

宋佳人还想再问，可她抬起头，听到的却是粗重的呼噜声。原来姚主任说着说着，竟累得睡着了……

到了次日一早，姚英子早早醒过来，觉得腹部像是揣了一块石头，隐隐作痛。过去几天里，她根本没怎么认真吃过热乎东西。但姚英子惦记着孩子们，勉强爬起来，先去给他们做检查。

烂喉痧这种病没有什么特效药，唯一的办法是把病人隔离静养，等疹子自行退去。但这里有一个前提，病人要充分摄取营养。红会第一医院有专门的摄生食谱，里面包括了牛乳、水果、面包，以及适当的蛋与肉。

可惜如今姚英子手里除了清水和少量安替比林，什么东西都没有。兵站军官倒是提供了一点糙米，可孩子们总不能一直喝淡粥。

她无奈，只好前往网市镇上寻求援助，东家讨点盐巴，西家求些酱菜，好多店家甚至把她当成女乞丐撵出门去。幸亏网市镇上有一座万佛古寺，住持是个老和尚，慷慨地送了姚英子两担寺里种的蔬菜，才算解了燃眉之急。

姚英子把蔬菜挑回去，正赶上方钟英从附近的林塘里抓回一只野鸭，赶紧熬了一锅蔬菜鸭汤，给病情最严重的几个孩子喝了下去。

到了次日早上，又一个变故出现了。一直跟着他们忙前忙后的方钟英居然也病倒了，同样是烂喉痧的症状，浑身滚烫。

更麻烦的是，姚英子在给他做检查的时候发现，这孩子的两颊颇有些浮肿。她不由得心中一惊，急忙让宋佳人取了方钟英的尿样去检查。

他的尿液颜色稍深，煮沸后再加入一点醋和盐，能看到有不甚明显的沉淀，这说明尿里含有一定程度的蛋白质。

"糟糕，这是肾炎。"姚英子立刻有了判断。这是快速验证肾炎的一个土办法，不够准确，但胜在操作简单，不用专业设备就能筛查。

方钟英躺在石板上，迷迷糊糊地还要挣扎着起来，被宋佳人死死按住。姚英子给他喂了一点安替比林，但她知道这只能降温，却不能解决根本问题。儿童猩红热会有一系列并发症，而肾炎是其中最棘手的一种。

眼下最紧迫的，是尽快给他消肿才成，不然发展成尿毒症，她可没脸面对方三响和林天晴。

姚英子在吴淞示范区为了开展工作，曾向项松茂请教过很多中药知识。她如今努力回想，茯苓皮可以消肿，玉米须可以降低尿蛋白。这些药材不算罕见，她记得上次去网市镇，看到有两家中药铺子，决定再去一趟。

她给其他两人交代之后，匆匆朝镇上走去。从私塾到镇子的大道，要绕着一条河湾盘转好几圈。姚英子心急如焚，打算索性取直从浅河滩上蹚过去。

可就在她准备跨过河边滩涂时，忽然发现身后有人跟踪。她急忙回头，可迎面一个布口袋罩下来，四周登时一片黑暗。姚英子感觉自己被人抓住双臂，周围传来一阵粗豪的笑声。

姚英子如何不知道，自己这是被绑架了。如今战乱频仍，各地治安明显变差，尤其是这一带水路纵横，这伙人八成是四处流窜的水蜢子。

她一边挣扎一边高喊，说自己是红会医生，带着孩子们逃难而来，身上没有什么值钱东西。对方听得不耐烦，用破布直接塞住她的嘴，将她拽上了一条船。小船晃晃悠悠开了许久，然后姚英子感觉自己被推到另外一条更大的船上，周围很是嘈杂，似乎有很多人。

"老三，你这又绑了个什么回来？"一个粗豪的声音喊道。

"嘿，搂草打兔子，路上捡的，给大哥做见面礼。"

"这送礼还有半路上临时抓的啊？该说你有心，还是没心呢？"

"有心，当然是有心。江水汛期快到了嘛，到时候船家歇了，怕大哥无聊，弄一个在床上解闷也好。"周围响起一阵猥琐的笑声。那个大哥也笑了一阵，又开口道："今年这水啊，估计会不小。兄弟们当心点。俗话说，洪使者，水管家，一起请去龙王家。龙王留客走不得，宴上水席喂鱼虾。"

本来瑟瑟发抖的姚英子，听到这一句，突然怔住了。这声音，这腔调，一段尘封已久的记忆浮现在心中。

这时一个人把口袋从她头上摘下，起手就是一耳光："老实点，让大哥看看俊不俊！"顺手把破布也从她嘴里拽了下来。

"汤把总，是汤把总吗？"姚英子声嘶力竭地喊道。

周围一下子安静下来。她看到人群正中有一个秃顶老胖子，正一脸诧异："你是谁？怎么会知道我当过把总？"

"我是红会的姚英子啊，二十多年前在蚌埠集，还记得吗？"

那是二十八年之前的事了。当时姚英子要去淮河北岸救人，负责护送的正是汤把总。结果他们半路为了救怀孕的翠香，被水蜢子们围住。汤把总临阵脱逃，与姚英子就此失散。

事后姚英子返回蚌埠集，并没见到汤把总，以为他被水蜢子们杀了，还给衙门捐了点钱，为他立了个衣冠冢。可谁想到，二十多年过去，这位汤把总居然还活着，还摇身一变成了水蜢子的头目。

这边汤把总也认出了姚英子，白眉一抖，眼神登时有些复杂。

姚英子何等聪明，立刻觉察到他的心思，当即喊道："你忘了吗？那时候你为了掩护我和翠香，一个人跑出去引开了六个水蜢子。这些年，我们一直以为你死了。"

周围的人忍不住"哦"了一声，齐齐看向汤把总。原来老大年轻时，居然还这么讲义气？汤把总一听，嘴角微微松弛下来，尴尬地笑起来："姚医生，原来是你呀。"

既然两人相认，其他水匪不敢怠慢，连忙松开姚英子身上的绳索，把她带去汤把总住的船舱里头。

这时姚英子才发现这是一处小江湾，四周芦苇遮蔽，极为隐秘。二十几条大小船首尾相连，帆桅放倒，构成了一个简易的水上城寨。这东西搭起来极快，散开来也容易，符合水蜢子来去迅捷的风格。

汤把总叫来一个丫鬟，附庸风雅地泡了一壶茶，简单讲起自己后来的事情。

原来他那一次临阵脱逃，很快便被水蜢子们给逮着了。为了活命，汤把总跪地求饶。水蜢子本来也是松散团伙，只讲究人多势众，说"你打死我们一个，就拿自己来顶"，遂把他也拉入伙。后来那伙水蜢子去追姚英子，大半死在村里，剩下的就跟汤把总流窜去了别处。

汤把总知道姚英子身份高贵，无论她是否活着回到蚌埠集，自己也断然不能回去，索性安心落草为寇。要说汤把总也真是个放错地方的人才，在官场上碌碌无为，当水蜢子倒是如鱼得水。二十多年来，他纵横于淮河与长江之间，闯荡出一个水寨外加几十号手下，可比在蚌埠做一个外委把总风光多了。

最让姚英子意外的是，汤把总得势的由来，居然还跟自己有关。

他在那间破观音庙里，见过姚英子对孕妇翠香的处理措施，不知为什么记得很牢。有一次，他跟的水匪老大有一个姨太太生产，从外面找来一个产婆。汤把总逼着产婆剪了指甲、洗了手再去接生，剪脐带用的剪子也必须提前放入水中煮沸。这个姨太太因此活了下来，汤把总也算立了大功，从此被老大另眼看待，这才混出了头。

姚英子听完，简直啼笑皆非。她在南城厢和吴淞示范区推广了那么久的卫生观念，没想到执行力度最彻底的，却是在长江的一个水匪寨子里。

倒是汤把总，听说姚英子还给他在蚌埠立了个衣冠冢，颇为感动，一拍胸脯说："当年我弃你而去，这次保证给你囫囵个儿送回去。"

姚英子心里惦记着方钟英，把护送孤儿的困境讲出来。汤把总盯着她看了半晌，忍不住感叹道："当初你为了个不相干的女人，一个人跑去淮北作死。现在又带了一百多个不相干的孩子朝四川跑。这么多年，姚医生你可真是一点没变啊！"

汤把总其实对姚英子的样子，早已淡忘。直到此时，他才从这个弱不禁风，甚至脸色很差的中年女医生身上，看到当年那个倔强少女的影子。饶是他做了几十年心狠手辣的水匪，也不得不暗生敬佩。

"我这就让那些臭小子把姚医生送回去，再送十块大洋压惊，权当是故人之礼。"

汤把总慷慨道。姚英子却没急着起身，她不动声色："汤把总，现如今湖北这场战事，你可听说了？"

"那是自然。"

"其实不只是武汉，湖北乃至中国都要天翻地覆。我劝你一句，你可不要指望还能待在自己的寨子里，享着太平清福，要早谋出路啊。"

汤把总的大鼻孔里喷出一团轻蔑的气息："湖北的官军我见得多啦，甭管是清军还是国民军，甭管是黎元洪还是萧耀南、汪精卫，哪个不是待几天就走了？我们是水窝子里的蜢子，谁也捞不干净。"

"倘若人家不捞，直接把水窝子填埋了呢？"

"嗯？"

姚英子道："我是从淞沪战场撤下来的，也在武汉亲历过战事，日本人和之前的敌手可是完全不一样。他们一打过来可是倾天大祸。"

"都是俩眼睛一鼻子，还能不一样到哪儿去？"

姚英子平静地讲起战地医院的一个个死伤案例，这都是她亲历亲见，无须渲染。开始汤把总还不耐烦，听到后来脸色有些白。一个长江水匪，哪里见过工业化国家总体战的威力？哪里见过几千上万具尸体的战场惨状？

"中日之战，乃是国战。所有人都要主动或被动地参与。汤把总若不做远虑，只怕近忧就在眼前。到底是机会还是祸事，就在你一念之间。"

汤把总听得有些懵懂，再看向姚英子，对方高深莫测地笑了一笑，却没再出言解释。相由心生，她这么多年做慈善公益打磨下来，气质越发雍容温润，让人一望便生出亲近信任之感。

汤把总心中一动，想起来了。姚英子的爹好像是上海滩一位大亨，她肯护送这一百来个孩子去四川，这些孩子的来头必然也不小……是了是了！若是帮了姚英子，便是给了这些孩子的爹妈一个大大的人情。政府正在用人之际，届时这些大人物稍微动动指头，让水蜢子像宋江一样受了招安，岂不从此摇身一变成了官军？

怪不得她说这是祸事，也是机会。

汤把总连忙拍了拍胸脯，慷慨道："姚医生是菩萨心肠，我向来是知道的。这样好啦，我水寨里可以出动几条船，把你们送到宜昌。"

姚英子暗自松了一口气。这些水匪有他们的一套庸俗逻辑，觉得她尽心竭力护送的孩子，必然大有来头，那让他们继续误会便是。

水匪们的办事效率相当高，当即派了一条小快船把姚英子送回网市镇。宋佳人见她迟迟未归，正急得团团转，见她回来才如释重负。她一个人，可实在肩负不起这许多重任。

姚英子简单安慰了几句，赶紧去检查一下孩子们的病情。最早发病的几个，浑身的疹子开始消退，舌头上的白苔也有脱落迹象了。这是个好迹象，于是姚英子决定再等等，她跟汤把总约定，五日之后再出发。

她这次从水寨里讨了几袋子鸡头米和十几尾小江鲜。鲜鱼熬烂成汤汁，跟鸡头米一起直接下锅煮沸，再加点藕粉勾芡，便是一碗美味可口的米鱼羹，最为摄生不过。姚英子家里原来的苏州厨子很喜欢做这道菜，没想到有一天她会亲手烹制，而且一做就是给一百多号人。

来自水蜢子的支援，总算解了燃眉之急。在接下来的数日里，姚英子还是一如既往地忙碌，白天不停地做饭、洗衣服、清理床铺和倒屎尿，夜晚驱赶蚊虫、记录病情。直到孩子们陆陆续续开始退疹子，身上出现米糠状的一层层碎皮，姚英子才算松了一口气。

这次烂喉痧暴发，病号都是普通型或轻型，退完疹子就算是安然度过了，没有一个人死亡，放在上海也是一桩奇迹了。只有方钟英比较倒霉，引发了肾炎。好在姚英子从镇上弄回来了茯苓皮和玉米须，还请郎中开了个方子。他到底熬过了难关，只是小脸硬生生瘦了两圈。

他恢复清醒之后，听说姚英子差点被水匪劫走，自责得不得了，一直觉得是自己惹的麻烦。最后还是宋佳人训斥了几句，他才不再钻牛角尖。

在这期间，前线的消息也陆陆续续传来。整个战局仍处于胶着状态，但外围态势对国军渐渐不利。仿佛被这个消息刺激到了，汤把总亲自带队，殷勤地动员了足足六条长帆大江船，把孤儿院的孩子们全数接上。

这些水蜢子都是江里的老手，扯起帆来反倒比驳船开起来更快。他们从监利溯江而上，一路走石首、荆州、枝江，没过几日，便抵达了宜昌。

宜昌是入川的军事重镇，此时有重兵把守。汤把总不敢靠近，便在猇亭北岸附近把姚英子放下，然后率众返回洪湖，高高兴兴等着收编。姚英子则带着这一队大病初愈的孩子沿江徐行，半天时间便远远看到一座巍峨的八棱七层砖塔。

她问了当地人，才知道这叫作"天然塔"，相传是晋代郭璞所修，不过原塔已经坍塌无痕，这一座是乾隆年间重修。它雄踞长江北岸，位置极为巧妙，无论上游还是下游均能看得一清二楚，兼有灯塔之用。一看到它，距离宜昌城便不远了。

姚英子见孩子们疲惫得走不动，索性不进城，就在天然塔下的庙里借了一角禅院，让其他人看好孩子，自己只身进城去。

宜昌历来号称"川鄂咽喉"，如今国土沦丧泰半，政府内迁重庆，这一条出川通道便愈加显得重要。宜昌城里一下子拥入了十倍以上的人口，整个城区变得拥挤不堪，长衫眼镜的山东教授、宽袍瓜帽的河南商人、一身卡其色的中央军军官、烫着一头鬈发的上海滩阔太太、四川出来的黝黑民夫……路上行人什么穿着都有，口音也是五花八门，俨然成了一锅大杂烩。

姚英子找到了当地的红十字会，希望安排一条船入川。当地的会长为难地表示，现在滞留在宜昌城里的绝大部分人，都是在等入川的船票。要知道，三峡水道险峻，溯江而上要么是乘坐动力船，要么是坐传统木船靠拉纤通过。前者数量奇缺，且几乎全被军方征用，后者光有船不成，还得雇纤夫，价格贵得要死。

姚英子问还有什么途径没有，当地会长说有时政府会开放一部分动力船的舱位，优先给医护人员、病患儿童、工程师和社会名流，但要等多久不知道。姚英子没办法，只得先去港务局填写了申请表格，乖乖等待。

接下来，她面临着一个严峻的问题：颜院长出发前给的经费，早就花得一干二净。这一百多号人，不知何时才能等到舱位，她必须想出一个维持的办法才行。指望红十字会的宜昌分会援助不现实，他们人数太少，费用也极度不足，光是应付宜昌城里就筋疲力尽了。

她忧心忡忡地回到天然塔下，看到方钟英站在一块石头上，正绘声绘色地给孩子们讲火烧连营的故事，但宋佳人不见了。她正担心，方钟英说禅院隔壁有一家逃难来的南京人，正赶上女主人分娩，宋佳人过去帮忙了。

姚英子一愣，连忙洗干净手也过去。一进隔壁，看到一个女子躺在床榻上，摆出分娩姿势，先生在一旁慌得六神无主。宋佳人正满头大汗地抚着她的肚子，大声喊着："不要一直憋气，跟我一起深呼吸，吸气，吐气，吸气，吐气。"产妇呻吟着，努力配合，却一直没有进展。

姚英子经验丰富，凑过去一看便知道，这是胎儿头围太大，卡住了。一问这产妇年纪，已是三十六岁，恐怕没什么体力再继续周旋。她转身抄起一把剪子，在火上烤了烤，待退温之后，把会阴迅速剪开一段。

产妇的先生吓了一跳，急忙问："你这是干吗？"姚英子瞪了他一眼："不剪开，孩子出不来，就是一尸两命。这么直接剪开，刀口边缘齐整，缝合之后比撕裂伤恢复得更快。"她天然带着一种凛然的权威感，产妇的先生顿时不敢多言语什么。

过不多时，婴儿的哭啼声响彻屋子，所有人都松了一口气。姚英子又取来针线，给会阴做了简单的缝合，这才算大功告成。产妇的先生千恩万谢，从行李中取出几捧橘子，递给宋佳人和姚英子。

从隔壁离开之后，宋佳人冷笑道："救了他老婆女儿两条性命，就换来几个橘子。大概他觉得，您就剪了一下，缝了四针，这么点活，也就值个橘子钱。"姚英子道："母女平安就好，我们帮忙又不是图这个。"

宋佳人眼睛突然一亮："对呀，我们干吗不图这个？"姚英子眉头微蹙，宋佳人抓住她的胳膊兴奋道："您想，现在宜昌城里聚集着几万人不止，里面得多少孕妇和产妇？这里靠谱的产科医生又有几个？"

姚英子忽然明白宋佳人的思路了。大量逃难民众拥入宜昌，必然有一定比例的孕妇产妇。她们完全可以提供相关服务，收取一定费用，既救了人，也解决了孤儿院的经费问题。

"可是，怎么让别人知道？"

宋佳人道："我刚才看到他们屋里扔着一张《国民日报》，可见宜昌本地也有报纸。我们登个广告不就得了？"姚英子苦笑："可我们连登广告的钱都没有。"宋佳人调皮地眨眨眼睛，在自己行李里翻出一个晶莹剔透的玉镯，得意扬扬地在姚英子眼前晃动。

这镯子，正是当年宋雅去姚府求助时，她送给宋雅的。没想到宋雅一直没有卖掉，反而传给了女儿。睹物思人，姚英子霎时有些感慨。

"你舍得吗？"姚英子问。宋佳人撇撇嘴："当初您舍得给我娘，我如今有什么舍不得的？再说又不是卖掉，我拿去当铺抵押，日后还要回来赎的。"

姚英子实在也没别的办法，只能听从宋佳人的这个方案。她们先去当铺里，换了一笔钱来，然后找到宜昌《国民日报》的编辑部。宋佳人花重金占了一期号外，用最大号的字体排出：《沪上知名女医莅临宜昌，妇产儿诸科俱臻，不日即离，欲诊从速》。

姚英子觉得这标题有点太过了，自己明明逃难到此，却说得好像专门来做善事一样。再说了，什么时候走还不知道呢。宋佳人却表示，你说得越理直气壮，人家才越信服，你强调马上就走，他们才会越急着来。

"看病我拜您为师，起新闻标题，我可是您师傅。"宋佳人得意忘形道。

登完广告剩下的钱，宋佳人用来租了一间铺面做接待，说名医的排场不能省。

事实证明，宋佳人是对的。号外一经登出，前往天然塔求医的人当真是络绎不绝。宜昌城里滞留了太多难民，临产的妇人几乎每天都有。那些有钱人看不上本地游医，一听说有上海名医到场，都纷纷找上门来。

姚英子实在觉得不安，便每天安排出几个慈善名额，留给没钱诊治的老百姓。结果消息一传出去，更是名声大噪。

姚英子和宋佳人忙得脚不沾地，银钱哗哗地流进口袋。孤儿院一百多个孩子，不仅每餐都能吃到肉与蛋，甚至连衣服都换了一套新的。宋佳人每晚盘点完账，都忍不住感叹说"干脆咱们别走了，在这里建个保育院，保管赚得盘满钵满"。姚英子听完只是笑笑，把一块热石头按在腹部，去检查孩子们的床榻。

他们在宜昌滞留了有大半个月，终于等到了一条江轮的舱位。姚英子毫不留恋，把近日所有积蓄拿出来，还借用了几位病妇夫家的人脉，买到了船票，总算带着孩子们顺利登船，沿着三峡逆流而上。

若是太平时日，这些乘客大概会欣赏一番瞿塘峡、巫峡、西陵峡的峥嵘奇景，可如今完全没有心思，只盼着早点出峡。

偏偏这时节赶上雨季，头顶阴雨连绵，江中惊涛骇浪。每走上一段，便会看到水面上有一片黑黝黝的礁石突起，有如水兽高高拱起的脊梁。无论什么动力的船，到了这附近都必须小心翼翼地避让绕行，稍不留神便会被浪头卷过去，撞得粉身碎骨。

同船的有个老江客讲起掌故，说这些礁石叫作怨死石，最不吉利。倘若有小船被礁石撞碎，幸存的水手落水后，会奋力挣扎爬上礁石，活活怨死在上面。

方钟英好奇地问："为什么会怨死？"那人叹了口气，说："躲上礁石的人明明活着，没人会去救，他只能眼睁睁看着周围船来船往，在众人的注视下绝望死去。死前满怀怨气，久而久之，就萦绕在礁石四周，故而得名怨死石。"

听完这段，满船乘客议论纷纷。这死法实在是太可怕了，还不如直接撞死痛快。方钟英仍是不解："为什么没人去救？"众人都笑他幼稚，一个老学究道："那礁石附近的水流激荡回旋，极其危险，任何船只靠近都要出事。又有谁愿意为了不相干的人，冒死冲到礁石上相救呢？这礁石啊，是通了人性的，正吃准了没人肯去。"

"他们说得不对。"

方钟英听到一个很小的声音在反驳，连忙转动小脑袋瓜，发现对面姚英子斜靠在舱壁上，双手按压小腹，一张疲惫的脸贴着舷窗，似是一直在遥望江涛中时隐时现的礁石。

"钟英，我告诉你。峨利生教授会去救的，沈敦和会长会去救的，牛院长、颜院长也会去救。你爹和孙希也是一样。哪怕风浪再高，他们也会去救那些困于礁石上的绝望之人。"

"我明白的，这是医生的本分。"方钟英郑重其事地补充了一句。

姚英子欣慰地点点头："总要有这样的人，那些困在礁石上的人才有生的希望。所以你千万不要被这样的传说吓到，不要以为人性就只有漆黑一团。要有信心。"

"我爹也是这样吗？"

"蒲公英大概是我们三人里最先领悟的……"姚英子觉得当孩子的面说外号不好，正要改口，方钟英却笑嘻嘻道："干妈你给我讲讲，你和孙叔叔为啥叫我爹蒲公英吧，我对这故事好奇了很久。"

姚英子眉头微皱："不像话，怎么说自己老子的？"方钟英却摇晃着她的手道："反正路上无聊嘛，当故事讲讲。还有孙叔叔，你们三个到底怎么认识的？"

"这可说来话长了……"

姚英子斜靠在舱壁上，望着外面风雨如晦，娓娓道来。这个故事很长，讲着讲着，方钟英忽然发现，干妈的耳边赫然出现了几缕银丝。他很确定出发前是没有的。他想伸手给拔掉，姚英子却已然沉沉睡着。

接下来的航路，总算是有惊无险。江轮很快出了江峡，进入巴蜀境内。

说来奇怪，入川之后，姚英子的话变少了，大部分交涉的事都交给宋佳人，她留在后面照顾孩子们。孩子们欢欣鼓舞，一路上"姚妈妈，姚妈妈"喊个不停。

经过数日周折，他们远远见到矗立着一座雄伟山城，那里应该就是重庆了。

宋佳人和方钟英见到此景，无不如释重负。几个耐不住性子的大孩子，高兴地喊起"姚妈妈"。很快小的也有样学样，队伍里一起喊起来，两侧山谷传来阵阵回音。

可奇怪的是，这一次，姚妈妈却没有像平常那样立即回应。宋佳人觉得不对，回头一看，却看到姚英子捂住肚子，缓缓栽倒在了地上……

第十章
一九三九年三月

方三响记得，在整栋哈佛楼里，曹主任最喜欢去两个地方。

一个是财务室，里面有银钱叮当响；另一个则是透视室，里面放着一台德国产的爱克斯光机。这是医院里最值钱的设备，曹主任把它盯得比自己眼珠子还紧，曾经有年轻医生好奇，跑进去摸了一下，结果被他骂得狗血淋头，扣了足足半个月薪水。

如果曹主任知道方三响现在做的事情，只怕会直接吐出三升动脉血。

方三响宽厚的肩膀上，此时正压着一根竹扁担。扁担两头各系着一个方形大木箱。左边的箱子上贴着"旋转阳极 X 射线管"及"纯钨靶盘"两张字条，右边的箱子上贴着"三相高压发生器"和"钨酸镉荧光屏"。

这两个箱子都颇为沉重，两头把扁担压得极弯，活像一张绷紧的弓。随着方三响健步如飞，箱子随扁担上下颤动，发出咯吱咯吱的声音。

方三响不懂标签上那些拗口的名词，但他知道这两个箱子里装的，是一台西门子牌爱克斯光机的关键部件，而且是方圆五百公里之内唯一的一套。换句话说，如果它们不慎被毁坏，将是无法弥补的损失。方三响每想到这一点，便下意识地抬起右手，把扁担扶得更稳一些。

此时他正置身于一支庞大的队伍之中。队伍中有身穿灰色军服的军人、头扎白羊肚手巾的民夫，穿着短袄与文明裙的男女学生，还有身披白褂头戴白帽的医护人员，熙熙攘攘有两百多人。他们和方三响一样，每一个人肩上都扛有一根扁担，挑着形状各异的大小包裹，人群里还夹杂着十几辆牛车、骡车和独轮车，车上坐满了缠着绷带的伤员，匆匆走在一条小路上。

早春的陕北大风吹得凶狠，一吹起来，这条未经硬化的黄土小路便陷入狂欢。方三响之前从来没见过，这里的风竟然是有形状的，也是有颜色的。每一阵风都会裹挟起大量黄土，在半空盘旋飞舞，土色勾勒出风势的走向、大小，让整个队伍都沉浸在一层淡淡的黄霭之中。

方三响初来乍到，还不知道如何应对，一不留神便被吹眯了眼，鼻孔和嘴巴里像是糊了一层干土面，难受到连咳嗽都觉得拉嗓子。

眼见着又一阵黄色劲风在眼前起了势，他赶紧偏过头去，避开迎面的土风。这一回头，方三响恰好看到在身后的远方，山顶上矗立着一座九层宝塔，宝塔山下的城市正冒着股股黑烟，几架涂着太阳旗的飞机耀武扬威地飞。

这是延安留给方三响的第一个印象。

这是全面抗战的第三个年头，战事越发艰苦。考虑到中国的医疗力量匮乏，于是中国红十字会在总干事林可胜的倡导下，成立了全国救护总队，把全国的医疗力量整编成几十个分队，分作医疗、医护、防疫等功能，派遣到各个战区支援。

方三响原来在总医院时负责时疫防治工作，被编入了第 54 防疫队。这支队伍原本应该进驻西安，但林可胜很快给出了新指示，让他们前往延安，配合先期抵达的第 10、第 23 医疗队和第 7 医护队为共产党政权提供服务。

关于延安和在延安的共产党，在很多人心目中一直以来都是个神秘的存在。关于他们的传闻不绝于耳，充满矛盾。

根据官方的说法，这些人原来是盘踞在江西的一伙土匪，被政府剿灭之后，一路流窜到了西北，然后政府考虑到抗战大业，将其收编，摇身一变成了国民革命军第八路军。

但方三响认为其中疑点实在太多。江西和陕西相距极远，哪家土匪会流窜那么远还不散伙？而且，既然他们已穷途末路，政府为何不一口气剿灭，偏还要在西安事变之后招安？更重要的是，方三响读过《新青年》和许多宣传小册子，更认识一个投奔了那边的农跃鳞，知道共产党所言所行，绝非报纸上叱骂的土匪那么简单。

所以这次来延安，他是带着一肚子好奇前来的。

可没想到的是，第 54 防疫队刚刚抵达延安没几天，宝塔山上的铁钟就响起了警报，日军飞机来轰炸了。位于延安城内的边区医院门诊部紧急进行疏散。第 54 防疫队的队员屁股还没坐热，也跟着忙活起来。

边区医院有一台极其宝贵的爱克斯光机，是之前第 10 医疗队千辛万苦从山东运来的。这东西太金贵了，不能磕不敢碰，但实在太重。方三响自告奋勇，把其中两箱关键部件挑起来，跟着大部队朝城外奔去。

若说空袭与疏散，方三响也不是没有经验。他开战后一直活跃在一线进行救护，经历过很多次。但这一次疏散，他却感觉处处透着古怪。

首先这支队伍的人员组成虽然复杂，行动却极有条理。一声令下，有人负责把伤病员抬上马车，有人负责收拾药具病历，有人去挑扁担与箱子，大家都有条不紊。偌大的一个医院，半个小时之内居然就动身了。

要做到这一点，必须每个人都清楚自己的岗位与职责。边区医院这个利索劲，应该演练过很多次，简直比许多军队还高效。收拾妥当之后，一分钟都没耽误，所有人挑起担子立刻上路。

这时方三响注意到了第二个古怪之处。

这支队伍里除了专业的医护人员，大部分都是当地人，却没见到任何宪兵或士兵在旁边监督。当然，队伍里也有少量的警卫部队，但那些士兵自己也都挑着担子，埋头赶路。若国军这么漫不经心，恐怕走不到一半民夫就跑光了。而眼前这些老百姓完全不用督促，倒像是自家的事一般，一个个跑得专心致志。

至于第三个古怪之处，是在距离方三响不远的旁边。

那是一个穿着杂棉灰袄和土布鞋的中年人，肩上扛着一个大药箱子，走起路来微有跛脚，但步速丝毫不逊于方三响。

第 54 防疫队抵达延安之后，就是他负责接待的。此人叫徐东，江西吉安人，是参加长征——延安方面把从江西到陕西这段路程称为"长征"——的红军。不过他因右腿受过伤，改任八路军留守兵团卫生处的一个科长，管着红十字救护队的对接工作。

方三响不清楚八路军的军衔体系，但一个卫生处的科长，在军中最起码也是个上尉副营长的级别，那可是要被尊称为"长官"的。

可这么一位"长官"，居然扛起一个沉重的药箱，早春三月，愣让他吭哧吭哧跑出一头汗来。若不是他偶尔还吆喝两声，提醒周围的人小心货物，真和普通民夫没什么区别。

老徐注意到方三响投来的目光，还以为他嫌沉，主动开口道："方医学要是肩膀酸了，咱俩换一换。"他讲话很有特色，总是把"医生"称为"医学"，还爱说某件事医学不医学。

方三响忍不住问道："徐科长怎么还亲自扛东西？"老徐一脸莫名其妙："啊？

我怎么就不能扛了？"方三响"呃"了一声，反被问住了。

老徐见场面有点尴尬，重重咳了一下："你们大老远来帮忙，屁股还没坐热就碰到恶客上门，实在是不好意思。"方三响道："没关系，我们是来救人的，又不是来享福的。病人的安全最重要。"

"这里的病人，大多是在晋北打鬼子的伤员，可不能有什么闪失。"徐东说到这里，狠狠地敲了一下自己的右大腿，"只可惜我这条腿不争气，不然也想上阵杀敌。"

"你这条腿怎么伤的？"

"嗐，在直罗镇打东北军的时候，挨了一枪子。"徐东打开了话匣子，"那时候红军缺医少药，甭管什么伤口都是火药燎一下，再拿一块布扎上，一点都不医学。我命硬，算是熬过来了，也有熬不过来的……你们医学叫啥来着？"

"感染。"

"哦，对，感染，一感染就死了。若那时有边区医院这么医学，好多人能活下来呢。"

方三响一时无语。在他看来，边区医院简陋至极，连合格的药棉都没有，只能用未经去脂的本地土棉。可在这个老兵眼里，这样的条件已经很高级了，他们之前的境况得有多惨？

"方医生是从哪里来的？"

"上海，红十字会第一医院。"

"哦，上海来的医学，好，好，那肯定很医学，哈哈。"

两人之间又尴聊了几句，一时间都陷入沉默。徐东咳嗽了两声："咱们加快点走吧，此处风大，别让伤病员在半路吹感染喽。"

"好，好。"方三响如释重负。他感觉和徐东是两个世界的人，常识差别很大。事实上，自从抵达延安之后，他感觉每一处都和他的常识不太一样。

不过这会儿不是思忖的时候，方三响低下头，尽量让脸不正对呼呼的风势，一步步朝前走去。

这支队伍的疏散地点，早就规划好了，位于延安城南一处叫二十里铺的地方。这里有一道很深的黄土沟，隐蔽性颇好，还能避风。沟里早早开好了一排十几孔土黄色的靠山窑。窑洞口的门窗、山墙和烟囱口都提前挖好了，可以直接入住。

队伍风尘仆仆地抵达之后，众人卸下行李，开始重新布置。方三响发现他们的工作次序很有讲究。先将窑洞打扫干净，撒上一圈石灰，然后把伤病员连同被褥抬到炕上，担架就是现成的窑洞门板。等把人安置好了，再开始搬运贵重设备和进口药材。

其间有人抬进来几桶井水，先撒明矾，然后在院子里煮沸，一半供人饮用，一半用来给器械消毒。虽然这里的环境简陋，但医院对卫生细节当真是一丝不苟。

方三响把两个箱子从扁担上卸下来，技术队的一个小伙子走过来，小心翼翼地取出部件，检查完毕后，在方三响的帮助下抬进一孔窑洞，开始重新组装。

这个小伙子叫刘筠，是第 10 医疗队的成员，原先在齐鲁医院工作，精力旺盛，就是嘴有点碎。这台机器，正是他千辛万苦从西安扛到延安的，中间吃的苦头可不少。

"方医生，是不是感觉很不习惯？"刘筠一边拧着螺丝一边说。方三响诚实地点了一下头，伸开两只胳膊，牢牢抓住射线管支架两侧："我也算走南闯北去过很多地方，可在这里的感觉，和我之前去过的地方都不太一样。"

"哈哈，我刚到延安时，也不太适应。那个老徐，天天跟在屁股后头问我，这爱克斯光的胶片多少钱一张，我说完价格，你猜他干啥？他跑到垃圾堆里，把所有的废胶片都拣出来洗干净，以为拍完了还能再用呢。"

方三响听完忍俊不禁，想起了许久不见的曹主任。刘筠又道："不过待的时间长了，我挺能理解老徐的。延安这里物资太匮乏了，恨不得一根火柴掰成两截烧。而且这边的干部有一个好处，跟他们做事特别愉作儿。"

愉作儿是山东话，意思是舒坦。

"为什么？"

刘筠想了想："这么说吧，我们医疗队去年在西安驻扎了几个月。七成病人都是政府官员的亲眷朋友，全是递条子加塞的，另外三成才是普通百姓。你说我大老远从山东跑来西安，说是支援后方，结果倒成了那帮人的私人医生。"

方三响这几年各个战场都走遍了，见过太多这样的事，早已习以为常。

"后来我们队调到了延安。我的第一个任务，是用这台机器给红军军官们做痨病筛查。那些人都是长征熬过来的，走了两万多里地，很多人身体都出了大毛病。可那些干部一合计，让我先给普通士兵筛查。结果那些士兵听说了，也推让，让我先给延安当地的老百姓查。"

听到这里，方三响有些动容。

"结果我从去年一直忙到现在，这才刚刚轮到留守的红军干部做筛查。就说老徐吧，他一直咳嗽，据说是过草地时伤过肺。可每次我催着他拍张片子，他都找各种理由，全让给别人了，到现在也没做上。"

一个管爱克斯光机的负责人，居然到现在都没排上号拍片子，这让方三响一时不知说什么才好。

"西安那些官员见着百姓的做派，就好比一把土扬进水碗里，沙子是沙子，水是水，泾渭分明。像老徐这样的人做事，就好比牛奶倒进水碗里，一下子就溶没了，你分不清谁是官、谁是民。"

"牛奶是乳浊液，它的成分里只有乳糖能溶于水，油脂和蛋白质可溶不了。"

"哎！我就是个比喻嘛！换成葡萄糖，行了吧？"刘筠一脸无奈地叹了口气，"反正你慢慢就体会到了，这边的人穷是真穷，可有一股精气神，眼睛都是放光的。这些人的做事风格，和医生差不多，一心就想着要把病给治好，旁的什么好处，什么安危，不必多想。"

听到这话，方三响蓦地想到一位故人。曾几何时，陈其美也这样说过，救国如治病，他希望做一个要治疗中国顽疾的医生。只可惜……现在这些人，也是怀有同样的理想吗？

他正陷入沉思，却听刘筠用脚猛地一踏，旁边的小柴油发电机"突突"地开动起来，整台爱克斯光机也随之一发亮。刘筠从窑洞里探出头去："徐科长，你快过来！"徐东正在院子里搬着箱子，一听招呼，赶紧走过来问："这么快就弄好了？医学不医学啊？"

刘筠笑嘻嘻道："医不医学，得您亲自试试。来来，我给你照一张。"徐东赶紧摆手："我不着急，先给老张吧，他排了很久了。"刘筠道："这机器刚装完，电压还不太稳，得拿个人试验一下。徐科长要是觉得不合适，我再找别人。"

"别，别，那就我来吧。"徐东不知道电压是什么，一听有风险，赶紧挺身而出。

刘筠冲方三响挤了一下眼，摆了个奸计得逞的手势。方三响摇摇头，走出窑洞去，任由他去摆布。

外面医院的安置基本上结束了，分隔病区的布帘也拉起来了，几百号人归整得井井有条。炊事员在院子里的大灶摆开一口大锅，蒸起了高粱面窝头，灶边的小锅还煮着杂炊——其实就是白水加了点辣子、盐巴、一口袋小米和几把野蒿子，里面还搁了一条羊尾油。羊尾油上拴着一根线，显然是要重复利用的。

闻到香味，边区医院里的医护人员、病人纷纷聚过来，每人领两个窝头，盛一小碗杂炊，围坐着吃起来。吃完了以后，不知谁起的头，居然开始唱起歌来。这些歌和方三响在上海听过的不太一样，像是军歌和纪律歌，铿锵有力，节奏感强，很适合一起鼓掌合唱。还有几个女子搬出纺车，一边唱一边纺起线来。

一起参加合唱的，还有第 10、第 23 两支医疗队的医生们。方三响认出了几张熟面孔，都是上海医界的同行。他们的面相和在上海时比，粗糙了很多，精神却很放松，看来已完全适应了这里的生活。

在呼呼的风声和嘹亮的歌声中，方三响也拿起一个窝头，靠在磨盘旁边，边吃边从怀里拿出一封信来。

他自从投身战场之后，与老婆孩子已有数年未见。林天晴在武汉沦陷之后，便彻底与他断了联系，不知道随军队撤去了哪里。这一封信，还是半年前姚英子通过在长沙的救护总队辗转寄过来的。方三响没事就会拿出来看一遍，信纸都被磨出了毛边。

在信里，姚英子说他们在重庆已经顺利落脚，这里环境很好，孤儿院的孩子们都很高兴。她准备休养一段时间，就着手筹备卫生示范区的工作。

信的下半截，是方钟英写的，这小子练得一手好字，在医生家庭里可不多见。方钟英说他现在是歌乐山下有名的说书先生，到处给人讲故事，可受欢迎了。他甚至考虑自己试着写一写。

每次看到这里，方三响都会笑。方家居然要出一个作家了，如果爹知道该多高兴。不过……他又看了一遍，姚英子说她"休养一段时间"？这么说之前生过病？不过她自己就是医生，应该懂得如何治疗吧？方三响一转念，又想起另外一个许久不曾谋面的家伙。

"不知道孙希在上海怎么样？"

他留守在沦陷区的红会第一医院，通信早已断绝。那个叫川岛真理子的女人，不知是否还在纠缠。幸亏翠香也在，多少有个照应，希望他们能平安。

如今三人天各一方，分别良久。方三响每次读信，脑中便会浮现当年他们在外白渡桥看日落的情景。那时候多美好啊，三个人正青春年少，无忧无虑，峨利生医生、沈会长、柯师太福医生、陶管家、项松茂他们也还健康地活着。

可方三响也明白，那种美好只是种幻觉。整个上海都是一种幻觉。如果沉迷在那座茧房里不出来，便无法看到真正的中国，更无法诊断出早已病入膏肓的肌体。如今国土沦丧大半的劫难，在那时早已种下种种前因。

方三响阅读良久，然后把信仔细叠好，放回贴身口袋，也加入合唱中去。

当天夜里，方三响就和刘筠睡在放爱克斯光机的窑洞里。说实话，这里面又黑又憋，土炕睡起来又硌得实在不舒服。好在他尸体堆里都睡过，从不挑拣这个。在外头呼啸的风声和刘筠的呼噜声中，方三响也沉沉入睡。

在梦里，方钟英举起刚出版的一本厚厚的小说，在哈佛楼前向爸爸和妈妈夸耀，姚英子、孙希和翠香围拢在身旁，一起撺掇他请客，欢声笑语，一口一个"蒲公英"——这外号可是好久没听过啦。

次日方三响早早起了床，听见院子里有响动。他披上衣服出去看，发现警卫班的士兵在挑水。这座医院之所以临时安置在这里，是因为附近有一口深井。陕北水源缺乏，靠井靠河的地方最为金贵。

方三响最怕闲着，索性也去帮忙。他连续挑了三四趟，灌满了两个大水缸，忙得满头大汗。这会儿其他人也陆续起床了，他搁下扁担去吃早饭，忽然看见徐东从外面匆匆回来。

原来徐东昨晚没待在医院，拍完片子之后便返回延安去汇报工作了，没想到他一大早又赶回来。这一来一回，脚程可不近。徐东一见方三响，拽住他说："方医学，麻烦你去叫一下防疫队的医学们，咱们得开个会。"

昨晚方三响已经听其他医疗队的人说了，国民党税多，共产党会多，他们没事就喜欢开会。他当即把防疫队其他人叫起来，来到一个空置的窑洞。椅子不够，大家就席地而坐。

第 54 防疫队的队长叫蒋烁，来自北京协和；副队长花培良大夫，是湘雅医院的一位老资格。这些来自五湖四海的医生齐聚在这个小窑洞里，都把目光投向徐东。

徐东拿出一根卷烟，放在鼻子下嗅了嗅，没舍得抽，随后开门见山。原来在延安东北大约五十里的山沟里，有一个小地方叫郭梁沟，前两天暴发了一场疫病。

西北的疫情向来非常频繁，鼠疫、霍乱、天花、斑疹伤寒、回归热一样不缺，尤其是每年三四月份，都是疫病高发期。之前军阀混战，从来没人好好整治。直到共产党到了延安，建立起防疫委员会，才真正重视起来。但限于资源和经验，他们暂时只能建起预警体系，让各地有疫情及时汇报给延安，但具体防疫工作展开却比较困难——之所以邀请第 54 防疫队来这里，主要就是这方面的原因。

"郭梁沟再往西北不远，就是甘谷驿，那里我们有一个第二兵站医院，是最靠近前线的医院，里面伤兵很多。万一疫情扩散到那边，可是要有大麻烦的。希望几位医学帮帮忙，处理一下。"徐东盘腿坐在炕头，忧心忡忡地说道。

蒋队长当即表示责无旁贷，这本来就是防疫队的本职工作。不过目前防疫队的工作重点，是延安城区和周边县区，人手实在不够。他们商量了一下，决定先派方三响去郭梁沟调查一下，指导当地的防疫工作。

徐东把卷烟塞回口袋，说他正好也得去第二兵站医院办事，不如陪方三响走一趄。防疫队的人其实都明白，他们外出必须有一位卫生干部陪同，既是监督，也是保护。

散会之后，徐东牵来了两头骡子，揣了四个硬馍和两条腌萝卜。方三响带了几样常见的药物和试剂，统一放在绣着红十字的布挎包里，两人一起上了路。

陕北地界放眼望去，几乎满是土黄色的景致。这里的地形简直就像是一张当地人的面孔，黑黄色的肌肤皲裂，生出密密麻麻的皱纹，沟、坎、坝、塬、梁、墕……层层叠叠。方三响真不知道，如此单调的风景竟有这么多名词来形容。

但这风景又很宏大，天地高阔，目力可以落到极远处的地平线上。整个人的心境一下子便舒张开来。这两匹黑瘦的骡子钻行于褶皱之间，活像两只小小的跳蚤。

听着徐东在骡子上絮叨，方三响才知道陕北的局面有多么困难。农村往往走上几百里地都看不到一个医生，找不到一个药铺。就算镇集上有，农民也看不起病，吃不起药，只能小病自愈，大病等死。尤其是疫病一旦暴发，经常整个村子一起完蛋，所以在陕北有个称呼叫"屋病"或"村病"，不特指某一种病，而是指所有会导致大面积死亡的恶性时疫。

"中央其实一到陕北，就先建了永坪医院和下四湾医院，前年又把边区医院搞起来了，今年还准备再建一个八路军军医医院，听说好多洋医生都报名了。只不过还是太少，人也不够，药也不够。"

徐东忽然有点不好意思地摸了摸鼻子："哎呀，中央今年二月刚开完生产动员大会，号召自己动手。我怎么又抱怨上了，真是不医学，不医学。"方三响在骡子上侧过头："徐科长，你为什么会来？"

"这不是为了陪你嘛。"

"我是问，你为什么会来延安？我听说那场长征很艰苦，你们的人死了九成，为什么不老实在家里待着？"

老徐愣了一下，随即苦笑道："在家待着？方医学你有所不知，我在吉安原来是个农民，小孩子得了大肚子病。我借了同村地主的高利贷，结果钱花光了，人也没治好。地主趁机上门，要把我家祖传的几亩地收了，老婆让他们活活打死了。我告去县里，结果县知事被他们买通，反说我是山匪滋事，关了一年。等我回到家里，啥也没了，连茅草房都被扒光了。若不是红军来得及时，我可能已经自杀了。"

方三响听得心惊肉跳。他虽知道农民境况堪忧，可没体验过如此惨的事。老徐的表情一如既往，只是眉眼微微抖了一下。

"为什么我会参加红军？我自己的命已经这样了，但还有很多像我这样的农民，没有红军，他们就会和我一个下场。红军是咱们穷人自己的队伍，帮的是咱们穷人。在江西是这样，在延安也一样。闹革命，帮着穷苦人翻身，让他们不再受压迫，这就是红军——不对，现在该叫八路军了——的本分。我是长征幸存下来的，就得替那些牺牲的同志来尽这个本分，要不然不白来了？"

老徐在骡子上挺直了腰板，整个人变得特别严肃。方三响总觉得这段发言有一种熟悉的味道。他忽然想起来了，萧钟英当年牺牲前的发言，就是如此风格。

"倘若我们把眼光放高、放广，那么会看到什么？是滚滚长江东逝水，是自西向东一往无前的汹涌流向……这个浩浩汤汤的大方向，却从未改变，也无法改变。"

萧钟英讲起这段话时，眼神灼灼。辛亥之后，方三响见证了无数次纷争，再也没见过那样清澈炽烈的眼神。直到今日，他才惊讶地在老徐身上看到了同样的光芒。

他们走了整整一天的时间，天擦黑时总算抵达了郭梁沟。

郭梁沟有两千多居民，再算上附近十几里内的村落，得有个四五千人，算是个大镇集了。两人进了镇子也不歇息，径直去了镇公所。

这里距离延安很近，所以当地的镇长是由党支部书记兼任，还有民兵队长、妇女主任、农会主席，再加上一个刚当选了陕甘宁边区参议员的当地老乡绅。这一整套郭梁沟的领导班子，早早等在镇公所门口，俱是一脸焦虑。

他们一看只来了两个人，先是一阵失望。徐东跟镇长很熟，赶紧说这位方医学可是从上海来的，专门做防疫，可厉害了。"上海"两个字似是带了权威认证，其他人的表情立刻变得轻松了点，看向他的眼神多了几分敬畏。

"先讲讲情况。"方三响掏出个本子，扭开钢笔。

从三天前开始，郭梁沟镇上一家布铺的伙计开始吐黄水，很快其他伙计和掌柜全家也发作，一户接一户。而在周围的农村里，情况更严重。截至今天，镇公所接收到的报告，已经有六个村子一百八十三例，其中三十五人死亡。

这病也不是第一次遇到，它在当地叫"吐黄水病"。病人初发病的时候，先是没精神，想困觉，几个钟头之后肚子开始难受，不停地呕吐，吐光了食物就吐黄水，有的还会伴随腹泻。体弱的老人、孩子一天不到就死了，壮实男丁最多也就挨两天。

"好家伙，这个传染率和致死率也太高了……"方三响按住内心的震骇，抬起头，"病人现在安置在哪儿？"

"您跟我来。"民兵队长说。

郭梁沟没有医院，只有一个边区保健药社。能送来的病人，都收留在那里。方三响一路进去，本以为会看到屎尿与呕吐物遍地的狼藉景象，没想到里面还挺干净。

只见病号们在药社里一字摆开，每个人都分配到了一张门板和一个呕吐盆，十几个女子里里外外忙活着。窗户半开，还有一层过滤沙土的纱窗，所以空气里只有淡淡的酸臭味道。

这让方三响微微讶异，以他的经验，这些安排一般要在红会的要求下，地方上才会开始采纳。郭梁沟这里倒都提前安排好了。

妇女主任解释说："我把镇上几个党员和农会家属都动员起来啦。不过她们能做的，也只是清扫呕吐物，具体咋治可就不知道了。"她和方三响年纪差不多大，短袍短发，嗓门响亮，看起来十分干练。

方三响快步走过去，蹲下身子对病号们做仔细检查。病人普遍腰酸腿痛，四肢发麻，而且脉搏微弱。他们吐出来的黄水，是一种黏稠的液体，散发着淡淡的苦味，应该是胆汁反流掺入胃液。

这个症状，很像是肉毒梭菌感染啊……方三响有了初步判断。这些患者普遍眼睑下垂，这是最典型的特征，因为这种细菌会导致神经末梢麻痹。到了最严重的地步，患者往往死于心衰或呼吸困难。

无论是哪一种疾病，最重要的就是不要让病人脱水，用输液的方式是最好的。方三响经验丰富，在出发前便做了充分的预判，起身后喊了一声："徐科长。"

徐东赶紧从挎包里取出一大把胶皮管和空心针头。这些在上海当作一次性用品的器材，在延安都是宝贵物资，徐东还细心地给每一根管子和针头都编了号。

方三响吩咐他们迅速煮一大锅水来，按量放入盐和砂糖，调配放凉。他则和老徐及其他几个镇上的干部，用胶皮管、针头和陶罐组成一套简易的输液器。

这已不是辛亥之时，医界对于输液调速的重要性已有充分的认知，胶皮管上都配有莫非氏滴管。方三响在装配时，忍不住怀念起柯师太福医生。那个爱尔兰人发明的那套自动输液器，救了不少人的性命，可惜后续没有继续改进，不然这时可管大用了。

输液器具一共只有十几具，只能先安排脱水症状严重的重病号使用。至于刚刚发病不久的人，方三响则叮嘱护工尽量给予稀粥和清水。

在病人中，不乏年老体衰的患者，他手头没有洋地黄，只好用熬煮的浓茶代替。茶叶里的茶碱可以强心，单宁酸可以止住可能的胃出血，这都是缺乏药品时的权宜之举。

在过去的二十多年里，方三响几乎每年都要赶往外地救疫，实操经验十分丰富。郭梁沟这种场面，对他来说只是小菜一碟。只见他指挥若定，考虑周详，一条条指令发下去，无不清晰明确，让包括老徐在内的所有人都心悦诚服，连声称"真医学，真医学"。

而方三响自己也很惊讶。要知道，身边这些人不是红会救援队的队友，可执行命令的效率一点不差。他安排下去的事情，没有推诿，没有拖延，几乎立刻能得到响应。这可是少有的经历。

方三响一口气忙到了半夜，才从保健药社走出来。夜里的风比白天要大，一吹起来许久不停，如一头无形的沙兽过境。镇上一片漆黑，家家户户都紧掩着门户。他不得不把嘴唇紧抿住，才能避免被灌进一嘴土腥味。

回到镇公所之后，那几位干部还在等着。方三响对他们说出了自己的判断："我认为大概率是肉毒梭菌引起的食物中毒。"

"坏人下毒？"老徐一激灵，眼神变得锐利起来。

方三响耐心解释说："不是下毒，是有一种细菌叫肉毒梭菌。这种细菌毒性很大，如果它沾到了食物上面，然后食物被患者吃入口中，就会引发中毒。"

老徐满是疑惑："照方医学你这么说，所有患者应该是吃了同样的食物才行吧？但这个吐黄水病，在镇上和几个村里都有发现，最远的村子离镇上得有二十来里地呢。"

他虽没受过防疫学的训练，但洞察力相当敏锐，一眼便看出方三响这个理论的破绽。

农会主席就用铅笔在纸上画出一个郭梁沟镇的简易地图，标出所有村子的名称。妇女主任拿来病人名册，和地图一一对照，发现除了郭梁沟镇上，周围六个村子都有病例，彼此相距平均十来里路。

如此分散的病发点，不太可能是吃过同样的食物导致的。

"还有一种可能，就是环境卫生太差，导致食物大面积污染，所以才会扩散得这么大。"方三响提出了另外一种可能，他太了解农村的卫生状况了。

不料妇女主任立刻不满道："我们郭梁沟，可是得过边区卫生模范的！这位同志，没调查你可没有发言权啊！"徐东赶紧过来打圆场："方医学刚到延安，还不太熟悉，也是按照常理判断。"妇女主任气呼呼地站起身来，一拽方三响的袖子："走，走，我带你去瞅瞅，哪里有问题，我们好改进！"

方三响被这么强势地一拽，只好顺着她出去。做实地环境调查，本来也是防疫的重要一环。老徐和其他几个干部都熟悉她的脾气，知道劝不住，面面相觑了一阵，也一起跟去。

郭梁沟镇不算大，只有一条大街，两侧多是布铺、粮食铺、骡马店和客栈。此时天光大亮，因为闹吐黄水病，所以各家都紧闭着门户不敢出来。外头依旧大风肆虐，吹得贴在墙壁上的各种标语纸哗啦啦地直响。除了号召抗日的，还有大量"喝生水有害健康""苍蝇蚊虫是敌害""早种痘，得幸福"之类的健康宣传语。

妇女主任气呼呼地把方三响拽到一处半砖半夯土的小屋前："你瞅瞅，这是镇上的公厕！你来体验一下！"方三响拗不过她，只好进去试了一次。这是个人坑分离的旱厕，边角都抹着石灰，就西北来说相当干净了。

他提着裤子出来，注意到这个公厕的位置是在下风口，臭味飘不到镇上，规划可谓颇为合理。

"这样的公厕，在镇上一共有五处，都在下风口。"妇女主任一边说着，又把他拽到旁边不远处的一个夯土围墙边，里面堆了各色垃圾，"这是扔垃圾的地方，定期都有人清理。镇上的人乱扔，是要罚款的。"

接着她又领着他到了一处牲畜活禽的交易集市，这会儿还没开门。妇女主任指着入口处一块白底黑字的牌子，让方三响看。那牌子上林林总总写了十多条，规定得颇为详细。诸如砧板和菜刀要定期消毒、生肉要用纱网或纸罩住之类的，连牲畜粪便都要求用布兜兜住，不得随意抛撒。

"方医生，你说说看，我们卫生工作做得如何？"妇女主任瞪大眼睛。方三响表示心悦诚服，这里的卫生改造比之吴淞示范区不遑多让，就落实执行而言，甚至还略有胜出。

"这是镇上，附近村子里呢？"

妇女主任得意道："为了不把卫生模范这面旗丢给别人，我们每个休息日都组织积极分子做义务劳动。各村互相比，谁要觉得这环境还闹疫病，可真是昧着良心，眼睛瞎了！"

徐东听她说得太尖刻，赶紧咳了一声。方三响倒是丝毫不以为意，防疫工作就是不断提出假设，不断验证，再不断推翻。既然之前猜错了，他又开始思考另一个可能。

也许存在一个病菌携带者，他出于某些原因经过了所有病发者居住的村落，污染了他们的食物。

美国在二十世纪初，曾有一个有名的案例叫作"伤寒玛丽"。有一个叫玛丽的爱尔兰厨娘，自己携带了伤寒沙门菌而不自知，也没有良好的卫生习惯。她七年内先后在纽约换了七个厨娘的工作，结果每一个地方都暴发了伤寒疫情。地方卫生局不得不将其拘留，随后在她的胆囊里发现了大量活性伤寒沙门菌。她最终造成了足足五十二例直接传染者，其中七人死亡。

在郭梁沟镇上，也许存在着这么一个"病菌玛丽"，在三天时间内途经了至少六个村子及镇子，把身上的病菌散布给几百人。

这时那位参议员老乡绅颤巍巍地开口道："这吐黄水病乃是本地痼疾，有如虎狼，凶险莫测。每年三四月份只要风一起，它便要出来噬人，动辄倾家灭户，要过了端午才会消退。像今年这种规模，已经算是小了。"

他说得委婉，可方三响听出来了，这是在提醒自己猜错了。

吐黄水病在这里存在了许多年，有鲜明的季节性。这说明，这个传染源不可能是某个特定的人。更大的可能，是与当地的生活方式、饮食习惯有关，或是某个依照一定行动模式的团体。

也许不是"伤寒玛丽"，而是"第戎乐队"？方三响脑中闪过另一个典故。

法国巴黎在十九世纪末曾暴发过一场回归热，而且是每年八月暴发，非常准时。卫生部门花了大力气才查明。原来第戎有一个知名乐队，每年去巴黎参加七月十四的巴士底日演出。他们乘坐的马车垫子里，全是携带回归热螺旋体的虱子。

听完方三响讲的这个故事，徐东敏起了笑眯眯的模样，环顾四周，语气严肃："同志们，郭梁沟镇离甘谷驿第二兵站医院实在太近了。我们的战士在前线打鬼子，可不能因为自己人的失误送掉性命。"

甭管是"伤寒玛丽"还是"第戎乐队"，让它们接近兵站医院，都会是一场灾难。

其他几个人齐刷刷挺直了身板，神情紧绷。可这病在陕北肆虐了上百年，根除谈何容易？大家同时看向方三响，这是上海来的防疫医生，一定有些好办法。妇女主任挽起袖子大声道："我们没受过什么教育，就会打扫卫生。方医生，你锦囊里有什么妙计，我们照办就是！"

方三响一阵苦笑。他们恐怕要失望了，疫病调查可没什么锦囊妙计，就是个辛苦活。

比如教科书上说，肉毒梭菌通过食物来传播，听起来很简单，但实际情况千变万化。也许携带者是个屠夫，污染的是一种食材，流散到不同的买家手里；也许携带者是个走街串巷的货郎，他在每一家污染的食物都不一样；也许同一个村里，地主买了过期的马口铁罐头吃了中毒，而穷人反而因为吃不起躲过一劫……

人是社会性生物，社会有多复杂，流行病的传播就有多复杂。必须花费大量精力去搜集线索，比对分析，才能拎出一条传播链条，斩断其根源，这没有取巧之道。

"这样吧，我们先去发病现场看看。"

方三响提议，回到现场，永远是防疫的第一准则。于是众人又去了最早出事的那个布铺后院。

这是个典型的西北小院，前厢房是铺子，后厢房住人。小院很是轩敞干净，两侧的墙上挂着几串辣椒和玉米棒子，台阶上晾晒着一些山楂干。在靠近厨房的小屋里，几条风干的暗褐色羊肉在架子上微微晃动，彼此相连，下面还搁有两瓮腌酸菜。布铺里的掌柜和伙计都染了病，此时空无一人，陈设还保持之前的样子。

院子里面落满了一层黄土，这是昨晚大风带来的，只要一天不扫就会变成这样。在陕北这不算脏，袖子一拂就得了。方三响里里外外转了一圈，这里的厨房出乎意料地干净。这也能理解，政府在外头修了垃圾场和公共厕所，粪便、污水和垃圾有地方去，谁愿意弄脏家里。

在厨房里，方三响看到一堆狼藉没洗的碗碟。从上面的残迹可以判断，这户人家出事前吃的最后一顿饭是辣子羊肉、腌酸菜还有几碗油泼杂面，相当豪奢了。

老乡绅见他一直盯着碗碟，以为方三响饿了，呵呵讨好道："要不咱们回镇公所，先吃点东西？我家里的厨子，做羊肉是一绝。"方三响摇摇头，皱着眉头走回院子，指着那几条羊肉："这是风干的吗？"

"对，这个老板是靖边人，那边喜欢把刚杀好还滴着血的羊肉切成条，秋天挂起，西北风吹干，到打春时就能吃了。"看得出，妇女主任对这些人家都很熟。

方三响蹲下身去，打开风干架子下方的陶瓮，里面满满挤着墨绿色的腌白菜，菜叶中间还夹杂着零星的盐粒和黑乎乎的东西。

"他老婆是甘泉的，所以会往这缸腌菜里加花椒、大茴、蒜瓣和生姜，那味道是真不错。"妇女主任见方三响伸手过去，赶紧又补充，"在这儿可不兴乱拿东西啊。你想吃，我回头请你。"

方三响笑了笑，只从羊肉上割下一小条，又从瓮里挑出一片叶子，倒了点酸浆水出来，分别放入样本试管里。

"风干羊腿属于生肉，肉毒梭菌多见于被宰杀的牲畜肉中。而腌酸菜的瓮属于低氧环境，很适合肉毒梭菌这种厌氧菌繁殖。"方三响解释道，"我怀疑，吐黄水病的根源，就是这两样食物。"

"那八成是酸菜。"徐东猜测，"陕北这里比较穷，一般人家，难得吃上一顿羊肉，倒是酸菜，家家户户都腌的。春菜长出来之前，农户都靠这个下饭。"

方三响摇摇头："不要太早下结论，要等检验了才知道。"然后把试管递给老徐，"麻烦你把这个，还有之前我在患者那里搜集的样本，一并送回延安。"

他之前已经采集了患者的血清、粪便和胃液样本，但手头没有设备，必须把样本送回防疫队去培养化验。

"这派个后生送回去不就得了？"老徐疑惑道。

"我们这次还带来了一批伤寒霍乱混合疫苗，需要在镇上打一下，有备无患。"方三响这么多年从事防疫工作，经验丰富，思虑很是周全。

老徐听明白了。疫苗属于战略物资，非他回去协调不可。于是徐东郑重其事地把样本揣到怀里，然后问："那你呢？打算继续留在这镇上？"

"镇子看过了，我还要去郭梁沟附近的村子调查一下环境。"

周围的干部们一听，纷纷露出意外的神色。他们本以为这个上海来的医生娇生惯养，肯定会留在镇上享福，没想到他会主动提出去村里。

"时疫防治最重实地勘察。再好的理论不去现场验证，都是虚的。"方三响郑重道。

他之所以要去调查，其实还有一层非医学的考虑。第54防疫队携带的试剂数量有限，没办法做撒网式的大规模排查。方三响只能先锁定一个正确的范围，才能提高检测效率。在延安这里，什么事都得精打细算。

妇女主任豪爽地一拍胸脯："这样好了，这附近的村子我都熟。我带你去，省得开路条了。"方三响知道这边管理很严，如果没有政府开具的路条，走不出十几里就会被拦住。有当地人陪同自然再好不过，当即应允。

于是徐东携带样本匆匆返回延安，方三响教会农会主席和民兵队长输液的办法，留在镇上应对越来越多的病患。妇女主任做事雷厉风行，当即领着方三响离开郭梁沟镇，迎着呼呼的大风前往附近的村子。

在路上妇女主任自我介绍，说她叫齐慧兰，米脂人，早年在山西读过女校，算是郭梁沟本地干部里文化水平较高的。她丈夫也是个地方干部，在延长县工作，两人距离不算远，但已半年多没见过了。

"说不想我们家老头子，那是假的，可得分啥时候。前头打鬼子流血牺牲，我们在后方不赶紧多做点事，哪能光想着自家炕头呢？"

齐慧兰快人快语，健步如飞。看得出，她常年穿行于黄土高坡，腿脚锻炼得相当灵便，相比之下方三响反而显得笨拙。

在接下来的三天里，齐慧兰带着方三响先后去了疫情最严重的四个村子。让方三响印象深刻的是，齐主任对这些村子都极熟悉，村里住着几户人家，家里几亩地，谁家跟谁是什么亲戚，张嘴就能讲出来。而那些村民对齐慧兰也十分热情，跟看见闺女回娘家似的。

说实话，方三响真有点不习惯。他以往去各地防疫，政府部门别说配合，不拖后腿就算不错了，事事都需要红十字会亲力亲为。而在郭梁沟镇的这几个村子里，大部分协调工作都被齐慧兰安排妥当，老百姓服从安排，方三响可以把精力完全集中在疫病调查上。

他的调查重点是村中的吐黄水病患者在发病前的情况，吃过什么食物，接触过什么人，怎么接触的……只有搜集足够多的案例，才能找到所有患者的传播共性，顺藤摸瓜找到源头。

这个工作量，按说需要至少五人才能完成调查。而方三响只有一个人，只能每天忙得脚不沾地，不是在村里一户户搜集信息，就是在村子四周转悠，去茅厕、地窖、水源甚至坟头做环境调查，不放过任何一个可能会导致传染的地方。

这份功夫让齐慧兰也暗暗佩服，这么大风沙还坚持外出，回头都快变成个土人了，这个上海医生倒真是个能吃苦的。

在调查过程中，让方三响感触最深的，还是当地农民的贫苦程度。大部分村民的窑洞里，都是家徒四壁，连一件像样的衣服都没有，谁家里有一口铁锅、几个瓷碗，就已经算是家境殷实。他甚至看到几户人家，几口人干脆和羊群挤在同一个窑洞过，满是腥膻味道。

而当地最缺的，还是医生和药品。但整个陕北的医疗资源都极度匮乏，村民们小病靠扛，大病靠躺。在其中一个村子，老太太害了眼病，家里没钱，就让她一个人躺在炕上瞎着。方三响看她实在可怜，便拿出最后一点磺胺给她用上，还顺便检查了一下老太太的身体。

这一检查，着实让方三响吃惊不小。老太太身上仅有的那件衣袄上面，肉眼可见虱子乱跳。要知道，陕北这边是回归热和斑疹伤寒的多发地区，虱子是重要的传播途径。他把老太太的家属叫过来，狠狠批评他们的卫生习惯，说应该勤洗衣服。

家属不服气，说齐主任号召我们半年洗一次。方三响眼前一黑，说："半年？七天就该彻底洗一次，否则怎么消灭虱子？"

齐慧兰看不过去，把方三响拽到旁边解释："陕北缺水缺得厉害，人和牲口都不够喝，哪有七天洗一次衣服的余裕？再说穷人家里往往只有一件衣服，还都是土布，洗得太频繁很快会坏。七天洗一次，两个月衣服就没法穿了，这些穷人可没钱再去弄一件新的。"

"穷讲究，穷讲究，不穷了才能讲究啊。"齐慧兰说。

这一番话说得方三响哑口无言，他常年在江南地区活动，形成了固定思维，竟忽略了陕北的特殊情况，也忘了考虑老百姓的实际情况。

方三响懊恼地想起颜福庆的一次讲座。那次颜福庆特别说过，农村的公共卫生工作，不单纯是个医学问题，需要充分理解当地情形，才能因地制宜。自己当时虽然记住了，却没往心里去。结果在这里犯了想当然的错误。他当晚找到齐慧兰，诚恳地向她道歉，要做自我批评。

方三响到延安之后，发现当地有个很好的习惯，没事会召开批评与自我批评会，有什么意见都畅所欲言。军队如此，医院如此，郭梁沟的民政干部们也是如此。

齐慧兰见这个上海医生有样学样，哈哈大笑了一阵，大大方方地接受。不过她说除虱确实是一件大事，中央也多次发文要求，转而向方三响请教了一些驱除虱子的办法。方三响也分享了自己的经验，一场自我批评会，变成了诸葛亮会。

经历了这次教训，方三响在调查之余，也力所能及地为村民们诊治。他发现这里出现最普遍的就几种病：沙眼、急疹、咽喉炎、痢疾等等。这些病的治疗办法很简单。他有时忍不住想，是不是只要教会一个普通人这程咬金三板斧，也能在村里当个郎中？

他开始自觉荒唐，让一普通人去治病？这不是开玩笑吗？可随着深入的村子变多，方三响发现，这里实在太缺医生了，就算把整个上海的医生都调过来，也不够分派，那么为什么不让普通人试试呢？毕竟治好病才是终极目的——这不也是一种因地制宜吗？

也许这是个值得推广的路子，回头跟徐科长说一声，方三响心想。

唯独吐黄水症的调查，迟迟没什么眉目。方三响找到一些线索，但目前还没办法建立起一条完整的链条，来解释郭梁沟这次疫病的扩散模式。每个村子的患者，似乎都是独立出现，彼此之间似乎没有联系。

对这个困惑，齐慧兰也没什么好办法，只得说："我带你多转转。"

这一日，两人寻访到了第六个村子。这村子叫李庄，建在一片高高的塬之上，是郭梁沟镇地势最高的地方。这村子已经出现了十个吐黄水病的患者，都已送到镇上去输液了，村里陆陆续续还有人发病，一片云愁雾惨。

方三响一进村听说有病人，连水都顾不上喝一口，立刻准备调查。他正忙着，齐慧兰忽然气喘吁吁地跑过来："边保的人来了，指名道姓要找你。"

"边保？"

齐慧兰介绍说，边保的全称是"陕甘宁边区保安处"，是边区政府负责锄奸和保卫工作的机构。他们所到之处，那里一定有大案子发生。

"他们找我做什么？"方三响一愣。齐慧兰摇摇头，把他拽到村子东头的一孔窑洞里。这是村支部的办公室，边保干部已经在里头等候了。

他们一共来了三个人，为首的是个瘦高个子，眼窝深陷，下巴尖得像把刺刀。他很客气地亮出证件，自称姓卞，是边保的一名保卫干事，说希望跟方医生谈一谈。

方三响看看桌子前摆了一把椅子，俨然是副审讯的架势。坐定之后，卞干事掏出个小本，开始询问起来。他的吐字很清晰，但字与字之间绝不连音，使得腔调透着不自然和死板。

卞干事开始问的都是一些琐事，诸如何日抵达延安，与谁同行，落脚何处，谁做的介绍，等等，然后话锋一转，问到他来郭梁沟的事。

原来延安近日频频遭遇轰炸，边保怀疑当地有日本人的奸细给飞机导航。恰好郭梁沟有民众看到一个陌生人在各处村子游荡，形迹可疑，报告给了当地锄奸委员会，于是卞干事他们火速赶到这里调查。

方三响一听，心中一松，便把最近一段时间的事情原原本本讲了一遍。谁知卞干事听完之后，眼睛却是一眯："为什么你要把徐东支回延安，单独留在这里？"

方三响一怔，说徐科长是回去送样本检验，顺便调取混合疫苗过来。

"什么混合疫苗？"

"伤寒霍乱混合疫苗。"

"你刚才不是说，这次的疫情大概率是肉毒梭菌引起的吗？为什么让徐东去取无关的疫苗回来？是不是为单独行动制造借口？"

不得不说，卞干事相当敏锐，居然一下就注意到了这一个疑点。方三响解释说，目前检验结果还没出来，不能排除是伤寒沙门菌或霍乱弧菌引起，伤寒、霍乱在陕北也属于高发病症。他建议在郭梁沟这边打，是为了防患于未然。

卞干事眯起眼睛，显然并不相信方三响的这套说辞。方三响有点生气："你是否受过医学训练？"

"没有。"

"那么你凭什么来质疑我的专业判断？又凭什么认为我别有企图？"

"方医生，我这只是例行公事，请你不要激动。"

"我是隶属救护总队的医生，受林先生指派前来贵处提供医疗支援。如果你们怀疑我有企图，欢迎向上级投诉，但我不接受没有证据的污蔑。"

卞干事微微一笑，示意他少安毋躁："方医生，我们不会冤枉一个好人，但也不会……"突然齐慧兰气势汹汹地推门进来，冲卞干事嚷道："我和方医生这几天寸步不离，一直在忙着调查疫情，他根本没时间做别的。"

卞干事面无表情道："你是二十四小时都跟着他吗？"齐慧兰脸颊红了红，猛地一拍桌子："你说什么呢！寄宿当然是在不同的老乡家里。"卞干事双手一摊："既然如此，你怎么能保证他没做别的事情？"

齐慧兰一下被问住，憋了半天才开口道："方医生大老远来帮我们，我看得出来，他肯定是个好人。"卞干事慢条斯理道："奸细不会在自己脑门写上大字，在被发现前都是好人。"齐慧兰还要争辩，卞干事冷笑道："齐主任，你也是老革命了，组织原则还要不要讲？当初在山西，你难道就看出叛徒了？"

齐慧兰顿时哑口无言。她之前参加过山西煤矿的工人起义，因为一个工委副书记叛变，导致起义失败。她没料到，卞干事连她的底都摸了一遍，只好拍了拍方三响的肩膀，说"方医生你只要如实讲话就好"，转身离开。

她走到门口，忽又回头警告说："现在郭梁沟的疫情还没过去，每天都在死人。你们调查归调查，不要耽误我们的工作。"这种反应卞干事见得多了，他一点头："我们会把握好分寸。"

齐慧兰离开之后，卞干事话锋一转，开始问起方三响参加第54防疫队的细节。方三响本来不想配合，但又怕给齐慧兰添麻烦，只好按住怒意，一一回答。卞干事问得越来越细，开始追溯他在上海的经历。

方三响发现卞干事的问题很精准，没在上海生活过的人，很难问出来。不过他早过了冲动的年纪，知道孰轻孰重。对方不说，他也不去提。

这一场问话持续到了晚上，卞干事等三人拿出自己携带的蜡烛，继续工作。齐慧兰忽然又来敲门了，这次她带来了一封信。卞干事正要皱眉批评，齐慧兰说这是疫情报告，不容拖延。卞干事只好先检查了一下，递给方三响。

信是徐东转交的，他正押运疫苗往镇上赶，先派了个腿快的交通员把防疫队的检验结果送来了。齐慧兰顺便还带来几个刚蒸好的馍和一碟山楂干，招呼他们来吃晚餐。

报告是副队长花培良亲自写的。他在患者的血清、粪便与胃液样本里发现了大量肉毒梭菌，证实了方三响的猜想。但是，在那家布铺的风干羊腿与酸菜上，却并没有发现梭菌痕迹，这让方三响有一下扑空的感觉，之前的猜想完全破产了。

郭梁沟这次疫情，短时间内在多个村子同时发生，彼此之间并没有显著的物品与人员流动。方三响一度怀疑这很可能是"第戎乐队"模式的一个变种——利物浦罐头。利物浦在一九三八年曾有过一次肉毒梭菌的大暴发，受害的十几个村镇彼此并无关联。最后查明，这些村镇使用了同一种有瑕疵的工艺制造马口铁罐头，导致肉毒梭菌污染。

所以方三响猜测，要么是风干羊腿，要么是腌酸菜，要么是其他某种郭梁沟民众普遍食用的食物，加工方式出了问题，可这个理论现在看起来摇摇欲坠。

方三响拿起一个馍，边咬边盯着里面的数据。卞干事见他全神贯注，不好催促，也和其他两个人慢条斯理地吃起东西来。

方三响这一琢磨，就是一个多小时。直到蜡烛烧得只剩一个底，齐慧兰提议明天再说吧，卞干事无奈之下，也只能答应，但让另外两个干事在方三响的窑洞外轮流站岗。

方三响这一个晚上，脑子里全是郭梁沟疫病的各种传播模式，不知何时才昏昏沉沉地睡去。到了次日一早，他忽然被人推醒，齐慧兰焦急地喊道："快，快，卞干事也吐黄水了！"

方三响脑子嗡的一声响，立刻爬起来，赶到边保三人住的窑洞，发现三个人蜷缩在炕上，黄水吐得到处都是，症状与之前得病的人一模一样。好在方三响随身带着应急的几套输液设备与药物，立刻进行施救。

好不容易安置好了，方三响把视线投向炕头的那张小桌。他们昨天才赶到李庄，晚上还好好的，今天就发病了，那么唯一和食物有关联的机会，就是昨晚齐慧兰端过来的吃食。

齐慧兰急得脸色发白，她说是拜托李庄老乡做的，绝没有卫生问题，也绝没有下毒。方三响安慰了几句，问她具体情况。

昨晚齐慧兰一共只端来两种食物。一种是杂粮馍，是棒子面与麦粉混合的，上锅蒸熟；另外一种是山楂干。杂粮馍方三响也吃了，但他忙着琢磨疫情，没碰那碟山楂干。而那三位干事倒是吃了不少。

这个山楂干是当地流行的小吃之一，做法极简单：把熟透了的山楂摘下来切成一条条，晾晒好，再放在瓮里半发酵，滋味酸甜。穷人家吃不起酱菜和糖精，靠这个当调味品。有钱人家也做，给小孩子当零食吃。

方三响记得，那个布铺里就有一瓮山楂干摆在台阶上。当时他被羊腿和腌菜吸引，居然忽略了这个不起眼的小吃食。

方三响立刻让齐慧兰通知李庄，把所有山楂片都收起来，绝对不许再吃，然后叫了几个村民抬着边保的三位干事，返回郭梁沟镇。

　　恰好这时徐东也赶回了郭梁沟镇，正忙着组织施打混合疫苗。他一看边保三个人中招，吓了一大跳，拽过齐慧兰询问详情，听完之后连连跺脚："哎呀，这个小卞，怎么不先问问我！"

　　好在卞干事发病时方三响就在旁边，处置比较及时，现在三个人情况比较稳定。老徐安抚方三响道："方医学，你莫怪他们，回头我给你解释清楚就没事了。"

　　方三响表示并不介意，当务之急是顺着这条线索查下去。他把各处的山楂干封存了一批，派人急速送去延安检验，然后又让镇上发出告示，警告全境居民不要食用。

　　镇公所的执行效率非常高，决议立刻下发到了各个村子，由当地农会监督执行。这个禁令的效果立竿见影，接下来的三天时间里，感染人数果然大幅下降。又等了两天，再没有更多的吐黄水病患者出现。

　　而防疫队那边，也以最快的速度送来了结果，证实在山楂干上的肉毒梭菌，就是这次的罪魁祸首。

　　镇公所里的人无不如释重负，欢欣鼓舞。病例不增加了，源头也找到了，说明这次的疫情正式结束，这都是方医生的功劳。干部们一起去道贺，却发现方三响依旧趴在桌子上，对着地图愁眉不展。

　　徐东很奇怪，这事不是解决了吗？一问才知道，方三响发现了一桩怪事：

　　整个郭梁沟镇一共有十二个村子，发生疫情的，却只有六个村及镇上。其他几个村子也食用山楂干，为什么没事？这是不是说明，山楂干的加工工艺，并不会直接导致污染？肉毒梭菌一定还有一个源头，只能污染部分山楂干。那么，真正的源头在哪儿？

　　这问题，镇公所的人自然回答不出。老徐有心劝解一句，见方三响那副认真的样子，又没法说啥。

　　整整一天，老徐见方三响一遍遍地翻着病例，又是感动，又有些担心。齐慧兰拎着个饭盒匆匆过来，见徐东在门口转悠，问："方医生还在呢？"老徐搓搓手："方医学不容易呀！他做到这一步，其实对所有人都有交代了。可他还要查，说非得把疫情的根挖出来。哎，真医学，真医学。"

　　齐慧兰把饭盒一举："那也不能不吃饭啊，累出病了，我们可没本事治好他。"

她推门进去，嚷嚷道："方医生，先吃点东西。"

方三响依旧在埋头思考着。齐慧兰把饭菜摆好，嘴里絮叨着："现在不都没事了吗？你也歇歇，别累出毛病来。"方三响摇摇头："这次是平息了，但如果找不到这个源头，明年还会复发。"

"不让他们吃山楂就行了呗。"

方三响抬起头："齐主任你应该比我清楚，这边的老百姓有多贫困。山楂干这种食物，加工起来不费柴火，也不消耗人工，是他们唯一负担得起的调味品。政府一纸禁令，真的禁止得了吗？就算真禁了，他们吃什么？"

齐慧兰惭愧之余，又有点佩服。看来之前洗衣服的事情，对这个上海医生触动很大，这么快就学会从陕北实际情况出发了。她忽然想起什么，开口道："哦，对了，卞干事想见你。"

"我该交代的都交代了，不想再浪费时间。"

"谁知道那个人又在想什么。"齐慧兰气呼呼地说，"不过你还是去看看好了。如果他还纠缠，我就向上级党委反映！哪家的奸细会帮着郭梁沟把疫情给治好啊？"

卞干事和他的两位同事因为抢救及时，现在已经脱离了危险。只是三个人脸色都不太好，只能半坐在床上。卞干事一见到方三响，诚恳地先表示感谢救命之恩。

"这是我应该做的。"方三响淡淡道，"请问还有什么疑问没澄清？"

卞干事依旧面无表情，只是脸色偏白："没有了。请你不要介意，怀疑一切是我们的工作。方医生从上海过来，又没有其他熟人交叉确认，所以必须有这么一次调查。"

说到这里，方三响忽然想起一件事："你认识农跃鳞吗？"卞干事点头："听说过，我记得他是《申报》的一个主笔，左翼记者。"方三响说他在一九二八年前往江西苏区，后面便失联了，现在如果在延安，可以帮他做证。

卞干事想了想，说延安没有这么一个人，要么是他换了名字，要么是在长征结束前就牺牲了。方三响一阵失望，不由得担忧起那位老记者的命运来。

"你是不是也在上海待过？"方三响忍不住问了一句。

卞干事的嘴角似乎颤动了一下，沉默片刻，吐出一句话："一九二七年，上海总工会。"

方三响眼皮一跳，这个年份和这个机构名称，足以说明很多问题。看卞干事的年纪，一九二七年恐怕还是个年轻工人或学生。

"方医生请你见谅。在过去的十九年里，我们牺牲了太多同志，有太多血的教训。我们所经历的严苛环境，是你们不曾经历过的。我们每时每刻都得保持警觉，稍有差池，便会造成无法挽回的惨痛后果。所以我们的做法，你们无法理解。家养的猫，不会明白野猫为什么见人就跑。"

卞干事的解释，让方三响沉默起来。他注意到，对方的脖子处还有一处伤疤，那伤疤是方形的，应该是烙铁留下的印记。他原有的一点点愤懑，霎时烟消云散。经历过那种残酷斗争的幸存者，自然会警惕到近乎不近人情，因为稍有疏失，就是流血的后果。

窗外忽然又是一阵大风呼啸，窗户噼啪作响。卞干事起身将它关牢，坐回来道：

"我身边的同志，早已十不存一。我是少数极其幸运能活着来到延安的人，所以我格外珍惜如今的局面。某种意义上，我和你一样，也是医生。我们边保的工作，就是化身为这样的大风，把一切污秽和毒素荡涤一空。"

方三响听到这句话，先是一阵感动，随后却骤然呆住了，似乎有什么东西触动了脑子里沉滞的开关。

他离开病房之后，显得十分兴奋，回到自己工作的房间，立刻翻找出一张郭梁沟的手绘地图。过去的几天里，齐慧兰带他走遍了附近大大小小的村子，他对地形地貌有了一个很直观的认识。凭借着记忆，方三响在这张简易地图上用笔勾起线来。

齐慧兰听说方三响从卞干事那里回来了，赶紧过来问什么事。方三响却一把抓住她两侧肩膀："我记得镇上那位参议员说过，这病每年都有，春天风起即发，过了端午才会消停，是不是这样？"

"啊，对的。"齐慧兰有点害怕。

"为什么？为什么明明污染的是山楂干，却有这么鲜明的季节性？两者的关联是什么？"

方三响似是质问，又似是自问，念叨了几句，转身又埋首于地图之上。齐慧兰离开屋子之后，当即去找徐东，担心地说："方大夫琢磨疫情，是不是琢磨魔怔了？"徐东宽慰说："你不懂医学，医学就是得魔怔一点。我接待的那些医学，一个个谈到专业都挺魔怔的，很正常。"

到了次日，徐东惦记着回延安，过来敲方三响的门，一敲之下，门自己开了，里面却没人，只看到一地被大风吹散的纸。他不由得大惊，到处问了一圈，有人说看到方医生昨晚骑了匹马，急急忙忙离开镇子了。

这个离奇的举动，惊动了镇上所有的干部。他们聚在一块，完全不明就里。这时卞干事在其他人的搀扶之下走过来，手里还捏着一张纸。

"方医生是间谍。"卞干事的第一句话，就让周围的人都炸开了锅。齐慧兰和徐东大为生气，都什么时候了，还在这里怀疑来怀疑去的？卞干事冷笑着一抖那张纸："这是他亲手绘制的等高线地图，就扔在桌子下面。"

只见那张地图上面，弯弯曲曲画着很多线，虽然潦草，却是确凿无疑的等高线。这下所有人都哑口无言了，他们就算不懂等高线原理，也知道这是军事上才用得上的。一个防疫医生，画等高线地图做什么？

齐慧兰看向卞干事："昨晚你们谈什么了？"卞干事淡淡道："我们谈了谈他在上海的事，谁知道他做贼心虚，就这么畏罪潜逃了。"民兵队长心急火燎，一拍大腿："那我们赶紧去追啊！"

整个郭梁沟镇的民兵立刻被动员起来，向四面八方撒出网去。凭他们在当地建起的基层组织，想要找到一个人，实在是轻而易举。没到一天，镇公所便接到通知，在李庄发现方三响的踪迹。

他跑回李庄去干吗？齐慧兰和徐东莫名其妙，只得匆匆赶过去，正见到方三响冒着呼呼的大风，趴在地上小心翼翼地攥着一把黄土，往试管里装。

"方医生！你这是在干吗？为什么要逃走？"齐慧兰又是愤怒，又是不解。

满脸都是灰尘的方三响抬起头来，难得露出笑意："我不是逃走，我是在找吐黄水病的真正源头。"

"哎呀！你查这个，先跟我们说一声嘛，何必不告而别？"徐东气得直跺脚。

"我是怕错过了时机，所以想先搜集好样本，再跟你们讲……"

他话没说完，民兵队长走上前来，不由分说把方三响捆起来。这时大病初愈的卞干事也已赶到，大声道："方三响，你擅自绘制郭梁沟一带的等高线，是为了寻找为日军飞机导航的高点吧？证据确凿，你还有什么可狡辩的？"

李庄的村民们都聚拢过来，对着这个可恨的间谍指指点点。齐慧兰郁闷地上前把人群轰散，又问徐东怎么办，徐东摇摇头，觉得这事变得越发诡异了。

他们把方三响一路押回镇上，卞干事却没跟回来，只是下达了一道严厉的命令，任何人不得接近方三响。这样一来，徐东和齐慧兰想要询问他到底发了什么疯都没办法，只能将他关在一间小屋子里。奇怪的是，方三响倒是没有多愤怒，他不停地自言自语，似乎被什么事情给迷住了。

他们在莫名的焦虑中等了足足两天时间，卞干事才返回。他回来的第一件事，就是亲自打开了关方三响禁闭的屋门，不是为了提审，而是郑重地说："这两天委屈你了。"方三响笑了笑："不委屈，不委屈，这两天我独处，想通了很多事。"

齐慧兰瞪大了眼睛，怎么这人被冤枉了，反而还更兴奋了？反倒是徐东经验丰富，品出了不一样的味道，他皱着眉头道："你们俩这是演双簧呢？"

卞干事这才转过身来，把真相讲给两位干部听。

原来卞干事大张旗鼓去李庄追捕方三响，是故意演给某些人看的。潜伏在郭梁沟的日本间谍一看边保抓错了人，便放松警惕，再次冒出头来，恢复给日军飞机导航的工作。

他为日军导航的方式很简单，在整个郭梁沟的最高点——李庄所在的塬上——点起三堆火，按规律排列。卞干事和民兵早早埋伏在附近，一见火起，便从四面八方围了过来，直接抓了个正着。

这人是李庄一个富户家的二儿子，送去外地上学时被日本人收买。之前几次延安遭遇轰炸，都是他导航的。因为这家伙就是本地人，所以躲过了边保的数次搜捕，直到今日才算落网。

"因为我们不确定他在镇上有没有同伙，所以没有提前告诉你们。"卞干事解释。他成功破了一桩大案，表情却依旧沉静。

齐慧兰拍着胸口，连连喘气："你可真是把我吓死了，下回可不兴这样。"徐东哈哈一笑，看向方三响："我可是没想到，方医学除了医学高明，还有演戏天分呢，要不要我介绍你去抗大话剧社？"

谁知方三响却认真地分辩道："我那不是演戏，我不会演戏。那是真的，我真的找到了吐黄水病的根源。"

"啊？"其他几个人都愣住了，连卞干事都好奇地挑起了眉头。他当初只是拜托方三响配合演戏，谁知道这人居然假戏真做了。

方三响背起手来，像上课一样在屋子里来回踱步，像个大学教授一样："整个疫情事件里，有两点让我十分不解。一是各个村子的山楂干制作工艺一样，却并非所有山楂干都有肉毒梭菌；二是每年吐黄水病有鲜明的季节性，开春即发，端午后就消退了。

"我之前设想了许多途径，但都无法解释这两个疑点。直到跟卞干事谈完，我才意识到，还有一个再明显不过的传播途径，近在眼前，竟被我忽略了，真是灯下黑！"

"是什么？"齐慧兰沉不住气。

"是风！"方三响一拍桌子。众人无不诧异，这和风有什么关系？

方三响伸开手臂："我一直在寻找肉毒梭菌的来源。它应该具备某种环境共性，每个村子都有，每年都有。那么郭梁沟这些村子的共性是什么？是大风！肉毒梭菌应该是风吹来的。"

"风里头……还有这玩意儿？"齐慧兰脸色变了变，下意识地屏住呼吸。

"准确地说，不是风里有，而是土里有。肉毒梭菌广泛存在于各种土壤、泥沙之中，郭梁沟这里的土壤，含有肉毒梭菌的肯定也不少。大风一吹，黄沙漫天，便会吹得到处都是。"

"乖乖，那不漫天都是毒吗？"徐东下意识地看向窗外，那风刮得正紧。

"你们倒不用担心这个，肉毒梭菌在土里是芽孢形态，只有碰到适宜的环境，才会停止休眠，开始繁殖。"

卞干事若有所思："所以，是大风裹挟起沙土，落到晾晒在外面的食物之上，土里的梭菌芽孢才造成了食物污染，对吧？"

"没错，你看吐黄水症的暴发时期，和风期完全一样。冬末风起它开始闹，端午风停，它也就消停了。毫无疑问，大风才是我们一直在寻找的那个'伤寒玛丽'。"

"但晾晒在外头的食物那么多，为什么偏偏只污染了山楂干？"

"这是因为肉毒梭菌在无氧环境下才会繁殖。而陕北这里制作山楂干的方式，是先切成条晾晒，再放入瓮中发酵。所以先是大风把芽孢吹到晾晒的山楂条上，然后被污染的山楂条又被放进瓮里封闭，细菌才开始繁殖。等到老百姓拿出来吃，便会得吐黄水的病。"

三个人其实并不太清楚什么叫"无氧"，但看方三响胸有成竹的模样，都被说服了。这时齐慧兰又疑惑道："可是你只解释了第二个疑点呀，第一个疑点呢？为什么有的村子一次几十人发病，有的村子却安然无恙？"

"很简单，高度。"

方三响把那张绘有等高线的地图亮给他们看："郭梁沟镇，顾名思义，有梁，也有沟。有的村子建在塬上，正对着风口；而有些村子则建在山沟里，风根本吹不进来，自然也就没有芽孢污染山楂干的情况。我做了统计，所有有十人以上病例的村子，地势无一例外都在高处，李庄正是个典型。"

卞干事盯着那等高线地图，喃喃道："我本来以为你是故意给我制造借口，没想到，没想到还有这么一层用意。"

"所以我跑去李庄那边，一是诱敌，二来也顺便收集了一批土壤样本，送去延安检验。目前我说的只是理论，只有等防疫队从里面检出足够多的肉毒梭菌芽孢，这一次的疫情才算圆满结束。"

众人听完这个解说，无不佩服得五体投地。这个上海医生实在厉害，才到了十几天，居然就把肆虐了郭梁沟镇上百年的吐黄水病给摸清楚了。

"要不怎么说人家医学呢！"老徐哈哈大笑，笑完一拍脑袋，"哎呀，我得赶紧去甘谷驿医院，提醒他们不要给病人吃山楂干，那边闹起来可不得了。"齐慧兰也说："我跟镇长商量一下去，看来以后要对晾晒山楂条做严格规定了。"

两个人生怕还有新的疫情起来，匆匆离开去布置工作。方三响相信，以他们的执行能力，肯定不会再让吐黄水病复发了。

"对了，我有一个请求。"

"是什么？"

"我走访了那么多村子，连一个像样的医生都没有。老百姓若是得了病，根本找不到人来治疗。所以我想做个尝试，总结出一些常见的病症和应对办法，教给村子里的人，希望他们能充当救急之用。"

卞干事没吭声，可他的眼神越发凝重，说明这段话引起了他的重视。

"我在红会总医院学到的最重要的精神，就是无论贫穷还是富裕，每一个人都有权得到医神的眷顾。可正规医生实在太少了，光靠慈善义诊，根本无法覆盖这些人。既然如此，为什么不稍加指导，让他们加入呢？当然，他们没受过正规训练，没有处方权，但毕竟可以服务到更多的人。"

"我们这里可是什么都没有啊。"

"但在这里，我能看到希望。"方三响直言不讳道，"从前我在江浙一带防疫，大部分精力都消耗在跟政府、乡绅和民众互相扯皮上了，往往十成的计划，落实不到一成。而在这里，所有人的力气都是用在一起的，都是为了解决问题，这是每一个防疫医生都梦寐以求的工作环境。"

卞干事饶有兴趣地反问道："你一个上海来的医生，在穷山沟里打转，不觉得这医生越做越小吗？"

"不，正相反，我觉得这才是大医所为。"

"大医？"

"对，大医！"方三响最不耐烦背古文，可孙思邈的这一篇论述，却过目不忘，时时习诵，这会儿说到，立刻朗声背诵起来：

"凡大医治病……先发大慈恻隐之心，誓愿普救含灵之苦。若有疾厄来求救者，不得问其贵贱贫富，长幼妍蚩，怨亲善友，华夷愚智，普同一等，皆如至亲之想，亦不得瞻前顾后，自虑吉凶，护惜身命。见彼苦恼，若己有之……如此可为苍生大医。"

卞干事虽然是工人出身，对其中细处不甚了了，但大体还算听得明白。他双目放光，拍桌赞道："好一个普同一等！想不到古人思想，已是如此深刻，与我们倡行的平等理念有暗合之处。"

"现在你明白我为什么要做这些事情了吧？"

"可惜我是负责边保的。你这个建议，应该向防疫委员会提出，但我很喜欢这个建议。"说到这里，卞干事微微抬眼，看向外面漫卷的狂风，呆板的面孔第一次露出生动，那是一种满怀感慨的坚毅，"因为你如今梦寐以求的东西，正是我们多年来为之奋斗的理想啊！"

这一句话，仿佛击中了方三响的胸膛。那个盘桓心中经年、苦苦求索的问题，似乎终于浮现出了一个答案。他今年已年近五十，胸口却涌上一股属于年轻人的冲动，忍不住脱口而出：

"我……我能不能留下来？"

第十一章
一九四〇年六月

晨光熹微，朝雾弥漫，建筑的轮廓在雾霭中模糊不清。

整座城市就像是一个被失眠折磨的困顿者，将醒而未醒，欲眠而难眠，偶有悠长的汽笛声传来，反而更添几分茫然。自从一九三七年之后，上海的清晨就一直如此暧昧。

一辆黑色的福特轿车行驶在南市狭窄的道路上。不知是不是雾气大的缘故，它的行驶速度不快，乘客似乎并不急于赶到某个目的地，倒似在徜徉一般。

它正沿着民国路自东向西开去。这条路原本是上海县的南城墙与城壕，后来政府改建，把城砖拆毁填入城壕，在原址上修了一条近乎半圆形的弧形路段，称为民国路，北面顶点毗邻法租界，南边的两个端点，与方浜路的东西两头恰好相连。南市有个流传颇广的谜语童谣："一街分三向，东西北白相。"谜底即是民国路。

这辆轿车的行进路线很古怪。它从民国路的东头出发，沿着弧形道路依次走过新北门、老北门、小北门……然后再沿着方浜路向东直行，正好走成一个半圆形。

半圆边缘的每一个路口，都设有一道铁栅栏，以民国路为边界，硬生生把这块街区从南城切了出去，变成一个独立城寨。此刻车窗上出现一张外国人的面孔，目不转睛地注视着经过的每一个路口，透过栅栏空隙，把"城寨"内的景象一次次收入眼中。

此刻"城寨"里一片静谧，高高低低的木屋都掩着窗板。大部分居民仍在安睡，浑然不觉被人如此伤感地注视着。

当车子开到方浜路与阜民路交界的路口时，太阳已徐徐升起。借着朝日的光辉，可以看到在这个城寨最高处的建筑顶端，正飘扬着一面旗帜。这旗帜正中是一个红色十字，边缘绘了一个圈，旁边写着中英文的"上海国际红十字会"及"南市难民区"几个字。

那一双湛蓝色的眼睛，在"南市难民区"这五个字上停留良久。随即车厢内响起一声沉重的叹息，那人拍拍司机的肩膀："我们去码头吧。"

车子加快速度，不一时开到了十六铺码头。一个瘦高的法兰西人从车上走下来，眼窝深陷，身材颀长，可惜大半截右臂都不见了。下颌那一部纯白长髯倒是十分健旺，活像一蓬不曾蘸过墨的笔须。

码头上静悄悄的，没什么人，只有一个中国人伫立在系缆柱旁。那是个西装革履的中年男子，戴着金丝眼镜，头发梳得一丝不乱，只是双鬓微显斑白。

他一见到神父，连忙快步走过去："饶家驹神父，你是不是又去南市难民区了？"

"唉，对。马上要离开上海，所以我特意让司机去兜了个圈子。我有一个直觉，这将是我最后一次看到它。"饶神父的语气里满是感伤，他握紧对方的手，"孙医生，我走以后，就要靠你们啦。"

"局势日益恶化，我们也不知道能支撑多久。"孙医生微微露出苦笑。饶神父习惯性地低声嘟哝了一句法国谚语："A force de mal aller, tout ira bien。"

"天无绝人之路。"

孙医生挑选了一个恰如其分的翻译。三年以来，这句话被饶家驹神父时时挂在嘴边，已成了口头禅。尤其近一年来，他说得越发频繁。大环境日渐艰辛，若不乞灵于一丝微茫的天道规律，只怕很难支撑下去。

饶家驹的中文很好，听得出这几个字的微妙暗示。他微微一笑："孙医生，悲观主义者听到这句话，会觉得自己的抗争已无意义，只能由上帝来选择命运；乐观主义者听到这句话，会认为未来尚有一线生机，值得奋力一搏。你是哪一种？"

孙医生扶了扶眼镜："我两者皆不是，我会奋力一搏，然后听凭上帝的安排。"饶是饶家驹心事重重，听到这一句话也忍不住大笑："尽人事，听天命。我倒忘了，这才是你们中国人的哲学啊。"

"我是怕自己把未来想得太通透了，就丧失了在当下坚持的勇气。"孙医生说得很坦白，也很疲惫。

饶家驹歉疚地抓住他的手臂，看到对方眼圈微微泛红。这次自己骤然离去，对这位中国医生的打击比想象中要大得多。

三年前的那一场淞沪会战，改变了很多人的命运，在上海造成了大量难民。国府无暇顾及，日本人如狼似虎，法租界和公共租界又置身事外，结果这些难民流离失所，无处容身。中国红会不得不祭出沈敦和的故智，联络了各国驻沪人士，组建了上海国际红十字会，处理难民问题。

其中最为艰难的安置工作，由一向热心公益的饶家驹神父负责。经过他的奔走斡旋，最后在南市的民国路与方浜路之内划出一片城区，作为收容难民之用。在接下来的三年时间里，他殚精竭虑，穷尽所能，硬是在极度恶劣的大环境下，保住了这个"南市难民区"和生活在里面的三十多万难民。

谁知本月饶家驹接到耶稣会调令，需要返回巴黎。他有心拒绝，可耶稣会态度十分强硬。谁都知道巴黎如今在德军占领之下，同样需要救济难民。他犹豫再三，也只能奉命行事。

为了不引起难民恐慌，饶家驹决定悄悄离开。只是到了六月十六日离开当日，他实在舍不得自己付出无数心血的难民区，遂坐车围着这个区域最后转了一圈，才依依不舍地来到码头。

唯一赶来送别的人，是和他这三年密切配合的红会第一医院留守主任——孙希。

抗战开始后，在颜福庆的调度之下，兼任红会第一医院院长的应元岳率领红总、中山医院，以及上海医学院的大部分师生、医护人员内迁去了云南。孙希因为受过枪伤，被任命为留守主任，留在上海维持哈佛楼的运转。

南市难民区是一个国际中立区，只有红会系统的医生能够进入。孙希作为硕果仅存的外科主力，几乎每天都往难民区跑，与饶家驹结下了深厚友谊，也最为知晓他的难处。

"我走以后，你们一定要早做准备。未来的局势，恐怕会更加棘手。"饶家驹提醒道。

"不用未来，我估计您离开的消息一传开，这个难民区就会维持不下去。"孙希悲观地表示。

中国红会在沦陷区已停止了实质工作，他们并没有能力接管难民区。

"我说的可不只是难民区的事情。"饶家驹脸色凝重，"我听一些在工部局的朋友讲，德国、意大利和日本最近外交动作频繁，很可能在几个月后签订一份条约，正式结成军事同盟。"

孙希顿时一惊。他一直关心欧洲局势，法国早已被德国击败投降，英国正困守不列颠岛拼死抵抗。倘若这时候德国和日本结成军事联盟，岂不是意味着日本将要对英国人宣战？

日本人在三年前就占领了上海华界，但出于外交考虑，没有进入法租界和公共租界。许多药品，都只有通过租界渠道可以获得；而许多不可宣扬的病人，也是通过租界才得到保护。这三年时间，上海租界如同一座孤岛、一个正常生活的残影盒子，支撑着人们的最后希望。

倘若日本对英国宣战，那么这座孤岛一定会被洪水淹没，而上海将被黑霾彻底笼罩，再无一丝光亮，孙希呆立在原地，内心波澜几乎无法平息。跟这个消息的冲击力相比，饶家驹的离开都算不得什么了。

饶家驹很理解这位中国朋友的震惊，伸开仅存的一只手臂，拥抱住孙希，说："如果你还能见到方医生，代我问好，希望他健康如昔。"孙希勉强笑笑，也伸出手来，抱住这位老朋友的肩膀。

"A bon chat, bon rat."老人趁机低声在他耳畔咕叽了一句。

这句法语直译过来是"有厉害的老鼠，就有厉害的猫"。孙希还没开口，饶神父那略带口音的汉语，又一次在耳畔响起："魔高一尺，道高一丈，我觉得这句中译最准确。我的朋友，请你不要放弃希望。"

随着一声悠扬的汽笛声，大船缓缓驶离了码头，载着饶家驹离开了他生活二十余年的上海。那个站在甲板上的孤独身影，既像是在缅怀过去，又像是在为当下担忧，同时还带着点对未来的茫然。

孙希已经数不清这是开战后送别的第几个朋友。更可悲的是，他从来没有接过任何朋友回来。

船只很快变成黄浦江上的一个小黑点，孙希默默转身离开十六铺码头。他上了一辆黄包车，淡淡地说去赫德路爱文义路。半路上车夫出于职业习惯，还想随口跟客人闲聊几句，可这个客人一声不吭，整个人蜷缩在车座上，掏出一张皱巴巴的照片。

这张照片微微泛黄。年轻的姚英子面对着镜头，略带羞涩。在她身后，孙希一脸狼狈，正要避过方三响肩扛的一条长木凳。这是农跃鳞在一九一〇年医院落成典礼上抓拍的，其时三个人俱不到二十岁，正值青春年少。照片虽已褪色，却依旧洋溢着雀跃的活力。

一九二八年农跃鳞逃离上海的时候，曾把一批文件藏在福州路书铺。里面除了他记录的四一二真相，还有历年来珍藏的一批照片，包括这张。孙希去替他收回文件时，顺便把这一张揣到自己口袋。

全面抗战开始之后，方三响和姚英子消息全无，生死不知。孙希本性并不喜欢庶务，可如今要孤守红会第一医院，被迫与多方周旋，实在是心力交瘁。每到快撑不住的时候，他就拿这张照片来看看，聊以慰勉。

饶家驹离开上海，对孙希打击颇大，觉得主心骨又被抽走了一根，内心惶恐更添几分。这一次，即使是老照片也无法把焦虑安抚下去。

"老方啊，英子啊，你们好歹传个消息回来呀，哪怕一句话也行，不然我可快撑不住啦。"他盯着照片，嘴里委屈地嘟囔着。

黄包车很快抵达了赫德路和爱文义路的交界路口。这里属于公共租界，路上自行车和汽车络绎不绝，远处咖啡厅的音乐依旧飘扬，沿街很多小贩叫卖零食瓜果，仿佛生活一如旧时。孙希从其中一个小贩手里买了几个大桃子，拎着布兜来到一处三层小公寓的二楼。

他一敲门，邢翠香从里面迎了出来。

"给，新下来的龙华水蜜桃。"孙希把布兜递给她。

邢翠香一头鬈发，身穿一条浅白色的收腰无袖连衣裙，看上去时髦得很。她接过布兜："哎呀呀，孙叔叔，龙华水蜜桃要七月半才好吃。这个时节，市面上的都是外地桃子冒充的。你怎么这么容易上当？"

孙希努力辩解道："只要够甜就行，是不是龙华出的又不打紧。"邢翠香笑道："你给人开刀，也是这么敷衍了事吗？"孙希笑起来："好啦，好啦，不说这个。你快弄点吃的，我一会儿还要去医院。"

"别讲话像个老太爷似的，我是姚家的丫鬟，可不是你家的。"

邢翠香"哼"了一声，到底还是从厨房端出一碗牛奶和两个羊角面包。那牛奶冒着腾腾的热气，上面一层奶皮，一看就是一直煨在灶上。两人面对面在桌子旁坐下。邢翠香拿起餐刀，熟练地把面包剖开，抹了小半块黄油，递给对面的孙希。孙希拿起今天的《申报》，边看边吃起早餐来。

抗战开始之后，孙希和邢翠香都留在了上海。邢翠香在公共租界找了个海关文员的工作，在赫德路上租了间小公寓。孙希累了或烦了，就会过来坐坐，也没什么特别的事，两个人一起吃吃饭，聊聊天，兴致来了还会跳一段舞，亲密得好似最好的朋友。

但两个人也明白，也只能是最好的朋友而已。

孙希对翠香的心思知道得很清楚，就像翠香了解孙希的心思一样。两人都存着一个默契，无论如何也要等见到姚英子，才能有个决断。

"今天有心事？"邢翠香敏锐地问道。

"嗯？你怎么知道？"

"你现在打开的那一面《申报》是文艺诗歌版，你平时最不耐烦看的，今天却停了五分钟没动，肯定是走神了。"

孙希叹了口气，把剩下的面包蘸了蘸牛奶，塞进嘴里："饶神父这一走，不知道南市难民区怎么维持，搞不好要生出大乱子——不，是一定会生出大乱子，就看乱成何等规模。"

孙希跟饶家驹合作那么久，太清楚南市难民区管理之复杂。内有几十万张嘴要救济，外要与日本人、法国人、英国人折冲樽俎，没有一日不生事端。像饶神父这样既上心又有威望，且颇具手段的领导者，再也找不出第二个了。"

"大不了往租界里冲呗，到时候看洋人的铁栅栏挡不挡得住。"邢翠香语带讽刺，当初难民区之所以建在南市，就是因为法租界迅速封闭了所有道路，拒绝收容。洋人向来是自家利益最优先，在危急关头最是靠不住。

"唉，只怕这回法国人和英国人也要头疼了。"孙希把日德意酝酿结盟的消息说给翠香听，然后字斟句酌："你那边……呃，有听到什么风声吗？"

他知道邢翠香虽然名义上做文员，但背景并不简单。她应该是为国民政府的某个情报组织效力，留在上海也不完全是因为孙希。不过翠香没主动提过，他也不问，两人心照不宣。

邢翠香把碗碟收拾起来："我去海关问问那些犹太人，他们的嗅觉最灵敏，有什么风吹草动肯定最先知道。"她忽又抬眼道："如果是真的，你打算怎么办？"

"不知道。"孙希略带迷茫地回答，"老方、天晴、英子还有颜院长他们一个个都离开上海了，我在第一医院待着，总觉得越来越陌生，那里越来越像一个单纯的工作场所，回到家里，也跟待在旅馆似的——也就在你这里，我还能找到点当年的味道。"

"哎呀呀，还当年的味道，难道你长了个狗鼻子不成？"

邢翠香调笑着，把碗碟端回厨房。她收拾干净再走来时，看到孙希居然蜷在沙发上睡着了。

翠香知道这段时间孙希很累，不光是工作累，更是心累。从某种意义上来说，他就像是个大人不在家的孩子。她怔怔地望向孙希熟睡的面孔，眼神忽闪了一阵，拿起毛毯走过去。

到了跟前，翠香看到孙希手里还捏着一张老照片，俯身想把照片抽出去，不料他捏得很紧。翠香轻轻地叹了一声，把毛毯盖在孙希身上，然后转身走开了。

在接下来的几天里，饶家驹神父离开的消息迅速传遍了整个上海，激起一圈圈不安的涟漪。

饶家驹是难民区的山岳之镇，只要他在，人心就会安定。可如今他竟突然离去，窃窃私语迅速变成公开谈论，公开谈论又演变成流言四起，最后竟演变成了一场混乱。

混乱的直接起因，是小北门旁的大水龙头。这是饶家驹从法租界接出来的一条粗水管，为了给难民提供干净水源。每天都有大批市民拿着桶、盆排队到这里接水。六月二十三日这一天是例行的检修日，几个水管工先关掉水闸，然后叮叮当当地敲起水管。

等待接水的人看到这一幕，以为他们是在拆除水龙头，停止对难民区供水。原本就惶恐不安的难民更加害怕，纷纷赶到小北门。他们绝大部分人并不知道赶到那里能做什么，但随着大溜总没错。

人越聚越多，到后来竟有上万人，附近街道被挤了个水泄不通，许多人的身体紧紧贴在了铁栅栏上。自来水公司负责人出面解释，没有人相信，难民区的警察赶来维持秩序，也没办法劝服。在难民区外围驻扎的日军也赶到现场，他们并没有说服的耐心，直接用刺刀和棍棒试图驱散人群。

突然不知何处传来几声枪响，一下子，就像一滴水落入沸油之中，人群瞬间炸开。

一个无组织的大群体陷入集体惊恐时，迸发出的能量最为可怕，因为没人知道这能量会涌向何方，包括他们自己。一时间小北门前哭喊声、呵斥声、呻吟声交错响起。无数人体在层层推搡之下，一齐压向路口的铁栅栏。铁栅栏的关节发出悲鸣，过不多时，竟被生生推倒压断。

这一下子，让蓄积的能量有了宣泄的出口。一万多人的压力，霎时间齐齐挤向这一处狭窄路口，即使是警察的警棍与日军刺刀也无法阻挠洪流，反而被裹挟进去，同样身不由己。只见位于前排的人跌倒在横躺的铁栅栏上，发出声嘶力竭的惨叫，后面的人却充耳不闻——即使听到也没用，因为还有更后面的人在持续推动着——向前踩踏。那些不幸的血肉之躯被重重压在栅栏上，又被无数只脚踏过去。随后又有躯体重重叠在他们身上。肩撞着头，腰顶着屁股，不时传来轻微的骨折声，肢体被挤压成了奇怪的角度。

这一场残酷的混乱，一直持续了半个多小时才泄掉了全部能量。整个小北门沦为一片血肉模糊的修罗场，人体密密麻麻堆叠在路口，蠕动着，挣扎着，震天的哀号声甚至传到了法租界内。

"再快点，再快点，做事不要蟹手蟹脚①！"

曹主任站在哈佛楼的门口，满头大汗地指挥着几十名医护人员忙碌。他们正在把一张张病床、输液架子和包扎台抬出楼里，在外面的草坪上摆好。

红会第一医院是华界唯一能救助难民的医院。当小北门的踩踏事故传来时，曹主任当机立断，把急救场所从楼内转移到楼外，以应对即将到来的大量伤员。

曹主任如今都快七十了，头发不剩几缕，可他还是爱惜地将之一一染成黑色，梳拢在一处，看上去就像用毛笔在秃头上画了几条墨线。他其实早退休了，但颜福庆在撤离上海之前，请他出山，曹主任勉为其难地接受了任命，第二天就兴冲冲地来上班了。

过去几年里，他和孙希联手负责医院诸多事务，配合得颇为不错。

曹主任正在训斥几个惊慌的年轻医生，孙希匆匆从楼里走出来，拍拍他肩膀，宽慰他道："曹主任你消消气。"曹主任气呼呼道："现在这些年轻人不灵的，看到真是血压高！"

"这些都是实习生，别给他们太多压力，至少都是听话的好孩子嘛。"

曹主任叹了口气："唉，我这是嫉妒。要是有善有这些人的一半听话，我也不必一把老骨头在这里胡乱忙了。"

曹主任的儿子叫曹有善，今年二十多岁了，整天琢磨着一夜暴富。自己家好好一栋寓所，硬是搞投机搞没了。曹主任这么大年纪出山，一方面是关心医院，一方面也是没办法，家里总得有进项才行。

"要不把有善叫来医院吧，管管救护车也好。"

"算了，算了，我怕他第二天就把汽油和轮胎都卖光，车子跑也跑不动。"曹主任晦气地摆摆手，又是一声长叹。

碰上这么个败家子，确实糟心。于是孙希不再提这话题，看向草坪那边，哪知道看到的事更加糟心。

那些医护人员确实不成章法，不是把就诊台错摆在急救通道中间，就是把没用过的绷带卷搁到医用垃圾桶上头。不过这也没办法，第一医院的精锐医生几乎都走了，只剩二十来个上海医学院的实习学生。

好在这些年的风雨磨炼，让孙希有了大将之风。他只是往草坪上那么一站，那

---

① 蟹手蟹脚：吴语方言，手脚不灵活，动作配合不协调的样子。

些学生的手脚立刻麻利多了。孙希随口喊着名字，一一给他们分派任务，混乱的局面总算得到控制。

孙希正在叉腰指挥，忽然一辆黑色轿车气势汹汹地开进院子，车头竖着一面小太阳旗，车牌是日本宪兵司令部驻沪专属的黑底蓝边。轿车进院之后并没减速，用喇叭驱散了两边的医护人员，一直冲到花坛前方才停下。

"哦哟，孙希你自己去应付吧。"曹主任缩缩脖子，这牌子他太熟悉了，全院的人都很熟悉，所以没人敢凑上去。孙希眉头一皱，只能硬着头皮迎了上去。

车子里走出来的，正是川岛真理子。她也穿了一身医生的白大褂，先是环顾四周，然后把视线停在孙希身上，笑容灿烂："不愧是孙君，都提前做好准备了呀。"

"人命关天，不得不早做绸缪。"孙希冷着脸，刻意让语调保持一种业务性的冷漠，"川岛小姐如果是为了私事，还是请回吧，我今天没空。"

"这次我找孙君可不是约会，也是为了公事。"

川岛真理子露出一个迷人的笑容，孙希心头猛地一跳，一种不太好的预感浮上来。

上海沦陷之后，川岛真理子并没跟着川岛芳子返回东北，而是留在上海一个叫同仁会的日系医院组织。这女人几乎天天都来第一医院，今天送一盒精心烹饪的便当，明天带两张戏票电影票。院内无人不知。

孙希头疼得要死，偏偏又不好彻底拒绝。她的特殊身份，可以让第一医院避开很多麻烦。所以为了大局，孙希只好冷淡地与之虚与委蛇，疲惫和压力与日俱增。

"是什么公事？"孙希道。

川岛真理子开口道："小北门的踩踏事件中，日军也有十几名士兵受伤，我希望贵院能够接收他们，优先就诊。"

"啊？"孙希顿时一愣，"你们那里不也有医院吗？"

"同仁会的医院在虹桥，距离实在太远了。他们都是帝国忠勇的战士，理应尽快得到救治。"

"可是……我们院的接收能力你也看到了，光应付受伤难民都顾不过来。"

"那就让他们等一等好了。"川岛真理子满不在乎地说，"这些日本士兵也是为了维持秩序才受的伤，难道难民们不该怀有感恩之心吗？"

孙希额头的青筋微微突起。如果不是因为你们日本人，怎么会有这个难民区？简直是颠倒黑白。他沉下脸来道："本院的急诊原则不分贫富、身份、国籍，只以送院先后及伤情轻重来排序。"

川岛真理子似乎早料到孙希这个反应，轻轻一笑："孙君真是个温柔的人呢，就按照你的想法来做好了。"然后转身出去了。

她居然没有多做纠缠，这让孙希颇有些意外。曹主任见川岛离开，这才凑过来问发生了什么。孙希挠挠头，原样转述了一下。曹主任的下巴哆嗦了一下："她不会是在说气话吧？哎呀，万一她生气了怎么办？"

"第一医院又不是同仁会的下属机构，你怕什么？"孙希冷哼一声。

"哎呀，孙希你何必这么意气用事！"曹主任轻轻跺了跺脚，"同仁会是单纯的医院吗？"

川岛真理子所在的同仁会，是一个日本民间医会组织，致力于向东亚诸国提供医学援助和教育，在中国各处都建有医院。辛亥革命时，红会救援队就曾在汉口同仁会医院驻留，张竹君也曾在那里做手部脓液引流术。

不过随着日本侵华日切，这个同仁会的性质已悄然改变。它依靠军方势力，打着所谓"东亚医合"的旗号，试图把占领区内的医院都纳入掌控范围内。

其时第一医院在上海的地位颇为微妙。它的主力已随政府西迁，医院只由几位留沪的上海医学院教授组成委员会代管，孙希等人负责实务。无论是日本人还是汪精卫政府，都一直盯着这块无主的肥肉。

所以曹主任才大起担忧，生怕得罪了川岛真理子，让处境更加艰难。

他一路小跑追过去，对川岛真理子又是作揖，又是赔笑，说了很久才挂着一脑门子汗珠回来："完了完了，人家说了，就按孙医生的方案来，这就是生气了呀！"

"生气就让她生好了。"孙希板起面孔。曹渡道："你之前不是挺识相的吗，对那个女人处处忍让，怎么今天突然又驳她面子？"孙希正色道："之前是个人的事，为了医院，我忍一忍也就算了，但今天可是人命关天。"

曹主任提高了声音："现在上海是日本人的天下，人在屋檐下，不得不低头。"

"低头，低头，咱们可是都快跪地上了。这么一退再退，什么时候才是个头？"

"日本人如今把大半个中国都占了，连汪精卫都跑过来投靠。租界里的那些洋人惶惶不可终日，估计朝不保夕。你可不要拿大闸蟹垫台脚——硬撑到死啊。"

"曹主任你的意思是，日本人快要赢了吗？"孙希反问。

曹主任嘴角哆嗦了一下，下意识避开他的眼光："我一个老头子，说的话又做不得准。反正颜院长和应院长给咱们的任务是尽量保住这家医院，不是毁了它。"

孙希的脸色轻松了几分："曹主任你能站在日本一边，那可真是太好了。"

曹渡在历次政局变动中都站错了队，从无例外，已成为医院内的著名掌故。孙希来这么一句嘲讽,曹主任把脸憋得紫红,不知该怎么回答才好,末了只能深深叹了口气,继续去忙活。

孙希望着他的背影,心情也莫名压抑起来。

他们两个是留守人员里资格最老的,最近却频起龃龉。孙希的留守方针是死保第一医院的独立地位,最好成为不受政治干扰的医疗中立区,他积极与饶家驹合作,正是这方针的重要一环;而曹主任一直希望和日本人适当展开合作,避免麻烦,只是有时候……过于积极了。

孙希嫌曹渡太过媚日,曹渡嫌孙希不识时务。有两种不同的思路,两人在几乎所有的事务上都要争吵一番。其实孙希如此强硬,还有一个理由。川岛真理子一直在纠缠他,纠缠到全院皆知。他只要对日本人稍有退让,便会被人说是为美色所惑、卖院求荣。这个心思,孙希也实在没法对曹渡吐露。

第一医院的医护人员们,并不知道两位留守主任的龃龉。他们一口气铺设出十几个急救台,一切准备停当之后,却发现一件怪事。院门口迟迟不见动静,并没有什么伤员送来。

曹主任大为迷惑。红会第一医院有三辆救护车,在踩踏事件发生后的第一时间就赶往现场,就算是拿门板往这边抬,也该抬到了。

他正琢磨是不是跟孙希说一声,可两个人刚吵完架,总有些尴尬。曹主任这么一犹豫,只见远处传来汽车引擎的轰隆声,来了!

孙希也带了几个实习生迎了上去,一边走一边大声问着他们急救的要点。这是从峨利生医生那里传下来的习惯,他会不分场合随时提问。几个实习生一边要迎接急救伤员,一边要应付孙主任的刁钻问题,个个都紧张得结结巴巴。只有一个叫唐莫的小伙子,有问必答。

当救护车开进院内,打开车厢,孙希霎时愣住了。川岛真理子居然就坐在后头,她旁边搁着两副担架,担架上的两个人穿着黄色日军军装,不住地呻吟着。

孙希脸色一沉:"这是怎么回事?"川岛真理子催促道:"还愣着干吗?伤员就在这里。"孙希还要问,川岛笑道:"不是孙君你说的吗?要以送院先后来排序。他们已经在这里了,第一个和第二个哟。"

她说到这里,孙希如何还不明白,医院的急救车竟中途被强行换人了。

他之前对川岛强调的是,抢救要先来后到,没想到对方会直接改变送诊顺位。怪不得川岛没有争辩,她不需要,她只要保证日本士兵最先被送到就行了。

"你……"孙希气得表情狰狞,想狠狠揪住她的衣襟,川岛真理子却露出恶作剧

328

得逞一样的天真笑容："麻烦孙君你遵守诺言，快点抢救吧！"

后面两辆救护车也陆陆续续赶到，不用说，里面装的肯定也是日本伤兵，一个中国人也没有。

孙希怒气冲天，正要甩手，曹主任从旁边扑过来，一把将他按住，冲真理子赔笑道："川岛小姐，我们立刻就救，一视同仁，一视同仁。"然后他转头对孙希道："事已至此，我现在赶去南城把难民们护送过来——你赶紧把这批救完！"

孙希牙齿咬得咯咯作响，突然回头冲学生们大吼："还愣着干吗？快点！Move！You great pillock！（行动起来！你们这些傻子！）"学生们哪知道导师是在指桑骂槐，吓得纷纷过去抬人。

川岛真理子靠在救护车旁，双手抱臂欣赏着孙希急救的身影。他在急救台之间气势汹汹地来回走动着，一旦发现错误便挥动手臂，大声斥责。那一件解开前襟的白大褂不时飘起，俨如披风一般。

"真是太像片冈千惠藏和阪东妻三郎了。"

川岛真理子忍不住感慨。这两个都是日本著名的时代剧男优，相貌英俊，有无数的女性拥趸。不过真理子觉得，他们的气质还是太假，是演出来的，远不及孙希全神贯注在手术上的沉着神态迷人。自从关东大地震那年她近距离感受了一次，便再也忘不掉。

孙希对自己是什么态度，川岛真理子非常清楚，可她并不在乎。她看过阪东妻三郎一部叫《情热地狱》的电影，里面女主角有句台词，"我喜欢你，与你有什么关系"，深得她心。

说实话，她甚至有点沉迷于这种迟迟没有结果的追逐，就像是玩一场挑逗游戏。尤其再加上中日之间的对立关系，这个游戏就变得更加刺激。红会第一医院就是那个男人的要害，只要稍一撩拨，他会露出溢于言表的愤恨，以及虚与委蛇的僵硬笑容。每次看到这样的反应，真理子的身体都会快乐地战栗起来。

可惜现在孙希已经进入工作状态，这样的表情看不到了。不过没关系，还有的是机会。川岛真理子暗想。

孙希丝毫不知道川岛真理子此刻的想法，他的全部精力都放在营救这些日本伤兵上。一方面是出于医者的责任；另一方面也是想要尽快把他们打发走，为接下来抵达的中国难民腾地方。

这些日本伤兵无一例外，都是踩踏造成的挤压伤。他们中的大部分是肢体骨折或内脏压迫，只有一个倒霉鬼，是在混乱中被同伴的刺刀刺中了眼球，必须摘除。

学生们无人敢动，这种精密手术只能让孙希来处理。

在哈佛楼的割症室里，孙希花了半个小时，把这位伤员的伤势处理完毕。他刚走出屋子，想喘口气，忽然唐莫跑了过来。

唐莫二十岁出头，生得白白净净，算是这一批实习生里最机灵的一个。他走到孙希跟前，悄声道："老师，日本伤兵我们都处理完了，难民区的伤者也陆陆续续送了过来。"

"那就按流程处理啊，干吗在我这里浪费时间？"孙希皱起眉头。

"我们接到的几个难民区伤者，身上都有枪伤……"

孙希双目光芒一闪，枪伤？唐莫坚定地点点头。

"难道说，是日本人开枪才导致踩踏的？"孙希心想。倘若真是如此，那性质可就全变了。他脸色铁青，大踏步地朝外走去。他刚冲出哈佛楼，却意外地被一个人在门口拦住了。

这人扁嘴狭长，脸面尽是坑洼。他西装倒是穿得一丝不苟，就是头油抹得浓，隔着数米都能闻到。孙希认识他，此人叫袁霈霖，是卫生局的一个副处长，分管华界医院。

"袁副处长？你来这里做什么？"孙希狐疑。袁霈霖擦擦鼻尖的汗珠，喘着气道："南市难民区出了那么大的事，我得来督导抢救，避免误会。"

孙希一阵冷笑。你一个卫生局的副处长，上来不先问伤亡，却强调要避免误会？这意图未免也太明显了。

好，你不是要遮掩吗？我就索性给你挑明！孙希走上前去："袁副处长，我刚看了验伤报告，送来我院的伤员很多身上都有枪伤。有理由相信，这次踩踏事件是由日军开枪引起的！"

袁霈霖一肚子的说辞，被孙希一下子噎回去了。他麻脸憋得有点发紫，只得尴尬道："这个结论未免太武断了吧？难民区还有华警，他们也配枪的呀，很难讲，很难讲。"

"这是 6.5 毫米子弹造成的伤口，与华警的盒子炮口径对不上，与日军的三八式完全相符。"孙希不待对方有什么辩解，愤慨道，"南市难民区是日、英、法、中、美等国政府共同承认的国际避难区，日军竟然公然向平民开枪，造成踩踏事件，这是极其恶劣的行为！"

"这个很难讲。也许是难民先有袭击日军士兵的意图，对方出于自卫才开枪；也许是士兵对天开枪维持秩序，他们乱跑才造成了误伤，很难讲是谁的责任。我们不可以贸然定论，妨碍中日邦交。"

孙希听得出来，他只有最后一句是真心的。

可笑的是，这个卫生局几乎一半官员都是日本人，中国人根本说不上话。袁霈霖巴巴地赶过来，恐怕就是为了帮日本人灭火的。

"他们公然对民众开枪，不妨碍中日邦交；我们揭露真相，反而影响了？"孙希怒极反笑。

面对孙希的咄咄逼人，袁霈霖理屈词穷，只好板起面孔训斥道："你是医生，救死扶伤才是你的工作，不要多事！快把验伤报告里的枪伤字样删掉，然后签了字给我。"

"对不起，这有悖希波克拉底誓言，我不会在病情上弄虚作假。"

"这是为了中日友好的大局，你识相一点。"

见他说得如此理所当然，孙希突然伸出手，重重地拍在袁霈霖旁边的墙壁上，吓得他差点瘫坐在地上。"孙希！你想干什么？"

"我出具的验伤报告，必须对得起我的良心；希望袁副处长你做事，也对得起你的良心。"

"我只要对得起汪主席就行了。"袁霈霖索性露出一副流氓嘴脸，"长官已经有批示了，这次踩踏事件就是难民引发的意外。我只是来传个话而已，你若是还跟政府作对，小心职位不保！"

"这里是红会第一医院，只有院长可以决定我的去留。"

"很难讲，孙医生，现在你可是归我们管！"

说来荒谬，中日战争打到这份上了，重庆国民政府却迟迟没有正式宣战。政府不宣战，留守上海的红会机构在法理上的地位就很尴尬。汪精卫的"南京国民政府"一成立，卫生局便利用这个漏洞，跳过远在云南的常议会，把红会各处医院纳入掌控之中。

见孙希陷入沉默，袁霈霖自以为得计，恶狠狠地威胁道："你今天要么把验伤报告改了，要么就等着滚蛋！我就不信堂堂卫生局，还收拾不了你这么个刺头？"

孙希沉默片刻，把头上的白色医帽抓下来，往地上狠狠一掼，头也不回地朝楼外走去，与刚进门的曹主任差点撞了个满怀。曹主任不明就里，他进楼见袁霈霖一脸怒容，大惊失色，赶紧过去搀扶。袁霈霖怒意不减，嘴里嚷嚷道："明天我就吊销他的执照！"

"吊销谁的？"

"孙希！"

"啊？"

川岛真理子还在外头观望，见孙希怒气冲冲从哈佛楼出来，欣喜地迎了上去。孙希看了她一眼，低声吼道："滚开！"然后径直朝外走去。

川岛真理子并没生气，她看看孙希离开的背影，又看看哈佛楼前的曹主任和袁霈霖，双眼忽闪，似乎在考虑着什么。过不多时，她的视线移向哈佛楼顶的那一块牌子，眼睛一亮，似乎又想到了什么值得兴奋的事情。

南市难民区的踩踏惨案，震惊整个上海。在惨案发生后的次日，华界各大报纸都做了长篇报道，不过注意力都放在了饶家驹离开后的难民区留存问题，对于这次踩踏事件的起因，却只字不提。而在同一期的角落里，还有一条不起眼的小启事，说医师孙希品行不端，屡遭投诉，卫生局吊销其行医执照，以正视听云云。

唐莫最近几天心情都很不好。

他刚刚被曹主任提拔上来，担任巡房医生。这对实习生来说是个殊荣，可唐莫很清楚自己为什么能获得这个职位：只因为他的恩师孙希被吊销了行医执照，医院里几乎没人了。而且他要巡视的病人，正是导致恩师失业的一群日本兵。

这些日本兵的行为极其粗鲁，在病房里动辄摔东西骂人，甚至还调戏女护士。唐莫每天要花大量时间去安抚。他不明白，都说日本人最重礼节，怎么这些人和禽兽似的？不过想想日本军队在南京犯下的暴行，眼前这些伤兵已经算是很通人性了。

唐莫跟曹主任投诉过。曹主任亲自跑到病房去给人家鞠躬道歉，回头就劝护士多忍忍，气得唐莫肝直疼，以后懒得去投诉了，只能盼望那些人早点痊愈滚蛋。

他忙完一天的工作，疲惫地回到办公室，扯开衣襟对着风扇呼呼地吹起来。对面的座位空荡荡的，那是孙老师的座位。说来奇怪，孙希在的时候，唐莫一直精神很紧张，不知老师何时会提问题，可这一走，轻松是轻松，心里却空落落的。

"你想不想帮你的老师？"

一个女子的声音忽然在办公室里响起。唐莫一惊，再一看，川岛真理子坐在旁边的沙发上，一身婀娜旗袍，跷着二郎腿，似乎等候多时。

这女人唐莫可太了解了，她追老师追了将近十年，在医院已成为一个传说，疯劲令人咋舌。唐莫谨慎地站起身来："川岛小姐，你说什么？"

"我有一个办法，可以让你的老师拿回行医执照，回到院里来，但这需要你的帮助。"

唐莫先是一喜，可随即起了疑惑："为什么一定要我来帮忙？"川岛真理子幽怨地苦笑一下："你难道还不知道？那个人一直排斥我，也不会接受我的好意。但如果是来自他最得意的学生的帮助，相信孙君是不会拒绝的。"

"最得意的学生"几个字，让唐莫一下子激动起来。孙老师的技术举世无双，能得到他的褒奖，实在比什么奖状都好。他结结巴巴道："只要能帮到孙老师，我一定责无旁贷……"说到一半，他忽然意识到，对方可是日本人，那些日本兵就是她要求优先送来的，连忙又补充了一句："但伤天害理的事情，我绝不会干。"

"何至于。我要你做的，只是一件很小的事，既不违背道德良心，也不涉及弄虚作假。而且这件事不只对你的老师，对你自己，对整个医院都是有好处的。"

川岛真理子一边说着，一边变换了一下姿势，有意无意露出短裙下的纤细白腿。也许是屋子里实在是太热了，唐莫霎时感到口干舌燥，他抓起茶杯，将里面的水一饮而尽，才能集中精神听清她接下来讲的话。

十几分钟之后，川岛真理子翩然离开。唐莫昏昏沉沉地在座位上呆坐片刻，然后站起身来，先去了曹主任的办公室，说要查阅一份病历，讨来一把档案室的钥匙，然后走到哈佛楼一楼的右侧拐角。

这里尽头有一间小屋子，里面存放着历年来的各种医院档案和其他报告，平时几乎没人会来这里。唐莫打开屋门，里面没有窗，热得如蒸笼一般。唐莫却丝毫不觉得燥热，他的手指滑过书架上的标签，很快找到了自己想要的东西——一九二三年度的《红会总医院年度报告》。

每一年，总医院都会把这一年做的事情总结成册，发给红会各位理事审阅。唐莫翻开这本装帧精美的册子，在中间一页看到了一张合影。

一九二三年，总医院曾派出过一支救援队去东京救援地震，事后与闲院宫载仁亲王合影留念。这个故事唐莫曾听孙老师讲过，可照片还是第一次见。

照片上面，载仁亲王和牛惠霖院长分站两侧，身边簇拥着十几个救援队成员，旁边还有一排日文注释："闲院宫载仁亲王视察中国红会东京救援队临时病院。"

牛惠霖院长已于一九三七年去世，唐莫没见过本人。不过他听说，那一次救援孙老师和他的两个好友姚主任、方主任也去了。不知为何，照片上却没有他们三个的身影。

不过这个并不重要，唐莫把照片上的尘土吹干净，小心地用一个信封包好，揣进怀里离开。

到了次日，曹主任来到医院后惊讶地发现，那些日本伤兵一改此前的狂暴嚣张，个个都变得彬彬有礼，仿佛一夜之间洗心革面。再仔细一看，每间病房的门口都多了一张海报，海报上是载仁亲王与红会总医院救援队的合影。

要知道，载仁亲王如今已是陆军参谋总长。这些士兵看到自家最高长官跟这家医院有关系，哪里还敢胡作非为，简直比门神还辟邪。

曹主任搞清楚情况之后，大为高兴，连连称赞唐莫的脑筋灵光。到了下午，几个记者忽然跑到医院这里来，想要采访踩踏事件的后续。他们先是翻拍了那张合影，然后又让护士与日本伤兵摆拍了几张友善的工作照，最后对曹主任做了一个专访，请他讲讲那张合影的故事。

曹主任谦逊地表示，当年救援他并没有去，只是安排了后勤工作，滔滔不绝地说了很久。记者问："当初去日本的救援队里，还有谁在医院吗？"曹主任说："孙希啊。"记者问："孙医生人在哪里？"曹主任愣了一下，苦笑着说："刚被吊销执照，这一段不要写了。"在旁边的唐莫听到这一段，不由得露出一个神秘莫测的微笑。

"噗！"

几粒大米粒从孙希的嘴里喷出来，直直溅到了对面翠香的裙子上。翠香蹙眉抱怨道："孙叔叔，难得我来一趟你的公寓帮你煮饭，你这是干吗？"

孙希顾不上道歉，气急败坏地把报纸往桌子上一拍："他……他们这是在搞什么？"

这是一张刚出版的《中华日报》，汪精卫政府旗下的官方报纸。报纸专门开出一版，报道说红会第一医院向来为中日邦交睦邻之先锋，当年关东大地震不吝医力，远赴异国，救人无数，欣获载仁亲王感恩。近日该院又悉心呵护在南市踩踏事件中受伤的日军士兵，实是杏林仁心，东亚医学新合作之楷模云云。

报告还附了三张照片。一张是当年的救援队合影，一张是护士们在为日本伤兵检查身体的工作照，还有一张是孙希的半身照，旁边还有一行小字，注释为：孙希医师，东京救援队成员之一。

翠香接过报纸，皱着眉头仔细读了几遍："这肯定是川岛真理子搞的鬼。"孙希微微一怔："怎么会是她？"

"那股日本脂粉味，透着文字我都能闻到。"翠香撇撇嘴，"她想把你弄到手，就得先把你变成亲日派。你看这篇新闻一出来，甭管你承认不承认，租界内外都知道你是中日亲善的代表了。"

孙希一脸吃了泻药的表情："不至于，不至于。我一个被吊销执照、声名狼藉的医生，谈中日亲善还有什么用？"翠香笑眯眯道："咱俩要不要赌一赌？你很快就能官复原职。"

"得了吧，我都把卫生局得罪到底了，怎么可能啊？"

他话音未落，忽然从外面传来敲门声。翠香起身打开门，看到袁霈霖站在门口，麻脸上全是尴尬的笑容，旁边还站着一个文员。翠香回过头，冲孙希似笑非笑，做了个京剧里诸葛亮扇羽扇的动作。

孙希叹了口气，也不请他进门，就站在门槛问："什么事？"

袁霈霖咳了两声，旁边文员赶紧说："孙医生，我们已经查实了，那封举报您品行不端的投诉信，与事实不符，纯系污蔑。卫生局已决定收回吊销命令，让我们发还给您，请多多谅解。"说完双手捧出一份烫金的新执照，半鞠躬地递过去。

孙希哼了一声，有心不接。袁霈霖赶紧又补充道："卫生局向来重视医疗技术，孙医生的医术有目共睹，我们特意申请了科研补贴，希望你能百尺竿头，更进一步，哈哈，哈哈。"文员连忙拿出一个小布包，里面包着两条小黄鱼。

袁霈霖见孙希仍旧沉着脸，赶紧将其拽到一旁："唉，孙医生，其实我只是个传声筒，你不要见怪。其实重新颁发了执照也是好的，你不就能救更多的病人吗？"

最后这句，稍稍说动了孙希，他勉强接过执照和布包。袁霈霖又讨好地寒暄了几句，这才告辞。

孙希把东西交给翠香，问她怎么算出袁霈霖会登门的，翠香道：《中华日报》都把你捧成中日亲善的典范了，他卫生局居然还敢吊销执照，这不是打政府的脸吗？那些人没有自己的主义，唯一的原则就是上司的意志。"

"你说，接下来我该怎么办才好？"

翠香想了想："你最好先回医院看看情况，我总觉得，这里头还有别的事。川岛真理子那个女人疯归疯，精明也是真精明，绝不会只做一件事。"

"嗯？"孙希重新把报纸拿起来读了一遍，总感觉心惊肉跳，却不知哪里不对。

"孙叔叔，我要提醒你。那女人口口声声说爱你，可她当初在西本愿寺别院，也没把你放走，还杀了项松茂；如今又逼你优先收留日本伤兵，以致执照被吊销。她所谓的爱，永远排在她的利益之后。你不是个爱侣，就是个玩具。"

"我知道，我知道……"孙希沮丧地坐回椅子上，双手捂住脸，"翠香，我累了，我真累了。单纯让我做个医生不好吗？不要让我操这些乱七八糟的心。"

翠香擅长嘲讽，却不知该怎么劝慰，只得把两只手按在他的太阳穴上，轻柔地按动。

"你真的打听不到英子和老方他们的下落吗？我干脆也逃离上海，去投奔他们算了。"孙希闭起眼睛。

"别说我不知道，就是知道，你也不能走。医院和那一堆学生，就不管啦？"

孙希抱怨道："当初他们说我有枪伤在身，留在上海比较安逸。我没想到，原来留下来才是最难的一个选项。"

"这一点，我倒是早就知道了，所以才会留下来陪你。"翠香望向窗外明媚的阳光，轻声说了一句。孙希沉默片刻，忽然开口道："翠香，你到底是在为谁效力？"

翠香动作一僵。这个话题，原本孙希是从不提及的，如今怎么突然打破了默契？她随即注意到他眼角那几道茫然的鱼尾纹，顿时了然。现在孙希心力交瘁，内外动摇，急需抓住一些确定的东西，才能让心情平复。

快五十的人了，脾性却还像个孩子。翠香嗔怪了一句，继续按着太阳穴，说出了答案："军统。"

孙希没有多惊讶，他对此早有预测。他好奇的其实是另外一个问题："你怎么会加入他们的？"翠香笑起来："哎呀呀，这可就说来话长了。大小姐总让我在讲习所和示范区帮她嘛，可我觉得那些地方闷死了，一点都不刺激，还是和史蒂文森当私家包探好玩。你可不知道，我们这一对搭档在上海滩包探界可有名了，连破了好几桩大案子。"

孙希嘿嘿笑了一声。翠香这样的性子，让她做公共卫生确实为难她了。不过也幸亏有她，之前几次遇险才得以顺利过关。

"有一次，我俩接了一单极危险的委托，但侥幸完成了。委托人很欣赏我，主动现身，自称戴雨农，问我是否愿意为他效力。我自由自在惯了，直接拒了。戴雨农也不急，但从此我们就建立起联系。他有什么任务，都会雇我们去做——还记得一·二八淞沪会战那次吧？取回藤村日记就是他的委托。"

"怪不得……我一直好奇到现在，为什么当初你会接那种工作。"

"那次任务其实算是失败了，日记丢了，项总经理也没保住，还连累你中了一枪……这件事对我刺激很大。我发现，区区一个私家侦探，根本保护不了你们。我必须寻求更强大的力量。"翠香讲到这里，动作微微停顿了一下，"后来史蒂文森因喝酒太多，得了肝病去世了。他也没别的亲人，我把他的骨灰直接泡在黄酒里，洒进苏州河……我正茫然的时候，戴老板又来找我，问我是否愿意加入他新成立的一个组织，叫军统。这一次我答应了。"

孙希没想到，翠香居然藏了这么多心思。他忍不住道："那种情报组织实在太危险了。你一个女孩子能行吗？"

"你看看你，又自以为是了。你家那个川岛真理子，不也混得风生水起吗？"

一提那名字，孙希立刻不敢言语了。翠香嘲笑完，神色转而严肃："大小姐对我很好，可她给我安排的工作无论多好，总是在提醒我，我是姚府的丫鬟。我希望能有自己的事业，做自己擅长的事。我希望能以一个朋友的身份，来报答大小姐的恩情。"

真不愧是英子一手培养起来的，二人这方面的性子真是极像。孙希啧啧感叹了一句："所以你留在这里，也是为他们效力？"

"军统的势力很强大。我只有找到这样的大组织做靠山，才能更好地保护大小姐和方叔叔，还有你……"

孙希又是感动，又是无奈，感觉两个人的立场颠倒了："我还好，我是在医院工作。倒是你，万一碰到危险怎么办？我看报纸上三天两头说抓获了抗战分子什么的。"

"只要租界还在，我就没事。只要我没事，就一定把你遮护安全。"翠香笑嘻嘻地收起手臂，直起身子来，背后的阳光让她面孔有些模糊。

孙希终究还是听从了翠香的劝说，老老实实返回医院。在沦陷区，每一个人都背负着自己的责任，没有任性的权利。

第一医院的职工对孙主任的回归，无不喜出望外。他手里那一把薄如蝉翼的柳叶刀，是留守人员的定海神针。无论碰到什么疑难杂症，实习医生们只要想到孙主任在附近，心中就会安定下来。这种信心，是曹主任这样的非业务人员永远无法带来的。

孙希询问了一下挂照片的前因后果，得知居然是唐莫挂出来的，不由得苦笑连连。学生是好心，他总不能把人家训斥一顿。至于那照片，既然挂出去了，也不好摘下来，毕竟那篇新闻报道出来之后，医院的处境好了很多。

孙希返回医院时，正赶上曹主任的儿子曹有善从办公室出来。不用说，这又是上门找他爹讨钱的，看那一脸晦气，八成又被骂了一顿。

他推门走进办公室，曹主任一脸铁青，正在那里拨着算盘，看来被不孝子气得不轻。孙希有心哄他高兴，把包着小黄鱼的布包拿出来，说："这是卫生局发的科研经费，入个账吧。"

若是平常，曹主任一见有进账，必然是双目生辉。不过今天他只是看了眼，说："这是卫生局奖励给你个人的，医院这里就不必入账了。"孙希一愣，曹主任这是转性子了？曹渡从抽屉里拿出一份信函给他，说你看看这个。

孙希一看标题，心里猛然一震。这是来自同仁会虹桥医院的一封公函，里面说感于红会第一医院的人道精神与精湛医术，特捐款五千日元，愿携手共建东亚医学，以示典范云云。

红会第一医院向来是靠善款来运转，但这笔钱来自同仁会虹桥医院，可就意味深长了。

同仁会作为日本医界在华的急先锋，一直觊觎红会第一医院这块牌子和医院地皮。倘若医院接受了他们的捐款，必然要接受一系列或明或暗的苛刻条件，形同合并。一九三八年，同仁会北京医院就曾用这样的手段，巧取豪夺了红会在北京一所时疫医院的土地，殷鉴不远。

"原来……那个女人的用心在这里。"

孙希忍不住一阵发冷。果然如翠香所言，那个女人才不会单纯为爱做出举动。炒作载仁亲王合影和救治日本伤兵的新闻，不是为了宣扬红会第一医院，而是为了给同仁会提供一个吞并的契机。他猛然想到，那则新闻最后一句夸赞"东亚医学新合作之楷模"，原来这才是文眼所在。

"这是同仁会的阴谋，我们可千万不能上当。"

曹渡没好气地瞪了他一眼："我知道，可人家这不是阴谋，是阳谋。"

不待孙希质疑，曹渡便摊开账册道："你不当家，不知道这几年咱们医院维持得有多难。红会拨款早就停了，诊费又只能按慈善标准来收，只能靠社会上的零星捐款——如今连这样的捐款也没了，医院眼看连消毒水都买不起。这钱就算是附带条件苛刻，恐怕我们也……"

"这不是饮鸩止渴吗？"

"饮了鸩酒，毒死之前我们还有机会找解药，不饮鸩酒，就真要活活渴死了。"

"我去找袁霖霖，让卫生局拨维持款下来。"孙希起身要走，曹主任却抬抬眼皮："吃伊饭，受伊管，卫生局的钱和同仁会的钱，有什么不同？"

孙希的动作登时僵住了。同仁会背后是日本人，卫生局背后也一样。在如今的上海，想找一个日本人未曾染指的机构，可不太容易。曹主任见孙希无语，和缓了口气："我知道这事不好搞，但院里的几十号人加上他们的亲眷，都指着这份工作糊口。你看我儿子，刚刚还上门讨钱还债，你要我怎么办？"

自从上海沦陷之后，华界经济越发不景气，街上全是乞讨或找工作的人。孙希知道不少医护人员家里非常困难，这时节如果丢了工作，性命堪忧。他可以豁出自己，可没法拿别人一家的性命去拼。

川岛真理子的分寸拿捏得非常精准，每逼一步，都卡在一个微妙的节点，既让孙希避无可避，又给他一种充满诱惑的错觉，仿佛只要退一小步就能解决。孙希就像一只无助的小虫子，一点点陷入毒蜘蛛的罗网之中，左右挣扎都是无用。

"又要妥协吗？"孙希喃喃道。

曹主任摇摇头："不晓得，只要这家医院活下去就好。"他忽然抬眼看着孙希，眼神有些复杂："其实……也不是没法子可解，但这个不取决于我，而是取决于你。"

孙希看着曹渡，突然明白了他的意思，只觉得浑身一阵冰凉，仿佛连血液都凝固在血管里了。

川岛真理子对他的感情，尽院皆知。倘若他能够稍稍假以颜色，主动示好，甚至吹吹枕边风，从同仁会手里保下医院，不是没有可能，至少可以争取一个相对有利的条件。

曹主任没深说，可意思很明白：你到底愿意为医院牺牲到什么地步？

孙希昏昏沉沉地离开曹渡的办公室，回到自己屋里。唐莫在外头有些担心，敲门进去看，却看到老师双肘撑在桌面上，双手抱住头，仿佛化为一尊石像。唐莫歉疚地道："老师，是不是我不该把那张合影拿出来，给您添麻烦了？"

"不怪你，一定是川岛真理子挑唆的吧？"孙希虚弱地回道。

唐莫吓了一跳，原来老师早看穿了，他咕咚一声跪在地上，请求原谅。孙希苦笑着一摆手，让他起来，然后说："你可知道，那张合影为何没有我和姚医生、方医生？"

唐莫摇摇头，孙希便把当年在日本那一系列惊心动魄的经历娓娓道来，一直讲到华灯初上才停下来。唐莫听得瞠目结舌，没想到那张普通的合影背后，还有如此复杂的故事，而川岛真理子追求老师，居然也肇始于此。

"在和平时期，他们便已如此残暴，战争时期就更不必说了。远如旅顺，近如南京，你记住，无论日本人说什么共存共荣、东亚亲善之类的鬼话，都不要相信。霸凌之下的好话，都是假的。"

教育完弟子，孙希从容地站起身来，走出医院去。唐莫不清楚老师怎么了，但看得出，他似乎做出了一个重大的决定，整个人的气质微微发生了变化。

在上海西陲的虹桥机场附近，有一条虹桥路，乃是光绪年间修成，周围本是一片荒田。民国始建，这里便渐渐盖满了各种别墅，供上海滩的诸多闻人、大员度假居住。中日战争开始之后，国民政府整体西迁，空出来的这些房子便被日方接管。

其中有一栋二层英式乡村别墅，坐落于虹桥路中段，距离同仁会虹桥医院不过两里之遥。这小楼上铺石板瓦，旁设三角形的老虎窗。时值夏日，墙面爬满了绿色的爬山虎，有如青苔留痕，颇为雅致幽静。如今的居住人正是川岛真理子。

她早上九点方才起床，梳洗打扮到一半，忽然一个仆人匆匆上来，在她耳畔说了几句，川岛真理子双眼一亮，走到二楼老虎窗前，朝外望去，只见别墅门口站着一个身材挺拔的中年男子，手捧一束鲜红玫瑰，西装笔挺，风度翩翩。

她惊喜莫名，正要开窗，转念一想，又回到梳妆台前，精心梳理了半个多小时，这才款款走出别墅去。

孙希丝毫没有不耐烦，或者说，他甚至盼着她晚点下来或者拒绝出面。看到川岛真理子出来，他上前把玫瑰递出去。川岛真理子深深嗅了一下玫瑰，满脸欣喜道："孙君今天怎么有空来我这里？"

"我向曹主任请了一天假，希望川岛小姐可以赏脸和我约会。"

川岛真理子点了一下头，面带羞涩。

她当然不会幼稚到以为孙希突然变了脾性。事实上，她对孙希为何突然来虹桥路心知肚明。不过她最喜欢的，其实就是孙希这种强颜欢笑、隐忍不发的别扭，故而也不说破。

两人坐进川岛真理子的轿车后排，真理子很自然地挽住他的手臂，把头靠在他肩上："我们今天去哪里呢？"孙希目视前方："客随主便，我一天都是你的。"

川岛真理子感觉到他的肌肉紧绷，抬起脖子嗔怪道："哪有让女方做计划的道理……不过上海知名的地方，我都去过啦，有没有比较特别的、不为人知的，但孙君很喜欢的地方？我想去那样的地方转转。"

孙希沉思片刻，说那我来安排吧，然后手写了一份路线，交给司机。

轿车按照他规划的路线，先去了苏州河畔的北浙江路、七浦路，那里靠近苏州河有一溜小别院，颇为雅致。孙希走到其中一间院子前，对川岛真理子道："这里曾经住过一位我的长辈。我来上海，都是拜他所赐，而我人生中犯的第一个大错，亦是在这里。"

紧接着，他们又来到了乍浦路上的虹口大戏院。孙希说："这是我第一次看电影的地方，好像放的还是一部俄国片。但重点不在电影本身，而在陪着我看的人。"川岛真理子立刻说："那我也要去看。"

巧得很，虹口大戏院里正在上演一部爱情片《支那之夜》，李香兰和长谷川一夫主演。两人买了票进去看。这部电影讲的是中国女子桂兰在战争中失去双亲，被日本水手哲夫所救，一对异国恋人从敌视到相爱，很是应景。川岛真理子看得津津有味，甚至中途数次泪水涟涟，孙希却全程面无表情。

两人看完出来，一个学生模样的女子冲过来，气冲冲地向他们喊道："这是虚伪的宣传！日本人一边屠杀我们中国人，一边假惺惺地演这种片子，请你们不要看！"

很快有巡警冲过来，要把女学生拖走。孙希面露不忍，川岛真理子笑了笑，上前拦住巡警，表露了身份。巡警这才把她释放，那女学生一听川岛讲起日语，看向孙希的眼神顿时满是鄙夷，狠狠啐了一口，才转身离去。

接下来，孙希带着川岛真理子又去了补萝园、怡和码头、十六铺码头旁的保育讲习所、四明公所、静安寺，几乎围着上海市转了一圈，甚至还大老远开车去了趟嘉定的吴兴寺，求了支签。

每一个地方，都有一段属于孙希的经历。他开始还有些敷衍拘谨，可讲到后来，便完全放松下来，讲得兴致勃勃，再无任何勉强，就像是给热恋女友介绍自己生平经历一样。

川岛真理子一直安静地听着，不置一词。直到从静安寺出来，她忽然好奇道："你这些经历，好像都跟姚英子和方三响有关啊，去哪里的故事里，都有他们两个。"孙希笑了笑："接下来我们还有最后一个地方要去。"

他们来到了红会第一医院不远处的一处公墓。公墓里松柏成行，其中竖着一块不大的墓碑，上书"丹国义士峨利生医生之墓"几个字。

孙希先在墓前献花，然后转到墓后。那里并列刻着英文的希波克拉底誓言，以及中文的孙思邈的《大医精诚》篇。他注视着上面的字迹，久久不挪开视线：

"凡大医治病，必当安神定志，无欲无求，先发大慈恻隐之心，誓愿普救含灵之苦。若有疾厄来求救者，不得问其贵贱贫富，长幼妍蚩，怨亲善友，华夷愚智，普同一等，皆如至亲之想，亦不得瞻前顾后，自虑吉凶，护惜身命。见彼苦恼，若己有之……如此可为苍生大医。"

"这是我老师的衣冠冢，自从辛亥革命以来，我每个月都会过来祭拜他，至今已经近三十年了，我都已经成了老头子，比他还老。"

孙希望着墓碑，既像是给川岛讲解，又像是对自己说。

"我们学医的都知道，人死如灯灭，从没有什么魂魄转世。我之所以时时拜祭老师，其实是为了提醒自己，不能忘了本分——嘿，老方的这个词，真好用——不能忘了本分。"

"什么本分？"

"做一个苍生大医，让这里的生民，多一分生的希望，这是老师临终前的遗愿。"孙希说完这一句，缓缓转过头来。不知是夕阳的缘故还是别的什么，他的双鬓似乎又白了几分，只有那张面孔的线条，依然如年轻时一样柔和。

"今日我陪川岛小姐逛了一天，诚心诚意，知无不言。倘若你可以在同仁会周旋一二，保住医院，我随时……随时可以奉陪。"

川岛真理子抿起嘴来，一副"你终于憋不住了"的促狭表情："时间还有一点，我还想去最后一个地方，你陪我去完，我就答应你。"

"好。"孙希毫不犹豫地点头。

这次的地点，川岛真理子表示由她来选择。孙希坐在车里，任由她指挥司机朝前开去。开着开着，他觉得不对劲了，不由得坐直了身子，看向窗外。当车子彻底停下来，川岛唤他下车时，孙希的脸色一下子变得铁青。

这里是赫德路和爱文义路路口，是翠香住的公寓。

原来川岛早知道她住这里了！

川岛真理子挽住他的胳膊，一脸甜蜜的幸福："孙君不要担心，这里是公共租界。我虽然知道她的地址，暂时也动不了她。"孙希浑身僵硬，她怎么能做到用如此纯真的表情说这样恶毒的话？

让他稍稍安心的是，川岛真理子似乎并不打算走进公寓。她只是站在街上，仰头喊道："邢翠香，你在吗？"语气亲热，好似呼唤闺密去逛街。

二楼小阳台的门被推开，翠香穿着一条围裙探出头来。两个女人一上一下，四目相对。那一瞬间，孙希几乎要甩脱川岛真理子的手，逃得远远的。可真理子紧紧抓住他胳膊，高声道："孙希晚上有事，晚饭你不用等他啦。"

"哦，知道了，你让他少喝点。"翠香淡淡地回答，看也不看孙希，径直把阳台的门关上。

两人只是简单对谈了一句，孙希却觉得过了好几个小时。直到川岛真理子把他重新推进车里，他的手心里仍是汗水。川岛这是打算做什么？是向翠香宣示对自己的主权？还是向自己暗示可以威胁翠香的性命？抑或两者兼而有之？

孙希甚至还有个更可怕的猜想。也许，她早就知道了翠香的真实身份。要知道，川岛真理子表面上是同仁会的人，但真实身份是特高课在医界的特工。特高课是日本人在上海最大的特务机关，正是翠香的天敌。

虽然日军暂时进不了租界，不代表不会渗透。这几年来租界里各种暗杀、绑架，屡见不鲜，早就成为几方势力博杀的战场。川岛真理子如果从这个角度对翠香起了疑心，那就更麻烦了。

川岛真理子斜倚车窗，用手背撑着脸颊，欣赏着旁边孙希那局促不安的样子，觉得委实妙不可言，内心无比愉悦。

车子从公共租界开回到了虹桥路的别墅，别墅里早就摆下了一桌西式餐点，两根蜡烛，还有舒缓的音乐在角落传来，不是留声机，竟是一个真的小提琴手。

两人面对面坐定，孙希颇有些魂不守舍。川岛真理子端起红酒杯，抿嘴笑道："今天让孙君陪我任性地玩了一天，辛苦了。"孙希连忙端起酒杯："那医院的事……"

川岛真理子啜了一口酒，不慌不忙道："孙君这么有诚意，我怎么会食言呢？放心好了，我会和同仁会商量，提供一笔无附带条件的捐款。"孙希正要松一口气，川岛真理子又道："不过孙君也要帮我一下才行。"

"怎么？"

"我们同仁会最好的医生濑尾明之助教授最近会访问上海，我希望你和他能合作一台手术。"

合作手术，乃是医界学术交流的常见手段。战前孙希就常去仁济、广慈等医院合作执刀，让同行观摩。这个濑尾明之助的名字他听过，发明过胃切除空肠移植法、脑肿疡摘除术等等，在业界闻名遐迩。

不过……这个女人的要求会是这么简单吗？

果然，真理子继续道："这台手术由濑尾教授提出课题，你作为'先相先'，与他共同完成。所有的费用由同仁会来提供，地点和病人由红会第一医院提供。"孙希手里的红酒杯一晃，心中暗自叹息，该来的，到底来了。

所谓"先相先"，本是个日本围棋的术语，意思是三番棋的第一、三局执黑，表示自己实力不济，需要对方让出一点优势。在手术界，这个词意味着自己作为晚辈，请求前辈在一旁进行指导。

对孙希个人来说，这其实并非坏事。因为"先相先"在医界的另外一层含义，即是师生之谊。只要这台手术成功，他便能以濑尾教授的弟子自居。日本医界的学阀作风甚重，获得这个师承认可，才有发展的机会。

川岛真理子的用意，再清楚不过：她打算让孙希加入同仁会，从此以濑尾教授高徒的身份为皇军效力。

你不是要红会第一医院的独立吗？代价就是你这个人的自由。

川岛真理子的手段，委实可怕。孙希能看清每一步，却完全没有选择的余地。从日军伤兵到亲王合影，从捐款邀请到合作手术，她精心编织出来的蜘蛛网，只要一次踏入，就别想挣脱，只会越陷越深。

她双手优雅地垫住下巴，欣赏着对面这张俊朗的面孔左右为难。孙希迟疑再三，自暴自弃地端起红酒杯子：

"我……我接受合作手术的事。"

"真的吗？"

"我还有别的选择吗？"

孙希把杯子里的液体一饮而尽，全身神经准备迎接一次深度的麻痹。不料川岛"砰"地把酒杯放下，突然有些失态："为什么？为什么我为你付出那么多好意，你却总是一脸不情愿？这是多少人求也求不来的机会，怎么像是我在逼你一样。"

"我这不是答应你了吗？"

"你这是谈公事的态度！不是谈感情的态度！"

孙希失笑："我说川岛小姐，你这种也不叫谈感情吧？你这是抢。"

"抢有什么不对？我一直就是这样过来的，不抢的话，怎么得到呢？"川岛真理子似乎也有了醉意，语气不再矜持，开始变得放肆。

"强扭的瓜不甜，按着头喝的酒不香啊。"孙希又干了一杯，呛得直咳嗽。

川岛真理子冷笑一声，转动着酒杯，看着酒杯里的鲜红液体，喃喃道："不甜的瓜，也比没有瓜好。你知道吗？我小时候在游廊里，别说瓜了，连饭都吃不上，每天都很饿很饿……有一次，客人给花魁送了一盒京都羊羹，搁在桌子上，被我看到了。我实在太饿，就趁着花魁回屋换衣服的时间，撕开盒子，一口把羊羹全吞下去了。老鸨把我吊起来打个半死，可我一点也不后悔，她打我的时候，我还在嚼。那个羊羹太甜了，太好吃了，就算吃完被打死，我也值了。"

她讲着小时候的事情，肩膀微微抖动着，可见那次毒打带来的心理阴影有多深。孙希第一次觉得，这个女人有几分可怜。

"从那以后我就学会了，看到什么食物，一定要第一时间抢到手，一定要马上塞到嘴里，否则就没了。不这样，我根本活不到虎爷爷收养我，活不到认识你，活不到川岛小姐教导我。"川岛真理子晃着酒杯，醉眼射出光芒，"所以我这么做，难道有错吗？把自己喜欢的东西紧抓在手里，你说说看，哪里不对？"

孙希给自己倒了一大杯酒，一饮而尽："我明白了，我啊，就是那盒羊羹。羊羹到底是不是羊肉做的，你是不关心的，也是不懂的，你只要能吃到它就行了，不管用什么手段，也不管什么对错。"

川岛真理子哈哈笑起来："孙君你真可笑，羊羹可不是羊肉做的，是红豆沙啊。它只是盒点心而已。"

"羊羹没有思想，没有立场，但人有。"孙希醉眼蒙眬，讲话也变得凶狠直白起来，"你看中的东西，也不管是谁的，就靠暴力硬抢回来，还嚷嚷着抢不回来，你就会饿死。这话怎么听着这么耳熟呢？哎，对了，你们国家，不是一直就这么宣传的吗？从人到国家，都这么任性，这么虚伪！"

川岛真理子大怒："我虚伪？如果不是我周旋，就凭孙君你这种反日思想，已经被当成抗日分子逮捕十几次了。"

"我又没求你保护我。你现在去联系宪兵队，把我抓走啊。"

"你以为我不敢？！"

"我赌你不敢。"

川岛真理子突然笑了："你对我这么有信心，这么说，你还是能明白我对你的感情的。"

"是，我明白得很。你一点也不花痴，你只是个小孩子，想要把在商店橱窗里看到的玩具弄到手。得不到，你就捡石头去砸橱窗……"

"孙君你这么说，可真是太伤人了。"

"那我问你，你现在愿意舍弃一切，跟我走吗？愿意跟我一起对抗你的祖国吗？"

川岛真理子愣怔了一下，气恼道："这根本就是个伪问题，难道我跟你走了，你就会忘掉其他女人，只对我好吗？"

"喂喂，我先问的，你敢吗？"

"你能吗？"

"你不敢！"

"你不能！"

讲到后来，质问变成了呓语。两个人你一杯，我一杯，赌气一样喝得酩酊大醉。川岛真理子很快醉倒在椅子上，不省人事。孙希凭着最后的理智，晃晃悠悠朝外走，结果一头栽倒在进门的玄关处。

等到第二天他醒来，已经躺在自己寓所的床上了。桌子上摆着蜂蜜水和罗宋汤。蜂蜜里的果糖能分解酒精，西红柿里的果酸可以缓解胃伤，显然是翠香安排的。这么说司机把他送回来的时候，她就在这里，知道他是从川岛的别墅回来的。

令孙希惴惴不安的是，他再去找翠香，翠香却表现得完全不关心这件事，连问都没问。

更让他不安的是，从那一天起，翠香似乎变得忙碌起来。孙希有她公寓的钥匙，每次去找她，她都不在家。孙希不确定她是不是用这种方式来表达不满，又找不到人来解释。

在接下来的一周，同仁会和红会第一医院合作手术的事情，开始紧锣密鼓地筹备起来。在曹主任看来，这是一次双赢，医院既获得了一笔无附加条件的捐款，孙希也有了和名教授合作的机会。所以他颇为上心，把哈佛楼上上下下都整修了一遍。

濑尾教授的课题，很快便决定了，叫作"以颅脑战创伤为中心的战场急救"。这是一个很应景的课题，它探讨战场上各种爆炸产生的冲击波对人头部的影响，以及相应的手术措施。

上海周边并不太平，浦东、奉贤、嘉定、青浦和崇明等地均有游击队出没，时常会爆发零星激战。红会第一医院很快找到一个合适的病人，不过病人送来的时候已是晚上，曹主任便让唐莫开着院里的救护车去通知孙希，让他过来。

唐莫先去了孙希的公寓，发现里面没人。他知道老师肯定是去翠香家里，又开车赶过去，发现门是虚掩的，推门进去一看，顿时惊呆了。

原来气质儒雅、风度翩翩的老师，如今却像个颓丧的囚徒，头发和胡子乱得一塌糊涂，桌子上摆的全是酒瓶子，满身的酒气根本压不住。

孙希见唐莫来了，挣扎着起身，说："我们走，我们走。"唐莫有些不知所措，这样的状态怎么可能开得了刀？

他不知道，孙希其实是在有意放纵。他打算把自己灌得烂醉如泥，找一个理由不去参加合作手术。这样一来，他固然会声名狼藉，但川岛真理子也没办法让他加入同仁会。

比起为日本人效力，他宁可断送自己的职业生涯。

此时见到唐莫来叫他，孙希晃晃悠悠站起身，打了个酒嗝，伸手把外套穿起来。唐莫万般无奈，心想先把他弄去医院再说吧，搀起老师要往楼下走。

忽然他听到门板一响，似乎又有人推门而入，一抬头，却见到翠香软软瘫在门前，紧紧捂住腹部，手指缝里都是鲜血。

唐莫"啊"一声，松开了手。孙希见到眼前的翠香，酒劲顿时醒了一半。好在两人都是外科大夫，迅速把翠香抬进屋里检查。

她的腹部是被霰弹枪在中距离射中，没有特别明显的主创口，但形成了十几处非贯通伤，血肉模糊，触目惊心。而且其中有几处弹孔呈喇叭状，说明弹丸动能很大，刺入腹部很深，很可能已造成了大血管破裂或脏器穿孔。

"必须马上送医。"唐莫不用老师提醒，也能做出判断。孙希另外一半酒劲此时也醒了，他决定把翠香送去最近的医院，他亲自动手术——至于濑尾教授那边，随它去吧！现在可顾不得那么多！

不料这时翠香伸出沾满鲜血的手，一下抓住孙希，口中不断重复着："不要去医院，不要去医院。"孙希大急："翠香，你中的是枪伤，不去医院会死的。"

翠香虚弱地道："不行，现在去医院会被抓的。"

"啊？"孙希旋即回过神来，她深夜中枪，恐怕和军统的任务关系密切。他只好暂时把翠香安放在沙发上，叫了唐莫一起做紧急处理。

所幸这是在医生家里，相关药品都不缺。两个医生七手八脚，暂时把伤势稳定住了，还给她注射了一针杜冷丁——这是德国赫希斯特药厂在去年推出的新型止痛剂，效用非凡，孙希通过五洲药房的关系搞到几支，一直存在翠香家里。

有了杜冷丁帮忙，翠香总算恢复了一点神志，这才道出了原委。

汪精卫在下个月打算在南京举办总理纪念周，所有高层均会出席。军统觉得这是个刺杀的好机会，便动用了两枚极为关键的卧底棋子——其中一人是伪中央党部总务处处长邵明贤，还有一人是76号特工总部的机要处处长兼人事处处长钱新民。

两人均怀有爱国热情，打算趁这次公开活动的机会，炸死汪精卫等汉奸高层。为了这次刺杀，军统动员了大量人员予以配合，翠香也在其列。

不料这次刺杀行动的秘密电台被日本人侦知，邵明贤、钱新民等一大批参与者被紧急逮捕，同时位于上海的特工总部，派遣了大批汪伪特务渗入租界，搜捕外围人员。翠香在紧急撤离时被敌人围攻，幸亏她机警，及时逃脱，但腹部到底中了一枪。

"现在各处医院里肯定有他们的耳目，一送去，你们也会遭殃。"翠香含混不清地说。孙希百感交集："原来你最近一直在忙这件事，我还以为你是恼了我不理我。"

"我是办大事呢，可没时间管孙叔叔你的风流韵事。"翠香说着，脸色越发不好。

旁边的唐莫浑身颤抖，没想到自己会听到这么一段惊心动魄的刺杀秘辛。他见两人看向自己，连忙立正表态："邢姨是抗日义士，我是绝不会说出去的。"孙希点点头，他这个学生是呆了点，但人品还是可以信赖的。

翠香又道："我的身份已经暴露，他们很快就能查到这里，你们得快走。"

孙希顿时作难，附近的医院不能去，家里又不能留，翠香这个伤又必须尽快动手术，简直是走投无路。他在客厅里烦躁地走了几圈，忽然踢倒一个酒瓶子，它在地上骨碌了几下，又撞倒了另外一个空瓶。

看到这一幕，孙希眼神倏然一亮，回头对唐莫说："你是开车来的对吧？"

"啊，对。"

"我们按原计划，去第一医院！"孙希沉声道。

翠香眼神一凝，勉强支起头来喊着"不要"。她太了解孙希了，他无端酗酒，就是为了避开这次合作手术。现在去医院，岂不是自投罗网？

"你这个伤，不去医院处理会死。医院今天有同仁会的人在，是唯一一座敌人不敢擅闯的医院。"孙希道。

唐莫大惊："那……那边还有一台手术等着您去做呢，哪里有空给邢姨抢救啊？"他忽然意识到什么："难道……难道您打算让我给她动手术？"

"怎么可能，你当助手还勉强，主刀还不够格，自然是我来。"

"您打算……同时开两台？"唐莫瞪大了眼睛，讲话都结巴了，"濑尾教授和川岛小姐都在，众目睽睽之下，两台您怎么同时做？"

孙希拍拍他肩膀："事在人为，只能赌赌看了。"唐莫从未见老师在外科业务上用如此含糊的表述，但事到如今，已没别的法子。他只得和孙希一起把翠香抬下去，送上救护车，然后风驰电掣地开回了红会第一医院。

到了医院门口之后，孙希对唐莫道："不要惊动别人，你去把术前准备做好，准备停当就送进一号手术室。记住，病历上写个假名，然后脸部用布盖起来。"

一号手术室，正是这次要进行合作手术的地方。唐莫不知道老师打算如何实施这个疯狂的举动。他还要问，孙希已经跳下车，去了哈佛楼的正门。

川岛真理子、濑尾教授、曹主任和其他一些同仁会的医生，已等候在正门口。楼前摆放着中日两国国旗、花卉、横幅，那张载仁亲王的合影还被放大了数倍，挂在进门的位置——曹主任是真上心。

一见孙希过来，曹主任赶紧迎上去，他突然鼻头耸了耸，大吃一惊："你……你喝酒了？"孙希满不在乎地耸耸肩："喝了一点。"

"这是一点吗？多少人都等你呢！外科手术前怎么可以喝酒？这让濑尾教授怎么看？"曹主任大叫。

"别啰唆，能动手术就行了！"孙希毫不客气地把他推开，走到门口。川岛真理子也是秀眉微蹙，觉得今天的孙希不太对劲。孙希看了她一眼，径直走到濑尾教授跟前，伸手说道："今天请您多多指教。"

数道鄙夷的视线从各处射来，有人用日语嘀咕道："这太失礼了，到底是粗鲁的中国人啊。"濑尾教授微皱眉头，对这个浑身酒臭的冒失家伙有些厌恶，但他受了同仁会委托，不好拂袖而去，只好淡淡地道："让我们开始吧。"

一干人等进入一号手术室，这里正好是当年孙希等人救刘福山的地方。孙希一边洗手一边环顾四周："这里的人，太多了。"濑尾教授一怔："你有什么意见？"

"这次手术涉及开颅，要尽量避免感染风险。专业交流，我想只要医生在场就可以了。"

孙希强硬地表态，濑尾教授对这个意见倒是很赞赏。曹主任和川岛真理子这样的非专业人士，确实没有旁观的必要。他们见两位主刀医生都取得一致意见，便退出手术室。

曹主任殷勤地把川岛小姐请到二楼办公室去，说请她鉴赏一下中国的茶道。川岛真理子看看紧闭的手术大门，知道孙希这又是别扭性子发作，内心反而更加愉悦。她对曹主任轻轻一笑："那就要领教您的高妙手艺了。"随后款款走上二楼。

一号手术室内，只留下了孙希、濑尾和四五位旁观的日方医生、翻译与几个护士。濑尾教授见闲杂人等都离开了，大声说道：

"战场冲击波对人体头颅的影响方式，历代学者解释不一。有人认为冲击波是通过耳道、鼻窦、眼眶进入颅内，造成颅压上升；也有人认为，冲击波是直接作用在颅骨上，导致其产生变形和振动，进而影响颅压，我们今天的课题……"

"不好意思，打断一下……"孙希忽然举手。

濑尾手下的一个医生忍不住吼道："八嘎①！太没有礼貌了！竟然打断濑尾教授的发言！"孙希却装作没听见，对濑尾说："今天这个课题，是颅内战创伤在战场上的抢救措施对吧？"

"是的，但如果不明白其机制……"

"我是上过战场的人。战场上的伤员往往是大批量出现。所以我认为要探讨的，应该是联合急救环境下的颅内战创伤，对吧，濑尾教授？"

濑尾教授面无表情，镜片后的圆眼却微微一眯。

"联合急救"是一战期间的一位法国军医提出的理论。当时他在马恩河战役充当军医，每天要应付数百名从前线送下来的伤员。为了提高效率，他把需要截肢的伤员和腹腔破裂的伤员摆在一起，利用两种手术进度不同的时间差，在两个病人之间轮流执刀，可以节省很多时间。

战后各国医学界都在探讨，哪些伤情可以联合急救，这正是濑尾教授最近几年的研究重点。他本以为这次合作手术只是个政治性表演，所以只提了个简单的课题，没想到这个中国医生主动撞进了他最熟悉的领域。

---

① 八嘎：日语ばか的音译，意为浑蛋、傻瓜。

"我们今天的病人只有一位。"濑尾教授说。

"恰好我院刚刚接收到一位腹腔中枪的病人，我认为她的伤情，可以和这位病人一起实施联合急救。"

"荒唐！这个病人是冲击波造成的颅内伤，怎么能和腹腔枪伤联合急救？"另一个医生大吼道。

孙希的眼神"唰"地横扫过去，神情严肃："在正常条件下，这两者自然不能同时手术，但我们模拟的是战场环境，必须假设每一位医生面对超量的病人，必须在短时间内挽救尽可能多的生命。"

还没等那人继续质问，孙希又道："一九一一年，我在辛亥战场上进行战场救伤。当时我的老师峨利生教授就提出一个理论，他认为不同的战伤，可以用特定组合来优化流程，提升效率，这比法国人提出联合急救的概念早了三年。在接下来的几十年间，我参加了大大小小几十场战争的救治工作，一直在实践这个理论，希望今天能够跟大家分享。"

那个医生年纪不大，哪里比得过孙希的资历，只得讪讪而退。濑尾教授面无表情地问道：

"那位病人在哪里？"

这时紧闭的手术大门"咣当"一声，唐莫推着一个浑身盖着白布的病号走进来，眼神十分不安。那些同仁会的医生一阵愕然，没想到，这个中国医生居然硬要这么干。

濑尾教授走过去，掀起白布看了看这个女性的伤口，又看了看她的病历。旁边熟悉濑尾教授的医生注意到，他的右手缓缓地抚弄着下巴，这是产生了兴趣的表现。对教授来说，名字和身份都不重要，重要的是人体本身的变化。

"你确定要同时做这两台手术？"他看向孙希。

"联合急救的精髓，不正在于同时吗？"孙希平心静气地回答。

"孙医生，你提出了一个有趣的课题，但也是一个极难的课题。我会尊重你的选择，但也会取消你的先相先。"濑尾教授一字一顿地道。

取消先相先，意味着主刀之人将从濑尾教授换成孙希，同时他将承担起全部责任。很明显，濑尾教授不相信这个动手术前酗酒的家伙，能完成这个挑战。

"没问题，我来执刀。"孙希毫不犹豫地回答。

旁观的医生们一阵哗然，颅内手术和腹腔手术都是极复杂的手术，绝非一加一等于二这么简单。这个自大的中国人难道要在没有濑尾教授帮助的情况下，同时挑战两个手术？疯了吗？

一号手术室里响起细微的议论声。明明只是一次皆大欢喜的合作手术，这个中国医生何必自己大包大揽？但濑尾教授没吭声，其他人都不敢说什么。

濑尾教授双手抱臂，视线在两个手术台之间来回移动。他精研联合急救，知道这种治疗方式最大的短板，在于医生本身。一个医生必须有极冷静的头脑、极丰富的经验和极大的勇气，才能同时施行两种复杂手术。从孙希身上，濑尾只看出他的胆子不小。

孙希无视周围人的诧异和质疑，戴上口罩，俯身对手部再次消毒，用只有自己听得到的声音喃喃道："这次轮到我来保护你了。"

整个屋子里，除了翠香，没人听得到这句话。

孙希缓缓拿起手术刀，整个人的气质幡然一变。濑尾教授敏锐地觉察到了气场的变化，后退一步，饶有兴趣地看着。

联合急救，就这样正式开始了。在一群日本专家的注视之下，一个中国医生站在两个手术台的中间，观望片刻，轻轻舒展手臂，开始了两场艰苦卓绝的战斗。

唐莫是翠香这边的手术助手，只有他知道老师面临的压力有多大。那不仅来自技术难度，也来自心理压力。这是个未经深思熟虑的计划，追捕翠香的特务随时可能破门而入，二楼的川岛也随时可能发觉不对。他们唯一能指望的，就是孙希手里的手术刀有多快。

"霰弹枪的枪伤，有什么特点？"

"啊？"唐莫有点走神。

"霰弹枪的枪伤，有什么特点？"孙希头也不抬地操作着。

唐莫没想到这时候，老师居然还在发问。他脑子里一片混乱，哪里答得上来？孙希全神贯注道："你记住，霰弹枪的弹丸比较小。脏器发生穿孔时，往往会弹性回缩，被脓苔或大网膜盖住。必须——翻开详查，不能只处理表面看到的穿孔。"

唐莫很快发现，孙希其实不是在考校学生，而是在借发问来梳理思路，看来老师并没有想象中那么冷静。也是啊，这两台手术的难度实在太大了，执刀之人必须在脑海中设计一套方案，让两边的手术步骤像齿轮一样完美啮合，这意味着执刀人没有任何余裕，也不容任何疏漏。

这，真的是人类能做到的事吗？唐莫不禁为老师捏了一把汗。他甚至想，干脆对那边的病人敷衍一下，集中精力救下邢姨好了。可他也知道，老师在手术台上绝不会做这样的事。只要一拿起刀来，他的使命就只有救下病人。

随着两台手术徐徐展开，围观的医生们逐渐不再交头接耳，个个脸色凝重。他们惊讶地看到，孙希目光如炬，那十根修长的手指灵巧地上下翻动，似一位饱含感情的交响乐指挥家挥洒自如，又如最精密的机械在往复运动。手法行云流水，不见丝毫滞涩，上下两个动作之间衔接得天衣无缝，仿佛已经演练过无数次，望之赏心悦目。

别说这些同仁会的医生，就连跟随孙希多年的唐莫，也从未见过老师表现得如此……耀眼。

对，耀眼，唐莫简直想不到别的词来形容。他知道这门技术是师公提出来的，老师一直在探索研究，可他没想到，老师已经思考到了如此深入的地步。

这几十年来孙希在外科领域所有的积累、所有的感悟，此时融会贯通，一次性释放出来，整个人真的耀如夏阳，让人睁不开眼。在那光芒中，仿佛可以见到另外一人的身影，缓缓伸出双臂，与老师同时进行。他口罩上方的双眸，如灵感勃发，进入了心流之境。世间因果全不沾身，心无旁骛，顺畅之妙，已臻化境。

唐莫发现自己竟流出泪水来，这是激动的泪水，他为能亲眼见证这一场无与伦比的大师表演而激动。他甚至没觉察到，不知何时，濑尾教授凑了过来。这位老人不再两条胳膊抱在胸前，他一只手扶住厚厚的镜片，另一只手垂在下方，手指不由自主地动起来，似乎在同步模拟着孙希的手法。

整个一号手术室里，陷入一种虔诚的安静。只有医生才能听懂的宏大乐章，在悄无声息地演奏着，每一个人都如醉如痴，唯恐惊扰了这流畅的节奏。

与此同时，红会第一医院的门外，却突然来了一批不速之客。

这是特工总部的一批外围便衣，为首的一人正是头发花白的杜阿毛。他不像从前一副皮包骨的模样，双颊微微鼓起来，可见这几年日子过得不错。

"你确定邢翠香是被送到了这里？"杜阿毛眯起眼睛，望向哈佛楼，表情阴晴不定。

"有八成把握，刚才有辆救护车进去了。"手下回答。

他们之前受命去刺杀一批在租界的军统人员，却逃脱了一个受伤的邢翠香。杜阿毛一路追踪到她的寓所，看到地板上的血迹，又问了邻居，推测大概是去了红会第一医院。

这个地方，杜阿毛可是太熟悉了。倘若方医生还在上海，他还忌惮几分，如今却不必再有什么顾忌。他一挥手，一群人气势汹汹地冲过去，结果在楼前被两个日本卫兵拦住了。

"我们是来搜捕一个76号点名抓的要犯。"杜阿毛点头哈腰地解释说。76号是极司菲尔路76号，正是特工总部的门牌号。日本兵面无表情地把刺刀一横："这里正在举办同仁会的合作手术，无关人士不得进入。"

杜阿毛还想坚持一下，这两个隶属于海军陆战队的士兵却压根不理睬。他知道中国人没地位，便把这支队伍的日本顾问请过来。那位日本顾问扯扯衣领，正待上前说话，却无意中瞥到了那张巨大的合影，面部肌肉狠狠地抽搐了一下，转身就走。

杜阿毛急问："你怎么回来了？"日本顾问一脸晦气地说："你没看到，那是载仁亲王的合影！这医院，咱们进不去！"杜阿毛大字不识多少，但天生对权势颇有悟性。从前他跟着刘福彪时，有一门生意是卖青帮的拜帖。谁买了拜帖贴在门口，青帮人士便不会上门滋扰——载仁亲王比刘福彪大多了，可原理是一样的。

既然不敢进医院，那就只有等着了。那个邢翠香腹部结结实实中了一枪，不信能逃到哪里去！杜阿毛想到这里，立刻分派人手，看住医院四周通道。

安排完之后，杜阿毛一屁股坐在花坛上，打量着这栋建筑，感慨万千。他心想：当初老子只是刘福彪麾下一个跑腿的小角色，屁颠屁颠地跑来这里探望病号。如今刘福彪早死去多年，黄金荣也闭门隐居，他们都风光过了，风水轮流转，好歹也轮到我杜阿毛威风一把啦。

可惜方医生不在上海，见不到我的风光。杜阿毛揉了揉鼻子，半是感伤，半是兴奋。

第一手术室里的人并不知道外头发生的事情。众人仍在屏气凝神，观摩着那个中国医生神乎其技的表演。

孙希的手术已经接近尾声，迄今为止他一丁点错误都没有犯，两台手术的进度齐头并进，眼看都进入收尾阶段。但只有唐莫知道，老师几乎快不行了。他的动作依然流畅，只是眼睛瞪得越来越大，呼吸的频次也悄然增加。

毕竟是两台极复杂的手术，老师水平再高，体能也是有极限的。

孙希从翠香那边快速离开，来到这边的手术台进行缝合。他夹起一根羊肠线，正要操作，却不防眼前一黑，手腕登时晃了晃。

在场的人为之一惊，这是孙希第一次出现恍惚，但恐怕不是最后一次。他们都是资深医生，深知手术和搏击一样，要讲究节奏，一旦节奏错乱，失误便会源源不断。孙希正要调整，旁边一只手忽然伸过来，接过器械："这一台的收尾交给我，你去专心处理另外一台好了。"

濑尾教授？围观的医生们大为震惊，他怎么改变主意介入手术了？这样一来，不就成了他给这个中国医生当助手？那可太不体面了。

"这场手术，还是定义为互先比较妥当。"濑尾教授道。

"互先"同样是一个围棋术语，比"先相先"高一个等级，意思是双方实力相当，不必互让。濑尾教授这么说，等于承认了孙希与自己的对等地位，忍不住下场来帮忙了。

围观的日本医生经过短暂的骚动，终于沉默下来。在目睹了刚才那一场精彩绝伦的表演后，他们再鄙视中国人，也不得不承认，这位医生确实有资格与濑尾教授"互先"。

有了濑尾教授的援助，孙希得以专心迅速完成了翠香这边的手术。他长舒一口气，放下线、剪刀，背心几乎被汗水湿透。

出乎意料的是，孙希并没有做任何休息，他迎着掌声，直接走到濑尾这边的病人旁，再度拿起剪刀。濑尾教授有微微的不悦：我都主动帮你收尾了，你还过来，是不信任我的技术吗？还是出于偏执的自尊，一定要自己完成？

不过以濑尾的江湖地位，既然对方非要过来接手，他也不屑跟一个晚辈争抢，便退后一步，把舞台让给这个心高气傲的天才。

其实这边的手术已接近完成，只差最后缝合头皮。这对一个实习生来说都不算太难，更不要说是孙希了。当头皮上的最后一针顺利收束时，围观的医生们忍不住鼓起掌来。医界终究还是以技术为尊，他们今天见到了一个奇迹，自然会不吝赞赏。

五十岁不到，就可以完成如此成就，这家伙简直就是个怪物。众人心里想。而濑尾教授则想得更具体：按照约定，这次合作手术之后孙希会加入同仁会。有这样的天才加盟，同仁会势必声威大震，对帝国有更多贡献。想到这里，他连连颔首，刚才的一点点不愉快也烟消云散。

可就在这时，意外发生了。

孙希好不容易大功告成，精神终于微微放松。他习惯性地要把剪子放回设备盘，却忘记自己体力已跌入低谷。就这一恍神间的松懈，他的身体突然失去平衡，只听得一连串金属撞击的"哗啦"声，他整个人拽着设备盘摔倒在地，手术器械登时撒了一地。

这下子可惊住了手术室里的所有人。一个护士赶紧把他搀扶起来，却突然"啊"一声叫了出来。众人去看，只见孙希的右手血流如注，似乎被一把掉落的手术刀划破了。

这手术刀不知怎么划的，竟是从虎口向内划出一道极深的口子。在场都是资深医师，一看便知大事不妙，这个深度恐怕已经伤到了肌腱和神经——这可是刚刚完成两台手术的神之右手啊！

手术室的气氛急转直下，除濑尾教授以外的医生无不变色，急忙凑过去给他实施急救。过不多时，手术室的门"咣"的一声被推开，川岛真理子和曹主任也闻讯赶来。他们听说孙希意外受伤，无不震骇。

川岛真理子扑过去抓住孙希的左手，惊慌地喊着"孙君、孙君"。濑尾教授抬着孙希的右手做了简单的检查，轻轻摇头，脸色极其凝重。

这个伤口太深了，也太精准了，正好切断了虎口处的肌腱和桡神经浅支。对一个外科医生来说，就算日后能恢复，也无法精密执刀。

这变故来得太突然，濑尾教授怎么也想不通，这一双刚刚完成了奇迹挑战的手，怎么会在小阴沟里翻船？他努力回忆刚才设备盘的跌落方式，怎么也不可能会割得如此严重，除非是故意把手迎上去……可这怎么可能呢？

在这一片混乱中，只有唐莫注意到，孙希朝自己使了一个眼色，严厉而坚定。

唐莫的双眼一片模糊，他顾不得用手背擦去泪水，大声喊着："不要打扰救孙老师！"他招呼护士一起，把翠香和另一个病人的病床统统推出手术室去。

在此时的手术室里，只有唐莫才明白，老师是故意的。

进行联合急救，是唯一可以在众目睽睽之下拯救翠香的办法。但孙希这么做，等于把自己推向深渊。因为只要手术获得成功，他势必要被迫加入同仁会，成为日本医界的一员。这件事不容拒绝，否则红会第一医院会失去独立地位。

孙希既不想坐视翠香死亡，也不想做医界汉奸，更不想让红会第一医院沦为同仁会附庸。面对三难抉择，他只有一条路可以走，那就是自残。

只要自己失去做医生的价值，那么这些麻烦也就消失了吧？唐莫知道，老师一定是这么想的。老师甚至算到了，自残的举动可以把川岛真理子的注意力吸引过去，让她无暇关注躺在病床上的翠香，可以趁机转移翠香。

这些事孙希并没跟唐莫说过，可师生多年的默契，让他一瞬间就能领悟到老师的用意。唐莫的胸口，仿佛有一团炽热的火焰在燃烧，四肢百骸都被灼烧得剧痛。

一个绝顶的外科天才，在一场华丽的完美演出之后，亲手毁掉了自己的职业生涯。还有比这更悲壮的事情吗？

唐莫意识到这一点的时候，感觉自己要爆炸了，可他此刻根本不敢放纵自己的情绪。归根到底，这件事是他被川岛真理子诱惑才引起的，唐莫一直愧疚于心。而老师不计前嫌，仍旧把最为关键的嘱托交给他，他绝不能辜负老师的信任，也绝不能浪费老师断送职业生涯换来的机会。

稍事准备之后，唐莫推着一张活动病床朝外面走去，救护车就在急救口等着。正当他打开后车厢，要把病床往车上抬时，旁边忽然传来一个阴恻恻的声音。

"你这是要把病人送去哪里？"

唐莫转头一看，见到杜阿毛带着几个人不怀好意地靠近。他们在这附近埋伏多时了，所有出入的动静都纳入了监控。

"这个病人刚动完手术，我要送他去澄衷疗养院。"

"刚动完手术立刻就走？你当我是憨大①吗？"杜阿毛怒喝一声，"现在特工总部要办事，给我让开！"

唐莫还要试图阻拦，却被杜阿毛的手下一把推开。杜阿毛走到病床前，伸出手去，撩开白布帘，得意的狞笑霎时变成了惊愕。

躺在病床上的，是一个四十多岁的男子，头上还用布套包着，显然刚动完手术。杜阿毛不由得大怒，揪住唐莫吼道："不是个女的吗？"唐莫回答："这是今天合作手术濑尾教授指明要的病例，是男的没错啊。"

杜阿毛叫来手下喝问："医院其他几个出入口，可有什么动静？"手下回答说没有。杜阿毛狐疑地盯着唐莫，忽然喝问："你怎么刚哭过？发生什么事了？"

"我的老师刚才动完手术，意外划伤了手掌，可能要终身残废了。"

"你老师是谁？"

"孙希，这次合作手术就是他与濑尾教授主刀。"

杜阿毛眉头高高挑起。孙希受伤了？这可是个大新闻。这人据说是第一医院最好的外科精英，想不到竟落得这个下场，可惜，可惜。

不对，那个邢翠香是孙希的姘头，搞不好就是他把她弄来医院的！杜阿毛私心压下，公心腾起，再度看向哈佛楼。孙希既然受伤，那么那个邢翠香应该还留在楼里。只要我们守在外头，等特高课的人来交涉，她就一定逃不掉！

这时唐莫小心翼翼道："那我可以走了吗？病人颅部刚动完手术，不能受风寒……"杜阿毛不耐烦地挥挥手，带着人又回到正门去。

唐莫一直等到所有特务都离开了，才把活动病床的床单给掀起来。

原来这个活动病床，分成了上下两层。上面一层躺病人，下面还有一层是放各种器械与病人的物品。这种样式颇有些年头，是当初沈敦和建立流动医院时的发明，

---

① 憨大：方言，意为傻瓜。

那时是为了方便战场转移之用，没想到今天派了别的用场。

邢翠香身材娇小，躺在下面一层，白帘子从上方垂下，不熟悉的人根本想不到病床下面还能藏人。

唐莫先把翠香移到救护车上，然后又把那个倒霉病人重新送回院内。此时手术室那边依旧一片混乱，无人顾得上这边。而杜阿毛的队伍依旧不敢进哈佛楼。唐莫知道，这是逃脱的最后机会。

至于留在第一医院的孙希到底会怎样，唐莫不知道，也不敢去想。他确认的只有一点：老师不会后悔，所以他也不能让老师失望。

他飞速上车，一路踩着油门冲出医院大门。邢翠香在麻醉之前，提供了一个军统在南城的秘密接头处。只要送到那里去，军统就有办法把她弄走。

车子朝着南城方向隆隆开去，开着开着，唐莫发现路上的人变多了。大半夜的，不知从哪里出来无数平民，扶老携幼，背包拎箱，个个愁容满面。他们互相簇拥着，哭喊着，化为一片漫无目的的洪水，填满所有的街面、小巷和建筑空隙。

"是南市难民区出事了？"

唐莫突然想起来了，就在今天上午，南市难民区救济委员会发表声明，正式宣布解散。倾尽饶神父和红会心血的南市难民区，在维持了三年时间后终告撤销。而眼前这些人，显然是难民区里的几十万平民。

他们再度失去了家园，只能茫然地在暗夜里四处流散。没人知道该何去何从，也再没人关心。

这辆救护车徒劳地在人潮中挣扎着，沉浮着，摇摆着，如同一条风雨中的破舟。上海的夜依旧深沉，唐莫握紧方向盘，瞪大了眼睛，试图在这混乱的黑暗中找到一条出路。

这是老师留给他的最后的作业。

第十二章
一九四二年三月

"嘣。"

杜阿毛微微翘起手里这一杆镶银玛瑙嘴的老烟枪，深深一吸。枪斗里的熟膏子恰好烤得冒泡，一团令人迷醉的香气霎时沁入肺部，他忍不住发出一声快乐的呻吟。

这杆烟枪是当年他在祥园烟馆时用的物件，刘福彪赏的。这么多年来，杜阿毛无论去哪儿都把它带在身边。不为怀念，只为忘忧。

如今迭格辰光①，实在太难熬了。反日势力层出不穷，76号天天催办，日本人也盯牢不放，他这个治安队副队长每天疲于奔命。每天如果不抽上几口，属实熬不过去。报纸和电台天天说鸦片害人，那是不知道它的好处！

他拿起铁扦子，在枪斗里捅上一捅，打算再美美地吸上一口。这时一个手下跑进屋里来："杜爷，我们在东京路码头拦到一个人，想请你去看看。"

东京路码头是苏州河边的小码头，有一条通苏州的内河航线。杜阿毛浑身骨头正酥软着，懒洋洋地道："让樊老三去看就好，我停一停。"那手下迟疑道："正是樊爷让我来找您的，说那人是您的一位故人。"说完趴在他耳边说了一句，杜阿毛原本慵懒涣散的双眼猛然一凝，急忙把烟枪搁下，从榻上翻身下地，匆匆出门。

他带着几个人，风风火火赶到东京路码头，见到樊老三正毕恭毕敬地陪着一个人讲话。那人五十多岁，一袭粗布长衫遮不住厚实高大的身材。那一张方正沧桑的面孔，杜阿毛可有足足五年未见啦。

①　迭格辰光：吴语方言，意为这个时候。

"方医生？"杜阿毛还没走到跟前，先忍不住喊出声来。那人缓缓转过脸来，对他笑道："杜爷好眼力，我刚到上海，你倒知道了。"

"哎呀，别瓢①我啦，还是叫我杜阿毛就好。"杜阿毛乍见故人，情绪颇为激动。他握着方三响的手，仔细打量了一下他。方医生眉眼没变，可面颊黝黑透红，皮肤皴裂，一看就是常年风吹日晒，手上还有一排粗糙的老茧。

看来这几年，他在外头混得很惨啊。杜阿毛迅速做出判断，热情地道："方医生这些年都去哪儿了？我们这班兄弟都想念得紧啊。"方三响微微苦笑："我原先跟着红会救护队四处去战场救援，后来队伍在江西被日本人打散了，我辗转到了福建，靠行医为生。"

"哎哟，福建得分地方，靠海的东南一带还算富庶，靠山的可艰苦了。方医生你没吃到什么苦头吧？"杜阿毛似是无意地问道。

是时日本人已攻占了福建沿海一带，但无力向山区推进。福建政府迁到福建中部的永安县，依靠地形坚持抵抗。方三响听出他的试探之意，回答道："厦门、福州、宁德、长乐、平潭……去的地方太多了。可惜我既不懂闽南语，也不通客家话，哪里都待不长久，只好灰溜溜地回来了。"

"要说生活，自然还是上海最适意呀。"杜阿毛笑道，"那么这次方医生回来，还是去红会第一医院喽？"

出乎意料，方三响摇了摇头："我这次回上海，是因为熟人给我推荐了一份工作，在大上海分保集团做个保健学顾问。""大上海分保集团？"杜阿毛一听，顿时双目放光。

去年太平洋战争爆发之后，日本人占领了公共租界，英美背景的保险公司被迫停业，而日本保险公司一时又来不及扩张。一个叫谢寿天的浙江商人牵头，联合了十九家华商保险公司，在上个月成立了大上海分保集团，四处招兵买马，要把空出来的市场都吃下去。

怪不得方三响不想回第一医院。大上海分保集团流金淌银，不比那个靠捐款活着的慈善医院强？他这几年吃多了苦，也知道银钱的好处了。

杜阿毛变得更加热情，转头让樊老三叫部车子，说："我送你去，我送你去。"方三响知道他的心思，也不推辞，说："我们许久没见，路上可以嘎三胡②。"杜阿

---

① 瓢：吴语方言，意为嘲讽。

② 嘎三胡：方言词，意为聊天、闲聊。

毛大笑："怪不得方医生你在福建待不住，讲起方言来太蹩脚，还是老老实实说国语好了。"

一路上方三响问起医院近况。杜阿毛摇头叹息，说："第一医院这几年境况惨淡，没人也没钱，病人也越来越少，眼看就要关门了。唯一能上台面的孙希孙医生，两年前因为一次手术事故，把右手给废了，从此不知去向。"

杜阿毛注意到，方三响的双手不由自主地攥紧，手背上根根青筋突起，不过他居然没继续追问，可见再深的人情，也不如一份糊口工作来得重要。

车子很快到了位于广东路的大来大楼前。这栋大楼足有八层，外墙是用花岗岩岩块垒成，混凝土结构，正门是一个气势恢宏的月洞门，两扇黑色铁大门紧闭着，正门左右各有三个月洞形大落地窗，气势非凡。有资格在这个楼里办公的，非富即贵。

方三响下了车，杜阿毛并没离开，陪着他在门口闲聊。过不多时，一个西装男子从月洞门里走出来，一副外滩精英的派头。杜阿毛认出他就是保险业巨子谢寿天，常在报纸上见到。

谢寿天一见方三响，态度十分热情，似乎早就相识。听他们两人交谈几句，杜阿毛才知道，民国二十三年（一九三四年）余姚暴发过一场霍乱，方三响受命前去抗疫，当时谢寿天正好在乡探亲，做过红会志愿者，是以两人早有来往。

方三响能在保险公司谋到这么个好职位，大概就是因为有这层关系。杜阿毛疑心尽去，客套了一句"方医生我们改日约饭"，然后离开。

谢寿天引着方三响来到三楼，边走边聊些当年的事情。三楼门口挂着一块"大安产物保险公司"的牌子，这是分保集团的十九家华商保险公司之一，谢寿天正是这家公司的常务董事。

进了董事办公室，谢寿天轻轻关上门，一转身，气质不再是一个锱铢必较的沪上商人："方同志，你在这里可以放心，这家公司是职委批准成立的，里面都是自己人。"

职委的全称是"上海地下党员、职员运动委员会"，谢寿天在去年正式入党，职委正是其上级领导。这些情况，方三响在出发之前就了解得很清楚了。

方三响道："我这一次奉上级命令返回上海，是要在本月底之前，设法筹措一批磺胺类药物运回延安。"

谢寿天眉头微蹙，磺胺是用于战场伤的抗菌药品，是极为重要的战略物资。倘若是少量需求，还算好办，这种大宗药品流动，无论日本人还是汪伪特务都盯得紧，棘手得很。

但这不是私人请托，而是来自总部的命令。谢寿天最近看到的报纸上，天天都刊登皇军治安战的捷报，即使扣除其中的吹嘘成分，也可以想象日本人的扫荡何其残酷。这一批药品对各处抗日根据地来说，意义重大。

谢寿天沉思片刻，决然道："这批药品，我来想办法安排。方医生你一会儿先去办个入职手续，把身份建起来，等我通知。"

"好。"方三响点点头。

"筹措药品还要几日，你好久没回上海了，要不要趁这几天放松一下，回去第一医院看看故友什么的？"

"不了，任务优先。我会在饭店等候，免得节外生枝。"

"我倒觉得，其实你应该回去看看。"谢寿天建议道，"治安队的人现在知道你回上海了，如果你连老东家都不去看看，也许他们会起疑心。"

谢寿天到底是做保险生意的，考虑得就是周全。方三响点头道："我会去看看。"

谢寿天又郑重提醒道："上海如今不同以往，你一定要谨慎再谨慎，不可轻信任何人。"

"我在上海，大概已经没有谁可以轻信了。"

方三响告别谢寿天，离开大来大楼。迎面一阵初春的江风吹来，风中微微带有腥味与煤灰味。这属于黄浦江独有的味道，已多年不曾闻到。他忍不住站定脚步，贪婪地吸上两口，整个人陷入微茫的怀念中。

他早在一九三九年便在延安入党，此后一直在陕北从事边区防疫工作。今年年初，下干事忽然找到他，说现在有一项前往上海筹措药品的任务，方三响在上海有根脚，又是医生身份，政治上也可靠，是最合适的人选。

方三响毫不犹豫地答应下来。在进行短暂的培训之后，他离开延安，在各地辗转了一大圈，横跨数个战区，这才抵达上海。

上海和他离开时变化不大，连电车的路线与时刻表都和原来一样。方三响轻车熟路地搭上一路电车，把胳膊搭在车窗外，一路眯着眼睛，似睡非睡地扫着路边。街头巷尾的烟火气息仍旧旺盛，路上行人熙熙攘攘。毕竟无论局势如何变迁，老百姓的生活总还要继续下去。

丁零零！！！电车发出一串急促的铃声，让方三响从瞌睡中惊醒。抬头一看，静安寺已经到了，方三响忙不迭地下了车。

在静安寺做洒扫工作的老张，早在一九三二年病逝于第一医院，他是当年沟洼村幸存者里最后一个离世的。方三响亲自为他送终，并在静安寺内立了一块牌位，上书"沟窝村全体民众之位"——至此方三响算是尽完了方家的本分。

这次回来，方三响本来想进寺里给他们烧一炷香，不料见到几个喝醉酒的日本人大摇大摆地往里走去，一路喧哗吵闹，知客僧不敢阻拦，只得把其他香客拦在旁边。他顿时没了心情，索性转身迈开步子，朝着医院走去。

这条路方三响太熟悉了，从前每个月都要走上十几趟。所谓近乡情更怯，他快走到医院大门的时候，步子反而慢了下来，心脏不由自主地怦怦跳起来。

方三响从十几岁开始，就在这间医院学习、生活、工作。这里比其他任何地方，都更像是方三响的故乡。他在延安经常会梦见回到第一医院，见到昔日的老师、同事，回到那一栋哈佛楼。

他走进医院的大门，发现今天居然挂着停诊的牌子。而在哈佛楼前的开阔草坪上，此刻摆开了十几张高脚小圆桌，每张桌子上铺着纯白亚麻桌布，正前方是一座临时搭建的木高台——似乎是在搞什么户外酒会活动。而隔壁纯庐花园的那道围墙，居然被扒开一道口子，一条红毯顺着通道铺了过来。

远处，一个胖胖的熟悉身影，正指挥着工人往木台上挂横幅，不时喝骂两句。曹主任这么多年，体形可真是丝毫没变，不过，第一医院有他在，才是原来的那个第一医院啊。方三响正要上前打招呼，唇边的笑意却一下凝住了。

只见在曹主任的指挥下，那条横幅在木台正上方徐徐展开，显露出一行大字："满洲帝国建国十周年庆典暨协和会驻沪招待酒会。"

方三响立刻停住脚步。

他听过"协和会"的名头，那是一个伪满洲国的外围组织，专司在文化方面吹嘘"王道乐土"之精神。方三响心生警惕，决定先不凑上去打招呼，暗中观察一阵再说。

曹主任还在会场忙前忙后，连桌子上的白玉兰花都要亲手去摆一摆，显得十分卖力。他居然把医院当作满洲国的活动场地。方三响观察了一阵，不太确定他到底是迫于压力，还是投敌做了汉奸。

曹主任可不知道自己被人观察，他朝纯庐花园那边看了眼，赶紧迎了上去。方三响顺着他的脚步朝那边一看，整个人登时僵住了。

从通道走出来的是一男一女。男的身穿和服，鼻下留着两撇花白的鱼尾须，缺了一只耳朵，那张脸方三响至今也不会忘记——那个阴魂不散的那子夏！而与那子夏并肩而行的圆脸女子，面容虽略显苍老，却掩不住沉静娴雅的气质。

"英子……"闷雷滚过方三响的内心，血管里的血液瞬间沸腾起来。

自从一九三七年后，他们再没见过面，只通过几次信。方三响一直以为姚英子在歌乐山搞卫生示范区，怎么也想不到，竟会在沦陷后的上海再见她。她什么时候回来的？为什么跟那子夏走在一块？难道是来参加这个什么十周年庆典？难道她还嫌自己身上那个"汉奸"的标签不够清楚吗？

无数疑问纷杳而至，方三响不得不强迫自己先离开院子，否则他真怕自己会忍不住当面质问。方三响走到海格路上，一手扶住梧桐树，弯腰大口大口喘气。刚才那一瞬间的冲击力太大，他的心脏有点难以承受。

"先生，你怎么了？要不去医院里检查一下？"一个路过的小女护士关切地问。方三响摆摆手，表示自己还好。女护士倒很好心："看你的脸色不太好，可不能逞强啊。"她不知道眼前这人是这座医院的第一批医生，主动伸手过来探他的脉搏。

方三响任由她给自己检查，顺口问道："你就是这家医院的护士？"小女护士点点头。"这家医院现在还开吗？"他问。小女护士道："开着呢，可跟没开也差不多。人都跑光了，只能接一些头疼脑热的简单业务，服务也仅限点滴注射打石膏什么的。"

"这么苦，你还留在这里？"

"现在到处都失业，我离开这医院还能去哪儿呢？家里还等米下锅呢。"小女护士愁苦地叹了口气，"再说这里虽然萧条，至少安全。先生你不知道，我们院有张照片，据说是院长跟什么日本亲王合过影的，就挂在门口，日本人从来不敢硬闯。"

方三响呵呵苦笑了一声，并没多做解释。

小女护士见方三响没什么异状，叮嘱几句就走了。方三响在路边找了家药房待着，过了一个多小时，他隔着玻璃见到姚英子从医院大门走出来，那子夏紧随其后。姚英子似乎是婉拒了他叫汽车接送的安排，招手叫了一辆黄包车离开。

方三响也赶紧离开药房，用礼帽遮住头，保持一段距离紧跟着黄包车。他这次来上海有重要任务，不想节外生枝，所以打算先摸清楚英子的动向再说。

方三响在陕北常年翻山跨梁，锻炼出一副好腿脚，一路上把黄包车跟得很紧。他们越过静安寺，中途停了一下，在公粜处买了一袋米，然后黄包车又沿着小沙渡路一路向北，路面越来越脏乱，两边的建筑也逐渐变得破败简陋，过往行人大多衣衫褴褛，面黄肌瘦。

这一带是公共租界与华界在苏州河南的分界线，在上海，它有另外一个称呼叫"药水弄"。因为靠河有一个生产酸碱的江苏药水厂，附近还有大大小小的石灰窑和砖瓦厂，所以周边一大片都是工人自己搭建的简易棚屋，内里脏乱不堪，是上海著名的贫民窟，连青帮都很少靠近——姚英子为什么会来这里？

眼看黄包车快要走到苏州河，她在一处路口停了下来。这里恰好位于药水弄的边缘，姚英子下了车，很快有一个年轻人匆匆出来，从她手里接过那一袋米，转身又返回那一片糟朽的混乱中。

姚英子站在路边怔怔地望了许久，才吩咐黄包车原路返回。方三响心中更加疑惑，依旧跟着。这一人一车折返到海防路、小沙渡路的路口时，变故陡生。

一阵刺耳的警报声突然响起，大批日本宪兵和治安队不知从哪里冒出来，抬着栅栏，牵着狼狗，把四周路口统统封锁。街上的行人顿时有些慌张，不过他们似乎早有训练，没有四处乱跑，而是纷纷贴近道路两侧。腿脚快的，赶在临街店铺关门前钻了进去；腿脚慢的，就只能站在屋檐下，惶恐而平静地等待着什么。

大家都往路边躲去，只有方三响反应不及，留在路中间，活像一条退潮后留在沙滩上的鱼。一个日本兵气势汹汹地冲过来，他以为自己暴露了，没想到对方只是凶狠地挥动一下枪托，示意他尽快退开。

方三响看看路边，已经被挤得人山人海，只有一处灯杆旁还有点空隙，赶紧站过去。

听着旁边的人议论，方三响才知道，这种临时检查是上海近几年的常态。日本人一发现什么风吹草动，动辄封锁街区，大肆搜捕。有一个抱着孩子的太太连连哀叹，讲去年有人在南京路朝岗哨扔了个炸弹，导致她在永安百货大楼里被封了足足三天，这次不知道又是抽了什么风。

与此同时，前头那辆黄包车也正忙不迭地往路边靠。不过路边人太多了，车子实在摆不下。车夫只好向后倒退一段路，贴着灯杆的宽底座放下扶手，回头对乘客说："小姐下来等等好吗？"

姚英子一脸无奈地走下车，刚一站定，便和靠在灯杆旁的方三响撞了个对脸。

在初见的一瞬间，两个人都没反应过来，眼神还习惯性地朝左右飘。可他们对彼此实在太熟悉了，两对眼睛很快就像被磁石吸引，不由自主地停在对方的脸上。

方三响也没料到，两个人会在这么一个场合毫无准备地重逢。他正调整思绪，却见姚英子的胸口起伏得越来越剧烈，呼吸变得急促。她的眼神从愕然变到欣喜，从激动又延伸出一点点疑惑，情绪往复变换，却始终有一丝隐藏很深的愧疚一闪而过。

当最终确认自己不在梦中时，她就像迷路很久的孩子乍见亲人一样，泪水无可抑制地流淌出来。

警报声还在路口凄厉地回响，日本人和治安队的皮靴踏在柏油路上，民众在忧心忡忡地小声议论。可这些声音就像发生在极遥远的地方，模糊而疏离。姚英子就这么抱着方三响的胳膊，默默地哭起来。

方三响一时也百感交集，可周围人多眼杂，他什么都不能说，只好轻轻拍着她的后背。周围的人以为姚英子是因为被封锁吓哭的，不觉得有异常，反而纷纷表示同情。

此时治安队的人开始沿街挨个检查行人，他们都是青帮出身的混混，少不得索要点贿赂，或者调戏一番，又闹得一阵鸡飞狗跳。眼看检查到这边，忽然一个声音诧异道："哎？方医生？"

方三响一看，居然又是杜阿毛。再一想，他是治安队的副队长，这种场合自然要亲自带队，倒也不算巧合。杜阿毛注意到姚英子，眼神登时暧昧起来："方医生到底还是念旧情呀，一回来就去第一医院探访故人。"

姚英子的眼神微微起了变化。原来两人不是偶遇？难道……难道蒲公英从医院就一直跟着自己？方三响苦笑着，用极轻的幅度摇了一下头，然后对杜阿毛道："我还有急事，能否通融一下，先让我们离开？"

杜阿毛为难地抓抓头："我们只是奉命，方医生莫急，等我去请示一下宪兵队那边。"

日方的现场指挥官就站在旁边，居然也是熟人，正是与方三响在西本愿寺别院有一面之缘的竹田厚司。竹田的脸颊上多了一道蚰蜒一样的疤痕，他一看方三响，咧开嘴笑了："方桑，许久不见，我们真是缘分不浅哪。"

方三响暗暗叫苦，这次恐怕不会轻易过关。杜阿毛凑到竹田耳畔讲了几句，竹田眉头一皱："嗯？这个时候跑回上海来吗……"双眼的疑虑更甚。

这时姚英子已经擦干了泪水，抢先开口道："我们是应邀前来参加满洲国十周年庆典的，你们可以向协和会的驻沪机构确认。"

这个机构名字，让竹田迟疑了几分。他转身去打了个电话，回来之后一脸晦气地挥手放行。杜阿毛也松了口气，殷勤地把两人送到封锁线外："回头约饭，我请你们去满楼春！"

可惜的是，那个黄包车车夫没能一同离开。两个人只好朝着静安寺方向步行。一路上很安静，附近的居民听说有临时封锁，都吓得躲回家里去。一条宽阔的马路上，只剩他们两个人并肩，被路灯拉出长长的影子。

"蒲公英，你是什么时候回来的？"姚英子问。

"今天，你呢？"

"两个月之前。"姚英子回答，"对了，钟英那孩子现在写的文章很好，可以拿去重庆的报纸上发表，一点都不像你。"

"只可惜我始终联系不到天晴，不然她听了一定很高兴。"

"放心吧，吉人自有天相。"

两人之间一阵沉默，方三响突然站定了脚步，不满道："英子，你知道我想问你什么。我们两个讲话，什么时候需要遮遮掩掩的了？"姚英子像个小女孩一样撇撇嘴："你说得对，我们之间不该这样遮遮掩掩的。"

方三响知道，她这是在怪自己从第一医院一路跟踪过来，为何不出面相认。他正要开口解释，姚英子却笑着拍拍他的肩膀："真是的，都五十多岁的人了，怎么还开不起玩笑？"她的表情旋即凝重下来："我知道蒲公英你有很多疑惑，不过先听我讲完吧。"

他们继续向前走着，这次姚英子主动开口，缓缓说起自己的经历来。

她带着孩子们抵达重庆之后，一直就在歌乐山下忙示范区的事情。可一个意外的访客，打乱了她的全部计划。

这个访客叫唐莫，自称是孙希的学生，要向姚英子亲口报告医院发生的一件大事。

原来一九四〇年六月的那个晚上，唐莫开车把翠香送到军统情报站以后，知道自己回不去了，索性也一起撤离。翠香重伤未愈，隐蔽到嘉兴附近养伤，唐莫则千辛万苦辗转到了重庆，在国立上海医学院继续就读。一次偶然的机会，他认出来医学院看病的姚英子，知道她是老师的至交，便赶紧向她汇报了孙希的遭遇。

姚英子听完唐莫的讲述，如遭雷击。她与孙希失联很久，没想到他为了翠香和第一医院，竟做了如此决绝的举动。

可惜的是，唐莫也不知道孙希后来发生了什么，这让她焦虑至极，简直夜不能寐，满脑子都是担忧。孙希是多么热爱外科事业，他怎么能接受这样一个结局？而且翠香也离开了上海，他一个失去了工作能力的残疾人，没有亲戚故友，谁来照应？

辗转反侧了数日之后，姚英子终于下定了决心。

她以健康原因为理由辞职，与方钟英和宋佳人洒泪相别，义无反顾地踏上返沪之路。途中的事情姚英子并没多讲，但可以想象到有多么艰难。到了一九四一年的年根，她终于回到了阔别多年的上海——此时距离孙希残废已过去一年半。

方三响不由得停住脚步，回头望向北边，惊讶道："难道说……难道说孙希就藏在药水弄里？"

姚英子长叹一声："正是如此。我回上海之后，找到曹主任，才得知川岛真理子仍不甘心，打算把孙希接去日本治疗。孙希为了避免纠缠，辞去第一医院的职务，躲去了药水弄——除了曹主任，别人都以为他经受不了打击而失踪了。"

"那地方……他怎么受得了？又能做什么呢？"

"你知道的，药水弄那个地方住的都是赤贫之人，除了各家医院偶尔去做做义诊，根本找不到任何医生。曹主任说，孙希在里面做了一个游医，隐姓埋名，给附近居民提供一些简单的诊治服务。"

"等等……"方三响听出有地方不对，"这些你都是听曹主任说的？你到现在都没见到孙希本人？"

姚英子伸出手去，把鬓发撩起到耳边："我一听说他在药水弄，就立刻跑过去想见他。可当我走到聚居区的边缘时，却忽然不敢进去。我进去之后，见到他要说什么呢？谢谢你救了翠香，救了第一医院？我又能为他做什么呢？接济他金钱，还是好言抚慰他，还是……干脆嫁给他，陪着他度过余生？"

方三响的嘴唇嚅动了一下，没出声。姚英子道："你比我更了解孙希。他就是个被动的软性子，老是被人安排，可骨子里骄傲得很，又很敏感。我现在如果出现在他面前，无论做什么，在他看来都是一种怜悯。他也许会接受，但会一直难受。"

方三响不由得呵呵笑起来："说得对呀，这家伙这辈子一共就主动了三回。第一回是见我受了冤屈，主动认罪；第二次是为了救你，挟持了邓医官；第三次是为了翠香自残。他自己总念叨着去伦敦，却一次也没去成，难得的勇气，都用在别人身上了。"他一边笑着，一边拍拍膝盖，眼角变得湿润。

"不过药水弄的条件确实太苦了。所以，我找到了一个在那里做义工的进步学生，定期转送一些配给粮食给孙希，只说是一个慈善人士捐赠。我不求见到他，只要定期收到他的消息，知道他还平安就够了。"

方三响微微颔首，这确实不是个相见的好时机。别的不说，万一被川岛真理子知道，孙希可就白白牺牲了。说到那个日本女人，他猛然想起另外一个疑问："你和那子夏又是怎么回事……难道他是拿孙希的性命来要挟你？"

"不，他不知道孙希的存在。我参加庆典，完全是出于自愿，是我主动找上门的。"

"什么？"方三响不敢相信地转过头。她说不去见孙希，这还能理解，但为什么要主动跟一个汉奸来往？难道那子夏给她带来的苦头她还没吃够吗？

"蒲公英你还真是变稳重了。若换作从前，你早跳起来骂我了。"

姚英子走得有点乏了，右手习惯性地按住小腹，方三响连忙把她搀到路旁的一处花坛徐徐坐下。他正要去找些水来，却被姚英子扯住袖子，示意他别走。

"我在东京大地震时的选择，是为了救你们两个，我再来一次也不会后悔。"姚英子的声调变得高一些，"但姚家不能一直背负这个污名。正巧那子夏来上海搞十周年庆典，我主动找到他，是希望能借这机会赎清自己的过错，做一个了断。"

她说出最后两个字时，是咬着牙说的，透出一丝决绝。

"了断？"方三响先觉得有些迷惑，旋即沉声道，"不对，英子，你还有事没说。"

"唉，真是的……我就知道瞒不过你。"姚英子无奈地摇摇头，扬起下巴，轻吸了一口春夜的空气，"也罢，我们是医生，不该讳疾忌医。我们是好朋友，更不该互相隐瞒。三响，我来上海之前，在重庆已经确诊胃癌。"

她的声音很轻，可这两个字如同一枚大号航空炸弹，直接狠狠砸在方三响脑中，原地爆炸，把他的意识撕成无数碎片，纷纷扬扬地撒在花坛里。

"其实在武汉的时候，我就一直隐隐有些不舒服，有时候觉得胃里像揣着一块沉甸甸的石头。护送那些孩子入川那一路，又折腾得不轻，在重庆时更严重了，还有点贫血征兆。后来我去上海医学院看病，颜院长找来专家帮我确诊了。"

方三响一直没动静，沉默得像一口深井。姚英子笑起来："怎么啦？我们做医生的每天都见惯生死，怎么轮到自己身上，就受不了了呢？"方三响的声音都抖起来："那你应该留下来治病啊，还跑来做什么？重庆有爱克斯光治疗机吗？我记得用镭锭抑制癌细胞，很有效果。"

"大后方哪有那么高级的机器呀。"

"是什么位置的癌知道吗？贲门？胃体？还是胃窦？"方三响有些神经质地念叨着，"实在不行就去做个局部胃切除……"

姚英子劝慰道："三响，别这样。你好歹是医生，要尊重专业。你能想到的，上海医学院的专家难道会想不到吗？"

"英子，英子，英子……"

方三响有些六神无主，一遍又一遍地叫着她的名字。怪不得她要只身匆匆赶回上海，怪不得她拒绝去见孙希一面，以及，怪不得她说要和那子夏做一个了断。

可是他不能想象，姚英子要怎么跟他了断——或者说，他根本不敢去想象。

"好啦，再过三天就是庆典，我还有些事情要准备，得先回去啦。"姚英子捶了捶腿，缓缓扶住方三响站起身来，她见方三响情绪仍旧很激动，严肃道："蒲公英，这件事你千万不要插手，你还有更重要的事要做，不是吗？"

方三响急促的呼吸顿时一滞。他从没提过自己的真实身份，可姚英子实在太聪明了，一眼便猜出他这次来上海，必是怀有重大目的。

她讲得一点也不错，自己肩负的任务太重要了。如果他去大闹庆典现场，一定会被日本人盯上，进而影响到运送磺胺的大计。但难道……就这么眼睁睁看着英子走向绝路？

他再度看向她，她的双眸一点都没变浑浊，还和青春时一样熠熠生辉。方三响这才想起来，英子从年轻起就是如此，只要是决心要做的事情，就没人能够阻拦。

姚英子见他沉默不语，主动踮起脚，伸出双手紧紧地拥抱了方三响一下："今天是我最后一次送粮食了。以后你有空的话，只要联系建承中学的陈叔信同学，他会帮忙把东西转给孙希的。"

方三响僵在原地没有动作，他担心一旦回应，就会变成一次真正的告别。姚英子笑道："我今天好开心啊。抗战开始之后，我们三个天各一方，本来我还遗憾没能再聚齐。没想到，你在这时节也回到上海了，老天爷可真是够疼我的，我没什么遗憾了。"

脚步声逐渐远离，那个娇小的身影很快便消失在街角的黑暗中。方三响一个人呆呆地坐在花坛边，把自己裹在一片哑然的浓雾中。

三天之后的中午，海格路一带的马路热闹非凡。一辆又一辆轿车首尾相接，川流不息，把路堵了个水泄不通。放眼望去，个个都是各界名流。有南京国民政府的官员，有上海特别市的高层，有身着军装的驻沪日军代表，还有不少名媛、文人和帮会大佬。当然，也少不了许多记者簇拥在门口，手捧相机照个不停，要见证满洲国与南京国民政府的敦睦之情。

而为了确保安全，日本宪兵队派遣了精锐留在现场，而外围则由上海特别市的治安队来维持秩序。

严格来说，这次庆典并不是在红会第一医院举办，那里只提供停车位和庆典前的休息区。真正的庆典现场，是在医院隔壁的纯庐。客人们在医院内下了车，在草坪稍事休息，便可以顺着一道红毯入园先做参观。

此处乃是沪上闻人周纯卿为自家小姐修的。别看占地面积不大，可里面亭、台、阁、石、花、木一应俱全，亭畔映水，石间植花，一条蜿蜒小河流过门阁与小桥，又沿着回廊折返。厅前还有一棵苍劲的紫藤，年龄已近百年，伸展的枝冠几乎庇荫着半个园区，可谓极得清幽之妙。

今日的纯庐与往日不同，藤萝之间悬挂着一排排满洲国的五色小旗，木石上贴满了"王道乐土"的宣传海报，客人们手持酒杯，步入纯庐，还能听到李香兰的歌声从不知哪个角落传来。

那子夏拄着拐杖走进内厅，看到姚英子换好一身绯红旗袍，旁边一个化妆师刚刚为她梳妆完毕，不由得赞叹道："姚小姐真是驻颜有术，这么多年，竟没什么变化。"

"不要嘲我了，一个落魄老太婆而已。"姚英子凝视着镜子，表情平淡。

那子夏打开一个檀木盒，从里面拿出一对精致的耳坠："这件金镶珠翠耳坠，是原先官里用的。康德皇帝御赐给姚小姐，以酬多年报效之功。来，我给你戴上。"他略轻佻地伸出手，姚英子不动声色地避开，把耳坠接过别在耳垂上。

那子夏后退几步，审视片刻，满意地点点头："雍容华贵，端庄大方。姚小姐到底是大家闺秀，真是气质不凡。"

姚英子从梳妆台前站起身来："演讲稿子呢？"那子夏立刻把两页稿纸递过去："我专门请了几个文章大家反复改过，刚才我又亲自审看了一回，绝无问题。"

姚英子拈着稿子默然阅读，那子夏兀自得意扬扬道："对了，今天的活动，我要临时加一个环节进去。"说完他从怀里取出一个扁木匣，打开一看，里面是一枚铜质圆勋章，正面嵌着"建国"二字，两侧各有一株弓形高粱。勋章旁还盘着一条五色章绶，与满洲国五色旗一样。背面还刻有姚英子的姓名。

"这是一枚建国功劳章，只有为满洲开国做出重大贡献的人，才有资格获得。我好不容易才争取来的，现场谁都不知道这个惊喜。等一会儿你演说完，我就上去宣布这件喜事，当场颁勋给你。从此之后，姚小姐你就是一位象征满中友好的沪上名姝，与李香兰齐名。"

"你太看得起我了。我一个老太婆，怎么能和她比较？"

"她就是个戏子而已，而姚小姐你是个救死扶伤的医生，而且几十年致力于慈善事业，在民众心中更具号召力。这次演说颁勋，必可轰动两国，成为帝国十周年的最好象征。"

姚英子抖了抖那几页稿纸："你真觉得我会相信这些？"那子夏咧开嘴，露出一排吸食鸦片过多的稀疏黄牙："不觉得，不过这有什么打紧？想当年在东京，姚小姐你对我咬牙切齿，最后还不是一样选择合作？只要形势比人强，个人的真实心思无关紧要。"

"当年在东京，你还是载仁亲王的中国问题高参，现在却沦落到为协和会打杂。你这么急着打造一个亲日大使出来，只怕也是因为地位岌岌可危吧？"

姚英子一句话戳在了那子夏的肺管子上，让他顿时无言以对。

"你说得对。只要形势比人强，个人的真实心思无关紧要。"姚英子讥讽道。

那子夏气恼地扬了一下手中的拐杖："如今英国人在印度朝不保夕，美国人在太平洋节节败退，苏联被德国人打得首都都快丢了，大东亚的解放就在眼前。姚小姐你大老远地跑回来找我，难道不是想通了良禽择木而栖的道理吗？"

恰好有人敲门进来，示意庆典即将开始。那子夏把勋章木匣收好，做了个邀请的手势，姚英子冷哼一声，站起身来叠好稿纸，把一个小巧的女士坤包挎在肩上，跟着他走出去。

那子夏并未注意到，姚英子的手一直紧紧抓住坤包的系带，指关节在微微发抖。

这个坤包里面没有别的东西，只有一枚日本产的九七式手雷。这是她在回上海的半路上捡到的，随身携带用来防身，一直没用上。这次庆典安保颇严，来的人都要接受安检。但谁会想到，真正的杀器竟藏在庆典主角的包里。

此刻纯庐内的空地已站满了各路宾客，前方假山上搭了个简易的木台，一个话筒高高竖起。那子夏走上台前，喜气洋洋地讲了几句开场寒暄语，和在场宾客们一起高呼"日满中三国亲善"，然后把姚英子介绍上台。

姚英子这些年在上海虽不敢称闻人，但无论办保育讲习所还是吴淞示范区，都是惠人良多的善举，名声早著。一听她要登台发表演说，下面掌声雷动。

姚英子的心脏猛烈地跳动着，最后的时刻终于到了。她向下方的宾客群扫去，都是一张张陌生而虚伪的脸，熟人只有一个曹主任，远远站在角落里，一脸尴尬。

哦，不对，还有一个。姚英子还看到川岛真理子站在人群中，看过来的眼神带着一丝挑衅。这个女人大概是想来看看，让孙希念念不忘的女人到底什么模样。姚英子一想到这点，嘴角翘起，挺起胸膛，情绪莫名地不再慌乱。

掌声渐渐停息，她甩脱脑海里所有的杂念，走上台去，扶正话筒，看向身旁的那子夏。那子夏示意可以开始，姚英子深吸一口气，手里攥紧演讲稿，却直接开口道：

"我叫姚英子，我的父亲叫姚永庚，宁波宁海人，是上海滩著名的烟草大亨。我是他的独女，从小胡闹任性，搞七捻三。不瞒诸位说，上海滩第一场车祸，就是鄙人在东唐家弄所为。"

这一个风趣的开头，引起了阵阵笑声。那子夏不知她为何突然脱稿，但效果看起来不错，便也没阻止。

"我之所以会走上医学道路，正是因为那一次车祸，让我遇到了颜福庆院长。我很庆幸，倘若不是他，我长大了，恐怕会变成一个沪上名媛，每天吃喝玩乐，灯红酒绿，再找个门当户对的公子哥嫁了，相夫教子，度过此生——其实那也很好，在这个时代，女子做阔太太可比做医生舒服太多了，可那不是我想要的人生。

"我这一路走过来，幸亏多得贵人扶持。沈敦和会长、颜福庆院长、张竹君校长、峨利生教授、柯师太福教授、王培元先生，还有许许多多良师益友……他们教会我的不仅是医术，还有医心与医德。何谓医心？悲天悯人之心。何谓医德？救死扶伤之德。身为医者，会自然生出一种社会责任、一种人道精神，这与利益无关，乃是这个身份与生俱来所赋予的天职。我致力慈善事业凡三十年，中间诸多磨难，千辛万苦，牺牲良多，远不及在自家花园里喝下午茶的名媛悠闲。但我从来没后悔过，因为我确实拯救了很多苦难中的同胞，这比任何褒奖都让我开心。"

讲到这里，姚英子伸出右手，向围墙另一侧遥遥一指：

"三十二年前，就在隔壁的草坪之上，这座医院举行落成典礼。我记得沈会长这样讲过：'这座总医院，必可成为人道之见证，践行大医之无疆。'这是他对医院的期许，亦是对我们这些医生的期许。他还特别指出一点：万国红十字会最重要的宗旨，乃是八个字：博爱、救兵、赈荒、治疫，这是人类所共有之人道精神。但沈会长认为，中国红会的责任除了这八个字，尚有四个字——强国，保种。

"我那时年纪还小，并不能深刻理解他加上这四个字的用意。时至今日，我亲眼所见种种惨事，这才明白他的苦心。中华近百年来的磨难太多了，国事沉沦，备受欺凌。所以这个时代的中国医者们，除了秉持普世的人道大爱，还有更高的责任。要强国，要保种，为这个饱受苦难的民族，增添一分元气，治去一点沉疴——这才是这个时代中国医生们该存的责任，此即沈会长所期许的所谓苍生大医！"

台下的人纷纷鼓掌，唯有那子夏觉得有点不对劲。可姚英子的话他一时又挑不出什么错，不好开口阻止。这时姚英子伸出手，把话筒摆得更近了一些。

"我一九二三年在东京，为了救我的两个好朋友，给归崇基金会认捐了一笔钱，名列报效之内。当时我蒙昧无知，并不知此事利害，只以为是逊位皇帝缺钱花。后来到了一九三二年溥仪在满洲国登基，我才知道自己铸下大错。这些年来，日本人在中国戕害我同胞，侵占我土地，掠夺我国家，说什么东亚共荣，根本就是禽兽噬人罢了。溥仪认贼作父，在关东给日本人做傀儡；汪精卫卑劣无耻，还厚颜在日本人屠杀几十万同胞的南京成立新政府。我虽对政治无知，却绝不会与这样的人为伍，更不会为侵略者张目！"

姚英子从耳垂上扯下那一对耳环，把它们狠狠丢在地上。

纯庐之内，一片寂静。嘉宾们个个一脸懵懂，不知这位医界女杰怎么就突然变了口风。那子夏脸色铁青，放下手里的勋章木匣，扑过来要按住话筒。姚英子却先一步打开坤包，把里面的手雷高高举起。

"之前我铸成大错，今天以性命赎罪。请诸位知道，我姚英子和你们不同，我不是汉奸！"

说完姚英子狠狠地拉动安全绳，然后向桌上磕去。

这种九七式手雷构造特别，拉完安全绳，得先在重物上撞击一下，让延期信管被撞燃，扔出去才能响。

就在她磕完手雷的同时，一个熟悉的声音在姚英子身后响起："你个衰仔，专门夸沈敦和，难道我就不爱国？"姚英子急忙回身，瞳孔猛然收缩："老师？"

在她身后，站着一位鹤发童颜的老妇人，剑眉锐目，一如往昔般英武，正是久不出现的张竹君。张竹君顾不得多说，劈手把姚英子的手雷抢过来，奋力朝前一扔。下面人群这才反应过来，纷纷发出凄厉的惨叫，四散而逃，场面登时大乱。

可惜张竹君毕竟年纪大了，肌肉控制力下降，那手雷好巧不巧，落在了纯庐的池塘中间。只听轰的一声巨响，巨大的水花冲天而起，把附近的人浇成了落汤鸡。

姚英子站在旁边，一脸懵懂。她这次回来，心存死志，便没去惊动隐居上海的恩师。没想到……她……她居然会在这个节骨眼上出现。

张竹君淡淡道："英子，中国培养一个医生不容易，不要虚掷性命。有用之身，要留下来做有用之事。"

那子夏这时已经回过神来，面颊剧烈痉挛，必须用手掌按住才能平缓些。这一次的脸面可真是丢大了，没想到姚英子这个臭女人不识时务，好好的庆典成了腾笑中外的大丑闻。

他如今在满洲国混得并不如意，全指望靠这场庆典翻身。被这么一闹，算计全盘落空，自己的仕途也彻底完蛋了。那子夏眼见那个手雷扔了出去，再无什么威胁，便从岩石后站出来，恶狠狠地扑过去。

不料张竹君只是扫了他一眼，冷然道："你个五逆仔 [1]，以为只有这一枚手雷？"

那子夏从这个白头发老太太眼里读出一种极致的危险。他瞳孔陡缩，下意识地又去闪避。

只见张竹君扯动手里的一根钓鱼线，一声石头坠地的声音传来。紧接着，一道震耳欲聋的爆炸声从不远处的小假山中升起。纯庐本身占地面积不大，爆炸的冲击力霎时横扫全园。一时间假山破碎，藤萝飞舞，厅阁上的瓦片簌簌震落，浓浓的黄烟笼罩每一处角落。

在极度混乱中，姚英子被老师拽住右手穿过浓密的雾气，穿过嘶吼哭号的人群，顺着那一条狭窄的小通道来到第一医院草坪。早有大批卫兵冲过来，张竹君镇定自若，一指姚英子："有抗日分子携带炸弹袭击，姚小姐受伤了，我送她去抢救！"

卫兵们还不知道里面的变故，但认出来姚英子是今天庆典的主角，不虞有诈，放过她们，朝着纯庐冲去。张竹君扶着姚英子走到哈佛楼前，这里早等候好了一辆救护车。两人上了车，车子迅速冲出院子。

门口的卫兵拦下救护车，还要盘问，张竹君怒道："这里的条件根本没法抢救，我们要赶去仁济。伤者若是死了，你要负全部责任！"

一听这话，卫兵哪里还敢拦，一挥手放行了。救护车在海格路上疾驰，看到日本宪兵队的军用卡车一辆接一辆地朝反方向开去。

"张校长，按原计划吗？"司机回过头来问，这时姚英子才发现，居然是陈叔信——那个帮她给孙希转交物资的进步学生。陈叔信戴着鸭舌帽，拉得很低，姚英子刚才根本没认出来。

张竹君道："对，按原计划。"

他一打方向盘，救护车车头掉转，朝北开去。张竹君见姚英子看向自己，知道这个学生满腹疑惑，便笑着道："你个衰仔，回上海都不找我。我还是从三响那里才知道你的计划。"

"果然是他。"姚英子也猜到了。

方三响身负机密任务，无法露面。他眼下在上海唯一能去求援的，就只有张竹君。

"可是，老师你是怎么做到的？"

姚英子觉得很不可思议。她三天前才跟方三响吐露计划，这么短的时间，张校

---

① 五逆仔：粤语方言，叛徒。

长怎么有办法弄到炸弹？又是怎么带进纯庐的？要知道，这次庆典涉及满洲国、汪精卫政府和日本驻军的高层，安保十分严格。

张竹君抱住手臂，用食指点了点自己太阳穴："我早教过你，做医生一定要会用脑。"她亮出一块橡皮标签，姚英子一看，登时恍然大悟。

居然是硝化甘油！

硝化甘油是一种黄色油状透明液体，是十分危险的化合物，稍受冲击就会爆炸。诺贝尔的炸药事业，就是靠这个发的家。但很少有人知道，硝化甘油也是一种治疗心绞痛的良药，它可以舒张血管平滑肌，让血管扩张。

时下市面上主要流行的，是硝化甘油片剂，并没有爆炸危险。但在大部分医院，都会储存一定量的硝化甘油原液，用来调配注射液，以用于危重情况。

张竹君前几天被方三响找上门之后，便着手准备起来。凭她这些年在上海医界的人脉，轻而易举便弄到一瓶硝化甘油原液。她把它放在一个旅行水壶里，堂而皇之地带进庆典现场。那些卫兵不是医药业内人士，哪里想到治心绞痛的药还会爆炸，略一检查便放进去了。

纯庐是苏式园林，讲究移步换景，高低错落，想找个引爆的地方简直太容易。张竹君趁大家的注意力都在演说上，悄悄把硝化甘油倒在了一处凹陷的石台上，然后把上方的一块凸岩掰松，稍有震动便会砸下来，再拴了一根钓鱼线，悄悄导到了讲台前。

这一瓶硝化甘油不至于炸死满园的人，但引发大混乱容易得很。张竹君讲得眉飞色舞，一点也不像个年近七十的老太太。姚英子听得瞠目结舌，可再一想，老师是个老革命党，清末时就敢带着一群革命党直闯武昌，这点手段都是她玩剩下的。

"曹主任知道这事吗？"姚英子问。

"不知道。日本人事后肯定要大肆追究，他什么都不知道，会更安全——毕竟他还得看着医院，不像咱们拍拍屁股一走了之。"

姚英子忽地垂下头黯然道："老师你何必冒着风险救下我，让我跟那子夏做个了断不好吗？"

"我问你，你刚才有没有阐明心志，表明政治立场？"

"嗯……"

"是不是在场所有人都听到了？"

"是的。"

"他们以后还会找你来宣传吗？"

"怎么可能？"

"那不就好啦。"张竹君拍拍手，"这次事件传出去，所有人都会知道你不是汉奸。你的目的，不正是剖白心志、洗清污名吗？执着于一死，岂不是画蛇添足？再说跟那子夏那种人殉葬，他配吗？"

"可是，我已罹患绝症……"

张竹君的表情不为所动，只是细眉轻抬："绝症？四十年前，天花还是绝症，但普及种痘之后，它便不再是问题；三十年前，肺痨还是绝症，但自从有了磺胺，它也只能乖乖被制服；二十年前，心脏手术还被视为不可能，但现在欧美医界已经在探讨先天性心脏手术的可能性，从此心畸儿童大有指望。"

张竹君历数着这些技术，语气昂扬："英子，你是学医的，难道还不知道这些年来医学发展的速度？今日的绝症，明日也许就是个普通病症。你要做的不是等死，而是活下去。"

"可是……"

"没什么可是！医生是要直面生死之人，不只是别人的，也是自己的。我不记得有教过你用逃避来解决问题。"

老师这无比强势的要求，一举撞破了姚英子心中的块垒。她缓缓吐出一口气，求死的冲动退去之后，另一个顾虑袭上心头。

接下来怎么办？

日本人恼羞成怒，一定会把老师和自己列为要犯，全城搜捕，必须尽快离开上海才行。姚英子下意识地望向车窗外，却发现有点不对劲。

"老师，这是……？"

"我们先去换辆车，然后去药水弄。那里是全上海最乱的地方，也是最安全的。"张竹君似笑非笑，"那里应该也有你想见的人，为什么不见？"

与此同时，红会第一医院前的草坪前一片狼藉。盛装的宾客们纷纷灰头土脸地离去，无不面带惶恐。宪兵队的人已经查明，刚才那场爆炸动静虽大，却未造成死亡，只有几个伤者，还是在逃离过程中被踩踏的。

但那子夏一点也笑不出来。协和会推荐的女大使当场反水，根本没法把责任推给安保，这件事恐怕会以极快的速度传遍整个上海。

一场好端端的十周年庆典，就此沦为一个笑话，就和自己的仕途一样。那子夏脸色铁青，手里按住拐杖恶狠狠在泥土里戳转，仿佛在用匕首戳进姚英子的身体。这时曹主任慌慌张张地跑过来，下巴一直在抖。

"那大人，那大人，这件事我可是完全不知情呀。"

那子夏凶狠地瞪向他："姚英子是你的人，活动场地就在你的医院隔壁，爆炸还是因为医用硝化甘油，你说你不知情？"曹渡拼命辩解："本院的硝化甘油俱在，数量和进货都对得上，未敢使用分毫。而且把英子带走的那个人是张竹君，她一向跟我们第一医院别杠头——唉，是她有意陷害。我们一向积极亲善，绝无反日之事，绝无啊！"

那子夏一把揪住他的衣领："放屁！我看你们都是勾结好的，快说，姚英子在哪里？"曹渡面颊涨红，都快要滴出油来了："不会的，不会的，我若是知道……我若知道，怎么会让英子做这样的事？炸弹啊，要死人的。"

刚才曹主任也被骇得够呛，他没想到姚英子竟然做得如此决绝。他从小看着她长大，以她的性子，被逼到这个地步，该是何等绝望，一时又是害怕又是心疼。

那子夏冷冷道："你不必跟我讲，去宪兵队里交代清楚好了。"这时一个女人的声音从旁边插入："那子夏，你不要老盯着曹主任不放，他这些年与皇军合作良好，应该没参与。归根到底，这事还是怪你蠢。"

那子夏青筋一绽，横眼看到川岛真理子款款走来。曹主任如释重负，像见到亲人一样，连连冲她点头哈腰："川岛小姐说得对，我怎么敢做这样的事呢？"他见川岛眼神一闪，连忙改口："我怎么会想做这样的事呢？"

"川岛小姐有何见教？"那子夏警惕地反问道。川岛芳子与满洲国虽然同源，彼此之间却颇有隔阂，所以他与川岛真理子之间的关系也很微妙。这时候她跑过来，不知什么用意。

"你呀，还是不够了解那个女人。如果你像我一样研究过姚英子，就该知道，以她的性子，绝不会轻易妥协。她愿意登台，一定别有所图。"川岛真理子开口便是教训。

"你别跟我这儿事后诸葛亮！"那子夏怒不可遏，"你这么了解，怎么刚才不阻止？"

"你距离那么近都反应不过来，何况我？再说就算我料到了姚英子的行动，也不知道张竹君会突然出现啊。"川岛真理子白了他一眼。

那子夏沉下脸道："你是特意过来嘲笑我的？有这时间，人都抓到了！"

"张竹君是老手，她肯定会提前抹除所有痕迹，想逮住她不太容易。"

"那你废什么话！"

面对那子夏的怒火，川岛反而悠然道："我观察到一个细节。刚才那次袭击，姚英子是真想和你同归于尽。而张竹君是临时赶来阻止，两个人并不是事先串通的。"

"那又怎么样？"那子夏的耐心快到极限了。

川岛真理子道："你想想啊，曹渡算是姚英子在上海最亲近的人了，他事先都不知道她的打算——那么张竹君是怎么知道并且来救人的？"

那子夏并不蠢，只是刚才被恼怒冲昏了头，他此刻冷静下来，立刻品出点味道："你是说，这件事背后，还藏着一个人？"

川岛真理子道："不错。对姚英子来说，这个人应该比张竹君更亲近，亲近到可以倾吐自杀之事。而那个人，因为某种理由无法出现，所以才会转告张竹君去救她——整个上海，只有一个人符合这个条件，就是孙希。"

川岛真理子提到这个名字时，双眼闪过一道光。

两年前孙希右手残废，随后神秘失踪，她一直在寻找。但孙希并非反日分子，也没什么情报价值，无论是特高课还是日本宪兵队，都不允许她为了私人需求调动资源。这次借着姚英子的爆炸事件，她终于找到理由，可以名正言顺进行大搜捕了。

那子夏见川岛主动安排，脸色好看了点。他毕竟只是满洲协和会的成员，没资格在这里指手画脚，川岛背后是特高课，那才是在上海一手遮天的部门。

那子夏看了一眼曹主任："那么，你知道孙希在哪里吗？"曹主任为难得都快哭出来了："我要是知道，两年前就告诉川岛小姐了。"

川岛道："曹主任你别叫苦，快把哈佛楼腾出几个空房间来。我要安排搜查了。"曹主任连连点头："我这就去，这就去。"然后连滚带爬地跑开了。

他们三人刚才一番对谈，却不知旁边还有一双耳朵在听着。

杜阿毛装作无事人一样从草坪上走开，可心里乐开了花。

他们治安队是被临时调来在外围维持秩序的，没想到出了这档子事。适才杜阿毛无意中听到那三人的对话，突然意识到，立功的机会来了。

川岛真理子说给张竹君通风报信的，是孙希。只有杜阿毛知道，她猜错了，这个人是方三响。方三响前几天恰好返回上海，时机掐得令人生疑，而且杜阿毛还目击过他和姚英子两个人逛街。

当然，这件事如果说出去，接下来的行动就跟自己无关了。杜阿毛决定先把鱼吃到嘴里，独享一份大功劳，岂不美哉？

青帮的眼线遍布整个上海，情报网络的效率连日本人都做不到。没过多久，杜阿毛便打听到消息：方三响去了草鞋浜。

草鞋浜是苏州河南边的一片低洼湿地，位于戈登路与普陀路，属于填浜后的遗留地段，十分偏僻。他一个保险顾问，跑去那里做什么？

杜阿毛顾不得聚齐人手，只带了樊老三便匆匆赶了过去。等他抵达时，恰好赶上方三响离开草鞋浜朝西边走去。杜阿毛没有立刻动手，在后面远远地跟上，决定等方三响见到张竹君和姚英子，再一网打尽。

草鞋浜这个地方，向西一走便是广义的药水弄地域。杜阿毛看见方三响毫不犹豫迈进那个区域，也只得一咬牙跟上。

药水弄在上海号称"乱界"，就连日本人也不愿轻易涉足。因为一进入这片区域，扑面而来的便是一股腐臭腥膻的味道，味道是从眼前一大片灰蒙蒙的建筑之间散发出来的。这些建筑排列杂乱无章，像是被顽童随意弄散的积木。几乎没有砖瓦房，有些是用木板和茅草搭出的茅屋，但更多的则是滚地龙——这是一种简易窝棚，用竹片弯成弓形扎在地上，上铺芦席，外遮一块草帘子当门，有如脓肿之上生出一层斑驳的皮癣。

很难想象，在上海这等繁华之地，还有着这样藏污纳垢之地。

这些滚地龙交错纵横，围出无数细狭通道，路面上既未硬化也无排水，遍地皆是垃圾与排泄物。如今是白天，成人大多出去做工了，只有无数瘦弱黝黑的孩子从各个角落探出头来，好奇地看着这些外来人。

杜阿毛和樊老三远远跟着方三响穿过这片地界，来到位于药水弄中心的一处仓库。这里毗邻工厂围墙，建筑质地比滚地龙要稍好一些。方三响绕到库房正门，闪身进去，杜阿毛双目射出光，看来那几个通缉犯就藏在这里。

他一挥手，几个人小心地围了过去。杜阿毛看到那仓库外面有道缝隙，探头过去往里一看，不由得大吃一惊。

只见这个不起眼的小仓库里，堆着十来个木箱。七八个女工在埋头把一瓶瓶药物缠上棉花，包上油布，再一一放进箱子。方三响正蹲在地上，拿起一瓶在查验。

杜阿毛虽然不懂药学，可也明白在这个时候、这个地方出现这些东西，意味着什么。两股炽热的气体从他的鼻孔喷出来，他整个人陷入一种亢奋状态。原来方医生不是来找姚英子，而是来走私药品的。

这可是一条更肥美的大鱼！

不过眼下有一个麻烦，杜阿毛怕泄密，只带了樊老三和一把短枪。就这么贸然冲进去，不一定能控制局势。杜阿毛把樊老三叫过来，说："你在这里守着，我出去把治安队都拉过来，来个瓮中捉鳖。"

不料樊老三愣了一下，犹豫道："怎么又变成抓方医生了？"杜阿毛瞪他一眼：

"药品走私，这是天大的功劳！"

"可……咱们抓方医生不合适吧？"

樊老三这个人傻乎乎的，对杜阿毛言听计从，可到了关键时刻，他倒突然来了主张。杜阿毛怒道："你个憨大，这有什么不合适？不合适你跟着我过来干吗？"

"呃……我以为咱们只是来抓姚英子的。"

"都要抓！谁也别想跑。"

樊老三紧张地咳了一声，壮胆开口："杜阿哥，我当初烧香，你教训我的第一件事，就是讲义气。刘老大对不起咱们，咱们可以不理；可方医生救过咱好几次性命，可不能对不起他。"杜阿毛眉毛跃动了几下，咬牙道："姓方的可从来没把咱们放在眼里，你还真当他是好人！"

樊老三恳求道："杜阿哥这样好不好？我先让方医生走，咱们再去收缴药品，两不耽误。"

"你敢！"

杜阿毛勃然大怒，从腰里拔出短枪，顶住樊老三的脑袋。樊老三没料到这么多年的兄弟，居然说翻脸就翻脸，吓得往后一靠。他体壮如熊，仓库墙壁又只是一层薄板。只听轰隆一声，竟被撞了一个洞。

仓库里的人包括方三响，都停下了手里的活，惊骇地望着这突兀的一幕。杜阿毛见状，索性凶狠地挥着短枪吼道："治安队办事，都给我趴在地上！"方三响率先回过神来，站起身道："杜阿毛，你怎么会来这里？"

杜阿毛不太敢直视对方，尴尬间一股恶念涌起，心想索性给你个痛快算了，总好过落到日本宪兵队手里，这算是你我最后一点情分。他一念及此，直接扣动扳机。

樊老三见状不妙，扑过来一推杜阿毛的手臂。只听"砰"的一声，子弹直射屋顶而出。杜阿毛勃然大怒，和樊老三扭打在了一块。樊老三体形比他大得多，三两下便要压制住他。

杜阿毛情急之下，又是一枪打过去。樊老三先是身躯猛然一震，然后垂头看了眼，胸口多了一个血洞。他似乎不敢相信，多少年的老兄弟竟会向自己开枪，可眼神随即黯淡下来，缓缓从杜阿毛身侧翻下去。

杜阿毛从地上挣扎着起来，也有点慌神。趁着这一瞬间的工夫，方三响矫健地冲过来，抬起手刀一下狠狠劈在杜阿毛的手腕上。他惨叫一声，手枪登时落地。

要说杜阿毛到底是在闸北码头混过的，战斗力不及方三响，但斗殴经验丰富得多。他第一时间从地上抓起一把沙土，往对方脸上一扬。

药水弄本地有大量石灰窑，所以土里或多或少都掺着点石灰。方三响被石灰土突然眯了眼，登时失去了视线，但他反应极快，凭借记忆脚下一踢，把那手枪远远踢开。

杜阿毛见状，也顾不得猫腰去捡，二话不说便朝仓库外头跑去。

他对局势的判断很是清醒。此时寡不敌众，最好的应对方法就是先从药水弄撤出去。到时候治安队、警察局、宪兵队……要多少人有多少人，自己的功劳一样不少。至于樊老三，报个因公殉职也算对得起他的遗孀了！

方三响一见他跑出去了，顾不得双眼被石灰杀得痛楚，拔腿追将出去。如果被杜阿毛跑出去，整个磺胺计划都要完蛋。

两个人你追我赶，在药水弄里的肮脏里弄之间展开了一场追击。他们两个对这里的地形都不熟悉，一路跌跌撞撞，不是撞塌了滚地龙的竹架，就是失足踏进了满是粪污的坑洼，鸡飞狗跳，有几次还直冲穿过灶间，叮叮当当砸了一地的碗盆。

不知不觉，两人跑到了一处稍微开阔一点的区域。这里的房屋相对规整一些，都是些紧挨成一排的小店铺，卖些针头线脑、二手成衣、油盐酱醋什么的，算是药水弄的一处小商区。

杜阿毛跑得气喘吁吁，他也是奔六十去的人了，这样的狂奔他早已难堪重荷。他冲进一家杂货铺，抢过一把剪子，正要回身跟方三响拼命，却忽然发现眼前出现两个熟悉的身影。

一个是张竹君，一个是姚英子。她们两个在一个年轻人的带领下，正朝这边走来。

杜阿毛大喜过望，他顾不得思考她俩为何在这儿出现，直接扑过去，先一脚踹翻张竹君，吸引那年轻人去搀扶，然后把剪子横在姚英子的咽喉上。

追过来的方三响也没料到姚英子会出现，急忙停住了脚步。杜阿毛扼着她，徐徐退到杂货铺旁边一家小店的门板旁，背靠而立，这样可以防止别人偷袭，这才厉声道："姓方的，你快给我让开，否则她死定了！"

方三响和姚英子的交情，他太熟悉了，这种要挟绝对有效。果然，方三响一见这架势，不敢上前。

"杜阿毛，那么多年交情，可没想到你会绝情到这地步。"他大声喊道。

"呸！别跟我提什么交情。你一个大医生，何曾正眼瞧过我们这些混混？哪次我不是三催四请，你还端着架子！现在想起来攀交情，晚了！"杜阿毛脖子上青筋突起，面目狰狞，"你别跟我废话，快让开！"

方三响上前一步:"日本人这些年在上海造的孽,你也是看在眼里的。这些药品都是送去给抗战队伍的,是给受难同胞的,你去给日本人告密,合得上青帮的规矩吗?"

"杜月笙、黄金荣、张啸林,哪个是靠守规矩起家的?哪个没干过伤天害理的事?同是青帮中人,怎么我就不能不仁不义了?"

被利刃胁迫的姚英子忽然开口:"蒲公英,你不要顾及我,大局为重。"然后用力一咬,杜阿毛的手掌登时鲜血四溅。他恼羞成怒,猛地把剪子朝她的咽喉用力压去。

"不要!"

方三响疯了一样冲上来,可惜距离终究太远。姚英子闭上眼睛,静等着最后的时刻,可她耳边听到的,却是剪子坠地"当啷"一声。姚英子重新睁开眼睛,惊讶地看到杜阿毛全身僵住,嘴唇抖动,似乎中了什么诅咒。

方三响这时也冲到跟前,一把抱住姚英子,挡在臂弯之内。两人一起看到,杜阿毛整个人缓缓地瘫坐下去,门板上擦出一条竖立鲜明的血迹。一把锋利的柳叶刀,从狭窄的门隙间退回去,然后门板"吱呀"一下从里面打开。

一个身材颀长的男子站在门口。他身穿一条洗得发白的破旧马褂,鼻梁上架着一副金丝眼镜,可惜一条腿已坏了,缠着数圈橡皮膏。左手握着那把滴血的柳叶刀,右手戴着一只手套,爬满皱纹的脸上依稀残留几分俊朗。正是孙希。

三个人怎么也没想到,自从一九三七年分开之后,他们再度聚首会在这样一个场合。三人彼此凝视,百感交集,却一句话也讲不出。

直到陈叔信搀扶起张竹君来,他们三个才恢复了意识。孙希做了个邀请的手势,把他们带进屋子。

一进屋,姚英子好奇地环顾一圈,屋内是简单的诊所陈设。墙上木架上摆着几个棕黄色的药瓶,旁边挂着一副听诊器,在方桌旁边是一张简易的木床和一顶蚊帐,床边摆着一个黑漆漆的小炉灶。可见孙希吃住都在这里。

她忽然发现,孙希一直在望着自己,面孔微微发热,低声道:"在这样的地方藏了那么久,真是苦了你了。"不料孙希摇了摇头:"不苦,不苦。真正苦的,是这里的居民。我在上海生活那么久,从来不知灯红酒绿之外的阴影里,还有着这么一群穷人。没有洁净的饮水,没有新鲜的食物,更别说基本的医疗服务了。我一个落魄到此的伤残人士,都成了他们的救星,可见之前从来没有医生关心过这里。"

姚英子一怔,孙希轻轻叹道:"你在这里待久了就知道,这里的人虽然赤贫粗鄙，可比起外头那些名媛绅士，实在可亲多了。他们一旦信任你，愿意掏心窝子地对你好，一片赤诚。我在这里帮他们做做力所能及的诊疗，挺开心的。"

姚英子隐隐觉得，孙希的气质发生了变化，他原来一直有股孩子般的跳脱稚气，如今却沉淀成了一位隐士。

那边方三响和陈叔信把张竹君抬上床，做了简单的检查。还好，她只是小腿蹭破了一点皮，并未伤及筋骨。孙希问："你们怎么会来这里？"

他果然是彻底隐居，对外面发生的事全不知情。张竹君见姚英子有些扭捏，索性把纯庐的事情讲了一遍。孙希听得两眼发直，几次惊得起身，一时竟不知如何说才好。

张竹君又道："我最不耐烦这些无谓的矫情，我辈中人，不要那么多黏黏腻腻、思东想西，要爽快一点。反正我们也要来避难，索性就让小陈带着过来，让你们两个见见。"

众人这才明白，为何会恰好在孙希的诊所前碰到姚英子。孙希看向姚英子："怪不得小陈这两个月，总说有慈善家打赏，原来是英子你——英子你真是的，你来见我，难道我会不开心吗？"

姚英子听到他说，眼眶一热，伸手去摸他那只残废的手，泪水滚滚而下。孙希又转向方三响："老方，你又是怎么跟杜阿毛打起来的？"方三响原本不想讲，可看到陈叔信在一旁，冲他点点头，这才说出他来上海的真正目的。

原来今天谢寿天通知方三响，说磺胺已筹集完毕，为了掩人耳目，分批零散地运入了药水弄，统一打包，再设法沿苏州河运走。而在药水弄对接的人，正是陈叔信。

这时众人才发现，原来转了一圈，大家跟陈叔信都有联系。这个额头宽大的年轻人站在旁边，始终保持着温和的笑意。姚英子奇道："你到底是谁？"陈叔信道："我并没有骗大家。我确实在建承中学读书，党组织安排我来药水弄做一名义工，来团结和发动赤贫工人，孙医生自然也是团结的对象。"

三个人这才明白，他们今日在药水弄里再次相聚，不是巧合，是被冥冥之中的力量推动的。

这时张竹君忽然发出一声惊呼："不好，他跑了！"众人朝门口看去，发现竟空无一人，地上只有一摊血。

杜阿毛还活着？

这家伙被孙希从背后捅了一刀，大家都以为就算不死，也肯定重伤。没想到这人倒是坚韧无比，竟趁着他们给张竹君做检查的空当，偷偷爬起来跑掉了。

众人顿时没了叙旧的心思，倘若被这家伙逃出去，不光是他们几个要被抓，连磺胺运送计划都要失败。

其他几人留在诊所里，而方三响和陈叔信一起冲出去追赶。陈叔信对药水弄的复杂地形十分熟悉，又和里面的居民关系良好，眼线众多，很快便得知杜阿毛向草鞋浜方向跑去。

眼看快到草鞋浜，两人看到，地面上的血迹滴落成了一条醒目的线。杜阿毛受了那么重的刀伤，再这么一猛劲地跑，不大出血才怪。

他们远远看到一个身影，跌跌撞撞地朝着草鞋浜外的马路跑去，不由得加快脚步。杜阿毛也注意到了追兵将近，跑得更快了。

就在快要赶上时，两人却见一辆挂着太阳旗的军车从马路上驶过，车上都是日本兵。

杜阿毛如同看到救星一样，挥舞着手冲过去。日本兵看到一个浑身是血的中国人突然冲过来，连开口示警都没有，直接举枪射击。只见数十枚子弹恶狠狠地穿透杜阿毛的躯体，强大的冲击力让他整个人猛然地后仰，像块抹布一样摊在地上。

两人猝然停住脚步，伏低身体躲在草丛里，避免被当成同伙。

那些日本兵跳下卡车，端着枪朝杜阿毛的尸体小心地包抄过去。他们谨慎地用刺刀戳了几下，看确实没动静了，一个军曹俯身下去检查尸体。军曹在他身上掏出一个类似证件的东西，辨认一番，然后直起身子，从脖子下掏出一个哨子玩命地吹起来。

哨声尖厉，像一把刺刀划破天空。方三响和陈叔信对视一眼，慢慢向药水弄退去。至少……杜阿毛没来得及说出任何消息。

曹主任掏出手帕来，抹了抹额头。三月的天气还有些阴冷，可他的汗水抑制不住地沁出来。

此时出现在他眼前的，是一根细长的电线杆，杆上捆着一个衣衫褴褛的平民男子。男子耷拉着脑袋，已经气绝身亡，身上有五六处干涸的刺刀伤口，血色微微发黑。在电线杆后头是一片密集的铁丝网，把他们与另外一侧散发着腐臭味的滚地龙隔开。

远远地，还可以看到许多人影如行尸走肉一样在破烂棚户之间徜徉，恍如鬼村。

"阿弥陀佛，阿弥陀佛。"

曹主任颤抖着双手合十，川岛真理子走到他身旁，仰头打量着电线杆上的死者："曹主任，你可知道我为什么叫你来看这个？"

"明白，明白，这么多死人，造成疫病可吃不消，我这就组织人手去收拾。"

川岛真理子轻轻摇了一下头："我叫你过来，可不是为这个。"曹主任抬起头，感觉川岛真理子在笑，可那个笑容让自己从头顶凉到尾椎骨。

十五天前，纯庐爆炸案震惊了整个上海。无论是日本宪兵队还是76号特工总部，都拼命想找到张竹君和姚英子，但一无所获。与此同时，负责普陀地方治安的竹田部队，却突然有了大动作。

他们在草鞋浜附近，意外发现了治安队副队长杜阿毛的尸体——当然，对外公告没提是被日军误杀。竹田厚司判定有潜在的恐怖分子隐藏在药水弄里，下令进行封锁作战。

于是日军以槟榔路、小沙渡路、苏州河、樱华里为四边，将药水弄周围牢牢封锁起来，关闭一切出入通道，严禁任何人出入。

自从日本人占领上海以来，这样的突发式封锁时有发生。但药水弄和别处不同，这里的贫民都是打一天工，换一天粮食，并没有任何物资储备。一旦被封锁，他们很快便陷入了饥馑的绝境。

这是一种极其荒唐的饥荒，他们距离有食物的地方咫尺之遥，却无能为力。有人试图趁夜游过苏州河，被哨兵用冷枪打死在水中；有人想趁夜钻过铁丝网，结果被生生拖拽出去，浑身被刮成一个血葫芦。曹主任眼前这个不幸的家伙，就是因为在家里实在太饿了，不得不冒险跑出来找吃的，结果被日本人发现后，绑在电线杆上活活刺死。

这样的状况，已经持续了半个月。药水弄里如今是怎么一番景象，曹主任根本无法想象。他也不明白，川岛真理子把他叫过来，到底是什么用意。

川岛真理子悠然道："本来呢，我一直在忙爆炸案的事，封锁药水弄和我没关系。但我前两天无意中发现，这两件事有一个重合点，就是杜阿毛。"

曹主任还是不明白，可一直不讲话也不好，他赶紧应和道："杜阿毛啊，我听说过这个人。在闸北跑旱码头的白相人①，来医院看过几次病，是个老油条。"

"庆典当天，杜阿毛负责在外围维持治安。可下午爆炸案发生之后，他却突然擅

---

① 白相人：方言词，无业游民，流氓。

离职守，带着一个叫樊老三的人离开了，有人在草鞋浜附近目击到他的踪迹。又过了几个小时，他就从药水弄跑出来，被人打死，而樊老三也神秘失踪。"

川岛真理子讲到这里，看了眼曹主任的反应，继续道："我询问了几个他的手下，发现在爆炸案前几天，他在码头遇到过一个叫方三响的人，两人相谈甚欢，他甚至亲自把方三响送走。"

"哦……啊？三响，他……他回上海了？"曹主任一惊。川岛真理子眯起眼睛："岂止，就在纯庐爆炸案的前几天，方三响还和姚英子一起出现在小沙渡路上呢，距离药水弄不算远。"

曹主任赶忙道："我一直在忙活庆典的安排，英子也没跟我讲过。哎呀，这个方三响，都回上海了，也不回医院看看。"

川岛真理子知道他在撇清自己，抿嘴一笑，继续说道："更有意思的，是杜阿毛的验尸报告。他死于枪击，但在枪击之前，他的后背被人捅了一刀，造成了大量失血。据法医说，这个刀口，是三号手术刀造成的。"

她紧盯住曹主任，让他连躲闪回避的机会都没有："你说药水弄那个穷地方，连一家药店都没有，怎么会有一把外科手术专用的刀具？这个伤口，到底是怎么弄出来的？又是谁弄的？"

直到这时，曹主任的表情终于开始变得不自然起来。川岛真理子突然喝道："孙希是不是就藏在药水弄里？"

曹主任勉强笑道："您刚才说的那些线索，是不是有点牵强……"

"若放在法庭上，确实有点牵强；但对特高课来说，不需要讲道理，只要怀疑就行了。"川岛真理子舔了舔嘴唇，把手放在了曹主任的肩膀上，"我真的很羡慕他们三个之间的感情，亲密无间，全无猜疑。所以我才会笃信，方三响和姚英子出现在这里，必然和孙希有关系。"

曹主任哑口无言。

"竹田厚司那个笨蛋，这些天他的部队在药水弄里四处搜捕，人抓了一堆，却不知自己在找什么。上海市已经提出强烈的抗议，如果没有新的进展，今天就要被迫解封。所以我必须在那之前，在药水弄里找到我想要的。曹主任，你会帮我伐？"

川岛真理子戏谑地加了个生硬尾音。曹主任想配合着笑一笑，可咧开的嘴比哭还难看："川岛小姐您两年前不就问过了吗？我真的不晓得啊。那几个促狭鬼背地里都叫我屎窟曹，就算有什么事，也不会找我的呀……"

川岛真理子拍拍他的肩膀："我不是说过了吗？我不需要讲道理，只要有怀疑就行了。我现在怀疑，他们三个现在都在药水弄里，而且曹主任你一直是知道的。所以现在请你在前面领路，带我去药水弄去找他们的藏身之处，否则我只好把你和你儿子曹有善都送去宪兵队。"

一听自己儿子的名字，曹主任顿时没了办法。他发现之前那些蒙混手段，就像一层覆在伤口上的纱布，当对方认真起来时，一撕便破，全无反抗的余地。

川岛真理子注视着他一点点蜷缩下去，忽又浮现出一副温柔神情："我对孙希的感情，你也是知道的。你带我去，我可以保证他不会死。你不是害他，是救他，也是救你自己，救这家医院。"

曹渡绝望地透过铁丝网，看向药水弄的内部，心乱如麻。川岛真理子脸色逐渐冷下来："我弄丢的玩具，今天必须找到。要么你带着孙希从这里离开，要么你们谁也不要离开了。"

曹主任的肥厚脸颊抖动起来，知道自己别无选择。

他视线延伸到最北方的遥远尽头，是药水弄毗邻苏州河南岸的一片河滩。这附近是大大小小几十个石灰窑和砖窑，还有十来个极小的码头。上海的日常建筑需求，都是通过这里的小尾船沿苏州河外运，是很多药水弄的居民赖以生存的产业。

因为日本人突如其来的封锁，此时所有的小尾船都停泊在码头附近，动弹不得。它们的露天船舱里早就盛满了石灰或砖块，用苫布盖起来，在河上密密麻麻地簇拥着，如同一片翻起白肚皮的鱼。

在码头附近的一处废弃石灰窑里，方三响探出头来。他的脸色枯槁，皮肤干瘪，整个人瘦了两圈不止。

十五天之前，杜阿毛的意外死亡引发了日军的封锁。虽然日本人不知道药水弄里发生了什么，只是没头苍蝇似的抓了一些无关的人，但这一批已经包装好的磺胺同样也运不出去。方三响当机立断，把磺胺转移到了苏州河上的一条小尾船上，上面用大量石灰盖住。

他们为了避免危险，人也从孙希的诊所离开，转移到了尾船附近的一处废窑里。这样的废窑在附近非常多，有如兔子洞，没有几百人篦子一样梳过去，根本发现不了。

可惜的是，药水弄的饥荒，同样波及了他们。孙希拿出诊所里储存的一点点粮食，分给姚英子和张竹君，但又被她们分给了附近的小孩子。在接下来的日子里，他们只能靠仓库底缝里抠出的发霉麸皮维生。

让方三响他们惊讶的是，即使在如此绝望的环境下，药水弄的居民们没有一个人出卖他们，反而暗中遮掩，让他们避过数次险情。这些人与其说是感于抗日大义，倒不如说是对孙医生的信赖。

封锁的时间一长，姚英子和张竹君最先撑不住，孙希和陈叔信的身体也吃不消。每天只能靠体能最好的方三响跑出来，去河滩上搜集牛舌草。这种野草有轻微的毒素，但总比没吃的强。

他搜集了一阵，忽然听到不远处的棚屋之间传来脚步声。脚步声很响亮，绝对不是饿到发疯的本地居民。方三响警惕地爬上一处高坡，伏在野草之间，这里可以俯瞰大半个药水弄的区域，包括孙希隐居的诊所。

他视线一落下去，心脏骤然收缩，因为出现在那附近的队伍，打头的两人赫然是川岛真理子和曹主任，他们身后还跟着二十几个全副武装的日本兵。曹主任走在最前面，犹犹豫豫地带着路，川岛真理子紧随其后，让他连后退的空间都没有。

"糟糕……"方三响暗叫不妙。曹主任是知道孙希隐藏在此的。如果他坦白交代，川岛一定会对药水弄进行一次大搜查，届时别说孙希藏不住，姚英子和张校长也会被抓，连那一船磺胺都要暴露。

可他现在体力衰微到了极点，刚才爬坡都累得气喘吁吁的，根本无力阻止这一切的发生。方三响脑子飞快地思索着，发现唯一的解法，就是他们几个人主动站出来跟川岛走，只留陈叔信一人，说不定还有机会把磺胺送出去。

他自己为此牺牲是毫不犹豫的，但他不能替其他三个人做主。正当方三响打算返回废窑去商量对策时，他注意到了一桩古怪事。

曹主任带着川岛真理子走到孙希的诊所门口，却没有停步，径直朝着更北的方向走去。

这可太奇怪了，就算他们预判孙希不在诊所，好歹也该在里面翻找一下。难道说，曹主任并没告诉日本人孙希住在这儿？那更奇怪了，他要把他们带去哪里？

他决定先不离开，伏在草丛里，用眼光追踪着这支队伍，看着他们来到了苏州河畔的小码头，距离藏着磺胺的小趸船只有几十米。

曹主任扭动着肥硕的身躯，费力地攀上河堤，累得气喘吁吁的。川岛真理子环顾四周，狐疑地道："曹主任，孙希是藏在这个码头吗？"

"不晓得，呼呼……"曹主任还在喘，脸上的油都要渗出来。

川岛真理子脸色沉下来："那你带我来这里，是要做什么？"她身后的日本兵纷纷紧张起来，向四方戒备。曹主任从怀里掏出手帕，圆镜片后的小眼睛滴溜溜地转着。

"川岛小姐你可能不知道。我这个人啊，算算账是可以的，可一讲起政治，那真是个洋盘①。从前清开始，每次政权更迭我都猜错，全医院的人笑我笑得来嚟。"

川岛真理子细眉轻蹙，不知道这个怯懦胖子说这个干吗。不过她不担心他能玩出什么花样，索性抱臂静听。

"一九三一年那场仗，我本以为国军本土作战，好歹能赢，结果又搞错了。所以到了一九三七年，我从一开始就觉得，你们日本人肯定是要赢的。这几年仗打下来，我觉得我终于猜对了这一次。"曹主任把眼镜摘下来，拿手绢用力揩起来。

"可我难受啊，真的难受……我从这家医院开业就管着庶务，三十多年来，只离开过一年不到。从沈会长到牛、刁、颜、乐、应诸位院长，都信任我，把医院交给我照顾。我想着，日本人得了天下，这家医院好歹也得有人管，总得有人委曲求全，忍气吞声，舍我其谁呀——可我实在忍不了了，看看你们，把好好的一座红会医院折腾成什么样子？"

川岛真理子双眼一眯："曹主任，做人要讲良心。我可是信守承诺，没让同仁会吞并红会第一医院。你以为这几年没人滋扰贵院，真的是靠那张载仁亲王的合影吗？"

曹主任突然吼起来："是的，你是把医院护得好好的，可医院里的人呢？英子被逼得自杀，孙希被逼得自残，三响连医院都不敢回，这些好医生都是我一直看着成长起来的，可你们把他们糟蹋成了什么样！"

日本兵们被这一声巨吼吓得一激灵，纷纷举枪对准曹主任。川岛真理子非但不惧，反而冷笑着靠近一步，看到血丝在这个胖子的双眼里迅速弥漫开来。

"英子举起炸弹的那一刻，我也在现场。我那时想起了沈会长说过一句话：'真正的医院，是人。'我才知道我之前弄错了，只有保住这些医生，才算保住这家医院。这才是沈会长希望我做的事。"曹主任的两边腮肉颤动着，仿佛有强烈的情绪在他肥肉下鼓荡。

"你不为自己考虑，也不为你儿子想想？"川岛觉得很好笑。

"我儿子一向不省心，我管了他半辈子，也该让他自立了。"曹主任看向川岛，"你逼我来找孙希，逼着我去把这些好医生再毁一次，我是万万不能的。"

"哦，然后呢？"川岛饶有兴趣地看着。她忽然发现，看着这头窝囊的猪无能而狂怒的样子，也很有意思。

---

① 洋盘：方言词，指不懂行的人。

"我真心觉得你们日本能得天下，中国肯定要完了，完了……"曹主任絮叨着，把眼镜突然扔掉，肥胖的身躯陡然迸发出一股巨力，伴随着怒吼冲向川岛，"我曹渡一辈子站错队，让我最后再站错一次好了！"

川岛还没反应过来，就见曹渡突然伸手抱住了她，两个人朝着河堤下方滚落。而在河堤下方，恰好停泊着一条装满石灰的小木船，两个人落入苫布之间的缝隙，弄了一身石灰粉，霎时变成两个生汤圆。

小船多了两个人的重量，立刻失去了平衡。还没等川岛真理子明白过来，船身开始剧烈摇晃，让大量苏州河水漫过船舷，流入船中。

闸北的流氓都知道，倘若被人撒了石灰在眼睛上，不能用水去冲洗，因为石灰遇水发热，眼球就毁了。此时大量河水遇到石灰，埋入其中的两个人会遭遇何等痛苦，简直无法想象。

川岛真理子惨叫着挣扎，试图逃离。可曹主任心存死志，体重又大，把她压制得完全动弹不得，只能一起承受着这地狱般的煎熬。

伴随着阵阵凄厉惨叫，日本兵们疯狂地冲下河堤，四处找挠钩和竹竿，试图把小船往岸边拉，可为时已晚。小船上冒起滚滚的白烟，朝着苏州河中心飘去……

在不远处的小丘之上，一只大手攥紧了牛舌草的根部，却久久没有拔起。

三月二十日当晚，一直没有获得实质线索的竹田厚司，终于在各方面的压力之下，宣布解除药水弄地区的封锁。至于在苏州河畔的那一场变故，在官方报告里被认定是意外事故。川岛真理子和曹渡的遗体也已被寻获，凄惨程度连验尸官都为之心惊。

在解封之后，外界的民间慈善机构立刻将食物与补给品运进去，药水弄的幸存居民们终于熬到了曙光到来。而在药水弄的北侧码头，几十条趸船也迫不及待地拔锚出航，把积压已久的建筑材料送去各处。

苏州河上变得拥挤不堪，负责检查的日本兵只得潦草地随便翻检一下，便统统放行。

所有的船只离开之后，码头变得空荡荡的，恢复了往日的平静。只有几个人影站在河堤上方，不知在眺望什么。忽然其中一人看到，河滩上似乎有什么东西，闪亮亮的。那人连忙下去，用戴着手套的右手捡起来。

那是一副小圆眼镜，上头沾满了石灰，只露出一小块镜片依旧剔透，在阳光下反射着熠熠光辉。

第十三章
一九四六年六月

一位文人曾在杂志上戏谑地说："上海的临街墙壁，其形态有如地质分层，上面总是糊满了各色告示、标语、广告，一张盖住另一张，新旧不停交替，层层叠叠，大抵可以当成历史书来读。"

此刻方三响注视的这面墙壁，便是一个完美的实例。

早已看不出本色的砖壁上面，各种尺寸的大纸贴得横七竖八，斑驳不堪。在最底层，依稀可以看到一张褪色的大红纸，上书"热烈庆祝抗战胜利"字样；在它上面，叠着几条"庆祝国府回迁南京""坚决惩治汉奸行为"的标语。位于中央最醒目位置的，是一幅手绘海报，上面写着呼吁市民注意最近的霍乱疫情，菜食要烧熟，餐具要消毒，市民要主动施打疫苗云云，落款是六月十三日，也就是前天。

而在这海报的上面，赫然还糊着一张竖条标语。这条标语的边缘尚有糨糊的痕迹，应该刚贴出不久。没有任何装饰，白底之上一排简洁的大墨字："我们要工钱，我们要活命。"落款是沪西清洁工队。

方三响正看得入神，陈叔信在旁边拽了拽他的袖子，示意差不多要走了。他点点头，夹紧腋下的化验包，朝着强家角渡匆匆走去。

这里乃是苏州河在沪西周家桥一带的老渡口，原来是为了方便附近农民出行而设的义渡。后来荣家在这里建起了申新纺织厂，人口日渐兴盛，强家角渡遂发展成一处专用码头。上海市三分之一的垃圾，都通过驳船沿苏州河运至这里，再转运去沪西垃圾场填埋。

方三响和陈叔信刚接近强家角渡口，便闻到一股强烈的臭味。待得他们戴上口罩靠近，看到了一番惊人的场景。

只见码头外的河面上停泊着数条驳船，上面堆满了各色垃圾，无数蝇虫萦绕其上，有如乌云。而在码头边缘，同样堆满了垃圾，几乎要把整个渡口淹没。在这些垃圾之间，是密密麻麻几百名身罩布袍、头扎麻巾的清洁工人，那袍子上还印着"沪西卫生"字样。

他们簇拥在一块，手持铁耙长锹，十几条临时赶制的横幅在人群中竖起。在清洁工人的对面，一个穿着背带裤、白衬衫的卫生局干事在声嘶力竭地喊话，说几句还用手帕掩一下口鼻。

"目下上海霍乱凶猛，每天都有几百人染病，实在是非常时期，市政同人皆疲于奔命。垃圾乃是霍乱最大之病源，诸位若袖手罢工，只怕市民死伤更为骇人。恳请诸位多体恤一下人命，尽快复工。待疫情平复，再论功赏……"

"册那娘皮①！你不发工钱，我们一家老小都要饿死了。"工人中一个声音大骂道。

"我们天天工作十二三个小时，累得要死，饭都吃不上。霍乱患者是人，我们就不是吗？"

工人们七嘴八舌地骂起来，干事尽力解释道："国家抗战刚刚胜利一年，百废待兴，各处用度都很紧张。又赶上时疫，卫生局的预算都花在购买疫苗上了，一时周转不开，还请诸位多理解。"

"区科长，我看不见得吧？"一个沙哑的声音忽然在场内响起。

陈叔信和方三响快步走进场地。那些工人一见是陈叔信，无不欢喜地喊道："陈先生来了，陈先生来了！"区科长眉头一皱，他久闻此人大名，别看是个小年轻，却最擅长在工人里搅风搅雨，他来这个罢工现场，必是不安好心。

他抢先一步警惕道："这是我们卫生局的内部事务，外人无权干涉。"陈叔信微微一笑："我们来这里，是代表工人们跟资方谈判的。"区科长早猜到他的来意，冷哼一声："什么资方，我们是公务机构，你进错庙了！"陈叔信道："无论是资方还是公务机构，总得吃饭不是？人家卖了力气，却不给酬劳，这怎么都说不过去吧？"

区科长不耐烦道："我刚才说了，卫生局的预算，都花在购买疫苗上了，周转不开。我们可不是故意克扣，谁能算到上海突然就闹起霍乱呢？"

陈叔信慢条斯理道："霍乱是半个月前闹起来的，卫生局两个月前没发工钱了。

---

① 册那娘皮：方言词，一种骂人的话。

这时间，有点对不上。"区科长大怒："你懂不懂科学？疫苗不是随打随有，总有个预购周期。再说了，你去问问，第一批疫苗，可是优先打给这些工人及其家属的！你问问他们打没打？"

周围的清洁工面面相觑，不得不纷纷点头。卫生局确实在疫情刚起时，组织他们打了一轮霍乱疫苗。区科长气势立刻就起来了："卫生局是截留了你们一部分工资，可也是用在了你们身上啊。你们生活是遇到了暂时的困难，可总比得了病死掉好吧？"

"可我们家里也有人得了霍乱啊！"一个清洁工不服气地喊道。

"所以说你们不懂科学，疫苗又不能保你百分之百安全。你去庙里求保平安，也求不到十成灵验，对不对？"

这时方三响开口道："等一下，区科长，你这个说法有问题。根据防疫政策，疫苗都是由政府出资，免费给市民们施打，所以本就在卫生局编列的预算之内。你挪用工人应得的薪酬，却拿免费的疫苗注射来做人情？"

区科长恼羞成怒，喝道："你是谁？敢对卫生局指手画脚？"方三响平静地亮出一本证件："我是红十字会第一医院的防疫主任方三响，也是这次上海霍乱疫情的防治委员会委员。"

一听这个头衔，区科长顿时畏缩了一下。不过再怎么说，卫生局也是各个医院的主管部门，所以区科长鼓起勇气道："方……方委员，你既然负责防疫，应该能理解，这场疫情来得太猛，账上能动用的钱都花了，上头迟迟不批紧急款下来，我们也是没办法呀……"

方三响轻叹一声，至少区科长对疫情的描述没有错。

这场霍乱疫情从五月底开始流行，肆虐于闸北、虹口、黄浦等处，来势极猛，平均每天有二十余人发病，死亡率也居高不下，病患塞满了全市几乎所有医院的床位。政府一方面组织市民紧急施打疫苗，另一方面则尽力阻断疫情源头。其中清理垃圾是重要一环，这也是为什么他今天会陪着陈叔信来协助谈判。

"区科长，皇上不差饿兵。任由垃圾这么堆积，疫情难以缓解啊。"

区科长叫起苦来："方医生，你知道的，霍乱疫苗得打两针才管用。我们连下半年的预算都预支来买疫苗了，实在没钱支给了。"陈叔信突然冷笑："你们沪西卫生局的汪局长，昨天可是在佘山又添置了一套小院，这也是预支的钱？"

区科长脸色阴晴不定，索性一甩袖子："汪局长的家事，我不清楚。我唯一能保证的就是下一批疫苗到了以后，优先给工人注射第二针，其他的恕我无能为力！"

陈叔信还要说什么，却被方三响一把扯住袖子，眼神示意少安毋躁。然后他对区科长道："你看这样如何？红会目下筹集了一批善款，我可以申请以贵局购买疫苗的名义，发放给清洁工人。等你们第二批疫苗到了，我去补个流程，两相冲抵，你看这样如何？"

区科长迅速盘算了一下。这么一腾挪，在账面上就变成了红会购买疫苗，卫生局正常发放薪水，等于红会代替卫生局出钱帮忙周转，倒真是一个合理合规的绝妙操作。他忙不迭地点头答应下来。

陈叔信有点着急，卫生局这明显是有猫腻，他不信方三响看不出，怎么还主动替他们擦屁股呢？方三响却看不出什么表情，几句话与区科长敲定了细节，然后转身向清洁工们宣布结果。

清洁工们听到这个消息，队伍里爆发出热烈的欢呼。家里妻小嗷嗷待哺，他们可不管这钱谁出，只要能拿到真金白银就好。不少人激动地流出眼泪，若不是陈先生和方医生这次仗义出手，真的要家破人亡了。

"还请大家不吝援手，尽快恢复垃圾清理工作。否则疫情愈演愈烈，受害者会持续增多。"方三响围着全场拱手走了一圈。众人七嘴八舌地答应着，纷纷放下横幅，高举工具，散开干活去了。

一场纠纷，就此消弭。

离开强家角渡之后，陈叔信有些愤愤不平："您这可是有点和稀泥，怎么能让那些贪官得了好处呢？应该坚决与他们斗争！"方三响劝道："此时不比平常。我们在这里耽搁一分钟，外面就多死一个人。真这么僵持下去，外头舆论会怎么看？沪西清洁工人不顾市民死活，横使疫情扩大？到时候清洁工人反而成了市民的对立面，还怎么团结？"

陈叔信"呃"了一声，不得不承认，老同志考虑得就是周详。虽然他略觉窝囊，但也明白事情分轻重缓急。

"所以当务之急，是让沪西清洁工拿到薪酬尽快复工，避免疫情扩大，也避免官僚们把疫情变成群众与群众之间的矛盾。"方三响抬腕看了看时间，又道，"你也不必气恼。这次至少沪西清洁队的广大同人已经看清，谁是朋友，谁是敌人。你接下来开展工作，岂不是更顺利了？"

陈叔信一直在搞地下工人运动，他挠挠头道："很多同志在想，现在已经是和平时期了，这种地下工作还有没有必要。"

"当然有必要，"方三响停下脚步，看向这个年轻人，"而且比任何时候都有必要。虽然国共刚刚签署了《汉口协议》，全国都在呼吁和平，但我们该做的工作，还是要做。你不知道，前两天，上海人民团体联合会组织了一个请愿团，前往南京请愿，结果刚到下关车站，就被一群暴徒痛殴。好几个人还是送回第一医院来治的伤——可见他们会随时撕毁协议开战。上级有指示，我们的工作，要按照国共全面开战的情况去准备，切不可掉以轻心。"

陈叔信一拍胸脯："明白了，我今晚回去就组织集会，好好传达一下这个精神。"他注意到方三响又看了眼手表，不由得笑道："好啦，方医生你今天还有大事，我就不多留了。"

两人拱手告别。一贯节俭的方三响，这次难得叫了辆黄包车，急匆匆地朝着中山医院赶去。

一九四二年他完成了磺胺药品的输送任务之后，主动向组织提出留在上海，建立一条稳定的药品交通线。组织很快批准了这个请求，于是他留在大安产物保险公司里，与谢寿天、陈叔信密切合作，直到抗战胜利。

此时全国救护总队业已解散，分散在各地的医护人员陆陆续续地复员归来，方三响索性辞掉了保健学顾问的工作，返回第一医院干老本行，顺便协助陈叔信在码头、工厂和市区等地搞工人运动。

黄包车很快赶到了枫林路，一座巍峨的灰色大楼出现在他眼前。西式楼体，却有一个中式飞檐，看起来庄严而肃穆，中山医院到了。这座倾注了颜福庆一生心血的综合性大医院，建成不久即遭日寇侵占，今年医护人员陆续回归，方才真正运转起来。

姚英子的胃部手术，正在这里进行。

她和张竹君在一九四二年离开药水弄之后，通过中共地下党的渠道离开浦西，在浦东曹家弄一带隐居。抗战胜利后，她们返回上海，姚英子的胃病变得更加严重，只得送到中山医院来做手术。

方三响匆匆来到位于三楼的手术室门口，先看到的是正坐在走廊里看书的方钟英。八年时光，方钟英已经长成了一个清秀的青年，眉眼与母亲神似。他年初从重庆返回，如今在《申报》做记者。

他见父亲赶到，连忙放下书，做了一个安静的手势："姚妈妈刚刚送进去，是沈克非院长亲自执刀。"

方三响一听这名字，松了一口气。这一位是中山医院的院长，沪上赫赫有名的外科圣手，资历极深。有他亲自出手，手术不会有什么问题。他看看走廊尽头，忽又问道:"你孙叔叔呢?"

方钟英一脸无奈道:"孙叔叔坚持说要近距离观摩学习,纠缠了半天,沈院长犟不过他,只好批准。也刚进去。"方三响笑起来:"这个孙希,沈院长动手术他都不放心。"

他眼下没什么能做的,便一屁股坐在儿子旁边,闭目养神。刚刚休息了没多久,方三响忽然听到走廊尽头传来脚步声。这脚步声很轻,似乎唯恐惊扰到手术室内的医生,但又很有节奏,每一步的距离差不多。

方三响睁开眼睛,侧头看到一个穿着西装的清癯老者,正朝这里走来。他的头发全白了,体态却依旧挺拔,全不见寻常人老态龙钟的衰朽之气。

"颜院长?"方三响慌忙站起身来。来的人,正是颜福庆。

颜福庆微笑着把手放在他的肩膀上,拍了拍,示意不必多礼。方钟英起身紧张地问了一声好,然后很识相地坐到另外一条长椅上去了。

"你不必太担心,沈院长的技术放在世界范围,也是一流。而且这种胃部分切除术发展得很成熟,对于胃癌预后也是比较好的。"颜福庆坐到方三响身旁,习惯性地摸了摸小腹,自嘲道,"这一点,我是深有体会,怎么都吃不胖。"

原来早在一九四〇年,颜福庆就因为严重的胃溃疡,被迫前往美国,切除了五分之三个胃。后来他于一九四二年五月毅然返回上海沦陷区,担负起上医教学与红会第一医院的管理工作,与日军伪军周旋到了抗战结束。

方三响不禁感慨,他和姚英子连得病都这么相似,看来冥冥之中,真的存在某种缘分。

"多亏您尽力调度,中山医院才这么快恢复运转,不然英子这手术不知拖到什么时候呢。"

中山医院于今年五月刚刚复业,是上海大医院里最先恢复机能的。颜福庆似乎露出一丝苦笑:"这件事啊,也由不得我不快。你可不知道,上海警备司令部一成立,就盯上了中山的院产,想把它收为军队所有。幸亏我见机快,火速调了一批上医学生,让他们进到这楼里当宿舍住,然后几经交涉,才算保下来。"

他说到这里,忍不住摇摇头:"抗战期间,我们要从敌人手里保住医院;抗战胜利了,还要从自己人手里保下医院,这可真是荒唐。"

方三响道:"国府上个月也迁回南京了,您接下来有何打算?"

"我一个风烛残年的糟老头子,还能做什么?无非是在上医做个教授,开几门公共卫生的课,如此而已。"颜福庆微微抬起头,眼神却闪动着不甘。他似是要避开这个话题，侧头问道，"眼下这场霍乱，现在状况如何了？"

方三响叹道："这次的传染规模太大了，累计感染五百余人，每天还新增二十多例真性霍乱，死亡率差不多是在一成。在我印象里，哪怕是清末那会儿，上海也没有过如此规模的时疫——您是公共卫生专家，您说这怎么还越过越回去了？"

"唉，中国抗战前的公共卫生工作，就搞得很差。经过八年蹂躏，只怕是雪上加霜，更加不堪。时至今日，上海还有七成居民喝的还是未处理的河水与井水，这是霍乱的根源哪。你不让他们喝脏水，又没有干净的水提供，怎么办？"

颜福庆郁闷地拍了拍扶手，可仍觉得憋闷，索性站起身来，在走廊来回踱步，仿佛这样才能把气顺出去：

"三响你不知道，现在中国的公共卫生状况，太糟糕了。联合国善后救济总署上个月发布了一个统计。日本投降已经快一年了，中国的黑热病年发病率，从战前的二十万例，发展到二百万例；伤寒从七十万例上升到一百五十万例；其他的如天花、疟疾、斑疹、结核和血吸虫等，上升幅度也十分惊人——你可知道这一切的症结在哪儿？"

"人手。"方三响回答。

"没错，人手。"颜福庆似在课堂上一样，"如今，全国符合标准的病床只有五万张，政府颁发执照的医师只有一万两千人、药剂师七百人、护士五千七百人。要照顾四万万人的健康，杯水车薪，杯水车薪哪。"

他到底是做过卫生署长官的人，对这些统计数字无比熟稔。

"所以我辞去了一切公职，专心在上医教书。巴望可以多培养一些医生出来，略解燃眉之急。"颜福庆道。这时方三响鼓起勇气，出人意料地开口道："关于这一点，我认为您的想法有问题。"

"哦？"

"就拿上医和协和来说，一个学生成为独当一科的医生至少需要七年。全国医学校只有二十几所，每年输送出来的医生，能有多少？何况这些医生，有多少是留在北京与上海这样的大城市？有多少能惠及边远山区和底层民众的？"

颜福庆饶有兴趣地看着他："依你之见，学校要求严格反而是错的了？"

"不，现在的医疗教育没有问题，我也希望中国的医术能比肩英、德、美。但现实是，中国太落后了，我们精雕细琢出了少数精英，在公共卫生的低端人才培养上投入却太少了。我国的人口太多，地域太广，几个京沪的好医生，覆盖不了广大民众的健康问题。我们真正需要的，不是二三十个名医，而是十几万水平一般的卫生工程师、卫生监察员、公共卫生护士和助产士。"

方三响说完之后，颇有些忐忑不安。这一番言论，可谓离经叛道。这让任何一位医生听了大概都要叱责。他赶紧补充道："当然，正规医疗教育还是要的，只是在资源有限的情况下，我觉得应该优先满足最广泛的基本需求。"

颜福庆没有生气，反而笑起来："你这个说法很好，就是有点冤枉人。其实上医的校长朱恒璧，还有现在手术室里忙活的沈克非，他们都和你的观点差不多，都认为应该让医疗教育下沉，覆盖更多人群。事实上，这项工作在抗战期间就在做了，姚医生不也参与其中吗？"

"是的，英子跟我说过。她说歌乐山下重建的那个卫生示范区，后来改成了中央卫生实验院，进行公共卫生人员的试点。"方三响点头。

"当时我们的规划是，摸索出一套初级卫生员的培训体系，分成看护、助手、助理三档。看护只要培养一个月，助手一年培训，助理四年培训。这些人毕业之后，可以分散到县一级的卫生站去，提供最基础的一些医疗服务。这样只要十年时间，就能有足够的人手，把公共卫生体系延伸到大部分县城里——你看，是不是和你想的一样？"

颜福庆说得兴致勃勃，方三响却有些煞风景地问道："那么实际效果呢？"

这一句问出来，颜福庆的眼神霎时变得黯淡。他沉默良久，方开口道："我给你讲一个陈志潜医师的故事吧。"

方三响听过此人的大名。他是协和的一位公共卫生专家，兰安生教授的弟子。陈医生在二十世纪三十年代曾深入到河北定县，赤手空拳建起一套三级卫生示范区，直到七七事变后才被迫停止。姚英子时常提及，佩服得不得了。

"抗战爆发之后，陈教授辗转来到四川，在卫生署的支持下开展四川农村的卫生改造工作。他吸收了大量无照医生、地方郎中和高中学生，专门为他们开设了短期卫生培训，中央卫生实验院也向他输送了大量人手。靠着这个办法，他从一九三九年到一九四五年之间，在四川建起了一百三十一个县级卫生院和一百三十九个卫生所，可谓是成绩斐然。"

方三响很是吃惊，这个数字实在是不简单。但他没吭声，因为后面必有转折。

"但是陈医生辛苦建起的这一间间卫生院，却出现了大量贪污腐败的行为。管理者上下勾结，收受贿赂，兼职私活，套取药品物资和预算，甚至还和当地政府合作，巧立各种名目征收税费。仅仅是被揪在明面上的，就有九个院长被撤职。陈医生不停地在各地巡视纠察，可官僚彼此推诿，终究无济于事。到了一九四五年底，政府忙于回迁，精力不再放在四川一省，加上通货膨胀，价格飞涨，这套体系便无法维持，近于荒弃……"

说到这里，颜福庆的声音在微微颤抖："我至今还记得，志潜在今年写给我的一封信里说：公共卫生事业如此之知性主义、理想主义，在过去一年里，每一个有思想的人，都开始怀疑它在中国的实用性——志潜那么坚韧的一个人，消沉颓丧之意，竟溢于言表。你问我效果如何，我只能说，任重而道远。"

颜福庆说到这里，双眸里闪过一丝少有的困惑，连带着最后吐出的五个字，都显得不那么自信。

"您愿意听听我的看法吗？"方三响道。颜福庆敏锐地觉察到，对方的气质发生了微微的变化。他不由得稍微坐直了几分，凝神倾听。

"我认为，无论是您还是陈医生的构想，都是好的，只是不切实际，"方三响顿了顿，觉得有点欠斟酌，可一时又想不到更委婉的表达，只好硬着头皮道，"因为它只是空中楼阁，落不到地上，就算勉强栽种，勉力扶植，也无法真正生根发芽。"

颜福庆的眼眸一闪，但不是愤怒，而是一种好奇。

"就拿陈医生来说。他所遭遇到的麻烦都不是医学上的，而是体制上的。官员贪腐，这是政府监察不力；资金匮乏，这是国家重视不够；建设推诿，这是政令运转不灵；地方民众不配合，这是他们没有被宣教过，不明白这件事与自己有什么关系。"方三响的声音提高了几分，"您想想，这些问题，哪个是医生该解决的？能解决的？"

颜福庆做过卫生署长，比方三响更清楚政府内部的风格，听了只是苦笑。

"您一定还记得项松茂总经理吧？他多年前就跟我抱怨过，政府官员觉得洋药应有尽有，买都买不过来，何必还要自己费心去做。国家对民族制药毫无扶持之心，导致至今奎宁、磺胺等战略药物均不能国产。如果我们要建起一个覆盖全国的公共卫生体系，需要大量廉价药品，这又岂是陈医生一人能解决的？"

方三响讲到这里，语速重新放缓：

"陈医生和您的公共卫生构想很好，但恕我直言，在现有的政治体制下，它根本执行不下去。从上到下，每一个环节都会出现问题。譬如在一间充满病菌的屋子里，手术方案再如何完备，也无法挽救病人。若无有决心的政府，则无有效果之卫生。若无有效果之卫生，则无有健康之民众。"

这发言大胆且危险，颜福庆盯着他，半晌方道："听起来你已经有了正确答案？"

"我多年前在山东碰到过一个牧师，他给我讲了信义宗的起源。他有一段话，让我一直记到现在。他说，当千百个人问出同样的问题时，提问本身便构成了答案。"方三响抬起头，看向窗外，"现在我知道了，这四万万人想要活下去的心愿，就是我一直以来所苦苦寻求的答案。"

"说得好，四万万人的公共卫生服务，本该是让四万万人一起参与。"颜福庆赞道。

方三响抬起右手臂，攥紧五指："陶管家教过我几招拳法，他说打出好拳的关窍，讲究力从地起。不懂得这个发力技巧，任凭拳理如何精通，打出去也是软绵绵的。同样的道理，公共卫生的成效，取决于金字塔底，而非塔尖，取决于政府能不能从最广泛的底层汲取力量。"

颜福庆轻轻拍打一下膝盖："力从地起，嗯……这个提法很有意思。这不正是所谓得民心者，得天下吗？"

"我知道一个更准确的说法。"

"哦？"

"为人民服务。"

"为人民服务？"颜福庆仔细咀嚼着这五个字，若有所思。

两人正聊着，手术室的大门忽然被推开，先是病床被推出来，然后是沈克非等医生鱼贯而出。颜福庆连忙起身上前，向沈克非询问结果。

方三响不好扯着沈院长去问详情，就一把将孙希拽过去，问他如何。孙希摘下手术帽，满眼钦佩："沈院长真是高手啊，不枉观摩这一回。"方三响怒道："我是问英子怎么样？你别开玩笑。"

孙希故意逗方三响发急了一阵，才笑道："英子的命好，早两年这就是绝症。幸亏去年美国人改良了消化道重建和淋巴结清扫两项关键技术，也幸亏沈院长引进得及时。如今她没什么大碍了，只要接下来几年内没扩散，就能长命百岁。"

方三响大大地松了一口气，他侧眼看到，病床上的英子麻药劲未过，仍旧闭眼安详地睡着。看她的嘴角微翘，似乎正在做一个美妙的梦。

"那……万一要是扩散了呢？"

"呸，老方你别乌鸦嘴。"

"我们做医生的，有什么好忌讳的？你给我个准话，我也安心点。"

"只要医学理论上有可能，我就能把英子救回来。"孙希抬起左手，自信地在半空比画。

方三响知道，孙希最近在苦练左手执刀，说纵然达不到原来的水准，至少不会变成废人。三人之中，孙希看着最跳脱，其实他才是最专注于医术的。

那边颜福庆和沈克非也交谈完毕，两个人都是大忙人，各自告别离开。方三响惦记着霍乱防疫的事，让孙希陪床，自己也拔腿要走，却忽然发现走廊尽头探出一个脑袋。

"唐莫？"

他认出是孙希的那个学生。

这个学生自从一九四〇年离开上海投奔重庆之后，就一直在上海医学院实习。也是今年刚返回不久。唐莫一直觉得老师右手残废是自己造成的，一直有所回避，今天他不知为什么，居然主动跑过来了。

唐莫听到方主任喊他，一脸紧张地走出来："方主任，我刚从华山那边过来。"

第一医院所在的海格路，此时已经改名为华山路。业内的医生们聊起来，都喜欢用路名代称。

正好护士把姚英子的病床推走，方三响让开身子，把他朝孙希那边一推。唐莫目视着病床远去，这才鼓起勇气对孙希道："老师，有一件事，是……嗯，是关于姚医生的。"他把手里的文件取出来，递给孙希，方三响也好奇地凑过来看。

这一看不要紧，两个人的好心情顿时烟消云散。

这竟是一份法庭通知函，直接送到了红会第一医院。通知里说，有人举报姚英子在抗战期间有汉奸行为，依《惩治汉奸条例》，法庭已启动调查。事主如认为举报有误，可回函或本人前往折辩云云。

方三响和孙希看完之后，又惊又怒。《惩治汉奸条例》是今年三月十三日国府公布的一条法令，对于抗战期间有通敌叛国、有损同胞利益之汉奸行为，要予以相应惩罚。比如汪伪政府的上海市市长陈公博，即已于本月枪决。

但"汉奸"怎么会跟姚英子扯上关系？

所幸法庭通知函后面，还附了举报信的原文——当然，不是原件，而是影印照片——信中声称姚英子早年捐助归銮基金会两万元，暗中支持伪满洲国，抗战期间又欣然参加伪满洲国庆典，并接受建国功劳章之颁发，汉奸之迹昭然。

这封举报信的内容，九真一假，却假在了最关键的地方。姚英子明明在纯庐自爆以证清白，在这个举报人的嘴里，却成了欣然参加。这个自关东大地震便埋下的祸根，到现在居然还阴魂不散。

"这是哪个王八蛋举报的？"孙希按不住火气。他反复翻动文书，却没看到举报人的信息。

"老师您在这里是找不到的。法庭对这些信息都是保密的。"唐莫有些遗憾地说，"我问过在法庭工作的老同学。这次审判汉奸采取的是单盲制。也就是说，举报人身份全程保密；但被举报人的案情事实，要在调查之后予以公示，让广大市民知道通敌之丑行。"

孙希和方三响同时一震，暗叫不好。姚英子的身份比较特殊：富豪之女、著名慈善家、知名女医生、张竹君弟子、女性争取家产权利之先声等等。一旦她被人指控做了汉奸，上海的大小报纸可不会放过。他们一定会大肆渲染，最多在文章末尾轻飘飘来一句"前情所叙未必属实，俟法庭宣判方知真相"——而读者只顾猎奇，可不会管这是事实还是污水。

"孙希，这件事，绝不能让英子知道！"方三响沉声道。她刚刚动完手术，若听说这种陈年烂事闹得满城风雨，绝对会影响愈合速度。

孙希一脸心疼："唉，她之所以背上这个污名，还不是为了救咱俩？这次咱俩无论如何，得把英子保护好才行。"他转头问唐莫道："那么接下来我们能做什么？"

"正常来说，法庭会要求被举报方本人前往自辩。"唐莫看了眼走廊尽头，"眼下姚主任这个状况，可以向法庭解释，请人代为辩解——不过咱们手里最好得有铁证，能把这封举报信一举推翻。这样法庭会直接判决举报无效，不必公示了。"

简言之，他们俩得在英子不参与的前提下，向法庭揭示纯庐爆炸案的真相。

这件事听起来似乎并不是很难，当年那爆炸案可是在众目睽睽之下发生的。方三响朝走廊一侧喊道："钟英，你过来一下！"

方钟英一直在拐角看书，听到父亲召唤，不急不忙地走过来。孙希看到他，眼睛一亮，对呀，这小子现在是《申报》的见习记者，去查一查当年的报纸不就得了？

方三响叫方钟英过来，正是这个用意。他让自己的儿子去报社查一下过往报纸，找几篇纯庐爆炸案的报道，若附有通缉令则更佳。敌人的反向证言，自是铁证无疑。

医院里不宜久留，几个人很快各自散去。孙希留下来陪床，唐莫先回了第一医院。方三响要去防疫委员会报到，与方钟英的住所距离不远，父子俩索性一起搭电车回去。

在路上，方三响跟方钟英有一搭没一搭地闲聊着，聊什么不重要，他很享受这来之不易的父子相处的时光，只是方钟英眉宇间始终带着一丝郁郁寡欢。

过了半个多小时，方钟英忽然起身拉动响铃，示意下一站下车。方三响看向窗外，发现是金神父路，一下子明白了儿子的用心。

父子二人下了车，一路来到广慈医院门口。作为上海有名的大医院之一，这里的病人永远川流不息。在医院的西侧偏门，有一处狭窄的办公室，旁边竖着一块牌子：广慈善后复员联络处。

在抗战期间，这些大医院的医护人员疏散去了各地，多有失联。所以各家医院都在全国各地设了联络处，方便员工寻回，并定期把信息汇总到上海。方钟英轻车熟路地走进去，桌后的工作人员不待他发问，直接同情地摇了摇头。方钟英"哦"了一声，转身出来。

站在外面的方三响心中一阵黯然。广慈是林天晴工作的医院，如果有消息，一定会反馈到这边联络处来。这孩子估计每天都过来询问，所以工作人员都认得他。

自从方钟英和母亲在武汉分离之后，便再没见过，也再没任何消息。足足八年，断绝音信，他对母亲该是何等思念。方三响从小就没了娘，对儿子的心情感同身受。

这些年来，他也曾多方打听妻子的下落，可惜当时局势太混乱了，想要找一个护士，不啻大海捞针。战乱年代，发生了太多的生离死别，方三响其实早已有心理准备。

但方钟英还没有。

这孩子大部分性格随他母亲，只有执拗这一点，与父亲仿佛。方三响并没阻止儿子这样做。事实上，如果不是还有更重的责任，他也想每天过来探问，唯有如此，才能让内心存着一点点盼头。什么时候不问了，恐怕才是彻底断绝了希望。

方钟英走到父亲身旁，眼角带着些许湿气。方三响拍拍儿子的肩膀，什么都没说。父子俩就这么并肩走出广慈医院。此时正值入暮，两侧路灯次第点亮，将两条孤独而相似的身影印在水门汀上。

两天之后，方钟英赶到第一医院，他已经查出了一点消息。

不过这消息不算太好。

他查询了一九四二年三月上海出版的二十余种报纸、杂志，里面确实报道了纯庐爆炸案，但对具体情况都语焉不详，只含糊地说是恐怖分子袭击，关于姚英子更是只字未提。

其实细想一下，这倒不奇怪。其时上海的报纸被日军伪军严密控制。他们对这么一桩伤害不大，侮辱性却极强的案子，出于政治考虑将其瞒报讳饰，实属平常。

只是苦了这些想要证明其存在的人。

"对了，张校长不是在现场吗？她做证难道还不够？"孙希烦躁地翻动着旧报纸。方三响摇摇头："她和英子是师徒，法官大概会觉得有包庇嫌疑，算不得铁证。"

"参加那次活动的上海名人有不少吧？现在肯定能找到几个。"

"肯去参加伪满洲国十周年庆典的，不是日本人就是汉奸。日本人如今都被遣返，汉奸该抓的也都抓了。就算有侥幸没抓的，他们会承认自己参加过那种活动吗？"方三响再次否决。

孙希拿出那封举报信，恶狠狠地瞪着，仿佛要从中窥出端倪："要是知道这封信是谁写的就好了，可以直捣黄龙。"

这时方钟英道："其实，我倒有个新发现，只是不知有没有用。"孙希、方三响问他是什么。方钟英指着结尾："这封信的用词很奇怪，你们看结尾那句：至于是非曲直，仰高裁。"

"这句怎么了？"方三响问。

"仰高裁这个写法，虽然中文也能读得通，但这是日文公文里的惯用语，意思是请鉴核或是请酌定。"方钟英一边解说，一边抽出另外几份文件来，"你们看，这是我找到的几份驻沪日本宪兵队公文，结尾都是这么写的。"

两人凑过去一看，确实如此。

"举报信是中文写的，却混入了日文公文的汉字，这很像是协和语的痕迹。写这封举报信的人，应该有在伪满生活的经历。"

协和语又叫日满语，是一种中文和日文的混合语，流行于伪满洲国中。

"这又说明什么呢？"孙希有些灰心丧气，"你还有什么发现没？"

方钟英道："单纯就这一条发现，没什么太大的意义。不过我有个猜想，得跟姚妈妈确认一下。"

"不行！"孙希和方三响异口同声道。姚英子现在正是术后最脆弱的时候，如果突然提起纯庐爆炸案的事，以她的聪明必会觉察到不对。

"其实也不一定要找姚妈妈，另外一个人也可以。"

"谁？"

"张奶奶。"

张竹君今年已经七十多岁了，却一直不肯闲着，就在药水弄附近的街面租了间寓所。除了给穷人开放义诊，她还收养了十几个孤儿。谁也不知道这个生活简朴的老太太，是当年叱咤香江与黄浦江的一代女侠。

这一天她正坐在寓所门口，拿着毛笔写霍乱防疫的标语。旁边几个小孩子等着拿去药水弄里张贴。她看到三人来访颇为高兴，搁下笔亲热地拉住方钟英，絮叨个不停。

说来也怪，张竹君在方、孙、姚等人面前，是个深具威严的长辈，可一看见方钟英、宋佳人这一辈的，却慈祥得简直不像话。孙希简直想发表一篇论文，论证隔代亲这种现象不限于血缘。

一番寒暄之后，孙希先向张竹君报告了姚英子的手术情况，说她已经顺利苏醒，只是还要吃流食一段时间。紧接着，方钟英把举报信的事说了一遍，张竹君勃然大怒，拍得竹椅直响："我当日就在现场亲眼所见，难道还会有假？我去跟法官说！"

方钟英道："张奶奶，我这次来，是想请你描述一下当时的情景，讲得详细点。"张竹君以为他要采证，便把当日所见细细说了一遍。

孙希、方三响早知道过程，可再听一遍，仍是悚然心惊。方钟英全神贯注地听完，又追问："姚妈妈讲完话到掏出手雷之间，那子夏有过别的动作吗？"

"应该是没有。"

"他有拿出什么东西吗？比如……一枚勋章？"

张竹君困惑地回忆一阵，随即摇头："不知道，谁会去关注他？好像他早早都吓得躲到假山后面，不敢冒头，无胆匪类。"

"接下来就是您过去引爆了硝化甘油，制造混乱，对吧？"

"是的……钟英，你到底要问什么？"

方钟英双目闪闪，抖着手里的举报信："这封信里说了姚妈妈三条罪状，一条是资助归盦基金会，一条是参加伪满洲国庆典，还有一条是接受伪满洲国的建国功劳章。但听您这么一描述，在当天的庆典上，姚妈妈发表完演说，立刻取出了手雷。即便那子夏原来有颁勋的安排，也没有机会拿出来，换句话说，现场的观众并没有机会看到颁勋。"

他又拿出当时的报纸剪报："而在事后的所有相关报道里，也没提过任何颁勋的事——那么这封举报信里说的建国功劳勋章，举报人是怎么知道的？"

方钟英这么抽丝剥茧地一分析，孙希最先反应过来："这件事除了英子，只有那子夏才可能知道，所以……这是他本人举报的？"

结合种种线索，这竟是最有可能的。

"可那子夏图什么？"方三响想不明白。那子夏再怎么举报姚英子，也不可能让他洗白，反而会把自己也折到里头。

"无论如何，先把他找出来再说。那子夏既然给上海的法庭写举报信，那么他人肯定就在上海。"孙希说完，看向方钟英，"你还能看出什么信息吗？"

这孩子对文字的敏锐程度，堪比当年的农跃鳞。不知不觉间，他已成为这些长辈的军师。

方钟英有点不好意思地挠挠头："我研究了好几天，实在没有更多有用的线索了。只有一个……呃，说不上算不算。"

"说来听听。"

"我在报社把那封原件影印放大了一下，边缘露出了很模糊的几个英文字母。这应该是原件上就有的，所以被复制了下来。"

几个人凑过去，果然在影印件上找到了相应痕迹。那几个英文字母是花体连写，痕迹很淡，应该是上一页纸写字留下的压痕，勉强能分辨出是"llin"，意义不明。方三响瞪大了眼睛，几乎把纸塞进眼睛里，可还是瞧不出什么端倪。

众人议论了一回，不得要领。张竹君起身拍拍手道："我来想办法，司法界我认识几个人，相信我老太婆的面子还是能卖一卖的。"

一股久违的锋锐气势，从她略显佝偻的身体里升腾而起。

从张竹君那里离开之后，方钟英和孙希各自散去，方三响则搭上一辆红十字会的流动注射车，匆匆赶往沪西卫生局。

今天是第二针霍乱疫苗到货的日子，他必须到现场去补办手续。

一到卫生局，他看到清洁工们早早就到了，黑压压地聚了一大片人。方三响下了车之后，同车的宋佳人也跳下车，指挥几个护士搬出桌凳与注射器械。

这辆车是专门针对这次霍乱疫情改装的，车内配备齐全，可以随走随停，随时施打。同款的流动注射车一共有六辆，在北火车站、外白渡桥、十六铺码头等枢纽地带来回巡逻。这种流动工作的思路，也是从沈敦和时代传下来的红会传统了。

护士们轻车熟路地忙碌着，方三响径直走到卫生局的小楼里。区科长已经等候多时，他身后摆好了十几箱疫苗，下面还垫着冰块。六月的天气，冰块融化得很快，箱子底部湿漉漉的，有所破损。

方三响皱皱眉头，这也太漫不经心了。疫苗都要冷藏，堂堂卫生局难道连个冰箱都没有吗？区科长满脸笑容，递过一份文件来："方主任，请签字吧。"

方三响接过去，眼睛不由得一眯："请问这些疫苗是从哪里采购来的？"区科长说了一个名字，方三响没听过这个制药公司，心中顿时生疑。

中国的疫苗生产能力极为有限，有生产能力的企业就那么几家。而且它们的产能，完全被中央防疫处的订单占了。换句话说，想要拿到疫苗，理论上只能通过中央防疫处拨发。

区科长看出他的疑惑，笑道："这是上海新开的一家药厂，正在办资质。这不赶巧霍乱来得厉害吗？我就找了个私人关系，先提了货出来。规矩是死的，毕竟还是人命要紧嘛。"

方三响放下文件："那好，我先验一下货。"区科长道："哎，哎，方主任，出厂单和质检报告我这里都有，你看这个不就行了？"方三响摇摇头："这是要注射进人体的疫苗，如果没有中央防疫处的认证，必须先检验。"

"认证有的，有的，只是还没发下来。"区科长把方三响往旁边一扯，声音压低，"这个药厂，是南京一位大佬的同乡开的，还怕拿不到认证吗？"方三响正要问是谁，对方不动声色地伸手塞过来一条东西，从沉甸甸的重量来看，怕不是小黄鱼。

如此举动，反而让方三响更加疑心了。他把那东西塞还给区科长，俯身从两个箱子里各取出一瓶，走出楼去递给宋佳人："去做个革兰氏染色。"

宋佳人一愣，革兰氏染色是一种区分细菌类型的检验法，方主任怎么想起来做这个？区科长脸色微变，欲要阻止，却被方三响死死捏住胳膊，动弹不得。他无奈之下，只得语带威胁："方主任，我实话跟你说吧，这位大佬就是宋子文。你这条粗胳膊能拧住我，能不能拧过他？"

宋子文？

方三响眉头一挑。这人的名字可是如雷贯耳，如今贵为行政院长兼最高经济委员会委员长，可以说是一手掌握全国经济命脉的人。他想蹍死区区一个小医生，可谓轻而易举。

"他管得了我，可管不了霍乱弧菌。"方三响把区科长往旁边一推，催促宋佳人快去。区科长双眼冒火，奈何方三响人高马大，像老虎钳子一样死死压制住他。

革兰氏染色所需的龙胆紫、酒精、品红等试剂，流动注射车里都有，显微镜亦有配备。宋佳人把疫苗瓶打开，按照流程进行取样检验，结果让她大吃一惊。

霍乱弧菌属于革兰氏阴性菌，革兰氏染色反应之后，按道理应该呈红色。可宋佳人在显微镜下别说颜色，就连细菌形态也分辨不出来，无论怎么调焦距都看不出来。她试着加了一点硝酸银进去，居然发生了白色沉淀。

"这……这就是纯粹的盐水啊……"宋佳人得出一个惊人的结论。

方三响面色越发阴沉："继续取样，每个箱子都拿一瓶。"他粗壮的胳膊一直拦着区科长。区科长嘴角抽搐了几下，一跺脚，竟然转身离开。

宋佳人一番操作之后，很快得出了结论，这里的每一瓶都是盐水。这个发现，在那些等得不耐烦的清洁工人群里，掀起了轩然大波。

清洁工人虽没学过医，但都不是傻子，心想：我们每天要在那么肮脏危险的环境里工作，你却克扣我们的工钱，买来毫无用处的盐水冒充疫苗？这是让我们既面临衣食无着的饥馑，又要面对霍乱的威胁？

当意识到自己被双重欺骗后，炽热的愤怒，宛如一锅热油泼洒在人群头上。饱受折磨的清洁工人发出怒吼，一齐朝着卫生局的大门冲去。他们跃上台阶，推开大门，用铁铲狠狠拍碎堆积在那里的药箱，把里面的盐水药瓶统统砸碎，再用鞋底狠狠践踏。

更多的人越过药箱，朝卫生局内部拥去，沾满垃圾的靴子踹开每一扇门，满是臭味的手套拽倒每一张桌子，砸碎每一面玻璃，如同洪水席卷窝棚一般。他们没有组织，也不知这么干的后果，纯粹被绝望的悲愤驱使，本能地宣泄着怒意。卫生局的职员们见势不妙，纷纷逃出办公室。

一时间沪西卫生局前一片大乱，就连外头街上的行人都纷纷驻足围观，不知里面出了什么事情。

宋佳人吓得赶紧招呼护士们收拾东西，先搬回车里。她想喊方三响，可他双手抱臂，冷冷地看着这一切发生。

这是一桩明白无误的贪污案。那位宋子文的老乡大概是见疫情有利可图，便走关系建了个没资质的药厂，绕过中央防疫处，把假疫苗卖给卫生局。卫生局克扣掉工人工钱买入，再把假疫苗打给工人们——如此精密的一条贪污链，绝非区科长一个人能操作，必然是上上下下每一个环节都打点好了。

方三响实在没想到。外头霍乱还在肆虐，这些官员连人命关天的疫苗都敢造假，满脑子想的都是从中牟利，真不怕被雷劈吗？如今抗战胜利了，这吏治竟还不如从前！

区科长和一干职员早就跑得没影了，沪西卫生局的局长外出开会未归。方三响决定趁这个机会，去卫生局里面把账本弄出来。

只要拿到账本，有了贪腐造假的证据，清洁工的这一场暴动才算是师出有名，就不怕区科长他们反咬一口了。

他穿过走廊，看到清洁工人们把垃圾一筐筐地运进去，泼洒在卫生局的小楼各处，弄得一片狼藉，臭气熏天。平时那些人衣冠楚楚地坐在里面，对着工人发号施令，如今总算有机会让他们体验一下清洁工人的日常生活。可惜陈叔信不在，不然这次暴动组织会更有章法。

方三响很快来到财务室内，按照年份去搜相关账本，很快便找到了目标。他不懂会计，不过这不重要，只要保有证据就好。他正抱起账本准备离开，却无意中瞥到旁边的一摞文书，视线突然像被火燎了一下。

文书最上面一页是一份表格，其中有一行手写花体英文。方三响缺乏儿子对文字的敏感性，但那几个字母的笔迹风格，他太熟悉了，因为刚刚才看过不久。

他赶紧抓起这份文书，原来是一份盘尼西林的申购记录。

盘尼西林是新近出现的一种抗菌特效药，效用是磺胺的十倍以上。只不过美国人也是两年前才实现量产，进入中国后更是稀缺资源，极为抢手。就像中央防疫处统一配发疫苗一样，卫生局也统一控制盘尼西林的库存，各处医院、诊所如果想要使用，需要提交申请，配额购买。

这份文件里，是申购记录的条账。申请者要自行在表格内填写单位名称、药物名称、申请配额，以及签名。

方三响猛然想到，举报信上那行古怪的"llin"，不就是"Penicillin"盘尼西林的末尾几个字母吗？他屏住呼吸，用指头比着这一行缓缓向右移动，唯恐中间错行。当指头最终移到申请人签名处时，他一下子愣住了。

居然是他？

刺耳的警笛声突然从外面刺入财务室，应该是警察被这场骚乱惊动了。方三响收敛心神，把这页纸塞入口袋，然后捧着疫苗账本走了出去。

外面不光有警察，还有警备司令部的军队，甚至连驻沪美军都来了一辆卡车，密密麻麻堵住了大半条街道。那些清洁工人聚在小楼内外，有些不知所措，他们本能地簇拥在一起，摆出对抗的姿态。

区科长不知何时也返回了这里，他一看到方三响，便声嘶力竭地喊道："方三响是个赤色分子，挑唆工人搞暴动！"

方三响嘿嘿冷笑一声，走近宋佳人，把申购记录悄悄塞给她，让她尽快送去给孙希或方钟英，然后整了一下衣襟，怀抱着疫苗记录，朝着警方阔步走去……

次日上午，位于吕班路的严氏牙科诊所刚刚开门，便迎来了一位没预约的客人。

"哎呀，老孙，什么风把你给吹来了？"

严之榭惊喜地放下手里的蛋糕碟。他的体态比年轻时更加肥大，肚子高高鼓起，就像个乙醚桶。不过他保养得极好，皮肤一丝皱纹都没有。

自从有了自家诊所之后，严之榭与第一医院的来往就少了。整个抗战期间，他老老实实做他的牙医，日子过得平稳，除了美食少吃到，居然没吃什么苦头。

孙希一脸寒色，也不寒暄，直接拿出那一页记录来："老严，这是不是你申购盘尼西林的记录？"严之榭看了一眼，点点头："是我申购的。你可不知道，每年拔牙后死于伤口感染的病人，不比你们外科少，最需要这个特效药了。怎么？你也想要？"

孙希没回答，又问："这个字，是你本人签的？"

"对啊。"

孙希眼神变得像手术刀一般锋锐："那么，老严，你有没有举报过英子做汉奸？"严之榭眨眨眼睛，似乎没反应过来这句话，孙希重复了一下，他惊得差点把蛋糕打翻："孙希你胡说什么呢？我为什么要举报老同学当汉奸？"

"啪"的一声，孙希把举报信影印件拍在桌子上："你自己看这上面盘尼西林单词的后半边写法，是不是和你在申购记录上的笔迹一模一样？"

严之榭拿来一副老花镜戴上，缩着脖子端详那封影印件，看了半天一拍脑袋："哎呀，还真是一样。"

"你还不承认是你举报的？"

"我举报有什么好处啊？是，我年轻时候是暗恋过她，可你们俩水泼不进，我不就另觅佳偶了吗？"严之榭一连声地叫冤，叫到后来，孙希也含糊了："你真不知道？那这签名是怎么回事？"严之榭怒气冲冲："我哪里知道？"

"老严，这事非同小可。你快想想，英子刚做完胃切除手术，如果这事闹大了，对她的健康有极大的损伤。"

严之榭一听姚英子刚做完手术，脸色变得严肃。他苦思冥想了半天，突然一拍桌子："难道是曹有善？"孙希一惊："曹主任的儿子？"

"对，他那个独生儿子。"

曹主任有个儿子叫曹有善，因为老来得子，百般宠爱，结果把他惯出纨绔性子。曹主任接受第一医院聘任，一是有感情，二也是因为儿子败掉了家里的寓所，老父亲只得出来找工作。

曹主任牺牲之后，曹有善被日本人关了好久，抗战快胜利了才被释放。姚英子暗中出面，在五洲大药房给他找了一份工作，算算年纪，今年得有三十岁出头了。

严之榭说，他念在曹主任的分上，给了曹有善一个代买药品的兼职。像盘尼西林这种受管制的药，申购手续复杂，严之榭只负责签字，其他的事交给曹有善去跑，赚个辛苦钱。

如果是曹有善写的举报信，这件事就好解释了。严之榭申购盘尼西林，先在自家的专用信笺上签了字，在下一页留下了印痕，交给曹有善。曹有善撕下上一页，然后在下一页写了举报信，寄给了法院。

"他现在住在哪里？"孙希追问。

严之榭知兹事体大，连忙挂上停诊的牌子，跟孙希一起赶往曹有善的寓所。曹有善败掉了家里的房子以后，住在凤阳路上一处狭小的弄堂里。

两人走进弄堂，曹有善正拎着个口袋准备出门。他与孙希四目一对，立刻觉察到对方来意，转身就跑。

这条弄堂极为狭窄，路上摆满了夜桶、矮桌和乱七八糟的杂物，上方各色衣物像帷幕一样从晾衣杆上垂落下来，构成了一个无比繁复的迷宫。曹有善轻车熟路，而孙希和严之榭都是五十多岁的人了，只能在后头气喘吁吁地追赶。

曹有善七绕八绕，眼看就要甩开那两个老头，闯出弄堂另外一侧。不料对面忽然出现两个人影，一左一右，把他狠狠按在了地上。

来人一个是方钟英，一个是唐莫。他们也是得到孙希的消息，第一时间赶到，正好撞到他要逃离。

孙希与严之榭随后赶到，四个人把曹有善带到了一处无人的角落。曹有善背靠墙角，面露惊慌。孙希见他的眉眼与曹主任有几分相似，心头一疼，满腔怒气一时竟发泄不出来。

"举报信，是你写的？"他问。

曹有善准确地捕捉到了孙希情绪的变化，他索性脖子一梗："是，是我写的。"

"你为什么要这么做？"

"你问我为什么？"曹有善冷笑起来，"我爹是被你们害死的，我为他报仇有什么不对？"孙希闻言一滞，半天方道："曹主任是为了保护我们，保护这家医院……"

"那不是一样吗?! 我爹为你们那个医院忙活了一辈子，最后得着什么了？你们连累他被日本人弄死，还连累我被日本人抓去监狱里，你们知道那鬼地方有多惨吗？"曹有善猛地直起身子，把衣襟扯开，上面有一道触目惊心的烙痕。

看到这个伤疤，孙希一下子发不出火来："你有困难，可以跟我们说啊。医院不是特批给你每个月抚恤金吗？英子也给你介绍了工作呀！"

"区区小恩小惠，就能抵消我爹的死了吗？我看她是心虚。"曹有善见孙希语气软下来，气焰反而高涨，"我爹是跟日本人同归于尽的，他是抗日英雄。姚英子是汉奸这事，证据确凿，我举报她是天经地义，这是为我爹报仇。"

"英子不是汉奸！这一点你爹最清楚不过！他当时就在纯庐现场，看得最清楚。"孙希额头的青筋都要绽出来。

"反正他已经死了，你们怎么编派他都行。"曹有善嗤笑起来。方钟英在一旁忽然开口道："你真正想要的，是举报汉奸的奖金吧？"

"是又怎么啦？"曹有善下巴一扬，"我曹家为抗战付出那么多，多要点钱有什么不对？倒是你们，凭什么把我围住不让走？要不让街坊邻居们来评评理！"说着他真的扯起嗓子喊起来，"大家都出来看看哪，我举报汉奸，有人害怕了！"

他的声音在弄堂里回荡，附近的窗户探出很多居民的脑袋，指指点点。曹有善大为得意，正要继续嚷嚷，方钟英却继续说道："我的意思是，你想要收的奖金，不只是姚妈妈一个人的吧？"

曹有善的下巴瞬间一哆嗦："你什么意思？"方钟英道："你在信里写了伪满洲国的建国功劳章，这件事除了那子夏，没有人知道。你一定见过他。"

"呃，我是见过他，可那是很早之前的事情了。"

"不，我看并不早，甚至可以说很近。"方钟英眯起眼睛，"不介意去你家里看看吧？"

曹有善正要故技重施，呼叫周围街坊，可孙希却向周围亮出证件，大声道："我是第一医院的医生，现在这个人有霍乱风险，需要立刻隔离，请大家回避一下。"

一听有霍乱风险，原来想凑过来的居民吓得纷纷退回去，弄堂里一通噼里啪啦门窗关紧的声音。曹有善还要挣扎，却被唐莫和方钟英左右挟住，朝着家里拖去。

他住的是一个二楼单间，屋子里杂乱不堪。除家具和日常用具之外，堆得最多的，居然是各种药品包装和空瓶，连床榻枕边都有。严之榭大叫道："天哪，你这是贪了多少东西？"

他安排曹有善替诊所做代购，其实也知道他肯定会从中揩油。可没想到这人胆子这么大，这屋子里涉及的药品数量不小，甚至还有几盒盘尼西林，绝不能用"揩油"来形容。

孙希恨铁不成钢地骂道："你爹执掌医院几十年，账目清清爽爽，一分一毫都不错乱。你学会了你爹的算计，却根本没学着你爹的负责任！"

曹有善佝偻着身子，再没有刚才的嚣张气焰。如果严之榭和五洲大药房认真追究起来，光是这屋里的私藏药品，就够他判几年的。

方钟英在屋里转了一圈，从桌子下面翻出一个木匣，从里面取出一枚勋章。众人去看，这是一枚铜圆章，正面"建国"二字，两侧弓形高粱，背面赫然刻有姚英子的姓名。

孙希奇道："你怎么猜到的？"

"很简单。举报姚妈妈那封信里提到了建国功劳章，所有报纸都不曾提到这个细节。那么举报人是如何说服法官，签发了调查通知函的呢？要么他手里有证人，要么手里有证物。或者……"方钟英有意放缓语速，从桌子上拿起另外一张纸，"或者两者兼有。"

这一张纸，居然也是一封举报信，看笔迹和之前的一样，都是曹有善写的。但这一封上面没有法庭印鉴，可见还没来得及提交。

举报信的内容，是说伪满洲国的重要官员那子夏日前藏身于虹口虹镇附近，此人历来作恶累累，敦请军法机关处置云云。

"曹有善，你是不是打算先利用那子夏提供的证据，去举报姚妈妈换一笔奖金，然后再反手把那子夏举报，再换一笔？"方钟英问。

"我……我……"

方钟英道："我不知道你和那子夏是怎么认识的，但现在肯定还有联系。一旦姚妈妈定罪，你就会带着军警去虹镇抓那子夏对吧？"

旁边几个人听得叹为观止，这小子心思歹毒，脑子可着实灵光，一桩案子，硬是被他分开吃两回。孙希对严之榭耳语几句，后者犹豫了一下，叹息着点点头。

孙希走到曹有善跟前，摆出一副严肃神情："曹有善，你爹有恩于我们。你老实交代所有的事，老严可以不追究你的贪污行为。"

对付这种人，讲大道理或感情牌是没用的，直接剖明利害就好。果然曹有善转转眼珠，略做权衡，便乖乖讲出了一切。

原来那子夏自从纯庐爆炸案之后，在协和会内部彻底失势，只得留在上海，给中日商行做做掮客。而曹有善被日本人释放后，别无生计，只得到处骗些小钱。在一次骗局上，他和那子夏相遇，两人一个熟知日本习惯，一个精通本地情形，遂一拍即合，联手行骗，数年内居然获利颇丰。

抗战胜利之后，那子夏惶惶不可终日，唯恐被人秋后算账，尽量深居简出，只与曹有善保持联系。等到《惩治汉奸条例》颁布之后，曹有善忽然意识到，这是个好机会。

纯庐爆炸案的真相，曹有善曾经听那子夏讲过，遂以"举报姚英子报仇"为由，从他手里哄来建国功劳章，然后准备了两份举报信。一封举报姚英子，一封举报那子夏。如此一来，既可发一笔横财，又能摆脱那个累赘。

"所以那子夏是住在虹镇吗？"孙希追问。

"是，他在那里有一处寓所。"

"现在他就在那儿？"

"他腿脚不灵便，一般不大外出。不过我已经一周多没去了……"曹有善怯怯地解释。

孙希知道那子夏这人极为狡黠，稍有风吹草动就会警觉。事不宜迟，他当即一扯曹有善，和其他几个人离开弄堂，匆匆赶去虹镇。曹有善还想讲讲条件："我带你们去，你们可不要追究我啊！"

孙希狠狠瞪了他一眼："你爹当初一直不让你进医院，现在我才明白，他是怕你毁了医院！"

虹镇位于虹口与杨浦之间的一处三角地带，原是个废镇的遗址。外来贫民聚集在这里，搭建起无数棚屋。淞沪会战时，日本人的炮弹引发了一场大火，几乎烧去了半个虹镇。抗战胜利后，又有大量人口进入上海，在虹镇的废墟上又建起一大片简陋的住房，几乎与药水弄齐名。

那子夏之所以搬来这里，正是因为警察对这一片向来管得少。

孙希等人赶到虹镇边缘时，看到不少红会的防疫人员在这里忙碌，许多人排队等着注射疫苗。看来这一场霍乱大疫也波及了虹镇老街一带，这里卫生条件极差，市政力量又难以顾及，所以情况颇为严重。

在曹有善的带领下，他们迅速来到一条狭窄的巷弄尽头。这里居然藏着一栋三层木质窄楼，楼体极细，就像是在几栋房屋之间硬插进来的一个楔子。他们踏在楼梯上，会发出"咯吱咯吱"的声音。

那子夏的寓所就在三楼，唐莫一马当先，走上前去敲门道："你好，我们是防疫人员，需要入室做一下卫生检查。"他连敲了三次，可里面寂静无声，似是无人。

孙希心中一沉，难道这一次又被那子夏跑了？他急忙拨开旁人，冲到门口一推，门却自己开了。有一股淡淡的酸臭与腐烂的味道从里面飘出来。

他迈步进屋，首先映入眼帘的，竟是一具尸体。

只见这尸体躺在一张脏兮兮的竹榻之上，全身佝偻，皮肤暗青，从身上的尸斑判断，显然已死去多时。这尸体极为瘦弱干枯，眼窝深陷，表情还带着一种绝望。而在竹榻下方，是一摊摊业已干涸的秽物。

很显然，死者生前也被传染了霍乱。但他身边没人照顾，自己又动不了，只能躺在竹榻上反复剧烈泻吐，直到严重脱水而死。换句话说，他是在清醒的绝望中活活拉稀拉死的。

孙希让曹有善过去确认了一下，死者正是那子夏。

孙希低头端详着死者的面孔，心中一阵轻松，此人一死，姚英子的举报风波自是烟消云散。

在竹榻旁边，还挂着一顶圆边礼帽、一根拐杖和一身长袍。可见那子夏生前确实对曹有善有所警觉，甚至准备提前离开。可惜人算不如天算，他能预料到人心险恶，却终究难以预料病菌的厉害，最后变成这一场上海大疫中的一个数字。

"把他抬出去吧，留在这里会滋生新的时疫。"孙希招呼方钟英和唐莫来帮忙，又补充了一句，"可不要让他死后还继续害人了。"

两人不愿触碰他的身体，索性连竹榻一起抬出去。孙希望着这具干枯尸体被抬走，心中无限感慨。遥想当年辛亥，那子夏还是个前途无量的北洋军官，此后走南闯北，辗转于日本与东北之间，往来交接都是载仁亲王、川岛浪速这等奸雄，多少也算一号人物。想不到晚年竟受制于一个小混混，如此不体面地病死在一间陋屋之中。

倘若那子夏预知了自己的命运，不知当年辛亥时是否会有所改变？不过孙希也明白，这种假设毫无意义，只是他上了年纪，总会忍不住感慨世事无常罢了。

就在那子夏被抬出虹镇老街的同时，远在西边的沪西警察局门口，方三响刚刚缓步走出来。

"方医生！"陈叔信快步上前，关切地抓住他的胳膊："他们没有为难你吧？"

方三响道："我一口咬定，说我只是例行检查发现疫苗有假。至于工人们出于义愤，群起而攻之，那就不是我所能控制的了。他们也拿我没办法。"

陈叔信松了一口气："那么警察对假疫苗案怎么说？"

"还能怎么说？他们把账本收缴了，说疫情当前，要慢慢调查。这一研究，就不知几年时间了。大事拖小，小事拖无，大家其乐融融，就当没发生过。就算有了结果，也最多是区科长吃挂落①，幕后那些大佬可是毫发无伤。"

"哼，这些人的聪明，都用在这些地方了。"陈叔信愤愤道。

方三响与陈叔信又攀谈了几句，然后匆匆赶去了中山医院。他在医院门口，恰好碰到了从虹镇赶回来的孙希。

听孙希讲完那子夏和曹有善的事，方三响叹了一声："当年萧钟英跟我说，时势滔滔，大江东去，中间少不了会有沉渣泛起，泥沙俱下。这么多年过来，我越发觉

---

① 吃挂落：俗语，意为受牵连。

得这句话实在是真知灼见。”

“老方你不适合转词儿，这种事还是交给钟英吧。”孙希拍了他肩膀一下，哈哈笑起来。姚英子的身体日渐好转，汉奸隐患又彻底拔除，他的心情简直好得不得了。

两人一边聊着，一边走到姚英子养病的房间。一进门，他们不由得愕然。只见在病床旁边，一个中年女子正背对着大门削着苹果，姚英子半坐在床头，右手搭在对方膝盖上，双眼通红，似乎刚刚哭过。

那背影，他们两个尤其是孙希再熟悉不过。

“翠香？”孙希停在原地，肩膀因为过度惊讶而抖动。

邢翠香回眸冲他一笑，那张清丽的面容几乎没什么变化：“哎呀呀，孙叔叔，方叔叔，我回来啦。”孙希激动得几乎说不出话来：“你……你是何时回来的？”

邢翠香自从一九四○年去嘉兴养伤之后，再无音信，屈指算来也有六年时间了。她笑吟吟道：“我那年伤愈之后，就被戴老板派去缅甸，今年才调回上海。”

她说得简略，可在场的人都知道，经历必定惊心动魄。孙希连声道：“回来就好，回来就好，这下可是双喜临门啦。”

他看看姚英子，又看看邢翠香，欢喜得呵呵大笑。翠香也一起笑着，只是在笑容间隙，会偶尔流露出一丝古怪。而旁边的方三响，则不动声色地站在翠香侧面，尽量不与她有目光接触。

除她之外，病房里的所有人都不知道，此刻在中山医院的院外，两个戴着礼帽的男子正靠在墙角，叼住烟卷吞云吐雾。

“刚刚进去的那个方三响，跟地下工会关系密切。邢长官为什么让我们按兵不动？”一个人瞥向住院部方向，语气疑惑。

“你忘了吗？邢长官叮嘱过，得留着他钓大鱼。咱们这次来上海，重点还是找这个人。”另一人抬起手里的照片。照片上是一个秃头老者，从十六铺码头的轮渡上走下来。他年岁甚高，额头前突，鼻梁上架着一副快磨花的玳瑁眼镜。

在照片旁边，有邢翠香亲笔写下的三个字：农跃鳞。一个杀气腾腾的红圈，把他圈在其中。

“嘿，其实要我说呀，根本犯不上这么上心。你看新闻没？今天国府出兵河南，三十万大军把共军五万人给围在宣化店。”

“这就开打了？”另一个特务的语气并不十分惊讶，“真真假假谈了一年，我还以为得拖一阵呢。”

“之前谈，就是个缓兵之计。如今国府兵强马壮，又占了先手之机，三个月必能把共军剿灭。区区几个藏在上海的小鱼虾，能掀起什么风浪？难得来这花花世界，咱们好好享受下是真的，就不要杞人忧天了。"

两人同时哈哈笑起来，继续沉浸在一团蓝色的烟雾中，再不去关注头顶那间病房里的事。

第十四章
一九四九年五月

方三响肩挎药箱，快步走在一条狭窄阴暗的走廊里。皮鞋踏在冰冷的地板上，发出"咔嗒咔嗒"的声音，有如倒计时的秒表一样。

这条走廊的两侧是一间又一间牢房，灰白色的水泥混凝土墙面，暗黑色的铁门铁栅，只留出黑洞洞的两个小透气孔，活像一个溺水的人绝望地张开鼻孔。

这座监狱位于虹口的提篮桥附近，早在光绪年间即已建成，历来关押过无数要犯。抗战胜利后，许多日本战犯与汪伪高官在此处受审、处决，其中就包括了方三响的老熟人竹田厚司和袁霂霖。

不过方三响现在并没有与他们叙旧的心思，他匆匆来到走廊尽头，卫兵早已拉开闸门，简单查看了一下证件，便放他过去。对面是一间不算宽敞的办公室，这里是典狱长王慕曾的办公地点。

王慕曾年近五十，两条粗眉从额头倒撇下来，似乎欲振乏力，铸就一张苦相。他正埋头审阅一份文件，见方三响过来，揉了揉眼睛，起身相迎："方医生，好久不见。"方三响放下药箱，与他握手寒暄："令爱最近身体如何？"

王慕曾一脸苦笑："这个身体好了，那个又病了，总是按下葫芦浮起瓢。"方三响知道他家里六个孩子，均未成年，且体弱多病，日子过得比较艰苦。他们常去第一医院看病，方三响多有照拂，两人交情不错。

"方医生这次来提篮桥，是做什么呢？"

"您这里有几位犯人，身体最近不太好。我受他们家人委托来做一次体检。如果方便，还请批准保外就医。"

"哦，都是谁？"王慕曾忽生警惕。这年头，够资格关进提篮桥监狱的，可都不是一般人。方三响道："他们都是我们医院的职工。"然后说出三四个名字。

王慕曾眉头一皱。他记得这些人被抓进来的罪名，是有通共嫌疑。方医生跑来给他们做体检，只怕是醉翁之意不在酒。

不料他很快发现，对面压根就不是醉翁。方三响前倾身体，直截了当地说道："我这一次来，不是代表第一医院，而是代表第一医院的中共地下党委。"

王慕曾身子吓得朝后猛一靠，这……这也太嚣张了吧？不过他第一反应不是呼喊警卫，而是起身把办公室的门关上，压低声音道："你胆子也太大了，居然敢在提篮桥开这样的玩笑？"

方三响微微一笑："王典狱长若有心，早喊人把我抓走了，何必关门呢？"王慕曾恨恨道："看在你帮我女儿治病的分上，我就当没听见，你快走吧。"

"我是可以一走了之，王典狱长你呢？"

王慕曾一怔："你什么意思？"

"现在你还不明白当前的形势吗？长江防线已被突破，解放军已经从昆山、太仓，以及南浔、吴江方向逼近，形成合围之势，国民党在上海的日子，可是没几天了。"

"不……不要虚言恫吓。汤司令麾下还有二十多个师呢，还有美国人的军舰和飞机，怎么会守不住？"

"国民党几百万大军，三年之内土崩瓦解。这区区二十万人，你觉得挡得住解放军？"方三响见王慕曾沉默不语，又道："那我再告诉你一个消息。上海警备司令部的军法处长孙崇秋，你认识吧？他前日把李处、翁处、赵主任等十几位官员的家眷，都搬到了十六铺码头附近的保育讲习所内。"

王慕曾眼皮一跳。提篮桥监狱属于警备司令部的序列，他对里面的官员很熟悉。方三响报出的名字，里面囊括了作战处、军需处、参谋处、办公室等十几个核心科室的主官……这是整个司令部都要跑路？

王慕曾嗓音干涩："实在不行，我也可以一走了之。"

"孙崇秋张罗撤离的事，通知过你吗？他们有大军舰坐，你有吗？"方三响冷笑起来，"王典狱长已经被人抛弃了，还要为这个行将崩溃的政权愚忠到死？"

汗水从王慕曾额上浮起，他对方三响的身份早有怀疑，可万万没想到对方会如此肆无忌惮。其实不用方三响提醒，他自己又何曾不知？别看典狱长听着威风，工资都是发的金圆券，根本换不来几粒米，家里还有六个孩子嗷嗷待哺，天天都为生活发愁。

"我今日与王典狱长摆明车马，就是希望您能够判明形势，多为今后着想，多为家人着想。"方三响的口气稍有缓和，"其实王典狱长你过往的作为，我们也知道。你在沔县当县长时，修过沔县初级中学、修过汉惠渠；在新登县竞选国大代表，击败了内定的陈立夫的学生。说明你内心并不想和那些贪官污吏沆瀣一气。"

一听到自己的履历都被调查得如此清楚了，王慕曾叹了口气，拿起钢笔来："我给你批个保外就医的条子……"方三响起身拱手道："王典狱长做出了正确的选择。"

"我有的选吗？"他苦笑道。

王慕曾叫来手下，点了几个人名让带去医务室。这些人都是红会第一医院的职工或医生，大多是抗战胜利后发展入党的地下党员，见到方三响站在里面，无不面露欣喜。

第一医院的地下党委书记叫沈复生，也是医院的老人。不过他去年被捕入狱，被营救出去后避去了皖北解放区，现在由方三响负责一部分工作。

方三响装模作样地给他们做了检查，然后按流程写了报告给王慕曾，说犯人们有严重传染病，建议外出隔离治疗。王慕曾看也没看，直接在报告上签了字。

就在方三响带着众人离开时，王慕曾犹豫了一下，把他喊住，拿起桌子上刚才那份机密文件："方医生，你可要留神了，最近你们医疗界可能会大动静。"

"嗯？"

"上海警备司令部刚刚发布命令，指定了上海二十六个行业的撤离事宜，其中排名第三的就是医疗行业。以我对他们的了解，他们一定会把上海有价值的人和东西都搬空。"

"我知道。"方三响低声道，"我的任务，就是不让这件事发生。"

"战场上很多头颅受伤的士兵，即使侥幸痊愈，也会发生癫痫。你们可知道是为什么？"

孙希站在手术室里，一边打开病人的头颅，一边对周围的学生严厉地发问。学生们有些畏怯地面面相觑，最后还是唐莫开口道："是因为颅脑手术会导致硬脑膜贯穿，产生瘢痕。脑外的新生血管进入瘢痕后，会促成脑黏膜的粘连。"

孙希左手执刀，速度略缓但流畅无比，嘴里丝毫没有放松："那么解决这个问题的关键又是什么？"

"设法隔开脑组织与脑外瘢痕，恢复硬脑膜下腔的腔隙。"

孙希赞许地看了他一眼，抬手从旁边的酒精盘中取出一片柔韧、透明的薄片："这是赵以成教授在民国二十八年（一九三九年）发明的干羊膜，是用人的胎盘内膜制成的。今天我们做的手术里，就会用干羊膜覆盖在脑组织和硬脑膜之间，避免术后出现癫痫。"

他扫视一圈，看到学生们仍有些魂不守舍，提高声音道："我知道你们在想什么。但只要你们进了手术室，就必须心无旁骛，眼里只有你和病人。你们明白了吗？"

听到孙主任说得如此严厉，学生们俱是精神一凛，纷纷把注意力拉回来。孙希微微抬起头看了一眼天花板，他双眼似乎有爱克斯光的威力，能够穿透建筑，看到上方的情形。

但他只是淡淡地瞥了一眼，继续集中在眼前的病患身上。

在哈佛楼的二楼会议室，手术室的正上方，一场激烈的对话正在进行。而对话的双方谁都没预料到，两个人有一天会以这种方式交谈。

"翠香，我不能同意。"姚英子拄着拐杖坐在沙发上，头发花白一片，脸庞瘦得吓人，只有那一双眼睛依旧炯炯有神。

在她面前，一身军装的邢翠香烦躁地来回踱步，不时吸一口手指间的香烟："哎呀呀，我这都是为大小姐你好啊。时局已经坏到了这地步，上海各界全都忙着撤离。你知不知道找一条船有多难？多少官员都疯了似的找关系。我好不容易说服毛森局长，特批了一条船，美国人的登陆舰，咱们整个医院的人都能撤走。"

"人走了，那医院不就空了吗？"姚英子淡淡道。

"沈会长不是说过吗？人在，医院就在。只要人在，我们到台湾以后可以重建啊。"邢翠香实在不明白，大小姐为什么如此固执，这明明是一条最好的路。

姚英子摇头道："算了，我已经老了，不想再折腾了。"翠香把烟头狠狠按在桌案上，留下一个黑黑的印记："之前日本人来的时候，大小姐你不是撤得挺痛快的吗？干吗这次却犹豫不决？"

"我没有犹豫不决，从一开始我就决心不走。孙希和三响那边，我相信他们也不会离开的。"姚英子平静地把双手搭在一起，"翠香你说错了，这一次和日本人那次，情况并不一样。"

"有什么不一样？"翠香的声音都急得变了调。

姚英子道："你视之如灾劫，我们视之如新生。为什么要走呢？"她说得声音很轻，语气却很坚定。邢翠香表情闪过一丝恼怒："大小姐！你是被方叔叔给洗脑了吧？他是个共产党，共产党六亲不认，就认组织，你不要因为几十年交情就被他哄昏了头。"

"什么叫被他哄昏了头？"姚英子诧异地看了她一眼，"抗战时期我在浦东隐居，也是给新四军的淞沪支队做医生。你说通共，我不也是通共？你也要抓我？"

一听这话，翠香似是受了天大的委屈，眼眶里唰地涌出泪水："大小姐，你怎么能这么说？我怎么会抓你？别说你了，方叔叔那个正牌共产党，我动过他吗？这三年来，要不是我刻意遮护，方叔叔早被军统抓起来枪毙无数次了！我一直在保护你们呀。"

姚英子明白，翠香的心里是真委屈。她如今是军统上海站的防谍组组长，没少以权谋私，压下去多次针对方三响的调查。

姚英子掏出手帕，擦去她脸颊上的泪水："翠香，你这么聪明的人，这三年来难道还看不清形势吗？又何必一条路走到黑呢？"

"共产党还没进上海呢，这里还是国民党说了算。"翠香靠在姚英子跟前，把头歪在她肩膀上，"实话跟大小姐你说吧，汤司令和毛局长已经下了命令，不给共产党留下一医一护。这是涉及整个上海医界的大计划，包括中山、同济、广慈、中美、仁济，还有红会第一医院，所有的医院人员，统统要带走。带不走的，就地……"

翠香没往下说，可姚英子知道是什么意思，脸上浮起一阵冷笑。

"宁可上海民众活活病死，也不能让共产党得了便宜，是这意思吧？"

翠香没有接这句话，而是自顾自说着："所以大小姐你跟我发脾气没用。这是大势，不是我说你们可以不走，你们就能留下的。我来找你，只是希望能多争取些有利条件罢了。大小姐，你现在明白了吗？"

"这么大的事情，你干吗不去跟崔院长说？缠着我一个闲散的老太婆干吗？"

第一医院的院长，如今是由上医大的崔之义教授兼任。而姚英子出于身体原因，如今只在妇幼科里做个顾问。

"我当然关心的是大小姐你，最多再加上孙叔叔和半个方叔叔。你们愿意走，我才愿意去张罗，否则才懒得管医院的死活。"她伸出手臂，握住姚英子的双手，恳求道，"所以，大小姐，你跟我走吧！"

姚英子思忖再三，终究还是摇摇头："我爹的坟、沈会长的坟、陶管家的坟都在这边，曹主任的坟也指望不上他儿子去扫，都得我来照看。再说张校长年纪也大了，总要有人照顾才行——更何况……"

她顿了顿，看向窗外，浮起腼腆的笑意："外白渡桥的日出那么美，我还想多看看呢。若是走了，我担心以后没机会看了。"

邢翠香知道，大小姐天性倔强，她做出的决定，很少会被人说服。邢翠香缓缓站起身来，把泪水吸回去，语气变回决绝："大小姐，你老了，老人会因为恋旧失去判断力，不能正确认识环境的变化，需要别人代为决断。大小姐，我发过誓会保护你，可没说过要一直顺从你。"

不待姚英子再说什么，翠香转身走出会议室，把门轻轻带上。姚英子拄着拐杖，望着关闭的大门，眼神里既含着无奈、疲惫，也有心疼，但唯独没有后悔。

邢翠香快步走到楼下，正巧赶上孙希带着一群学生离开手术室。孙希一见翠香，赶紧迎上去，不料翠香瞪了他一眼，径自离开。这个态度，让孙希觉得莫名其妙，可这么多学生在，他又不好追上去询问，只好压住心头的疑问，先去查房，等一下去问问英子。

邢翠香走到哈佛楼前，一辆轿车等在那里。她刚刚坐进后排，在副驾驶位上的手下探过头来："邢组长，刚刚接到消息，我们在福州路找到农跃鳞的线索了。"

一听这名字，翠香霎时从一个委屈的小丫鬟，变回成那个杀伐果断的军统精英。

农跃鳞这个名字，已经跟她纠缠了三年。她早就知道，农跃鳞是中共派来上海的一位重要人物，怀有重要使命。可自从他一九四六年返回上海，在十六铺码头被人拍到一张照片后，就彻底消失在大上海的繁密里弄之间。邢翠香动员了很多力量调查，却一无所获。

在这三年里，军统和中共地下党交手了很多次，从来没有发现农跃鳞的蛛丝马迹。这人就像掉进黄浦江的一根针，藏匿了全部行踪，一丝涟漪都没有。

翠香一度怀疑，农跃鳞是不是死在哪里了。可是一日不见到尸体，她就一日不得安心。她太了解农跃鳞了，这个资深老记者能力极强，在上海的人脉又广，随时可能折腾出大动静。

最讽刺的是，二十一年前还是她想出的妙计，让农跃鳞逃过国民党的追捕，前往江西。没想到时势轮转，风云变幻，二十一年后，却是她亲自来抓他，不得不让人感慨命运的恶意。

但邢翠香不会因为过去的事而有所手软。她深知在这个非常时期，必须展现出自己的价值，才不会被组织抛弃，才能爬得更高，才有能力继续保护大小姐。

她在车上仔细阅读了线索。这是来自上海外围一个叫高桥镇的消息。当地军统昨天破获了一个中共的交通站，因为突袭很快，站内的情报人员还没来得及销毁全部资料，即被全数击毙。军统在资料里发现一个叫"三阿公"的人，持续通过他们向外界传送情报。经过研判，他们认为这个三阿公就在交通部电报局的大楼里。

"再开快一点。"她目视前方，对司机下了指令。

就在翠香的轿车于华山路上开始加速的同时，方三响恰好赶到了福州路与四川中路的路口，站在一座富有巴洛克风格的 L 形大楼前。

他之前在提篮桥监狱办好了保外就医手续，一出门，就见陈叔信等在门口，对他说了一句："三阿公病重，速去医院。"这是一句事先约定好的暗号，方三响当即和他匆匆赶到福州路。

这座大楼原本是德国的书信馆大楼，如今是交通部电报局的总营业厅，里面人头攒动，熙熙攘攘。无论是什么时候，政局似乎永远不会干扰到这里的繁荣。

两个人在人潮中挤到里面的一条狭窄走廊上，走廊侧面有一间小办公室，木门紧闭着，外头挂着一块牌子，上书"书报电文检查处"几个字，门把手上挂着一个小铜牌，上头镌刻着交通部的徽标。

一看这枚铜牌是徽标一侧朝外，两人这才放心地敲了一下门，然后走进去。

首先进入视野的，是铺天盖地的印刷品。举凡报纸、杂志、档案、文书和各种宣传页、广告纸，各种纷乱开本的印刷品被杂乱无章地扔在书桌和地板上，原本就很逼仄的办公室，被它们挤占得简直比棺材还窄。

而大腹便便的农跃鳞坐在这一大堆纸内，正叼着一根雪茄吞云吐雾，一只脚搭在桌上电话旁，俨如一位至尊的君王。

他现在明面上的身份，是为政府审查各种出版物和电报往来内容的分析员。这个岗位不需要外出，也很少跟人打交道，每天只要接收新来的文件，审核后填单上报就行了。以农跃鳞的阅读速度和对文字的敏锐程度，干这份工作简直是轻而易举。

怪不得邢翠香怎么也找不到农跃鳞，谁会想到一个中共的大间谍，会堂而皇之地坐在电报局的深处，替政府审查出版物呢？这三年来，农跃鳞就蜗居在这间斗室里，很少出门，整个人居然胖了两圈不止，圆墩墩的，简直是又一个曹主任。

农跃鳞回来之后，从来没找过方三响。方三响能理解，军统如果要抓农跃鳞，势必从他之前的社会关系入手，两个人不见面是最稳妥的。这次他们赶到这里，是因为农跃鳞突然启动了一个备用联络的渠道，通知陈叔信，大概是出现了什么紧急情况。

农跃鳞见他两人进来，把雪茄仔细地按灭在烟灰缸里，直接开口道："我一直使用的那条联络线，每天都会给我打一个安全电话。现在已经二十四小时没有消息，大概是出事了。但这里有一批极为重要的情报，必须今日送出上海，只能拜托两位了。"

这三年来，地下党和军统在上海厮杀得极为惨烈。他们对于同志的牺牲虽感悲恸，但并不意外。

农跃麟从桌子下面取出七八个草稿簿子。平均每一册都有两三百页，上头密密麻麻写着蝇头小楷，侧面用糨糊和封条做了简单的套装，封面统一使用藏蓝色牛皮纸，上面写着"江南问题研究会上海草稿"几个墨字。

方三响和陈叔信捧着这厚厚的几本东西，眼中都是钦佩。

这个所谓的"江南问题研究会"，其实是中共华东局下属社会部的代称。这个机构不管军事情报，专司搜集南京、上海、杭州等江南大城市的各种行业公开信息，以方便解放军进入这些城市时，可以迅速接管。

这些信息的主要来源，是当地报纸、出版物和各类公开档案。搜集情报本身风险比较小，但需要有专业人士从浩如烟海的资料中去芜存菁，准确提取出有价值的信息，眼光与经验缺一不可。

农跃麟因为在上海做过记者，便主动请缨，返回上海做调查。他通过老关系找到这一份工作，不需要外出冒险搜集，自然有源源不断的情报送上门来，让他从容整理，简直再完美不过了。

这些厚厚的册子，就是农跃麟这三年在上海的成果。手册按照行业划分，举凡金融、交通、医疗、教育、工业、电力、警察等关键行业，都有专册详细记录。方三响曾协助他搜集过医疗行业的信息，所以他知道在医疗分册里，上海每一家医院都有记录，而且各级负责人的姓名、职位、科室、思想倾向、家庭地址等均写得清清楚楚，简直比卫生局掌握得还细致。

可以想象，如果解放军把这些册子分发到一线部队，他们进入上海时，接管效率将会提高到什么地步。

陈叔信激动得浑身微微颤抖，他知道眼前这个老头当年是《申报》的第一主笔，可没想到这人能厉害到这地步，一手摸透了整个大都市的虚实。

"我一个人哪有这种能耐，只是各个行业的朋友认识得多些，众人拾柴火焰高而已。"农跃麟谦逊地摆摆手。

陈叔信当即拿出绳子和剪刀，和方三响一起捆扎起册子来。

"方医生，不知你还记不记得，我们在汉弥登番菜馆那次的相遇？"农跃麟这会儿才叙起旧来。

方三响点头。他记得那还是宣统二年（一九一〇年）的事，当时三个人联手解决了闸北的痢疾疫情，去番菜馆庆祝，结果遇到了农跃鳞。

"我当初劝你们，即使你不关心时局，时局也会来关心你，怎么样？我可是一点也没讲错吧？今日你我竟成了同志。"

方三响也笑起来："那时我以为你的意思是，时局无论如何都躲不过。经历多年之后我才明白，所谓时局，恰是由千千万万个关心、千千万万个疑惑所铸成的。唯有主动提出疑问，风云才会变化，天地才会翻覆。正如每一个细胞都参与反应，人体方可驱除疾病。农先生那时就看透的道理，我到老了才明白。"

"哈哈，如今也是不晚，不晚。我记得那次你讲了老青山惨案，还问了我一个问题：为什么会发生这样的事？我们为什么要承受这样的命？当时我没有办法回答你。现在我知道答案了，不知你知道了没有？"

"我也已经知道了。"方三响点头，"你和我今天能在这间斗室内相遇，就意味着我们找到了同一个答案。"

两人相视一笑。这时桌子上的电话突然丁零零响起，农跃鳞抓起电话听了一声，脸色一变，放下话筒催促道："快，你们快走。军统的人已经找上门来了。"

方三响和陈叔信脸色同时一变。这么快？

"我在电报局安排了一个电报生眼线。他刚才打内部线过来，说有几个人进入营业厅，正在找经理问话，找到这里，只是时间问题。"农跃鳞提醒道，"敌人越是穷途末路，就越是疯狂，你们必须马上离开。"

两个人飞快地把册子捆扎好，剪断绳子，然后用旧报纸裹住。方三响帮陈叔信把这个大包扛到肩上，回头一看，农跃鳞在座位上纹丝不动，正把一根新雪茄切去尾巴，往嘴里塞。

"农先生，你快收拾东西，跟我们走啊！"

"咱们要是都跑了，军统的人马上就能追上，必须有人留下来，拖延他们的行动。"农跃鳞划着一根火柴，点燃雪茄，"我年轻时候跑得太多，如今懒得动，容我在这里歇歇吧。"

方三响大惊："这怎么行？"

"行百里者半九十。这批手册太重要了，绝不能在最后关头出问题。"农跃鳞沉着脸讲完，催促他们尽快离开。

方三响还要坚持，农跃鳞把缭绕在脸前的烟雾吹开，露出一个笑容："我一九二八年已经逃过一次，因为那一次只有江西有我要的答案。但这一次我不必再逃了——如你所言，天地已然翻覆，答案近在眼前。"

方三响的心脏仿佛被无形的手猛然攥紧，他注意到，在农跃鳞的双眼里，闪动着一种熟悉的炽热。

那炽热属于萧钟英，属于和方三响从未谋面的王希天与林天白，属于沈会长、颜院长、张校长、卞干事、老徐、齐慧兰……甚至属于临终前决死一搏的曹主任和地窖里的陈其美。他遇到的每一个谋求改变的人，都或多或少散发着这样的炽热。

方三响和陈叔信知道，这个时候不容感情用事。两个人咬着牙，背起手册迅速离开房间，顺手带上门。在房门行将关闭前，方三响忍不住回头望了最后一眼。

只见农跃鳞叼着雪茄，从不知哪个角落里掏出一个摄影包，饶有兴趣地从里面取出一台老式牛眼相机，真亏他一直留到了现在。

不过五分钟后，邢翠香带着手下气势汹汹地冲进走廊，把满脸惊恐的经理推在最前面。经理瑟缩地走到检查处的小门前，怯怯地看向翠香。翠香一看到那块牌子，登时眼皮一跳。

她找了农跃鳞这么久，没想到对方竟藏在这种地方，真是灯下黑。军统说不定还参阅过他发的报告，这可真是太讽刺了。

邢翠香使了个眼色，旁边手下抬起大头皮靴，狠狠一脚把门踹开。她一马当先冲进去，第一眼便看到农跃鳞左手握着一把枪。邢翠香二话不说，先侧身避让，然后举枪回击。

子弹击中农跃鳞大肚子的一瞬间，翠香才发现自己看错了。农跃鳞手里握着的不是枪，只是一支金属长柄，而且还是竖握。他的右手，则捧着一台老相机，镜头对准了门口。

农跃鳞似乎并没受枪伤的影响，笑眯眯道："以这种方式和邢小姐重逢，真应了古人那句话，真可谓是数奇，数奇啊。"

"如果农先生肯配合的话，我一定会尽力保住你的性命，就像当年一样。"邢翠香一边说着，一边狐疑地扫视着屋子里的无数报纸文书。

农跃鳞不置可否，晃了晃手里的金属长柄："邢小姐太年轻了，可能没见过这玩意儿。我年轻时，拍照采光可没有什么电闪光，都是靠这种闪光手柄。这里头装的是镁粉火药，瞬间可以爆出强光——我这根手柄，还是从旧货店里淘来的。"

邢翠香眯起眼睛，不知他葫芦里卖的什么药。

"我从十七岁开始做记者，五十多年间拍了无数新闻照片。我记者生涯的最后一张时事照片，我想留给邢小姐你。"

还没等邢翠香说什么，农跃鳞的左手推动拨杆，一枚铜弹壳被推至杆顶。在行进过程中，侧面的打火石被擦燃，把热量传递到弹体内部。在氯酸钾和硫化锑的共同催化下，高浓度的镁粉在极短的时间内爆燃起来。

耀眼的火花，一瞬间把这间昏暗的屋子照得一片光明。在强光下，邢翠香和其他几个军统特务下意识地以手遮眼。而农跃鳞的右手已熟练地按动快门，双手的时机配合得无比流畅，这动作他之前重复过无数次，早已形成了肌肉记忆。

邢翠香有些狼狈，也有些恼火。她强忍着双眼刺痛，正要喝令拘捕，一种强烈的危机感突然降临。

这间办公室里，可是塞满了纸张啊！这是最好的引火之物。在这里使用老式的爆燃式镁光杆，简直就是……她刚反应过来，就见一圈蓝色的火，以农跃鳞为圆心迅速扩散开来。所到之处，纸张纷纷卷曲，每一张都高高擎起赤色的焰苗，好似燎原野火一般。

这里的纸张何其多，火在短短十几秒钟内膨胀了十倍，一瞬间办公室就变成了佛经中所谓的"火宅"。翠香和其他特务顾不得抓人，纷纷惊慌地朝屋外逃去，尾随而至的则是滚滚浓烟。

只有农跃鳞安坐在办公桌后，在火焰中岿然不动。《法华经》有云："三界无安，犹如火宅，众苦充满，甚可怖畏。"以火宅譬喻俗世有五浊八苦，唯有修习佛法方得脱身。而此刻他的神态，却仿佛坚信只有留在火宅之中，才能真正普度众生。

这一场大火，势头极为猛烈，根本无从遏制。电报局不得不紧急疏散总营业厅里的人群，翠香他们也灰头土脸地撤到街边，个个狼狈非常。

"邢组长，接下来怎么办？"手下问。

翠香一边拍打沾在头发上的纸灰，一边看向从窗户喷吐出的火舌，神情复杂。这一场火，连人带物烧了个干净，恐怕什么有用的线索都没了。

其他特务倒不是很沮丧。这种事他们早习惯了，地下党个个狠得要命，一眼看不住就会自尽，抓到活口的机会反而很少。既然"三阿公"自焚而死，正好省掉后续的麻烦，直接去报功便是。

邢翠香却有些不甘心，总觉得农跃鳞临死前这一把火烧得蹊跷。她抓住那个惊慌的营业厅经理，问他之前有碰到过什么可疑的人没有，经理摇摇头，这里每天来的人太多了，不可能记得住——事实上，这正是农跃鳞选择藏身此处的理由。

她很了解农跃鳞，这个人胆大如卵，狡黠如狐，惯常声东击西，用一件明显的事误导敌人，真正的意图却早在暗地里实行。他选择了自焚，不像是穷途末路，更像是……掩护什么人或什么东西离开。

翠香闭上眼睛，仔细回忆起火前的细节，突然间秀眉一蹙，想起进门后的第一眼，办公桌前的地板上有很多细碎的绳头，旁边还搁着一把剪子。

这在法庭上也许什么都不算，但对翠香来说，足够了。

"我们去找他之前，应该有人来过，而且带走了很重要的东西！那东西不轻，得用绳子捆扎。"

翠香睁开眼睛，走到街边一群看热闹的黄包车夫那里，亮出证件，询问在火灾之前，是否看到有人从侧门离开，手里还拎着很重的东西。

黄包车夫常年趴活，对过往行人观察最为细致。他们听了翠香的问题，纷纷回忆了一下。其中一个人说，他有两个同伴，刚刚在侧门接了两个客人。客人是一起的，其中一个拎着一个报纸裹成的长包，里面似乎是书或簿子。翠香问他们去哪儿，那车夫说听见是去天通庵路的传染病医院。

翠香记下那两辆黄包车的编号，回来带着手下迅速上车，朝着虹口追赶过去。车子风驰电掣，不一会儿便开到天通庵路上，远远可以看到其中一辆黄包车刚刚停在医院门口，一个熟悉的身影从车上下来。

翠香一看到这个身影，心脏不由得狂跳——方叔叔？

过去三年里，方叔叔是最让她头痛的人，比农跃鳞还麻烦。农跃鳞是找不到，方叔叔却不时出现在可疑场合，让她抓也不是，不抓也不是。如果他就是最后见到农跃鳞的人，众目睽睽之下，该怎么办？

翠香一咬牙，喝令停车，吩咐手下都留在车里，自己推开车门下去。方三响似乎预料到她会跟过来，就站在医院的铜牌之下等着。

"这座传染病医院，是在宣统二年（一九一〇年）鼠疫期间建的。沈会长主持，曹主任督工，我和孙希也被抓了壮丁来这里干活。那会儿你还没被英子接到上海呢。"他环顾四周，饶有兴致地说道，"当年这附近还只是个市郊的小镇子，如今已经这么热闹了。"

"方叔叔，你是不是刚从农跃鳞那里出来？"翠香顾不得回顾历史。

"是的。"

"他留下来的东西，也在你那里？"

"不在。"方三响平静道，"我想你也注意到了，这里只有一辆黄包车。另外一辆在中途就变换了方向。"

双重声东击西？翠香这才意识到，自己还是中了计。

"说起来，这还是你当年掩护农先生离沪的故智。你太聪明了，我只能模仿。"方三响夸赞得真心实意。

翠香牙关暗咬。这个计谋并不复杂，难就难在，它必须有人心甘情愿地为之牺牲。方三响这么说，就意味着他已经做好了和农跃鳞一样的准备。

"哼，另外一辆车的编号我也知道，半天就能挖出他的行踪。"翠香不甘心地喊道。方三响却丝毫不以为意："半天时间，东西早已送出上海市境了。"

"我立刻去通知警备司令部，全境封锁通道。就算抓不到你们，你们的东西也送不出去！"

翠香看到方三响的脸上浮起一种错愕，她开始以为是被说中了弱点，随即才发现，那是一种怜悯的无奈。

"翠香，你这么聪明的人，为何到现在还执迷不悟？共产党已经把上海包围得水泄不通，上海守军的布防早已是千疮百孔。走投无路的不是我，而是你们啊！"

"方叔叔，你可知道这三年来，我帮你挡了多少危险？你为什么就是不领情，总是要来碍我的事呢？"翠香被说得光火，歇斯底里地吼道。

"我一直很感谢你，翠香。不只是这几年的庇护，原来救农先生、在西本愿寺别院，还有那两场官司，那些年你帮了我们太多。正因为如此，我才希望你能早点醒悟，不要越陷越深。"

翠香忍不住笑起来，可又笑不出，因为她发现自己不知该如何反驳。方叔叔嘴比较笨，向来是辩不过她的，可眼下这个话题，却和一个人的口齿伶俐毫无关系。

方三响迈前一步，直言不讳道："你效忠的主子，如今已是穷途末路。你不要跟着一条船沉到底。现在还来得及将功赎罪，不要让英子和孙希为你担心了。"

听到这两个名字，邢翠香感觉脑内有什么东西"轰"地被炸散开来，一股难以言喻的偏执扶摇直上。她强迫自己转过身去，对手下说道："方三响医生有通共嫌疑，立刻拘捕！"

看着几个人如狼似虎地扑过去，把方三响按在地上戴手铐。翠香闭上眼睛，辩解似的喃喃道："大小姐，对不起了……我做的一切，都是为了你好。"

方三响被军统拘捕的消息，到了第二天下午才传到华山路上，还是方钟英慌张跑过来报的信。大惊失色的姚英子一边安抚小钟英，一边通知孙希。

开始他们两个压根不相信翠香会做这样的事，可两人得知福州路上电报局的大火和农跃鳞之死后，才知道这场隐秘的战争是何等残酷。

"他们把三响关去哪里了？"孙希急切地问。

"不知道。不过最近形势很紧，我听说各地监狱都优先处决政治犯。"方钟英努力维持着镇定，可稚嫩的脸上还是流露出极大的担忧。姚英子心疼这孩子，一直握着他的手，看向孙希："翠香在哪里？我去跟她说说。"

"她都把老方给抓了，不可能来见我们的。"孙希此时的心情，比姚英子还复杂。姚英子叹道："她之前跟我聊的时候，就已经有点钻牛角尖了，没想到她会偏执到这地步。"

两人还没商量出个所以然，忽然楼下传来一阵喧闹。过不多时，唐莫惊慌地跑上来道："邢姨来了，还带了好些人。"

"难道她连我们都要抓？"孙希和姚英子对视一眼。在时下的气氛里，他们已经不太敢依靠自己的常识来判断了。

但该面对的，还是要面对。

孙希走在前面，方钟英挽着姚英子，三人匆匆从楼梯上下来，来到门厅。只见邢翠香一身军装，站在大厅中央，身后站着二十几个全副武装的军警。医院里的医护人员和职工都停下手里的工作，惊骇地望着他们。在哈佛楼外面的那座花坛前，几辆军用卡车把道路堵得水泄不通。

见到他们下楼，翠香快步迎了上去。孙希劈头问道："翠香，老方呢？你把他抓到哪里去了？"

"放心好了，方叔叔暂时被扣押在一个安全的地方，我只是不想让他妨碍我们撤离的事。"翠香笑嘻嘻道。

两人的脸色顿时一僵："撤离？"

"哎呀呀，我之前不是说过，为红会第一医院争取到一条撤离船只吗？现在美国人的登陆舰已经在十六铺码头靠岸了，今晚医院就得撤。"

姚英子和孙希对视一眼，没想到她不光是冲他们来，而是要霸王硬上弓，把整个第一医院强制搬走。

"翠香！"姚英子忍不住怒喝道，"你不要胡来！"

"我可不是胡来。"翠香脸色转成严肃，"共军已经推进到了郊区，再不走就来不及了，第一医院必须立刻撤离。"姚英子大声道："医院是否搬迁，需要红会理事会、上海医学院和本院院长崔之义三方签字，否则无效！"

"我这里有京沪杭警备总司令汤司令、上海警察局毛局长的联署文件，这是政府指令，效力大过一切。"翠香强硬地把姚英子的话驳回，然后做了一个开始的手势。

军警们冲进哈佛楼内，大头皮靴踩得地板砰砰直响。突如其来的变故，让医院内部一片混乱。当年日本人都不曾侵入过这片区域，如今却被自己人蛮横地侵占。不时有病人和职工惊慌地逃离建筑，哭喊声和叫嚷声不断从窗户外传来。

翠香对第一医院实在太熟悉了，哪个科室有什么医生，擅长什么方向，了如指掌。军警在她的指挥下，几乎是喊着名字抓人，效率奇高。没过多久，他们便把所有在医院的医护人员集中在大会议室里，大约占了在册人数的三分之二。

如此之多的人聚在一处，惶恐不安，年轻一点的忍不住哭出声来，老资格的也不知所措。这些对病魔了如指掌的杏林圣手，在暴力面前却显得那么无助。紧接着，翠香宣布了一个通知，让惶恐的人群几乎要炸裂开来。

她要求所有人在十分钟内收拾个人物品，然后登上门口的军用卡车，直接前往十六铺码头。今晚九点准时开船，不允许通知家属，也不允许携带超过一件行李。

"登陆舰容量有限，以人为最优先。"翠香面无表情地解释。

这句话令医护人员群情激愤，纷纷出言叱责。军警们不得不动用橡胶棍，才把局面勉强压制下来。姚英子站在最前面，愤怒地戳着拐杖喊道："翠香，你知道你在做什么吗？你这是绑架！是犯罪！"

"我说过了，大小姐。我会保护你，可不代表不违背你的意愿。"翠香咬了咬嘴唇，却没有动摇半分，"你现在骂我，但以后会明白我的苦心的。"

孙希扶住姚英子颤抖的肩膀，上前一步："翠香，我……"

"你不要说了！"翠香厉声打断他的话，"我不要和你讲话，这件事没有通融的余地，请你退回去！听候安排！"

孙希把方钟英向外一推，没有讲话，只是以前所未有的严厉眼神注视着她。

翠香的视线落到孙希右手的伤疤上，终于轻轻吐了一口气，伸直胳膊朝门口一指："钟英，这里没你的事了。你爹在提篮桥，你去看最后一眼吧。"

方钟英还要挣扎，却被孙希强硬地推出了会议室。他在军警们的注视下，离开哈佛楼。直到跑到华山路上，确定周围没有人，方钟英才把攥紧的拳头张开，里面是一张被汗水浸湿的小字条，这是姚妈妈刚刚塞给他的。

方钟英离开之后，姚英子走上前去，对翠香道："至少……给我们留出半小时时间，医院里还有很多病人，不能不管。"

"好，半小时。"翠香点头答应。

姚英子又去劝说会议室里的医护人员。她资历很深，平时对人也极好，在医院里素有威望。医护人员听了她的劝说，默默地回到自己的岗位。护士为住院病人们悉心地做了最后一次的护理，打着打着针自己先哭了；医生们拿起钢笔，在每一份病历下都留下了处方。

孙希冷静地做了最后一次外科查房，并且如平常一样，不停地提出各种刁钻问题。身后的实习生们个个愁容满面，全无心思，只有唐莫对答如流；姚英子则去了妇产科，此时医院里还有七八个新生儿，其中一大半都是她亲自接生的。她为这些小家伙写下了详细的营养方案和注意事项，拉着产妇的手反复叮嘱。

没有人趁机给家人留下什么消息，因为这座医院从四十一年前落成起，就要求无论何种情况，都要把病人放在第一位，这是渗入骨髓里的传统。

半小时一到，军警开始挨个点名，喝令离开。大部分人都来不及更换衣服，就穿着一身白大褂，鱼贯登上卡车。他们在上车之前，无一例外都回头望了一眼哈佛楼正门上方的红十字标志。这场突如其来的离别，也许会持续很久，说不定是一辈子。

最后上车的是孙希和姚英子，他搀着她费力地钻进车厢，探出头去看了看，忍不住开了句玩笑："英子，比起我们第一次来这里坐的车，我们最后一次离开坐的车可是宽敞多了。"

这玩笑让姚英子鼻子发酸，她生怕泪水会憋不住，气得捶了孙希一下。孙希一下子又黯然道："可惜老方不在，也幸亏他不在。"

翠香没有出现。她大概不愿再面对姚英子和孙希，提前去了码头。

点数完人数之后，车队同时发动，缓缓驶出了第一医院的大院，沿着华山路向南城而去。此时的上海，市面依旧维持着平静。可无论是逼仄的石库门里弄还是殖民地式的花园洋房，无论是高耸入云的商行大楼，还是嵌满霓虹灯的军官俱乐部，都弥漫着一种挥之不去的不安。

这不安没有形体，丝丝缕缕地从每一个角落升腾而起，仿佛这座城市拥有了自己的呼吸和情绪。

暮色降临之际，车队抵达十六铺码头，但不得不在港区大门处停了下来。因为此刻的港区码头实在是拥挤不堪，大大小小的车辆蚁聚成群，纠结成一团解不开的死结。大批箱子在码头边堆积如山，散溢至每一处空隙，全无条理可言。

停泊在码头的只有一艘洋灰色的大军舰，宽体平顶，舷上刷着"中 -107"字样。这原本是美军"郡"级坦克登陆舰，可以一口气装下十七辆战车。"二战"结束之后，美军捐赠了一批给国民政府，成为这次大撤离的主力舰种。

十几盏大功率探照灯居高临下地照射下来，把这一片照得有如白昼。位于登陆舰中部的甲板向码头伸下三条货桥。大批码头工人聚集在下方，肩扛身拽，将各种木板箱一点点朝船上挪去。一座塔吊在缓慢地吊装着大件物品，长长的吊臂横贯在夜空中。

不过警卫的人数不太多，只有二十几个人，分散在甲板和码头边，工人和货物稀疏到简直看不见。现在上海到处都在吃紧，能调拨的人力极为有限。

邢翠香上前去交涉。她虽然手握毛森批文，但登陆舰有严格要求，先装完大宗货物，才能准许人员登舰。因为这条登陆舰的载货量早已分配完了，在她拼命争取之下，才勉强腾出一点点空间给这几百人。

没奈何，她只能先把医护人员集中到了港区办公室的一处仓库里，等候登舰通知。

在漆黑的仓库里，压抑而绝望的气氛弥漫在人群之中。他们已经知道，登陆舰的目的地不是舟山，也不是广州，而是台湾。对绝大多数人来说，这是一个遥远的陌生岛屿。

大家正愁云惨淡，黑暗中忽然响起一个声音："同事们，我有一件事，要跟大家讲。"

不少人纷纷抬起头来，诧异地寻找声音的来源，发现讲话的是孙希孙主任。孙希继续道："我们不能坐以待毙，要设法跟他们抗争！"

"刚才在医院里你怎么不说？事到如今，抗争又有什么用？"不知是谁喊了一句。

孙希道："刚才在医院，一来是时机不成熟，二来是还有很多病人，不能波及他们。实话跟大家说，姚主任现在有个计划，如果成功，我们就不必离开了。但这个计划，需要大家团结起来，尽量拖延时间。"

孙希的话，引起了一阵窃窃私语。大家心里不由得燃起一丝希望，可伴随而来的，还有更多的疑惑。

"那个邢翠香，原先就是姚主任家里的丫鬟。我们怎么知道，你们不是串通好的？"另一个声音质疑道。也不怪她疑惑，刚才翠香讲的话，大家都是听在耳朵里的。

"我可以向大家保证，我会和你们同进退。"姚英子的声音随之响起，"从这家医院建立起，我就在里面工作，这里有我的回忆，有我的亲人和挚友，我绝不会离它而去。"

她身体不好，这段话说得气喘吁吁的，可话里的那种坚定说服了在场所有人。是啊，姚主任和孙主任差不多是第一医院资格最老的一批医生，几乎一辈子都在这里，不相信他们，还能相信谁呢？

这时一个黑影站起身来，大声道："共产党员，站出来！"

整个仓库安静了片刻，随后第二个、第三个人影……一会儿工夫，大约有三分之一的人站直了身体。

不少医护人员都很惊讶，平时不显山不露水的同事，居然早就加入了党组织。甚至还有好友发现，原来彼此早就是党员，但是都不知道对方的真实身份。

孙希看向第一个发出号召的人，不出所料，果然是唐莫。唐莫对老师道："抱歉了，老师，瞒了你这么久。事出紧急，沈书记和方医生都不在，只好由我来发挥带头作用了。"

孙希欣慰地点点头："其实我早就该猜到了。"他也不隐瞒，把计划告诉唐莫。唐莫点点头，现在有计划也好，没计划也好，都必须做点什么，总不能坐以待毙。

他对着人群大声说："上级党委有过明确指示，要求我们排除敌人的干扰与破坏，确保解放军能够顺利接收上海。所以现在我们必须团结一心，挫败敌人搬迁医院的阴谋。"仓库里的党员们一齐举起了右拳，放在太阳穴边。

说来也怪，即使不是党员的医生，看到这一幕，心中也莫名安定下来。仓库里的惶恐情绪，悄然退潮。在黑暗中，孙希忽然感觉到一只手伸过来，紧紧握住了自己的右手。

邢翠香刚刚结束一场争吵。

她依靠着伶牙俐齿和一把手枪，终于说服了那个美国人船长让人员登舰。她匆匆走下船来，忽然感觉头顶有点湿，一抬头，只见无数雨滴从天而降。

在探照灯的强力照耀下，这些雨滴被描成一圈狭长的流线型白边，看起来如同一枚枚小型炸弹落下来，在码头上炸出无数片水花。上海这个季节，时不时就会来一场雨，只是在这个当口，显得不合时宜。

翠香烦躁地想点起一支烟，可雨势实在太大了，火柴根本没机会点燃。她强压住内心越来越不安的预感，走到仓库前。这时一个手下跑过来，惶恐道："邢组长，那些医生……开始闹事了。"

"闹事？"

邢翠香杏眼一瞪，加快了步伐。手下赶紧跟上，一路上说，刚才第一医院的人推举出了四个代表，要求实行自愿搬迁原则，不得强制迁走。

"如果我不答应呢？"邢翠香冷笑道。

手下一脸苦相："他们现在把仓库门堵住了，我们不用强根本进不去。"

"那你们为什么不用强？"

"咱们弟兄里，有好些人去医院看过病，不好下手。再说了，上头说医生宝贵，属于战略性人才，万一擦枪走火死了几个，不好交代呀。"

"现在军舰已经做好准备了，不能再拖延，必须立刻登舰。坚持不走的人，也没必要留给共产党。"

说话间，邢翠香已经走到了仓库前。军警们之前有一个小小的疏忽，他们觉得这些医护人员手无缚鸡之力，没必要管束得如此严格，只在仓库外部署了守卫。没想到这些人居然群起闹事，用几个木箱和沙袋把门从里面顶住，只半开一扇通气窗交流。

邢翠香走到门口，朝里面看去，只见正门内侧站着四个人，两男两女，打头的正是唐莫。没见到孙希和姚英子，多少让邢翠香松了一口气。手下找来一把伞撑起来，她却不耐烦地推开，一头雨水地走到通气窗前："准备登舰了，请你们准备好。"

"我们所有医护人员一致要求，登舰实行自愿原则，否则就不离开这个仓库。"唐莫严正交涉。

翠香淡淡道："我没时间跟你们啰唆。上头已经给了明确指示，要么走，要么死。"说完她把手里的枪晃了晃。

"邢姨，你什么时候变成了这样？"唐莫真是痛心疾首。翠香看向他，唇边微微露出一丝嘲讽："我从抗战时起就是军统的人，当初我还是你给运出的呢，忘了吗？"

"我没忘，那时候你是抗日义士，可现在你变成什么了？"

"我没变，变的是你。"

"变的是整个中国！"唐莫大声道，"邢姨你现在躲在这个小码头，像一条丧家之犬等着跑路，难道还不说明问题吗？"

翠香"唰"地抬起手臂，把手枪对准唐莫的额头："少废话。现在我要求你们立刻登舰，否则别怪我不念旧情。"

两人对峙片刻，终于还是唐莫先退缩了。他叹了口气："那我回去商量一下。"

四个代表从窗口退开，翠香放下枪，这才让手下把雨伞打起来，点燃一根烟。过了约莫五分钟，唐莫才再度出现在窗口："我们可以登舰，但你必须满足我们三个要求。"

"什么？"

"第一，允许临走前让我们与亲属会面；第二，允许多携带一件行李；第三，警备司令部出具证明，说明我们是被强制征调的。"

翠香一口拒绝，时间来不及。等到每一个人的家属赶到码头，只怕解放军早进城了。至于警备司令部，他们现在烧文件都来不及，哪里顾得上给一船医生开证明？

唐莫似乎也意识到这有点苛刻，又退回去商量。这次持续时间更长，大概得有十分钟。直到翠香耐不住，威胁要撞门放枪，他才回到窗口，宣布退了一步，只要求提供纸笔，允许全体医护人员最后留一封书信，送回到华山路第一医院。

这次的条件，就连在场的特务们都觉得很合理。唐莫又从窗口扔出一片薄布，这是从仓库里翻出来的，上面密密麻麻，写满了血色的字。每一个人，都咬破了手指，把名字留在上面。

"这是我们每一个人的决心。如果这个要求没得到满足，我们宁可死在这里。"唐莫斩钉截铁地说。

翠香看到那块布上，还有"姚英子"和"孙希"两个名字，心中一颤。唐莫没有明说，但意思很清楚了，姚英子和孙希与在场医护人员坚定地站在一起。如果翠香要杀死他们，那只能全部杀死。而如果他们两个人死了……她费尽心机做这些事，又有什么意义？

这是隐晦的要挟，可偏偏戳中了翠香的死穴。

在兵荒马乱的码头寻找纸和笔，并不是一件容易的事。最后还是翠香手下一个特务脑筋活络，直接砸开了码头附近一家书画铺子，把里面的毛笔、宣纸和墨水桶全都抱过来，一股脑送进仓库去。

眼看军舰的装货已接近尾声，可仓库里的留书迟迟没完成。好不容易等到唐莫出现在窗口，他居然又提出一个新的要求："由你们的人来送我们信不过，请通知崔之义院长，让他来取。"

崔之义院长正在上医上课，几乎不可能赶过来。翠香正要一口回绝，突然双眼一眯，暗叫不好："他们根本不是诚心谈判，而是在拖延时间！"

唐莫到底还是谈判经验不足，提出的条件太过离谱，反而被窥破了意图。邢翠香看看时间，一狠心，顾不得投鼠忌器，当即下令对仓库发起强攻，但不得动枪。

军警们调来了烟幕弹，远远地顺着窗户抛进仓库里，然后抬起一根钢梁，朝正门狠狠撞去。唐莫和其他地下党奋力挡住，奈何烟呛得实在太厉害了，大门只坚持了几分钟便被突破。军警们一窝蜂地冲进去，橡胶棒像雨点一样砸在医护人员身上。

外面的如瀑大雨哗哗地下着，仓库里却已变成了一锅粥。有人尖叫着朝后躲去，有人也怒吼着冲上来，在人工催成的烟尘里乱成一团。唐莫捡起地上的烂板条，试图去砸一个骑着同事狂抽的军警，不料对方飞起一脚踹到他头上，唐莫不由得跌倒在地，头破血流。孙希急忙上前扶起自己的学生，掏出手帕要给他止血。那个军警打得眼红，挥起棍子要砸孙希，却又被唐莫嗷嗷叫着抱住腰部，后背猛然撞到砖墙上。

邢翠香站在门口，看着这一片人影交错，听着哭喊与怒吼，连指甲抠进肉里都没觉察。她不明白，这些医生为什么激烈反抗到了这个地步。这明明是一件好事，明明是很多人抢破头都找不到的逃生机会，为什么……

"好了！翠香！"一声凄厉的声音在仓库里响起。所有人的动作都停了下来。

只见姚英子挂着拐杖，缓缓从躺倒一地的同事之间穿过，走出烟尘缭绕的仓库，与站在门口的翠香四目相对，声音都在发抖："叫他们停手，我跟你走！"

邢翠香举着伞，努力让自己的表情凝住："大小姐，如果你早听我的，何至于弄成这样？"

姚英子摇摇头，没有回答，沉默着与她擦肩而过。翠香正要回身给她撑伞，却见到孙希也从烟雾里踉跄而出，左手费力地架着满脸是血的唐莫，双眼一片赤红。

翠香把伞递到他手里，孙希愤怒地正要甩开，可一看到唐莫头顶的鲜血顺着雨水淌到地面，只得咬牙接过去，脸却始终紧绷着。

第一医院的其他医护人员也陆陆续续走出来。他们几乎人人带伤，互相搀扶着，从仓库进入雨中。没有人看向翠香，也没有人发出声音，就像一支沉默的送葬队伍走过翠香身旁，跟紧姚英子和孙希。

正在这时，一个手下慌张地跑过来大喊："邢组长，不好了。码头那边好像……出乱子了！"

这一句话，令整个队伍停顿了，姚英子、孙希和邢翠香三个人同时转过头去。

透过雨幕和探照灯，他们看到码头那边似乎起了微妙的变化。登陆舰旁边的那几个货桥上空荡荡的，装货工作似乎停止了运作，那一座塔吊不知何时也停了下来，一辆黑轿车被钢丝吊在半空，在风雨中缓缓摆动，颇为滑稽。

越来越多的人聚到货场边缘，正在与少量守卫对峙，雨声中不时有隐隐的叫喊声传来。似乎是码头工人们在组织一次突如其来的罢工。工人们不断聚集，守卫们却在不断后退。具体什么情形不知道，但登陆舰的装货进度，毫无疑问地被拖慢下来。

队伍里的医护人员停住脚步，露出惊喜。

"大小姐，这就是你们等的救兵吗？"

翠香微微抬起头来，雨水浇在脸上，看不出神情是惊慌还是嘲讽："如果我猜得不错，带头的应该是方叔叔和陈叔信吧？十六铺码头，一向是他们的工作重点。"

姚英子和孙希不置可否。

"我啊，就是心太软。把方叔叔送去提篮桥监狱关押，本是想给他留一条活路。没想到，提篮桥监狱比我还大度，居然直接把他放了出来，可见那里也已被共党渗透。唉，真是千疮百孔，千疮百孔，没有一个地方让人放心。"

翠香像是对他们说，又像是对自己说："这三年来，我对大小姐和方叔叔、孙叔叔你们一味迁就，无论你们做什么，我都替你们遮掩。因为我爱你们。可到头来，我好心保住医院元气，你们两个视我如仇人；我留了方叔叔一命，他一出来，立刻跑来坏我的事。忙碌一场，我倒成了人人憎恨的坏人。"

姚英子背对着她，没有动摇。孙希忍不住回头看了一眼，想要反驳，却正好见到翠香在雨里笑起来："我是心软，但不代表我是个傻子。我既然告诉钟英那个小鬼头他爹在提篮桥监狱，又怎么不会防着有这一手呢？"

她话音刚落，一阵刺耳的警报声骤然响起，有如一只无形的枯手撕开雨幕。在码头大门口，突然出现了一支全副武装的军队，约有一百人，全部美械装备，锃亮的钢盔在探照灯下泛起一片白光。

"撤离上海的计划，是国府重中之重，对于码头工人闹事早有预计，毕竟你们共产党就是靠这个起家的。所以我早就通知上海警备司令部，埋伏了一支嫡系精锐在这里，专司弹压骚乱。"

姚英子、孙希和其他队伍里的医护人员眼睁睁看到，这支正规军像水银泻地一样拥入码头，以无比强硬的姿态撞入罢工的阵容。码头工人虽然团结，可无论装备还是人数都完全不占优势，很快便被冲散、分割。

幸亏眼下还需要这些工人运货，否则军队一开枪，只怕会立刻血流成河。

"大小姐，你的指望没用了，我们继续走吧？"翠香走到姚英子身旁，如平常那样亲热地挽住她的胳膊，"也不能说没用吧。让方叔叔远远地送我们一程，也算没留下遗憾。"

姚英子表情僵硬，几乎是被她拖着往前走。孙希架着唐莫，焦虑地望向那边。工人们还在抵抗着，他们无法取得优势，可一时间军队也奈何不了他们——也不知道老方如今是什么情况。

队伍再次百般不情愿地挪动起来，一步步朝着登陆舰靠近。当军队和暴动的工人正对抗到高潮时，姚英子终于被翠香拖到了登陆舰的舷梯前。

这条舷梯只是条简易的步道梯，另一头高高翘起，搭在上方甲板的边缘，构成一条狭窄的倾斜通道。此时的雨势和风势都陡然变大，在探照灯的白光照耀下，雨滴化为无数条斜打在舷梯上的线，让人产生一种飘摇欲倒的错觉。

姚英子忽然想起很早之前，陶管家讲过跟随老爷登华山的经历。华山太险峻了，两侧皆是峭壁深涧，只有眼前一条路。这路明明是不动的，可如果你心里害怕，这路也会随着你的想法晃动起来，最后的结果就是眼花腿酥，上不能上，下不能下。

华山只有一条路，这时候唯有狠下一条心，才能硬闯过去。陶管家说。

"大小姐，上去吧。我扶您。"翠香说。

姚英子站在舷梯前没动。翠香道："方叔叔那边您是指望不上了，拖延这几分钟又有什么意义呢？"

"翠香，我之前说过，你这三年来根本没看清形势，非要一条路走到黑……"

"有什么大道理，上船再说吧，从上海到台湾的路可长着呢。"邢翠香催促道。

姚英子扶住舷梯，向上迈去。翠香搀扶着她走到一半，姚英子忽然听到一阵低沉的隆隆声，不由得回过头去，向远方眺望。她此时所在的高度，可以让视野延伸得更远。

翠香开始以为她是在看暴乱中的方三响，可很快觉得不对劲了。

大小姐的视线，落在了码头的入口处。那里突然出现了一连串白色的灯光。灯光呈圆形，两两一对，鱼贯而入，似乎是一个车队。从灯光到地面的高度判断，应该都是轿车。

更奇怪的是，守在码头入口的军统特务和军队，并没有拦截，任由他们开进来。邢翠香心中疑云大起，看向姚英子，忽然意识到，她不是在看，她是在等！

她早就预料到，这支车队要来？

"翠香，我们拖延时间等待的援军，从来不是三响。"姚英子徐徐道。

"那是谁？张竹君？颜福庆？"一连串人名在翠香脑海里闪过，可又被一一否定。她不由得冷笑道，"今日之上海，撤离才是天大的事。您请出哪尊佛来，也阻止不了我们登舰。"

那支车队此时已冲到了舷梯前方，轮胎在积水里发出打滑声，险些撞到正排队准备登船的医护人员队伍。为首一辆车打开门，一个军装男子匆匆出来，几个军统特务迎上去，却被他亮出的身份震住了。

"我是上海警备司令部的军法处处长孙崇秋。"来人沉着脸，雨滴顺着宽檐滴下来，"现在奉命征收这艘登陆舰，以作撤离之用。"

怪不得军队不敢阻拦，原来是顶头上司。

那支车队的车门陆续打开，从里面拥出来一大批男女老少，男的一身绸衫，腰间鼓鼓囊囊的，怀里抱着字画卷轴；女的裹着皮草，脖子上挂着七八条首饰，把脖子遮挡到几乎看不见。人群中间还夹杂着几个副官，手里拎着皮箱。看他们手腕紧绷的状态，这皮箱极沉，里面装的八成是黄金。

更有人打开汽车后盖，取出一件又一件行李和包裹，简直就像是搬家一样。

翠香眉头一皱，当即从舷梯下去，向孙崇秋道："我是军统上海站的防谍组组长邢翠香，这是我们军统安排的舰只，不在征收之列。"不料孙崇秋二话没说，伸手"啪"地给了她一记耳光，恶狠狠道："滚你妈的蛋，军统了不起吗？今天这船，老子必须上去！"

"我们是毛局特批的，你敢抗命？"翠香捂着脸，却死死挡住舷梯。

孙崇秋冷哼一声："他们警察局的首领，管不到我们警备司令部。我告诉你，这些都是司令部长官的亲眷好友，你想清楚！"

翠香其实一看到那些人的装扮与做派，就全明白了：这是警备司令部利用职权在谋私利。她有点不敢相信，前线将士还在抵抗，她还在煞费苦心地迁移医院，这些人却无视三令五申，公然先安排自家的家眷和财产跑路？

"你们警备司令部明明有运力安排，为什么不等等，坐自己的船？"

"没有什么后续运力了！"孙崇秋气急败坏地打断她的话，"共军已经突破近郊防线了！今晚再不走，就没机会了。"

翠香一愣，这么快？再一想，后方警备司令部的人都如此做派，前线的士气可想而知，崩溃如山有什么好奇怪的？

"那至少你们不要带这么多行李，我这里还有很多人……"

她还试图商量，不料孙崇秋又是一记耳光甩过来，然后抓住她和姚英子的胳膊，狠狠推下舷梯。

到了这种危急关头，什么规则、什么权限，统统没用了，唯有暴力才是最直接的手段。这些人一门心思要去逃命，管它是什么人的什么船，只要上去就行。

那些高官家眷一见开了口子，全无矜持地朝舷梯跑去，登时挤了个水泄不通。第一医院的医护人员队伍反而被推开在一旁，还被几辆车故意挡住，唯恐他们来抢通道。

邢翠香情急之下，喝令手下去拦，可是喊了几声，却没动静。她一抬头，看到那些军统特务如今也是个个面露惶恐。解放军都到了近郊，他们忠于职守还有什么意义？

翠香呆立在雨中，看着那些达官贵人蜂拥而上，肥硕的身躯在狭窄的舷梯间蠕动着，甚至一次都无法挤两个人上去。登陆舰的吨位早分配好了，他们上去，就意味着医护人员上不去。这一场辛苦，竟为他人做了嫁衣。

他们是蠢货吗？翠香简直无法理解，这些可是全上海，不，全中国最好的医护人员，你们把不能吃喝的古玩首饰带过去，难道要靠那些治病吗？她浑身剧烈抖动着，脚下一朵朵水花溅起。

"这是大小姐你安排的？"翠香低垂着头，几乎被雨水浇透，湿漉漉的头发垂到脸前。

"是。"姚英子。

"你什么时候，跟孙崇秋有联系了？"

"你可知道，上海警备司令部的那些家眷一直在哪里待着？孙崇秋早几天，就把他们安排在十六铺码头旁的保育讲习所。那里的事情，怎么瞒得过我呢？"姚英子从容地讲道，"你把我们带走之前，我交给小钟英一张字条，让他只做一件事，就是去讲习所告诉孙崇秋，今晚有船离开上海。"

"就只是这样？"翠香不敢相信。

"全上海的达官贵人，都因为找船找得发疯，这不是你亲口告诉我的吗？孙崇秋这样的人，一定不会放过这个机会的。"

姚英子眯起眼睛，看向天空："我不是说过吗？你这三年来根本没看清形势，不只是看不清对面的，也没看清自己这边的——而我在抗战时，就已经看透了。武汉会战最激烈的时候，我在颜咀兵站亲眼看到一个政府官员，拖家带口，携带大量珍贵药物向后方撤退。这么多年过去，他们的本性真是一点都没改，反而变本加厉。"

"所以不是我阻止了你，而是你所效忠的人阻止了你。"

一声炮弹呼啸的声音刺破雨幕，传到码头。这声音仿佛一根刺入皮肤的针管，让所有人都为之一凛。攻守两方的火线，已经接近这里了。

码头上那支已经取得优势的军队，突然之间溃散开来。士兵们并不畏惧没有退路的死战，但当他们发现长官们先行逃离时，自己便没了继续作战的理由。越来越多的人转过身来，扔下武器，也顺着货桥冲上登陆舰。

船长见状，急忙下令收起船锚，准备紧急出航，再耽搁一会儿，只怕黄浦江的航道会被炮火封锁。为了节约时间，引擎同步开启，来不及收回的货桥随着船身左右摇摆，不时有人尖叫着，从上面掉落到江水里，但没有人关心这个。

突然之间，翠香露出无比冷厉的眼神。她拨开额前的湿发，抽出枪来，一下顶在姚英子的背心，把她再度推向舷梯。

"无论如何，至少我得带大小姐你走！我要保护你！"翠香连声喘着气，分不清是恼怒，是恳求，还是哭泣。姚英子无力反抗，只好被她强行推动着，晃晃悠悠地踏上梯子。梯子晃动得厉害，翠香走起路来也是一瘸一拐，可枪口始终顶着姚英子的背部。

此时孙崇秋带的那批人已经登得差不多了，通道重新空了出来。但是舰身摇摆得十分厉害，舷梯的搭头与船舷之间发出尖锐的摩擦声，岌岌可危。

两个人就这么跟跟跄跄地到了中段，翠香刚刚要换一口气，握枪的手腕却猛然被一只手从旁拽住。在慌乱中，翠香只来得及看清，那手上有一道细长的伤疤。

一见到这伤疤，翠香没来由地一阵恍神。孙希趁这个机会把姚英子抱住，旋了半边身子，把她朝舷梯下面一推。几个第一医院的医护人员急忙上前，把姚主任稳稳接住。

而就在这一刻，登陆舰浑身一震，开始缓缓远离码头。舷梯的下半部分，脱离了码头的地面。孙希别无他法，只得扯住陷入呆滞的翠香，朝上方狂奔。

就在舷梯发出一声悲鸣，彻底滑落到黄浦江里前的一刹那，孙希用力托起翠香，勉强翻过船舷，滚落到甲板上。

周围的乘客并没人来帮忙，他们都忙着清点自己的行李，庆幸在最后一刻赶上了撤离。孙希感觉到浑身的老骨头都在酸疼，他勉强撑起胳膊，看到翠香已经站起身来，从船舷探出头去，近乎绝望地看向仍留在码头的姚英子。

"大小姐！大小姐！"翠香哀苦地叫起来。那眼神，让姚英子想起了蚌埠集外的那个小女孩。只是夜雨太大，距离太远，姚英子已看不清她的面孔。

孙希定了定神，也趴在船舷上，望向码头那个熟悉的身影。他的眼镜早不知丢去了哪里，此刻隔着雨幕什么都看不清，但眼神无比温柔沉静。

登陆舰缓缓远离码头，掉转船头，准备进入外围航道。孙希转过身来，四肢摊开，躺平在甲板上，仿佛完成了一件人生最重要的大事。

就在这时，孙崇秋突然大吼一声："那是什么？"

众人一惊，以为又有什么变故。他们纷纷抬头，只见码头上的那一座塔吊突然再次动了起来。那一支吊着轿车的长臂在半空旋转了半圈，准确地悬停在了登陆舰的甲板上空。

"是方叔叔……"翠香扶着船舷喃喃道。

孙希一激灵，从地上爬起来。他根本看不清远处，只模模糊糊看到塔吊操作舱里，似乎有两个人。一个自然是操作员，另一个人他知道一定是蒲公英。

吊臂电机嗡嗡地转动，钢索吊钩拽着这辆轿车，缓缓把它放落在甲板上。可惜甲板上的行李实在太多，四个轮子落地高低不一，车身以一个滑稽的姿势翘起来，但塔吊没有任何脱钩的动作。

甲板上绝大部分人都躲得远远的，生怕被操作不当波及。只有孙希和翠香看明白了方三响的用意，这是目前唯一能够离开登陆舰的方式，而且窗口期不会很长。因为舰船正在转向，甲板很快就会和塔吊拉开距离。

孙希笑道："这个老方，还会开塔吊呢，我倒是头一回听说。"他仰头盯了一阵，转过头对翠香道："算了，我不走了，陪你，for redemption（为了救赎）。"

一下子，翠香蓄积多年的情绪倾泻而出："我不要你陪！你上船是因为要救大小姐；你留在上海是为了帮她守着医院；你为了救我而自残，因为我是她的丫鬟！这样的施舍，我那个时候不要，现在也不要！"

"翠香……"

"你能为了我，彻底忘了大小姐吗？"

孙希沉默片刻，坚定地摇了摇头。翠香深吸一口气，满脸泪水："我也不能，这就是问题所在！"她怒气冲冲地举起枪，把孙希逼到轿车前，拉开车门："你滚！现在就滚！你再不走我就一枪打死你！"她见孙希仍不进去，索性掉转枪口，对准自己："你快滚！不然我就开枪了！"

"翠香，那你跟我回去吧，现在回头还来得及。至少我们可以像从前一样。"孙希还试图做最后一次努力。

此刻车子已经从甲板上滑到了船舷旁边，再有半分钟，两者就要彻底分离。

"来不及了，不可能回到从前了！"翠香摇摇头，"我没脸去见大小姐，也没办法再面对你们！我们都做了自己的选择，就要承担结果。"她突然举起枪，对天连续扣动了三次扳机，然后把孙希推进车里。

清脆的枪声，仿佛给了塔吊一个清晰的信号。吊臂的电机开始转动，孙希只能让整个身子都趴进去，然后与汽车一齐被吊离地面，缓缓朝半空升起。孙希趴在车窗上，视野逐渐扩大。

他先是看到在风雨之中，一个湿漉漉的身影站在甲板上，有如当年蚌埠集初遇时一样孤独无助。那身影跪在船舷边缘，朝着下面重重地磕了三个头。

然后视野徐徐抬升，他看到了登陆舰的全貌，以及旁边码头上另一个矗立怅望的小黑影。当吊臂的钢索收到顶端时，他看到了整条奔腾的黄浦江，看到了江上散乱而慌张的运输船队，看到了上海市区边缘不时亮起的枪火……

　　一队解放军士兵来到了哈佛楼前，他们脸上满是硝烟，但精神很健旺，他们刚刚结束一场漫长但不甚激烈的战斗，是沿着大路一口气冲到这里来的。

　　这些士兵没有贸然闯入楼内，靠在花坛前稍事休息。还有几个不安分的，对着远处的纯庐好奇地窃窃私语。带队的排长分派完岗哨工作之后，向楼内观察了一阵，觉得很奇怪。

　　现在明明是大清早，这家医院里的医生和护士居然人数不少，上海的医院开门有这么早吗？而且他们个个疲惫不堪，身上似乎还带着新鲜伤痕，像是刚打过一场通宵战斗一样。这种不寻常的迹象，让他充满警惕。

　　上海太大了，道路也太复杂了。他们刚才一路只顾穷追猛打，等停下来才发现，已搞不清楚身在何处。这座城市还没完全解放，敌我未明，不可以掉以轻心。

　　这时一个小护士提着两个暖水瓶走出来，排长让她先停下来，问她姓名。小护士说："我叫宋佳人，是这里的护理科护士，院里的领导让我给你们送点热水来，解解乏。"

　　排长接过暖水瓶，交给副排长，然后从兜里掏出一本小册子。

　　这册子是油墨印刷，很是粗糙，应该是匆匆印成的。它的封面上写着"上海市各医院"几个字，落款则写着"江南问题研究会编印"。

　　"你们这家医院叫什么？"排长问。

　　"红十字会第一医院。"

　　"地址呢？"

　　"海格……哦，不对，华山路三六三号。"宋佳人回答。

　　排长迅速翻开册子，找到了相关条目，略看了眼介绍，神情登时放松下来，对副排长兴奋道："自己人，是自己人的医院。"

尾声
一九五〇年八月

双鬓斑白的孙希从二楼的院长室退出来，手里握着一份病历，朝着楼梯口走去。

路过的小护士很奇怪，向来风度翩翩的孙主任，怎么突然看上去比之前老了那么多？就连手都开始抖起来。孙希没有理会她们的招呼，一步步走下楼梯。在楼梯下方，同样是花白头发的方三响早等在那里。

"怎么样？"方三响一见他下来，迫不及待地问道。

孙希把病历本递给他，语气苦涩："确认扩散了，癌变组织已向十二指肠浸润，而且结肠、肝、胰腺都发现了转移性结节。"方三响如同被电击了一下，缓缓接过病历本，认真地看起来，不肯放过每一个字。

"这个真的确诊了吗？没有可讨论的空间？"他不甘心地翻动着，一页纸不知要看上几遍。

"崔之义院长和沈克非院长联合做的会诊，不会有错。"孙希苦笑。

方三响怔了怔："那英子还有多久时间？"

"已经是末期了。运气足够好的话，三个月，运气不好的话……随时。"

"那……英子知道了吗？"

孙希摇摇头："我没跟她说，但以她的聪明，除非不去见她，否则根本瞒不过——不对，如果我们一直不去见，她也能猜出来。"

方三响"扑通"一声，坐在旁边的躺椅上，双眼发直，久久不能出声。孙希坐在他旁边，想要劝慰一句，一开口自己先哽咽了。他们都是专业的医生，知道这个诊断是没有任何侥幸的。两个老头就这样并肩呆坐在那里，足足坐了一个小时。无论是唐莫还是其他医护人员，都不敢去打扰，远远绕开。

犹豫了好几天，最后两个人到底鼓起勇气，来到英子在第一医院的病房。孙希带来一束玫瑰花，方三响拎来了一袋牛肉："这是严之榭找到的，一个淮北人在武康路角开的任桥牛肉馆，真亏他能找到。"

姚英子笑起来，这是三人初到蚌埠，孙希特意买来给她的。当时她赌气没吃，后来也一直没机会吃到，时至今日，才算得偿所愿。

"探访病人不送花，反倒送牛肉，我真服气老方你。当初天晴怎么就看上你了呢？"孙希把玫瑰花插进花瓶，左摆右摆，始终觉得不满意。

姚英子一听这名字，惊讶地看向方三响。方三响笑着说："广慈那边终于有消息了，说天晴是在云南那边。据说她是从武汉撤退后去的，然后又随军入缅，害了热病，折腾到现在才算落实了身份。钟英已经赶过去了。"

他尽量说得轻松，可病房里的三人都明白，这段经历只怕艰苦到难以想象。姚英子一拍巴掌笑道："人还活着就好，等他们回来，你们一家三口终于能团聚了，不知小钟英见到亲妈还会不会哭鼻子。"

"呃，是这样……"方三响抓了抓头，"他们不回来了，天晴的身体怕是吃不消长途跋涉。我会安顿好这边的事，也搬去云南。"

别说姚英子，就连孙希都吃了一惊，他之前都没听过这个计划。方三响坐在椅子上，语气严肃：

"我跟颜院长仔细聊过这件事。我这次去云南，一是陪天晴，二是想效仿英子你和陈志潜教授，在当地农村开办速成医疗培训班，培养出一批粗通防疫和常见病治疗的土医。我认为中国的未来，取决于是否能为四万万人提供基本医疗服务，我打算去践行。"

"好家伙，咱俩从年轻时就争论这个话题。现在你不跟我说这些，是怕我骂你吗？"孙希不满道，"你可想清楚，那边苦得很。"

"正因为如此，才更需要有人去关心。做医生的都窝在大城市里，算什么苍生大医？"

孙希笑道："你啊，说是嘴笨，其实比谁都毒。可惜这次你讽刺不到我。要说苍生大医，我也有意愿去争一争。"说完他从兜里掏出一张纸，炫耀式地拍在两人面前。

这是一张申请入朝支援的志愿书，下面有崔之义院长的签字和一个中国人民志愿军后勤卫生部的红章。

"现在朝鲜那边的战争打得正激烈，前线急需医疗人员。我已经申请加入沈克非教授的志愿军医疗队技术顾问团，马上就要出发去丹东了。沈会长总爱说强国保种，你去保种，我去卫国，岂不是正好？"

姚英子露出担心："你行吗？"孙希道："我又不是没去过战场，没问题。"方三响在一旁冷然道："英子不是问你的意志，是担心你的技术。"孙希不服气地举起左手晃了晃："这几年的锻炼，可不会白费。不信你让我拉一刀试试？"

姚英子看着两个人拌嘴，先是乐呵呵地看着，忽然神色又有点黯然："这么说，你们都要走了呀，只剩我一个人在这里了。"屋子里忽然陷入一阵寂静，两个人的神色有些不太自然。姚英子忽然笑道："我又不是抱怨你们不陪我，我是羡慕你们有那么多想做的事情可以做。唉，我却只能坐在轮椅上，哪里都去不得。"

"想去哪里？我们陪你出去走走。"两个人异口同声地说道。

他们本以为姚英子只是想在院子里转转，或者去隔壁的纯庐散散心，或者去见见故人，比如颜院长、张校长什么的。没想到她提出的要求，却是去外白渡桥看日出。

本来以姚英子的身体状况，是不宜离开医院的。但这几位医生的资历实在太老，院方也只能乖乖顺从，还安排了一辆救护车负责接送。

两人次日一早便赶到医院，接上姚英子。唐莫自告奋勇开着救护车，带着他们穿过静谧的上海城区，来到外滩旁边。

此时天色刚蒙蒙亮，这一座外白渡桥上却已经聚了不少人。事实上，自从它建成之日起，无论时代如何变化，永远都是如此热闹。因为这里位于苏州河与黄浦江交汇的江口，站在桥上放眼望去，无论外滩巍峨的楼群，还是浩渺江面上繁忙的船队，可以一览无余。无论日出还是日落，都是奇景。

唐莫远远地停好了车，两个老头一左一右，推着姚英子的轮椅上了大桥侧面的木板步道。推着推着，姚英子忽然说道："好，就停在这里吧。"

两人连忙停下来。姚英子坐在轮椅上，静静地向远处眺望良久，忽然开口："你们还记得这里吗？宣统二年（一九一〇年）的六月份，咱们三个在汉弥登吃了番菜，在虹口看了电影，然后跑来这里，就在这个位置，我们三个一起看日落。"

"记得，记得。"两个人的心中，同时浮现出一个顾盼生姿的倩影。

"我那时候跟你们说，我从小就喜欢在这座桥上看日出日落，每次看到又是欢喜，又是难受。它好美，可这么美的东西，却一转眼就消逝了。如果一直能看到这样的景色，该多好啊。"

姚英子仿佛变回成那个十几岁的少女，兴奋而天真，双眸闪动着光辉。

"还记得孙希你当时说了什么吗？你说太阳永远都不会变，变的只是我们而已。人终究会变老，得病，死亡。"

孙希尴尬道："我那时候年轻嘛，偶尔煞煞风景有什么奇怪的？老方比我还嘴笨，憋半天就来一句尽本分。"方三响呵呵一笑，懒得和他争辩。

"现在我明白了。人会死亡，可每一个人的人生不会重样。就好像这外白渡桥，虽然日出和日落每天一样，朝霞和晚霞却日日不同，每天其实都是一幅新的景致。只要看到属于自己独一无二的日出日落就好，又何必强留住永恒呢？"

两人同时沉默下来。姚英子微微仰起头，看向天边的鱼肚白，笑起来："我的身体情况，是不是不好了？"方三响和孙希对视一眼，攥着扶手的手微微颤抖起来。

"你们两个啊，从来瞒不住事情的。看你们那么努力地掩饰，我都着急。"姚英子轻嗔了一句，随即说道，"我们都是做医生的，对于生死不必这么畏惧。生老病死，是客观规律，何况以我的病情，能活到这么久，已经是天大的幸运了，我没有什么可遗憾的了。"

不待两人有什么表示，姚英子迷醉地深深地吸了一口气，清凉的江风里带着一丝煤灰味道："哎，我有时候回想从前的事，总觉得很不可思议。你们说世界那么大，那么多人，怎么偏偏就我们三个碰在一起呢？"

"自然是因为都在红会第一医院呗。"方三响回答，"我们分分合合，总会回到这里来。"

"是呀，我还记得。咱们三个第一次在医院干的事情，就是在割症室里救了刘福山。我那条羊毛围巾，就是那会儿弄脏的。"孙希也是满眼感怀。

"说起来，我和那家医院的缘分，可比你们要早，得追溯到光绪三十年（一九〇四年）呢。"姚英子转动脖子，指向苏州河北边，"你们看到了吗？就在那边，东百老汇路和东唐家弄的路口，那一年我在那里闯下上海滩第一次车祸。"

"知道，知道，你炫耀过很多次了。"孙希道。

"我一直没好意思跟你们说。那次车祸，我把苏松太道的电报干线给撞断了，差点耽误了中国加入红会的电报。最后还是我跑去吴淞口拿到副本抄件，才算弥补了过错。"

"等等……"孙希突然觉得不对劲，"那是什么时候的事？"

"七月三日，那也是我和颜院长第一次见面的日子。"

孙希露出一脸见了鬼的表情："那封电报，是不是大清补签《日来弗红十字会公约》的文书？"姚英子歪着头想了想："好像是。"孙希一拍脑袋，大叫道："那封电报，正是我七月三日从伦敦亲手拍过来的呀！"

在一旁的方三响也怔住了："原来……原来竟是你们两个……"孙希和姚英子问他："怎么了？"方三响道："老青山的事，你们是知道的。"

两人面面相觑，有些困惑。孙希纳闷道："不就是觉然和尚骗了沟窝村百姓吗？这事你不知念叨了多少遍，怎么突然提起这个了？"

"我之前给你们讲的，都是前头的事，后头的事却没详细说过。"

"我们知道啊。魏伯诗德与吴尚德两人打着红会旗号，救你出来，所以你一直把红会当救命恩人。老方你真是年老多忘事。"

"不，不，其中细节我可没讲过。"方三响按住胸口，似乎按捺不住激动，"当时他们两人并没有官方身份，无法把人救出战场。魏伯诗德一直陪着我等，等到大清补签红会公约的消息及时送至牛庄营口港，我才得以生还……"

"那是几月几号的事？"孙希的声音微微有些发抖，他很奇怪自己之前怎么没深究过这个问题。

"公历七月四日。"

三个人你看看我，我看看你，脑海中同时浮现出一条金黄色的丝线，它从伦敦出发，绕过大半个地球连接到上海，然后又从上海延伸至牛庄。

"原来你们……我们……"姚英子呢喃着，不知不觉伸出双臂，握住了方三响和孙希的手。这个意外的发现，令他们一时间陷入了难以言喻的震撼之中。原来彼此的命运，早在相遇之前便交织在了一起。历经四十六年的风风雨雨，至此方形成一个闭环。

这时旁边的人群传来一阵喧闹，姚英子最先清醒过来："哎呀，日出就要开始了。"两个人赶紧调整轮椅，摆成面向正东方的角度，然后一左一右站在姚英子旁边。

只见在浩渺江面的远方，一条金边悄然泛起。那条亮线先是晕染了周围的天空，然后又扩散到粼粼江面上。被染上了金黄颜色的黄浦江奔腾着，涌动着，仿佛一头辕马正牵引着万千条光的缰绳，把一轮新日从地平线上缓缓拽起来。

在那一刻，方三响和孙希同时感应到了什么，低下头去。姚英子端坐在轮椅上，优雅地望向东方的天边，安详的笑容，永远留在了她苍老而年轻的脸庞上。两个人谁都没动，仍旧握着英子的手，抬起头，看向同一个方向。

一个炽热的天体在远方一跃而起，耀眼而崭新的光芒，洒在三个人的身上，一如当年。

全文完

后记

《大医》是我写过最长的一部小说。

起初我没打算写这么长，四十万字差不多。但写作本质上是一种即兴艺术，没法规划，也不能设计，不是一丝不苟、按部就班地按照蓝图施工，它一定充满了各种意外。即使是创作者自己，也不知道下一行会发生什么，只能由着自己的兴致一个猛子扎下水，闭着眼睛拼命游，浑然未觉字数的增长：五十万，六十万，七十万……等到我重新浮出水面，看了一眼电脑屏幕上的字数统计：八十万字。

八十万字听起来很多，落到纸面上我却只嫌太少太局促，简直施展不开。原因无他，中国近现代史实在漫长，中国近现代的医疗故事也实在精彩。在调研和创作过程中，我查到了太多值得起立致敬的真实人物，也看到了太多值得浓墨重书的事迹。我就像是一头闯进玉米地的熊瞎子，面对这么多玉米棒子欣喜若狂，手足无措，简直不知如何取舍是好。

历史的真实，自带着一种凝重的质感，它无须雕琢，不用矫饰，仅仅凭着"真实"二字，就已超越了一切艺术创作。所以《大医》也是我写得最惊心动魄的小说。

这个"惊心动魄"不是形容读者的阅读体验，而是描绘我创作时的心路历程。我经常读着读着资料，激动到浑身战栗不能自已，甚至有几次热泪盈眶。

姚英子护送孤儿前往重庆的故事，脱胎于艾伟德和蒋鉴两位伟大女性。艾伟德是一个英国女传教士，外号叫"小妇人"。在抗战期间，她带着一百多名孤儿躲避战火，从山西阳城一路长途跋涉，翻山涉水，历尽艰辛，最终抵达西安。后来好莱坞根据她的事迹，拍了一部电影叫《六福客栈》，由著名影星英格丽·褒曼主演，影响巨大；蒋鉴女士是顾维钧的外甥女，丈夫周明栋是德国医学博士，夫妻俩本来是在杭州行医。抗战爆发之后，他们来到汉口加入第五陆军医院，义务提供战地治疗服务。一九三八年，蒋鉴受李德全、邓颖超之托，将中国战时儿童保育会的一百名难童从武汉转移。这一百名难童体弱多病，许多人罹患肺结核、支气管炎、疥疮、贫血症等，而蒋鉴女士以极大的毅力，奇迹般地把他们一个不少地送到了重庆。而她自己因此积劳成疾，去世于一九四〇年。

方三响在郭梁沟镇的传染病调查，素材是取自《解放日报》一九四四年的一篇报道。当年在延安附近的川口地区暴发了一次严重的传染病，白求恩国际和平医院的医生徐根竹奉命前往调查。徐根竹是福建龙岩人，老红军，因为在作战中腿部受伤，转入后方的医疗队伍。他虽然不是科班出身，却满怀革命热情和学习劲头，秉持着为人民服务的信念，积极奋战在抗疫一线。在专业医生的帮助之下，徐根竹顺利解决了川口地区的疫情，解除了延安的公共卫生危机——整个过程之曲折，其实足可以单拍一部电影。后来徐根竹出任西北野战军第二野战医院院长，不幸于第二次榆林战役期间牺牲。他的墓碑，至今还矗立在榆林烈士陵园里。书中的"老徐"，即是以徐根竹烈士为原型。

农跃鳞是多名民国记者的合体：黄远生、邵飘萍、林白水、史量才，还有不畏当局威胁，毅然撰写《豫灾实录》记录一九四二年河南饥荒的张高峰，胆敢当面讽刺孔祥熙的新闻女侠彭子冈，痛骂孙科的龚德柏，等等。我把那些传奇记者的形象糅合在一个人身上，并给他赋予了一个江南问题研究会的分析师身份——这个身份的真正拥有者，是华东局社会部调研科的钟望阳。他本来是个文学家，因为时局缘故，投身到情报分析工作中来。新中国成立后，钟望阳回归了自己热爱的老本行，成为一名儿童作家，颇有"余年还做陇亩民"的潇洒。

其他如为了拯救同胞慷慨就义的项松茂，为华籍劳工奔走惨遭杀害的王希天，他们都以真身进入本书，书中事迹亦皆真实不虚。即使是一些小人物，也都各有根由际遇。比如书中一直四处奔走寻找王希天的王兆澄，也是史实人物，他归国之后，先后任职于多所高校，潜心从事农林教育与研究，帮助民族资本办过味精厂和酱油厂，研发过"消治龙"药膏和多种维生素口服剂，还在湖南为抗战军队研发过压缩饼干，为前方战线的后勤解了一大困。一九四九年，他在衡阳为了掩护国立师范学院的师生，反抗国民党当局的南迁政策，惨遭枪杀而死。

再比如方三响的同志陈叔信，原型乃是陈仲信。他是湖州人，在上海建承中学读书时积极追求进步，并在一九四六年秘密加入共产党，成为上海学界运动的骨干。一九四九年五月二十五日，解放军进入上海市区，陈仲信前往接应，结果在苏州河边被一颗子弹击中，当场牺牲，时年二十岁。他是解放上海战役期间，最后一名牺牲的地下党成员，倒在了日出即将到来的前一瞬间。书中庇护方三响的谢寿天，也是一位真实人物，是上海滩的保险巨子。他无论是在商界的表现，还是作为地下党的作为，都堪称传奇。

我本来还想多写写林可胜，他所组建的中国红十字总会救护队，为抗战事业做出了巨大贡献；想多写写陈志潜，他作为中国基层医疗体系的先行者，有许多曲折经历可以挖掘；想写写汤飞凡，他在抗战期间极艰苦的环境下，奇迹般地研发出了中国第一批青霉素；想写写沈克非，他率领中央医院辗转长沙、贵阳、重庆，又跟随远征军赶往缅甸、印度从事战地医务工作；想写写王布君，日本投降之后，他一人单骑入大连，在敌人眼皮底下建起一座大连医学院，为解放战争输送了大量急缺的军医人才……太多了，太多了，这些人物有的只在本书中惊鸿一现，有的在书中未曾提及，但每一个人的经历展开来，都是一本大书。区区八十万字，又怎么能把这么多大医写尽呢？

所以《大医》也是我写得最有责任感的一部小说。

这个责任感，不是被人强行赋予，而是我在创作过程中油然而生的。

写作既是一个表达的过程，也是一个学习的机会。我起初只觉得这是一个戏剧性很强的好题材，但随着调研和创作的深入，我越发感受到震撼。借用爱因斯坦评价甘地的一句话就是："后世的子孙也许很难相信，历史上竟走过这样一副血肉之躯。"但同时，我也深觉遗憾：相信大部分读者在看完这本小说之前，对刚才所罗列的那些人物是不知道的。说实话，我在动笔之前，对这些也茫然无知。他们做了那么多重要的事，拯救了那么多生命，可以说深刻地影响到了中国命运的走向，但除了学术界有专门研究，并不为广大世人所知晓。

那么，既然我读到了这些人，看见了这些事，我就有责任尽自己的绵薄之力，让他们重归公众视野，让今日之人感知到中国一代代大医的传承脉络、精神赓续，如此才不辜负他们倾注一世心血的付出。

这本书写完之后，我想了很多书名，可总觉得差了一口气儿，迟迟无法确定。一直到付梓的前一刻，我才下了决心，就叫作《大医》。简单了点儿，直白了点儿，可除了这两个字，实在无法抒发我在这本书里投入的全部感动。

如果读者看完此书，有兴趣去搜索一下诸多大医的事迹，略做了解，我便足以欣慰，功不唐捐。

咱们下本书见。

马伯庸